El oro oscuro

Christine Feehan

El oro oscuro

Titania Editores
ARGENTINA - CHILE - COLOMBIA - ESPAÑA
ESTADOS UNIDOS - MÉXICO - URUGUAY - VENEZUELA

Título original: *Dark Gold*
Editor original: Dorchester Publishing Co., Inc., Nueva York
Traducción: Rosa Arruti

© Copyright 2000 *by* Christine Feehan
Los derechos de publicación de la presente obra fueron negociados
a través de Books Crossing Borders Inc., Nueva York
y Ute Körner Literary Agent, S. L. , Barcelona
© de la traducción: 2006 *by* Rosa Arruti
© 2006 *by* Ediciones Urano, S. A.
Aribau, 142, pral. - 08036 Barcelona
www.titania.org
atencion@titania.org

ISBN: 84-95752-98-0
Depósito legal: B - 39.946 - 2006

Fotocomposición: Ediciones Urano, S. A.
Impreso por Romanyà Valls, S. A.
Verdaguer, 1 - 08786 Capellades (Barcelona)

Impreso en España - *Printed in Spain*

Para mi hija Domini, quien me inspiró el personaje de la heroína, con su manera desprendida de querer a su hijo, Mason.

Para Alicia, quien se arriesgó con una autora aún no puesta a prueba, y para Leslie, mi editora, quien ha demostrado una paciencia indefectible conmigo y con todas mis extravagancias. Muchísimas gracias a ambas.

Capítulo 1

—Joshua, se trata de una cita de negocios muy importante —informó Alexandria Houton a su hermano pequeño mientras estacionaba el destartalado Volkswagen en el gran aparcamiento situado detrás del restaurante. Apoyó un momento la mano en el pelo rizado del crío, sin dejar de mirar aquellos brillantes ojos. Al instante se sintió enternecida. Una oleada de afecto suprimió todo temor, toda frustración, y dibujó una sonrisa en sus labios.

—Ya eres mayor, Josh, no sé por qué me repito tanto. Pero es mi única oportunidad de conseguir un puesto de ensueño de este tipo. Tú ya sabes que nos hace falta este trabajo, ¿verdad?

—Claro que sí, Alex, no te preocupes. Me quedaré en la parte de atrás y jugaré con mi camión. —Dedicó una amplia sonrisa a su querida hermana, su única progenitora desde la muerte de sus padres en un accidente de coche cuando aún no tenía dos años.

—Siento que nos haya fallado la niñera. Estaba mmm... enferma.

—Borracha, Alex —corrigió él con solemnidad mientras recogía su mochila y su juguete.

—¿Dónde diablos has oído tal cosa? —preguntó ella horrorizada de que un crío de seis años supiera lo que era estar borracho. Descendió del coche y se sacudió el traje, el único bueno que tenía. Aquella prenda le había costado el sueldo de un mes, pero lo veía como una inversión necesaria. Alexandria no aparentaba sus veintitrés años, parecía mucho más joven y necesitaba urgentemente transmitir esa impresión que sólo se lograba con un traje sofisticado y caro.

Josh cogió en sus brazos su juguete favorito, un gastado camión de volquete Tonka.

—He oído cómo le decías que se fuera a casa, que no podía cuidarme así como estaba, porque estaba borracha.

Alexandria había mandado expresamente a Josh a su habitación, pero en vez de eso, el crío se había quedado rondando para escuchar a escondidas. Sabía que era un sistema valiosísimo de enterarse de información que su hermana consideraba apta sólo para adultos. De cualquier modo, al ver el travieso rostro de su hermano mirándola, se encontró con una amplia sonrisa en los labios.

—¿Vaya orejas, eh?

Pareció avergonzado.

—No pasa nada, colega. Sabemos comportarnos mejor cuando vamos por nuestra cuenta, ¿verdad? —Lo dijo con mucha más seguridad de la que sentía. Vivían en una ratonera, una pensión frecuentada sobre todo por prostitutas, alcohólicos y drogadictos. A Alexandria le aterrorizaba pensar en el futuro de Joshua. Todo dependía de esta reunión.

Thomas Ivan, el genio que había creado los juegos de vampiros y demonios para vídeo y ordenador, alguien con un enorme éxito comercial y una imaginación desbordante, buscaba un nuevo diseñador gráfico. Ivan había aparecido en las portadas de casi todas las publicaciones importantes, y los bocetos que Alexandria había enviado le habían intrigado lo suficiente como para solicitar una entrevista. Ella estaba convencida de su propio talento, pero competía con otros diseñadores muy experimentados, así que confiaba en que él no se dejara influenciar por su aspecto juvenil.

Sacó su estrecho portafolio del coche y cogió a Joshua de la mano.

—Quizá tarde un rato. Tienes tu merienda en la mochila, ¿verdad?

El pequeño asintió con la cabeza y sus rizos sedosos oscilaron sobre su frente. Alexandria le apretó la mano. Joshua lo era todo para ella, la única familia que tenía, su razón para luchar tan duro, para mudarse a un barrio mejor, para conseguir un mejor nivel de vida. Era un niño listo, sensible y generoso. Alexandria creía con convicción que se merecía todo lo bueno que la vida podía ofrecer, y estaba decidida a conseguírselo.

Le llevó a través del patio trasero del restaurante, embellecido por una arboleda. Un sendero conducía hasta los acantilados que daban al mar.

—No vayas al acantilado, Joshua. Los barrancos son peligrosos, pueden desmoronarse bajo tus pies. O podrías resbalarte y caer.

—Lo sé, ya me lo has dicho. —Había un toque de exasperación en su voz—. Sé las normas, Alex.

—Esta noche está Henry por aquí. Cuidará de ti. —Henry era un hombre mayor de su barrio, sin casa, que a menudo dormía en el bosquecillo situado detrás del restaurante. Con frecuencia, Alexandria le daba comida, algo de dinero suelto y, más importante, le ofrecía su respeto. Y a cambio, Henry siempre estaba dispuesto a hacerle algún favor.

Alexandria saludó al hombre delgado y encorvado que ahora se aproximaba renqueante hacia ellos.

—Hola, Henry. Qué amable por tu parte hacerme este favor.

—Ha sido una suerte que me encontraras antes en el mercado. Iba a dormir debajo del puente esta noche. —Henry miró con cautela a su alrededor con sus gastados ojos azules—. Han sucedido algunas cosas extrañas por aquí.

—¿Movimiento de bandas? —preguntó Alexandria con angustia. No quería que Joshua se expusiera a los peligros o presiones de ese tipo de vida.

Henry sacudió la cabeza.

—Nada de eso. La poli no lo permitiría en esta zona. Por eso duermo aquí. En realidad no me dejarían quedarme en este lugar si estuvieran enterados.

—Entonces, ¿de qué cosas extrañas hablas?

Joshua le tiró de la falda.

—Vas a llegar tarde a la cita, Alex. Henry y yo vamos a estar bien —insistió al ver su congoja. Luego se instaló bajo la copa de los árboles con las piernas cruzadas, encima de una roca situada junto al camino apenas visible que conducía al acantilado.

Henry, con un crujido de rótulas, se sentó a su lado.

—Eso. Vete ya, Alex —hizo un ademán con una mano nudosa—. Ahora vamos a jugar con ese camión tan chulo, ¿verdad que sí, chaval?

Alexandria se mordió el labio, de pronto indecisa. ¿Era un error dejar a Joshua al cuidado de alguien que no era más que un viejo artrítico y consumido?

—¡Alex! —Como si adivinara sus inquietudes, Joshua la fulminó con la mirada, del todo ofendido por que pusiera en duda su madurez.

Alexandria suspiró. Josh era demasiado mayor para su edad; era el resultado de estar expuesto a una vida tan sórdida. Por desgracia, el crío además tenía razón: esta cita era importante. Al fin y al cabo, era por su futuro.

—Gracias, Henry. Te debo una. Necesito este trabajo. —Alexandria se inclinó para dar un beso a Joshua—. Te quiero, colega. Cuídate.

—Te quiero, Alex —repitió él—. Cuídate.

Aquellas palabras habituales la tranquilizaron mientras regresaba entre los cipreses y rodeaba las cocinas del restaurante para llegar a los escalones que llevaban a una terraza que sobresalía sobre el acantilado. Este restaurante era famoso por su vista del oleaje rompiendo contra las rocas. El viento tiró de su pelo recogido en un moño, la roció de sal y gotitas de espuma de mar. Alexandria se detuvo ante la puerta de talla intrincada, respiró a fondo, alzó la barbilla y se fue adentro con un aire de seguridad que desdecía su estómago revuelto.

Música suave, candelabros de cristal y una jungla de preciosas plantas creaban la ilusión de entrar en otro mundo. La sala estaba dividida en pequeños rincones privados, y la enorme chimenea titilante proporcionaba a todos los reservados una sensación de cálida intimidad.

Alexandria dedicó una sonrisa deslumbrante al *maître*.

—Estoy citada con el señor Ivan. ¿Ya ha llegado?

—Por aquí —dijo el hombre con mirada de aprobación.

A Thomas Ivan se le atragantó el whisky mientras la hermosa Alexandria Houton se acercaba a su mesa. Solía traer a sus citas a este acogedor restaurante, pero esta joven sin duda mejoraba el nivel. Delgada y tirando a pequeña, tenía unas curvas rotundas y unas piernas fantásticas. Sus grandes ojos de azul zafiro estaban bordeados de pestañas oscuras, y su boca era exuberante y sensual.

Llevaba el pelo dorado recogido en un severo moño que resaltaba su estructura ósea clásica y unos altos pómulos. La gente volvía la cabeza para seguir su paso. No parecía consciente del revuelo que ocasionaba, pero el *maître* actuaba como si escoltara a un miembro de la realeza. Sin duda esta mujer tenía algo especial.

Thomas tosió para aclararse la garganta y recuperar la voz. Se puso en pie, estrechó la mano que ella le tendía y, en su fuero interno, se felicitó por su suerte. Esta preciosa y joven criatura le necesitaba. Bien podía llevarle quince años, y con su dinero, influencia y fama, podría proporcionarle una carrera o poner fin a sus aspiraciones laborales. Su intención era explotar toda posibilidad placentera de una situación tan favorable.

—Es un placer conocerle, señor Ivan —dijo en voz baja. Su melódica voz jugueteó sobre la piel de Thomas como el contacto de unos dedos sedosos.

—El placer es mío, y por favor, tutéame. —Thomas le sostuvo la mano un momento más de lo necesario. La dulce inocencia en los ojos de la joven volvía su sensualidad natural aún más provocadora. La deseaba con fogosidad y concentró su mente en conseguirla.

Alexandria mantuvo las manos recogidas sobre el regazo para que el temblor no la traicionara. No podía creer que de hecho estuviera sentada con un hombre de tanto talento como Thomas Ivan. Y menos aún que él la tuviera en cuenta como artista gráfica para su próximo proyecto. Era la ocasión de su vida. Ante el silencio de él, que la observaba con gran interés, buscó algo amable que decir, que no sonara muy estúpido.

—Es un restaurante precioso. ¿Vienes a menudo?

Thomas notó que el corazón le daba un vuelco. ¡Sentía interés por él como hombre! ¿Si no por qué iba a hacer una pregunta así? Pese a su aspecto distante e íntegro, incluso algo altivo, ella buscaba información sobre sus relaciones personales. Alzó una ceja y le ofreció aquella sonrisa suya tan trabajada, esa que siempre las dejaba sin aliento.

—Es mi restaurante favorito.

A Alexandria no le gustó la repentina mirada lasciva en sus ojos, pero sonrió de todos modos.

—He traído conmigo unos bocetos. Muestras de ideas, dibujos para la sugerencia de un guión del próximo juego. Visualizo con total claridad lo que estás describiendo. Sé que has contado con Don Michaels para tu obra *NightHawks*. Es muy bueno, pero en mi opinión no capta con exactitud tu visión. Yo veo muchos más detalles, mucho más poder. —Bajo la protección de la mesa, Alexandria se retorcía los dedos, pero intentaba mantenerse entera por fuera.

Thomas estaba sorprendido. Ella tenía toda la razón. Michaels era un nombre famoso, con un gran ego a la altura, pero nunca había captado del todo la visión de Thomas. Sin embargo, el obvio profesionalismo de Alexandria le irritó. Parecía tan fría e intocable... Ella quería hablar de negocios. Las mujeres por regla general se arrojaban a sus brazos.

Alexandria detectó el disgusto en el rostro de Thomas Ivan y se clavó las uñas en las palmas. ¿Qué iba mal? Sin duda estaba yendo demasiado rápido. Lo más probable era que un hombre con su reputación de libertino, de seductor, prefiriese una actitud más femenina. Necesitaba este trabajo, no podía hacerle enfadar ya de entrada, eso no. ¿Qué había de malo en un leve coqueteo? Ivan era un soltero acaudalado y atractivo, justo el tipo de hombre por el que debería sentirse atraída. Suspiró para sus adentros. Nunca parecía sentirse atraída en serio por alguien. Durante un tiempo lo había atribuido a los desagradables hombres de su vecindario, a sus responsabilidades con Joshua. Ahora pensaba en secreto que tal vez fuera frígida. Pero, en una situación como ésta, podía fingir si hacía falta.

El siguiente comentario de Thomas Ivan demostró que no andaba equivocada.

—Creo que no deberíamos estropear la cena con charlas profesionales, ¿no te parece? —preguntó dedicándole una sonrisa encantadora.

Alexandria tuvo que parpadear para suprimir la repentina imagen de una barracuda que visualizó y permitió que su boca esbozara una suave sonrisa coqueta. Iba a ser una larga velada. Negó con la cabeza cuando él quiso servir una copa de vino y se concentró en su ensalada de gambas y en la charla trivial que parecía contentar a sus ocasionales citas. Ivan se inclinaba hacia ella y le tocaba la mano con frecuencia cuando quería recalcar algo.

Se las arregló para escaparse en un momento dado para ir a comprobar cómo estaba Joshua. Bajo el sol crepuscular, encontró a su hermano y a Henry jugando al black-jack con una gastada baraja de cartas.

Henry le saludó con una sonrisa, agradecido por la comida que ella había conseguido sacar, y le hizo un ademán para que regresara al comedor.

—Nos va muy bien, Alex. Vete y consigue ese trabajo que tanto deseas —le ordenó.

—¿Le estás enseñando a apostar a Josh? —preguntó con un ceño que fingía severidad mientras los dos culpables soltaban una risa traviesa. A ella le costó de todos modos no estrechar a Joshua en sus brazos.

—Henry dice que podría mantenerte con este juego, porque yo siempre gano —le dijo Joshua con orgullo—. Dice que así no tendrías que ponerte guapa otra vez para un moscón con malas intenciones.

Alexandria se mordió el labio para ocultar su diversión así como su abrumador cariño.

—Bien, hasta que seas un tahúr en toda regla, yo tengo que ocuparme de nuestro mantenimiento. De modo que mejor regreso adentro. Si alguno de los dos tiene frío, hay una manta en el maletero. —Tendió a Joshua las llaves—. Cuídalas bien, si las pierdes, vamos a tener que dormir con Henry aquí a la intemperie.

—¡Mola! —contestó Joshua, con excitación en sus azules ojos.

—Sí, cómo mola, el frío que vamos a pasar —advirtió Alexandria—. Ten cuidado. Regresaré lo antes que pueda, pero este hombre no está muy dispuesto a cooperar. —Puso una mueca.

Henry sacudió su puño nudoso.

—Si te da algún problema, mándale a verme.

—Gracias, Henry. Bien, chicos, comportaos mientras sigo trabajando. —Alexandria se dio media vuelta e inició el regreso hacia el restaurante.

Se estaba levantando viento, que impulsaba el mar hacia tierra escupiendo espuma por el aire. La bruma se desplazaba y envolvía los árboles con blancas espirales de melancolía. Alexandria sintió un escalofrío y se frotó los brazos con las manos. En realidad no hacía tanto frío, pero aquel aura de bruma y misterio la inquietó.

Sacudió la cabeza para eliminar la sensación de maldad acechante que percibía detrás de cada árbol. Por algún motivo, tenía los nervios a flor de piel esta noche. Lo atribuyó a la trascendencia de esta entrevista. Tenía que conseguir el trabajo.

Una vez dentro del restaurante, se abrió camino a través de la jungla de plantas, serpenteando entre macetas y verdes enredaderas colgantes.

Ivan se puso en pie de un brinco para apartarle la silla, muy consciente de que era la envidia de todos los varones en la sala. Alexandria Houton tenía una magia especial y él sólo hacía que pensar en noches ardientes y pasión indómita.

Le frotó el dorso de la mano con los dedos.

—Tienes frío —dijo con voz un poco ronca. Le hacía sentirse un estudiante idiota, mientras ella se mantenía como una sirena distante, un poco altiva, intocable, observando cómo él se encogía.

—He salido afuera un momento cuando regresaba del lavabo. Hace una noche tan preciosa que no he podido evitar contemplar el mar, está un poco encrespado. —Su mirada parecía ocultar miles de secretos, sus largas pestañas encerraban todo tipo de emociones. Thomas tragó saliva con dificultad y apartó la vista. Tenía que controlarse. Recurrió a lo más profundo de su famosa reserva de encantos y empezó a contarle fantasiosas historias para divertirla, para atraerla.

Alexandria intentó escuchar su conversación, pero le costaba concentrarse en las anécdotas que contaba sobre la forja de una carrera brillante, sus muchas obligaciones sociales y la cansina sucesión de mujeres que no dejaban de perseguirle por su dinero. Ella se sentía cada vez más inquieta, tanto que empezaron a temblarle las manos. Sintió un estremecimiento de terror por un instante, como si unos gélidos dedos le rodearan el cuello. La ilusión era tan real que incluso se llevó la mano a la garganta para tocarse.

—Seguro que quieres tomar una copita de vino. Es una cosecha excelente —insistió Thomas mientras levantaba la botella, atrayendo de nuevo su atención.

—No, gracias, no bebo casi nunca —era la tercera vez que se lo decía y tuvo que contenerse para no preguntarle si tenía algún problema de oído. No iba a embotar su mente con alcohol tratándose de una cita tan importante. Y nunca bebía si tenía que conducir, jamás delante de Joshua. Josh ya veía demasiada gente empinando el codo en las aceras y en la entrada de su pensión.

Alexandria le dedicó una sonrisa para suavizar el desaire de su negativa. Mientras el camarero retiraba los platos, buscó con decisión su portafolio.

Ivan suspiró de forma audible. Por lo habitual, en esta fase de la cita, las mujeres se entregaban a la adulación. Pero Alexandria parecía inmune a su encanto, alguien inalcanzable. De todos modos, se sentía intrigado y necesitaba poseerla. Sabía que este trabajo era importante para ella, y se aprovecharía de aquella circunstancia si hiciera falta. Podía ver que había pasión en ella, escudada tras su sonrisa fácil y sus fríos ojos azul zafiro, y se moría de ganas de un poco de sexo tórrido con esta mujer.

Pero en el momento en que Thomas vio los bocetos, se olvidó de satisfacer su ego y su deseo. Alexandria había captado las imágenes concebidas por su mente mejor que las propias palabras del creador. Ella era justo lo que necesitaba para su próximo videojuego. Era un concepto atrevido, difícil y terrorífico que liquidaba toda competencia. Su planteamiento fresco y lleno de inventiva era justo lo que necesitaba.

—Sólo son bocetos rápidos —dijo Alexandria en voz baja— sin la animación, pero espero que captes la idea. —Se olvidó de que Thomas Ivan no le caía demasiado bien al ver la manera elogiosa en que él contemplaba su trabajo.

—Tienes un don para el detalle. Qué imaginación. Vaya técnica. Y, al ver estos dibujos, tengo la impresión de que me has leído la mente. De hecho, captas la sensación de vuelo, aquí —dijo con una indicación. Le impresionaba que ella hubiera logrado una sensación tan estremecedora sólo con aquellas ilustraciones. ¿Qué sería capaz de hacer con su enorme despliegue de ordenadores y programas de diseño?

Thomas estudió una escena y tuvo la sensación de que era real. Como si hubiera hecho una fotografía de un vampiro engrescado en una pelea brutal. Era tan real, tan terrorífico... Aquellos dibujos, que captaban con tal perfección el argumento y las imágenes creadas en su mente, establecieron de manera instantánea y completa el vínculo que le había estado esquivando toda la noche.

De pronto, Alexandria fue consciente del roce de los dedos de Ivan junto a los suyos, fue consciente de la fuerza de sus brazos, de la anchura de sus hombros, del atractivo de sus rasgos angulosos.

El corazón le dio un vuelco de esperanza. ¿De verdad estaba reaccionando físicamente a alguien? Era asombroso lo que podía generar compartir una pasión común. Observó con orgullo la admiración que despertaba en él aquella representación de las criaturas de su imaginación.

Pero de pronto una corriente fría recorrió el restaurante, una corriente que traía la mácula del mal. Reptó por toda la piel de Alexandria como gusanos por el interior de un cuerpo. La invadió la repulsión y tuvo que apoyarse en el respaldo de la silla, pálida y temblorosa. Miró a su alrededor con cautela. Nadie más parecía notar ese aire cada vez más malsano, el hedor a maldad. A su alrededor sólo se oían risas y el murmullo grave de la conversación. Aquella normalidad debería haberla tranquilizado, pero los temblores empeoraron. Notaba las gotas de sudor que se formaban en su frente y descendían por el valle entre sus pechos. Su corazón latía con fuerza.

Thomas Ivan estaba demasiado ocupado en revisar sus bocetos como para advertir su inquietud. Continuaba murmurando con aprobación, con la cabeza baja, deleitándose con la mirada en el lujo de detalles de sus dibujos.

Pero algo iba mal. Y de un modo terrible. Alexandria lo sabía, siempre lo sabía. Había sabido el momento preciso de la muerte de sus padres. Sabía cuando un crimen violento se producía en su vecindario. Sabía quién traficaba con drogas o cuándo mentía alguien. Sabía cosas, así de sencillo. Y en este preciso instante, mientras los demás disfrutaban en el restaurante, comían, bebían y charlaban, sabía que algo maligno estaba allí cerca, un ser tan malévolo que ella jamás habría concebido algo parecido.

Dio un recorrido lento y cuidadoso con la mirada por la espaciosa estancia. Los clientes charlaban, comían, sin distracciones. Tres mujeres sentadas en la mesa más próxima se reían de un modo desternillante y brindaban entre sí. A Alexandria se le secó la boca mientras su corazón latía con estruendo. Era incapaz de moverse o hablar, paralizada de terror como estaba. En la pared situada detrás de Thomas Ivan, una sombra oscura avanzaba con sigilo, cerniéndose sobre la habitación, una aparición repugnante que por lo visto nadie más veía mientras se estiraba con la garras extendidas hacia ella y las tres mujeres que hablaban de forma tan animada. Alexandria permaneció sentada, del todo quieta, oyendo el horrible murmullo en su cabeza, como el roce de las alas de un murciélago que impartía una orden insidiosa, zumbando con insistencia y poderío.

Ven conmigo. Quédate conmigo. Déjame disfrutar de ti... Ven conmigo.

Las palabras la alcanzaron como fragmentos de vidrio que parecieron perforar su cráneo. En la pared más alejada, las garras se abrieron, se extendieron, la llamaron.

El chirrido de una silla a su derecha rompió el hechizo. Alexandria parpadeó, y la sombra se desvaneció con el eco de una risa maníaca. Entonces pudo moverse y volver la cabeza hacia el sonido de dos sillas más que alguien echaba hacia atrás. Vio que las tres mujeres se levantaban al unísono, dejaban dinero sobre la mesa y se dirigían en un silencio repentino e inquietante en dirección a la entrada.

Alexandria quiso gritar a las mujeres para que regresaran. No tenía idea de por qué, pero abrió la boca para hacerlo. Su garganta se obstruyó, se quedó sin aire.

—¡Alexandria! —Thomas se levantó a toda prisa para ayudarla. Estaba lívida, y diminutas gotas de transpiración humedecían su frente—. ¿Qué sucede?

Sin fijarse en lo que hacía, intentó meter de nuevo los dibujos en el portafolio, pero las manos le temblaban y los bocetos se esparcieron por encima de la mesa y por el suelo.

—Lo siento, tengo que marcharme. —Se puso de pie de forma tan abrupta que casi le tumba a él hacia atrás. Notaba su mente espesa, lenta, como si algún mal grasiento la envolviera. Tenía el estómago revuelto.

—Te encuentras mal, Alexandria. Permite que te lleve a casa. —Ivan intentó recoger los preciosos bocetos y cogerla del brazo al mismo tiempo.

Alexandria se soltó del brazo, sólo pensaba en acudir de inmediato junto a Joshua. Fuera lo que fuese aquella cosa maligna, aquella criatura que acechaba en la noche, tanto esas mujeres como Henry y Joshua corrían un grave peligro. Estaba afuera. En la parte posterior. Ella sentía su presencia como una mancha oscura en su alma.

Se dio media vuelta y salió corriendo, sin importarle las miradas de curiosidad o el aturdimiento de Thomas Ivan. Se tropezó por las escaleras, se enganchó el dobladillo de la falda y oyó el desgarrón. El dolor y el terror la atravesaron. Sentía su pecho a punto de estallar, el corazón roto, sangrante. Era tan real que se agarró el pecho y se quedó mirando sus manos, pues esperaba encontrarlas rojas. No. Era la sangre de otra persona. Alguien estaba herido... o algo peor.

Alexandria se mordió el labio inferior con suficiente fuerza como para rasgar la piel. Ese dolor era real, sólo suyo. Le permitió concentrarse, seguir corriendo. Fuera lo que fuese aquella criatura que acechaba este terreno, había cometido un asesinato. Ella olía la sangre ahora, experimentaba las vibraciones persistentes, las secuelas de la violencia. Rezó para que no fuera Joshua. Entre sollozos, se arrojó por el estrecho sendero que rodeaba el edificio. No podía perder a Joshua. ¿Por qué lo había dejado a solas con un hombre viejo para cuidarlo?

Entonces tomó conciencia de la bruma. Densa, como un caldo concentrado. Flotaba entre los árboles como un sobrecogedor manto blanco. No alcanzaba a ver ni un paso por delante de ella. Y notaba lo espesa que era, como si tuviera que avanzar por arenas movedizas. Cuando intentó coger aire en sus pulmones, casi le resultó imposible. Quiso gritar para llamar a Joshua, pero una profunda intuición la mantuvo en silencio. Fuera quien fuese el loco, disfrutaba con el dolor y el terror de los demás. Era lo que le ponía eufórico, lo que le embriagaba. Ella no podía consentir aquellos gustos macabros.

Tanteando con cuidado el camino a través de los árboles, tropezó literalmente con un cuerpo.

—Oh, Dios —susurró en voz alta, rogando que no se tratara de su hermano. Se inclinó un poco más y se percató de que el cuerpo era demasiado grande. Frío, inmóvil, formaba un bulto patético, tirado a un lado como si fuera basura—. Henry. —La pena la embargó mientras le agarraba por el hombro para volverle cara arriba.

El horror aumentó al ver su pecho destrozado. Le habían arrancado literalmente el corazón, que había quedaba expuesto, inmóvil. Alexandria intentó apartarse dando traspiés, de rodillas, y vomitó con violencia. Había marcas punzantes en el cuello de Henry, marcas que podía haber causado un animal.

Su mente se llenó de una risa burlona. Alexandria se limpió la boca con el dorso de la mano. Este loco depravado no iba a hacerse con Joshua. Decidida, se movió instintivamente hacia el acantilado. Las olas rompían ruidosas contra las rocas recortadas más abajo, y el viento que se colaba por entre los árboles hacía imposible oír alguna cosa.

Sin ver ni oír, Alexandria continuó avanzando. Todos sus instintos la arrastraban hacia el asesino demente. Tenía la impresión de que él sabía que ella se acercaba, que la estaba esperando. También tenía la convicción de que él creía que la controlaba, que le ordenaba de forma intencionada el ir hacia él.

Pese al fuerte viento, la bruma se mantenía densa. Pero aun así, ahora captaba atisbos de un nuevo horror en desarrollo. Tres mujeres, que le sonaban vagamente del restaurante, avanzaban poco a poco hacia el precipicio. Aquellas mujeres sentadas en la mesa de su izquierda, que acababan de salir justo antes que ella. Alexandria lo percibió: estaban sumidas en algún tipo de trance y observaban extasiadas al hombre cuya silueta se distinguía justo al borde del acantilado.

Alto y delgado, daba la impresión de una gran fuerza y poder. Tenía un rostro bello, como el de un Adonis, con el pelo ondulado hasta los hombros. Cuando sonrió, sus dientes aparecieron muy blancos.

Como los de un depredador. Justo cuando este pensamiento entró en su cabeza, la ilusión de belleza se esfumó, y Alexandria vio la sangre en las manos de la criatura. En su dentadura y en la barbilla. La sonrisa de bienvenida era una mueca que dejaba al descubierto colmillos sanguinarios. Sus ojos, fijos en las tres mujeres, eran agujeros negros que relucían en la oscuridad con un rojo salvaje.

Las mujeres sonreían, con sonrisas tontas, y se dirigían hacia él. A medida que se acercaban, él alzó una mano e indicó el suelo. Las tres se echaron de rodillas, obedientes, y se arrastraron hacia delante con movimientos sensuales, retorciéndose y gimiendo, rasgándose las ropas. La bruma ocultó la obscena estampa durante un momento, y cuando volvió a despejarse, Alexandria pudo ver que una de las mujeres había llegado hasta el hombre y se aferraba a sus rodillas. Mientras se abría la blusa y dejaba al descubierto sus pechos, que tocaba de forma sugerente, se restregaba contra el cuerpo del hombre, rogando, suplicando que la tomara, que abusara de ella. Una segunda mujer llegó al borde del precipicio y se agarró a su cintura, mirándole de forma provocadora.

Alexandria quiso dar media vuelta y alejarse del horror que estaba a punto de atrapar a estas marionetas humanas, pero de pronto avistó a Joshua que caminaba despacio en dirección al hombre. No parecía prestar atención a las mujeres. No miraba ni a izquierda ni a derecha, se limitaba a seguir avanzando, como si andara sonámbulo.

En trance. Un trance hipnótico. El corazón le dio un vuelco violento en el pecho. De algún modo, este asesino había hipnotizado a las mujeres y a Joshua. Respondían a su petición como tontos borregos. La mente de Alexandria intentaba analizar cómo el hombre habría logrado una hazaña así, al tiempo que corría a interceptar a Joshua antes de que llegara hasta el monstruo. Por suerte, Joshua se estaba moviendo con gran lentitud, casi como si le arrastraran hacia delante a su pesar.

Aunque el espeso velo de bruma la ocultaba, Alexandria notó el impacto de esos ojos hostiles, sobrenaturales, cuando la criatura volvió la cabeza hacia ella, ondulando su cuello como si fuera un reptil.

Mientras la examinaba a través de la densa niebla, ella notó unas alas de murciélago batiendo contra su cráneo; los fragmentos de cristal no dejaban de perforarla. La suave voz seductora murmuraba con insistencia en su mente. Alexandria hizo caso omiso del dolor que palpitaba en su cabeza y se concentró en llegar hasta Joshua. No daría a este monstruo la satisfacción de saber que la estaba lastimando.

Agarró al pequeño por la camisa. Sus pies continuaban avanzando, pero ella se plantó con firmeza y le mantuvo quieto. Rodeando al niño con los brazos, plantó cara al monstruo, que apenas estaba a cinco metros.

El asesino se encontraba al borde mismo del precipicio, y sus marionetas humanas no dejaban de hacerle fiestas, susurrándole y suplicando que les prestara atención. Pero no parecía advertir su presencia, todo su ser estaba concentrado en Alexandria, a quien sonrió descubriendo sus colmillos.

Alexandria se estremeció al ver la sangre de Henry en sus labios y en sus dientes. Este loco había matado al encantador e inofensivo Henry.

—Ven conmigo. —Le tendió una mano.

Ella sentía su voz en todo su cuerpo, arrastrándola para satisfacer su voluntad. Se esforzó en pestañear muy deprisa para mantenerse concentrada en las manchas de sangre de sus manos y en las largas uñas con forma de daga. Mientras observaba con atención aquellas garras, la voz perdió su belleza y adquirió una fealdad cruda, peleona.

—Creo que no. Déjanos en paz. Me llevo a Joshua conmigo. A él no vas a conseguirle. —Habló con decisión, irguiendo la columna, desafiándole con la mirada.

Como si no se diera cuenta, él acariciaba con una de sus espantosas manos a la mujer que le frotaba la cintura.

—Únete a mí. Mira a estas mujeres. Me desean. Me adoran.

—Eso te crees. —Intentó dar un paso atrás. Joshua se resistía a su esfuerzo. Ella le agarró con más fuerza para impedir que se moviera hacia delante, pero cuando le hizo retroceder un paso, él empezó a retorcerse, obligándola a detenerse.

El monstruo al borde del acantilado alzó una ceja.

—¿No me crees? —Volvió la atención a la mujer que tenía en la cintura—. Ven aquí, cariño. Quiero que mueras por mí. —Hizo un ademán hacia atrás con la mano.

Para horror de Alexandria, la mujer lamió su mano estirada y, con una aduladora sonrisa tonta, continuó gateando.

—¡No! —gritó Alexandria, pero la mujer ya caía por el espacio vacío, hasta las aguas hambrientas y las rocas recortadas que había debajo. Mientras Alexandria soltaba un grito ahogado, él levantó a la segunda mujer por el pelo, le dio un beso en la boca y, doblándola casi hacia atrás, hundió sus horrendos dientes en su cuello.

Los vívidos bocetos que había dibujado Alexandria para representar las historias de terror de Thomas Ivan ahora cobraban vida ante sus ojos. El monstruo saboreó la sangre que corría por la garganta de la mujer, a la que luego empujó a un lado, por el precipicio, como si no fuera nada, tan sólo una concha vacía encontrada en la playa. De forma intencionada, se pasó la gruesa y obscena lengua por los labios manchados de sangre en una exhibición grotesca.

Alexandria se encontró murmurando una oración, un canturreo, que repitió una y otra vez en voz baja. Fuera lo que fuese esta criatura, era peligroso, estaba más loco de lo imaginable. Agarró con más firmeza a Joshua y le levantó.

Él le dio una patada y peleó, soltó una especie de pequeños gruñidos y quiso morderle. Alexandria consiguió retroceder otros dos pasos antes de verse obligada a dejarle en el suelo. El crío se mantuvo quieto mientras ella no le apartara de su objetivo.

El monstruo alzó otra vez la cabeza, se lamió los dedos y puso una sonrisa horrenda.

—¿Ves? Harán cualquier cosa por mí. Me adoran. ¿No es así, cielo? —Puso en pie a la última de las mujeres. Al instante ella le rodeó con los brazos y se restregó de un modo sugerente sin dejar de tocarle y acariciarle—. ¿Sólo quieres complacerme, verdad?

La mujer empezó a besarle, en el cuello, en el pecho, descendiendo poco a poco para buscar a tientas sus pantalones. Él le acarició el cuello.

—¿Ves mi poder? Y eres tú a quien yo buscaba, para que te unas a mí, para compartir mi poder.

—Esa mujer no te adora —protestó Alexandria—. Empleas la hipnosis para convertirla en una marioneta. No piensa por sí sola. ¿A eso le llamas poder? —aplicó todo el desprecio que pudo a su voz temblorosa.

Un susurro mortal y grave escapó de la boca del monstruo, pero él continuó sonriéndole.

—Tal vez tengas razón. Ésta es inútil, ¿verdad que sí? Sin dejar de sonreír, sin dejar de mirar a Alexandria a los ojos, el hombre cogió la cabeza de la mujer entre las palmas y se la dislocó.

El crujido fue audible, pareció resonar justo a través del cuerpo de Alexandria. Temblaba tanto que los dientes le castañeteaban. Con una mano, el monstruo sostuvo como si tal cosa el cuerpo quebrado de la mujer sobre el extremo del precipicio. La mujer colgó allí como una muñeca de trapo con el cuello formando un ángulo peculiar. Una mujer antes hermosa era ahora una carcasa vacía, sin vida. El monstruo la descartó con tan sólo abrir la mano y dejar que cayera al ávido mar.

24

—Ahora soy todo tuyo —dijo en voz baja—. Ven a mi lado.

Alexandria negó con un movimiento rotundo de cabeza.

—No cuentes conmigo. No voy a acudir junto a ti. Te veo tal y como eres, no la ilusión que has creado para esas mujeres.

—Vendrás junto a mí, y por propia voluntad. Es a ti a quien busco. He recorrido todo el mundo para dar con alguien como tú. Tienes que venir conmigo. —Su tono era suave, pero mantenía una leve advertencia, un siseo de autoridad.

Alexandria intentó retroceder un paso, pero Joshua empezó a gruñir de un modo frenético, dando patadas de nuevo e intentando morderla. Ella se detuvo otra vez y lo agarró con más fuerza para impedir que se escapara.

—Estás enfermo. Necesitas ayuda. Un médico o algo parecido. No hay nada que yo pueda hacer por ti. —Buscaba de forma desesperada una salida de esta pesadilla, rezaba para que alguien acudiera en su ayuda. Un ángel de la guarda. Cualquiera.

—No sabes qué soy, ¿verdad?

La mente de Alexandria estaba demasiado ofuscada a causa del terror. Había dedicado un tiempo considerable a leer e investigar leyendas antiguas de vampiros para trabajar en sus bocetos para Thomas Ivan. Y este monstruo era el arquetipo de esa mítica criatura que se alimentaba de la sangre del prójimo y recurría a trances hipnóticos para ordenar a seres humanos indefensos que cumplieran su voluntad. Respiró a fondo para calmarse e intentó regresar al mundo de la realidad. Con toda certeza, era la bruma y el viento, la oscura noche sin estrellas y el enigmático romper de las olas más abajo, lo que la hacía pensar en algo que no era posible. No era más que un sociópata del siglo veintiuno, no un legendario personaje de la antigüedad. Tenía que mantener el juicio a toda costa y no permitir que el horror de la noche avivara su imaginación.

—Creo saber lo que tú crees que eres —respondió ella con voz más firme—. Pero la verdad es que no eres más que un asesino sanguinario.

Él se rió en voz baja, perversa. El sonido de aquella risa era como un arañazo de tiza sobre una pizarra. De hecho notó unos gélidos dedos descendiendo por su piel.

—Eres una niña que no quiere ver la verdad. —Alzó una mano y llamó a Joshua, con sus relucientes ojos fijos en el rostro del niño.

Joshua forcejeó con ganas, peleó y dio patadas, intentando morder a Alexandria en los brazos en su esfuerzo por liberarse.

—¡Déjale en paz! —Ella se concentró en someter a su hermano, pero el crío tenía suficiente fuerza en su estado de trance inducido como para retorcerse y soltarse. Al instante se fue corriendo hasta el precipicio, junto al monstruo, se echó de rodillas y contempló con adoración a aquel hombre.

Capítulo 2

A Alexandria le dio un vuelco el corazón. Se irguió muy poco a poco, con la boca seca de terror al ver esas manos como garras hundirse en los hombros de su hermano.

—¿Ahora sí que vas a venir junto a mí, verdad que sí? —preguntó en voz baja el monstruo.

Alexandria alzó su temblorosa barbilla.

—¿Esto entiendes tú por propia voluntad? —Las piernas le parecían de goma, tanto que sólo pudo dar unos pocos pasos hacia él antes de detenerse otra vez—. Si empleas a Joshua para controlarme, no soy yo la que acude a ti de propia voluntad, ¿verdad que no? —le desafió.

Al monstruo se le escapó un largo y lento siseo, y luego atrapó a Joshua por una pierna para sostenerlo colgado sobre el borde del acantilado.

—Puesto que tanto te gusta la libertad, dejaré de dominar la mente del niño para que pueda ver y oír, y así saber lo que está sucediendo. Sus colmillos rechinaron y resonaron mientras pronunciaba estas palabras en un tono preciso y gélido.

Aquellas palabras impulsaron a Alexandria de nuevo hacia él. Se tropezó a menos de un metro de distancia del monstruo en su intento de alcanzar al niño.

—Oh, Dios, por favor, ¡no lo sueltes! ¡Entrégamelo! —Había dolor en su voz, miedo real, y eso avivaba la excitación del monstruo.

La bestia se rió un poco mientras Joshua recuperaba de pronto la consciencia, gritando, con el rostro contraído de dolor. Gritaba a su hermana, la miraba a los ojos, a su única salvación. El monstruo rechazó a Alexandria con una mano mientras sostenía a Joshua con la otra por encima del precipicio.

Ella se obligó a mantenerse quieta del todo delante del hombre.

—Dámelo de una vez. No le necesitas. No es más que un niño.

—Oh, a mí me parece muy necesario, para asegurarme tu cooperación. —Aquel chiflado le sonrió y volvió a dejar a Joshua en la seguridad relativa del borde del acantilado. Hizo un ademán con la mano y el niño dejó de pelear y gritar, otra vez bajo el control demoniaco del hombre—. Acudirás a mí, te convertirás en lo mismo que yo. Juntos tendremos más poder del que hayas imaginado.

—Pero yo nunca he deseado poder —protestó Alexandria, aproximándose para intentar arrebatarle al crío—. ¿Por qué dices que soy la que has estado buscando? Desconocías mi existencia hasta esta noche. Ni siquiera sabes cómo me llamo.

—Alexandria. Es fácil leer la mente del pequeño Joshua. Insistes en pensar que soy un simple humano, pero soy mucho más que eso.

—¿Qué eres? —Alexandria contuvo el aliento, le asustaba la respuesta, sabía que esta criatura, de algún modo, era más que humana, que era la poderosa bestia de la leyenda. Podía leer las mentes, controlarlas, atraer hacia él a sus presas. Le había arrancado el corazón a Henry, había roto el cuello de una mujer y a la otra le había bebido la sangre justo delante de sus narices. Fuera lo que fuera, esta criatura no era humana...

—Soy la pesadilla de los necios humanos, el vampiro que viene a darse un festín con los vivos. Y tú vas a ser mi novia, compartirás conmigo el poder, mi vida.

Hablaba completamente en serio, y Alexandria se debatía entre la necesidad de llorar y una risa histérica. Thomas Ivan no podría haber escrito un diálogo más estrafalario. El hombre se creía lo que estaba diciendo, y lo que era peor, ella también empezaba a creerlo.

—En... en realidad no es mi estilo de vida. —Sus palabras surgieron en un susurro ronco, no podía creer que estuviera suplicando para salvar su vida, para salvar la vida de Joshua, con una respuesta tan tonta. Pero ¿cómo podía responder alguien a una locura de este tipo?

—¿Crees que puedes burlarte de mí y salirte con la tuya? —Apretó con tal fuerza el hombro de Joshua que Alexandria casi pudo ver los dedos juntándose.

Sacudió la cabeza, intentando hacer tiempo.

—No. Hablaba en serio. Me gusta el sol. Los vampiros se mueven de noche. Yo rara vez bebo vino, por no hablar de sangre. Pero conozco un bar donde puedes encontrar montones de chicas a las que les van esas cosas pervertidas. Visten de negro y adoran al diablo y dicen que cada noche se beben la sangre unos a otros. Pero yo no. Yo soy de lo más conservadora.

¿Cómo podía estar manteniendo una conversación tan extraña con un asesino? ¿No había un guardia de seguridad cerca? ¿Aún no había encontrado nadie el cuerpo de Henry? ¿Dónde estaba todo el mundo?

La risa de él era burlona, grave e insidiosa.

—Nadie va a venir a salvarte, querida. No pueden. Es cuestión de mantener a la gente a raya, así de sencillo. Es tan fácil como atraerles hacia mí.

—¿Por qué yo?

—Existen pocas como tú. Tu mente es muy fuerte, y ése es el motivo por el que no puedes ser controlada. Eres una auténtica médium, ¿verdad? Justo lo que los de mi especie requerimos en una pareja.

—No sé de qué me hablas. A veces sé cosas que se les escapan a los demás —admitió mientras se pasaba una mano nerviosa por el pelo—. Sabía que estabas aquí, si te refieres a eso. —Alguien tendría que venir y rescatarles muy pronto. Sin duda Thomas Ivan la estaba buscando—. Por favor, deja que me lleve a Joshua a casa, a un lugar seguro. No le necesitas, sólo me necesitas a mí. Te daré mi palabra, volveré mañana por la noche. Y si tanto poder tienes, siempre podrás encontrarme y hacerme volver. —Estaba desesperada por recuperar a Joshua. Era terrible verle tan inanimado, sin vida, con los ojos vidriosos. Quería cogerlo en brazos, estrecharlo con fuerza, saber que esta criatura nunca volvería a tocarlo. Si podía salvar a Joshua, lo demás no importaba.

—No puedo perderte de vista. Otros te buscan también. Tengo que mantenerme cerca para protegerte en todo momento.

Alexandria se frotó con la palma de las manos sus sienes palpitantes. La criatura intentaba invadir su mente y la lucha constante por mantenerle a raya estaba volviéndose dolorosa.

—Mira... ¿como te llamas, por cierto?

—Vaya, ¿y ahora vamos a ser corteses y civilizados? —Se estaba riendo de ella.

—Sí, creo que será lo mejor. —Su control se venía abajo, y lo sabía. Tenía que encontrar una manera de arrebatarle a Joshua. El pequeño tenía que vivir, tanto si ella se salvaba como si no. Se clavó a propósito las uñas en las palmas para concentrarse en esa sensación y así centrar su mente.

—Pues, cómo no, seamos civilizados. Me llamo Paul Yohenstria, y soy de los Cárpatos. Tal vez hayas notado mi acento.

Ella tendió los brazos a su hermano, incapaz de contenerse.

—Por favor, señor Yohenstria, sólo quiero a Joshua, no es más que un niño.

—Tú quieres que él siga con vida, y yo quiero que tú me acompañes. Creo que podemos hallar alguna solución que nos beneficie a los dos. ¿No te parece?

Alexandria dejó caer sus brazos vacíos a ambos lados. Estaba agotada y asustada, y la cabeza le dolía de un modo atroz. De algún modo, él estaba aumentando su malestar, gastando sus defensas con aquel vapuleo mental, aquella voz en su cabeza la estaba volviendo loca con tal presión incesante.

—Iré contigo, pero deja aquí a mi hermano.

—No, querida. No voy a hacer eso. Ven junto a mí ahora.

Ella se acercó a su pesar. No tenía otra opción. Joshua era su vida. Le quería más que cualquier otra cosa. Si él faltaba, ella no tendría nada. En el momento en que Yohenstria la tocó sintió náuseas. Le rodeó el brazo con sus dedos manchados de sangre, pudo ver la sangre atrapada bajo aquellas largas uñas que parecían puñales. La sangre de Henry. Luego dejó caer a Joshua, pero el muchacho se limitó a quedarse donde había aterrizado.

—No hace falta que me agarres, sólo quiero ver cómo está Joshua —dijo Alexandria. El contacto con el ser maligno le estaba revolviendo el estómago, temió volver a vomitar.

—Déjale por el momento. —Apretó sus dedos como si fueran un torno y la acercó tanto a él que la tocó con su cuerpo. Podía oler su fétido aliento, el olor de la sangre y la muerte. Tenía la piel sudorosa y gélida.

Alexandria forcejeó e intentó escapar, aunque sabía que estaba indefensa en sus manos. Él se acercó aún más a su cuello, y ella notó el aliento caliente y asqueroso sobre su piel.

—No. Oh, Dios, no lo hagas —susurró Alexandria, le fallaba la voz. Si el vampiro la soltaba, se caería al suelo. Le flaqueaban las rodillas, pero él la mantuvo quieta mientras se inclinaba un poco más.

—Tu Dios te ha abandonado —susurró y pegó los colmillos a su garganta, la perforó a fondo, y el dolor fue tan intenso que todo dio vueltas y se volvió negro. La bestia la cogió entre sus brazos y se dio el festín, con grandes tragos de espléndida sangre. Ella era menuda y él casi la aplastaba entre sus brazos mientras bebía. Podía notar los colmillos enganchados a su cuerpo, conectándoles de una modo siniestro, desagradable. Alexandria notó que su cuerpo se debilitaba, no respondía, su corazón daba trompicones y funcionaba con dificultad mientras él continuaba vaciándola. Bajó las pestañas, pero, pese a repetirse que tenía que vivir para luchar por Josh, unos puntos negros empezaron a girar y danzar ante sus ojos, y se desplomó indefensa contra la constitución nervuda del vampiro.

Él alzó la cabeza, con un reguero de sangre que caía desde un lado de la boca.

—Y ahora debes beber para vivir. —Se desgarró con los dientes la muñeca y la llevó a los labios de Alexandria, observando cómo su sangre sucia goteaba hasta su boca.

A Alexandria aún le quedaba suficiente vida como para intentar evitar ingerir aquel horrendo líquido. Intentó volver la cabeza, cerrar la boca, pero el vampiro la agarró sin esfuerzo y le metió a la fuerza el venenoso líquido más allá de sus labios, mientras le acariciaba la garganta para obligarla a tragar convulsivamente. Pero él no repuso toda la sangre que él había tomado, con la intención de mantenerla débil. La quería más dócil para manejarla a su antojo.

Paul Yohenstria dejó caer a su víctima al lado de su hermano y alzó el rostro triunfante a la noche oscura, sin luna. La había encontrado. Su sangre era caliente y dulce, su cuerpo joven y flexible. Ella le proporcionaría lo necesario para recuperar sus emociones, para volver a sentir. Expresó con un rugido al cielo su triunfo y sacudió el puño para desafiar a Dios. Había elegido perder su alma, y ¿qué importaba al fin y al cabo? Había encontrado a esta persona especial, quien podría recuperarle.

Los débiles movimientos instintivos de Alexandria apartándose de él hicieron que volviera a centrar su atención en ella. Alexandria fue a rastras al lado de Joshua y lo abrazó con gesto protector. El vampiro soltó un resoplido de celos. Muchos la querrían, pero era suya. No iba a compartirla con nadie. En el momento en que la transformación se completara, y ella acabara dependiendo de él y acudiera a él por propia voluntad, se desharía de ese mocoso. Estiró el brazo, cogió al muchacho por la camisa y le apartó de su hermana.

Alexandria consiguió sentarse, pero todo le daba vueltas, casi era imposible orientarse. Aun así sabía de un modo infalible dónde estaba Josh. Y sabía que nunca permitiría que él compartiera este destino. Si esta criatura asesina era capaz de convertirles en seres como él, la muerte era una alternativa preferible.

Sin previo aviso, Alexandria se abalanzó hacia delante. Con Joshua sujeto entre sus brazos estirados, el impulso les llevó a ambos sobre el borde del precipicio. El viento soplaba contra ellos con fuertes ráfagas, las rociadas de sal limpiaban y espoleaban. Las olas se elevaron para recibirles en sus tumbas de agua, rompiendo como truenos sobre las rocas recortadas que quedaban justo bajo la superficie.

Unas garras la atraparon, unas alas batieron con furia y el aliento caliente y fétido anunció la presencia del enemigo. Alexandria soltó un grito cuando las uñas se clavaron a fondo en ella y la criatura les apartó de su única salvación. No fue capaz de dejar caer a Joshua. Tal vez hubiera una oportunidad más tarde, algún momento en el que su captor no mirara, para ayudar a escapar a Joshua. Enterró el rostro en los rizos rubios de su hermano, cerró los ojos y le susurró que lamentaba no ser lo bastante fuerte para concederle la misericordia de la muerte mientras ella seguía viviendo. Las lágrimas le quemaban la garganta, se sentía manchada por el mal del monstruo. Sabía que ahora vivía dentro de ella, que estaban unidos para siempre.

El lugar al que les llevó era oscuro, frío y húmedo, una cueva abierta en la profundidad del acantilado, rodeada de agua. No había forma visible de escapar. Él arrojó sus cuerpos con desprecio sobre la arena húmeda de la entrada de la caverna y fue de un lado a otro con inquietud, en un intento de contener la rabia provocada por su rebelión.

—No vuelvas a hacer algo así otra vez o ese niño vivirá un infierno mucho peor de lo que hayas imaginado jamás. ¿Ha quedado claro? —preguntó elevándose sobre ella.

Alexandria intentó sentarse. Sentía todo el cuerpo apaleado, estaba débil por la pérdida de sangre.

—¿Qué lugar es éste?

—Mi guarida. El cazador no puede seguirme hasta aquí, rodeado como estoy de agua. El mar confunde sus sentidos. —Paul Yohenstria se rió con voz ronca—. Ha derrotado a muchos de mi especie, pero no puede encontrarme.

Miró a su alrededor con cuidado. Por lo que ella podía ver, sólo estaban las encrespadas olas del océano. Los acantilados se elevaban hacia arriba, pelados, resbaladizos, empinados, imposibles de escalar. Les tenía atrapados, tan blindados como si estuvieran en una cárcel. Y hacía frío, un frío gélido que la hacía temblar. Se estaba formando una leve bruma, por lo tanto intentó cubrir el cuerpo de Joshua con el suyo para protegerle.

Pero la marea subía, y la arena y los guijarros sobre los que se hallaban tumbados ya estaban mojados de agua salada.

—No podemos quedarnos aquí. Está subiendo la marea. Nos ahogaremos. —Le costó mucho esfuerzo hablar. Acunó la cabeza de Joshua en su regazo. Parecía ausente, inconsciente de lo que pasaba a su alrededor, y Alexandria se sintió agradecida de ello.

—La cueva asciende serpenteante por la montaña. Cuanto más adentro, más seca está. —Inclinó la cabeza a un lado y la contempló con sus ojos inyectados en sangre—. Pasarás un día algo incómodo, querida. Aún no confío en ti lo suficiente como para permitir que estés cerca de mí mientras duermo pero, no obstante, no puedo dejar que rondes por aquí a tu aire. No es que crea que haya una manera de escapar, pero eres mucho más lista de lo que creía. No me dejas otra opción que encadenarte dentro de la cueva. Estará húmedo pero estoy seguro de que aguantarás.

—¿Por qué haces todo esto? ¿Qué esperas conseguir? ¿Por qué no me matas sin más? —quiso saber.

—No tengo intención de permitirte morir. Ni por asomo. Te volverás como yo, poderosa e insaciable en todos nuestros apetitos. Nadie podrá detenernos jamás.

—Pero ¿no tenía que acudir a ti por propia voluntad? —se apresuró a protestar. De ninguna manera iba a aceptar esta vida. De ninguna manera, a menos que empleara la fuerza. No había motivo lo bastante poderoso para que ella hiciera lo que él deseaba. Pero mientras pensaba eso, notó que Joshua se agitaba en sus brazos.

El vampiro la miró.

—Oh, lo harás, encanto. Al final suplicarás que te preste atención. Te lo garantizo. —Estiró la mano y la cogió por debajo del brazo para ponerla en pie.

Aunque le costaba mantener el equilibrio con las ráfagas de viento y las rociadas de sal, Alexandria se aferró a Joshua con toda la fuerza que pudo.

Paul sacudió la cabeza.

—Para ser humana, eres fuerte. Tu mente es muy resistente al control o a la persuasión. Un problema interesante. Pero no pongas a prueba mi paciencia, querida. Puedo ser bastante cruel cuando me provocan.

Alexandria notó el sollozo histérico que se formaba en su garganta y la ahogaba. Si esto era mostrar paciencia, si esto no era un ejemplo de su crueldad, no quería ni imaginar de lo que era capaz.

—Alguien echará de menos a esas tres mujeres. Encontrarán sus cadáveres. Encontrarán a Henry.

—¿Quién es Henry? —preguntó con desconfianza, y los celos le crisparon los rasgos.

—Deberías saberlo, le mataste.

—¿Ese viejo estúpido? Se interpuso en mi camino. Además, en el restaurante noté cómo me desafiabas y necesitaba captar tu atención. El viejo y el niño eran responsabilidad tuya. Resultaron útiles para mis propósitos.

—¿Por eso le mataste? ¿Porque sabías que me importaba? —El horror de Alexandria era cada vez más pronunciado, pese a la sangre mancillada que ardía en su interior. Se sentía como si alguien le estuviera pasando un soplete por sus órganos interiores, y el corazón sufría por el dulce y querido Henry.

—No puedo permitir que los restos de tu antigua vida dividan tus lealtades. Me perteneces. A mí y sólo a mí. No pienso compartirte.

El corazón de Alexandria latía con fuerza y, de forma involuntaria, agarró a Joshua con más fuerza. El vampiro iba a matar a su hermano de todas maneras. No tenía intención de mantener al niño en su vida. Josh tenía que escapar, y ella debía encontrar la manera. Otra vez estuvo a punto de perder el equilibrio e iba a caerse, pero Yohenstria se estiró y la cogió por el brazo.

—No llega tanta luz hasta el fondo de la cueva como para que te quemes la piel. Vamos, entremos antes de que empiece a amanecer.

—¿No puedo estar al sol?

—Te quemarás con facilidad. Pero aún no has cambiado del todo. —Con rudeza, sin preocuparle que estuviera tan débil y aún aferrada a Josh, la arrastró hasta el interior de la oscura caverna.

Alexandria se cayó varias veces, las olas que llegaban le salpicaban la ropa. Él continuaba andando, la obligaba a seguir, a veces arrastrándola tras él. Abrazaba con fuerza a Joshua, intentaba dar calor a su tembloroso cuerpo que estaba terriblemente quieto, un peso muerto entre sus brazos. Intentó pensar, pero el cerebro le funcionaba demasiado despacio, y necesitaba con desesperación tumbarse un rato.

Tras recorrer unos metros del interior de la cueva, el vampiro se detuvo y la empujó contra un muro de roca en el cual había una gruesa cadena con una argolla atornillada. Alexandria advirtió, mientras él apretaba la argolla en torno a su muñeca, que el acero estaba manchado de sangre. Era evidente que había traído a más de una víctima a este lugar para darse placer. El metal penetró en su suave piel, y se desplomó sobre el suelo sin importarle que el agua bañara su regazo y luego retrocediera en su ciclo interminable. Apoyó la espalda contra el muro del precipicio y estiró el brazo para acunar con él a su hermano, sin dejar de temblar y castañetear.

El vampiro se rió en voz baja.

—Ahora voy a descansar. Me temo que pronto a ti va a costarte hacer lo mismo. —Le dio la espalda y se fue andando, mientras su risa burlona reverberaba tras él.

Joshua, en su regazo, de repente se agitó, se incorporó y se frotó los ojos. Como el vampiro le había liberado de su trance, soltó un grito y se agarró a Alexandria, sin soltarla.

—Ha matado a Henry. Lo he visto, Alex. ¡Es un monstruo!

—Lo sé, Josh, lo sé. Cuánto siento que hayas visto algo tan horrible. —Se frotó la mejilla contra sus rizos—. No voy a mentirte: tenemos problemas. No sé si lograré sacarte de aquí. —Arrastraba las palabras, los párpados se le cerraban como si no tuviera voluntad propia—. Está subiendo la marea, Josh. Quiero que, mientras puedas, mires con sumo cuidado a tu alrededor para ver si hay alguna repisa a la que subirte para ponerte a salvo.

—No quiero dejarte. Estoy asustado.

—Lo sé, colega, lo sé. Yo también lo estoy. Pero necesito que seas muy valiente y que hagas esto por mí. A ver qué puedes encontrar.

Una ola llegó de repente, el agua que entró a borbotones la roció de sal y mar hasta la barbilla, luego retrocedió dejando una alfombra de espuma. Joshua gritó de miedo y le rodeó el cuello con los brazos.

—No puedo hacerlo, Alex. No puedo, de verdad.

—Intenta salir de la cueva y encontrar un lugar donde esperar, donde el agua no pueda alcanzarte.

Sacudió la cabeza con tal firmeza, que sus rizos rubios rebotaron.

—No, Alex. No voy a dejarte. Tengo que estar contigo.

A Alexandria no le quedaban energías para discutir. Tenía que concentrarse sólo en pensar.

—De acuerdo, Josh, no te preocupes. —Se apoyó en el muro y poco a poco consiguió ponerse de pie. Así el agua sólo le llegaba hasta las pantorrillas—. Podemos hacer esto juntos. Echemos un vistazo a nuestro alrededor.

Era casi imposible ver algo en la penumbra de la cueva, y el sonido del agua rompiendo contra las rocas resultaba atronador para sus oídos. Alexandria temblaba de forma incontrolable, sus dientes castañeteaban con tal fuerza que temió fragmentárselos. La sal se endurecía sobre su piel y su pelo, la herida en la piel le quemaba. Tragó saliva con dificultad e intentó no llorar. El único hueco en el que Joshua tal vez pudiera resguardarse quedaba muy por encima de su cabeza. Si hubiera sido más alta, quizás hubiera conseguido auparle hasta ahí, pero ninguno de los dos podía llegar.

La fuerza de la siguiente ola casi levanta a Joshua del suelo. Se agarró a las caderas de Alexandria y no se soltó. Ella cerró los ojos y se apoyó contra la pared.

—Vas a aguantar de pie tanto como te sea posible, Josh, luego yo te auparé todo lo que pueda. Después, te colocarás encima de mis hombros, ¿vale? No irá tan mal. —Hizo un gran esfuerzo por sonar animosa.

Joshua parecía asustado, pero asintió con la cabeza, con gesto de confianza.

—¿Va a volver ese hombre y va a matarnos, Alexandria?

—Volverá, Josh, porque quiere algo de mí. Si consigo hacer tiempo, eso nos dará un margen para imaginarnos cómo salir de este barullo.

El crío la miró con gesto solemne.

—Cuando te ha mordido, Alex, le oía riéndose en mi cabeza. Ha dicho que iba a hacer que tú me mataras con tus propias manos. Que una vez fueras como él, querrías matarme por entrometerme en tu camino. Ha dicho que me sacarás toda la sangre de mi cuerpo. —La abrazó con más fuerza—. Sabía que no era verdad.

—Buen chico. Eso es parte de su plan: que nos tengamos miedo el uno al otro. Pero somos un equipo, Josh, nunca lo olvides. Pase lo que pase, sabes que te quiero, ¿de acuerdo? No importa lo que suceda. —Apoyó su cabeza en la del crío y dejó que las olas les cubrieran las piernas. Estaba tan cansada y débil que no estaba segura de poder acabar el día y mucho menos de volver a enfrentarse al vampiro. Rezó en silencio una y otra vez hasta que las palabras surgían solas en su mente y era imposible pensar.

La luz entraba a raudales por la entrada de la cueva cuando los gritos frenéticos de Joshua la despertaron, dormida allí de pie. El agua le cubría a Joshua hasta el pecho, le levantaba literalmente del suelo. Él se aferraba a la pierna de su hermana en un intento de impedir que la violenta espuma se lo llevara.

—Estoy despierta, Josh. Lo siento —susurró. Estaba agotada y demasiado débil para aguantar. La luz le hacía daño en los ojos y el agua salada le irritaba la piel. Cobró aliento y levantó a Joshua en brazos para protegerle de la marea que subía.

No había manera de sostenerlo durante mucho rato, pero sentirle a su lado le proporcionó cierto bienestar. Algo grande le dio en la pierna, empujado por una ola. Se estremeció y agarró a su hermano aún con más fuerza.

—Qué frío hace —Joshua estaba temblando, igual de mojado que ella.

—Lo sé, compañero. Intenta dormirte.

—¿Duele, verdad que sí?

—¿Qué? —Una ola la envió contra el muro y Joshua casi se le escapa.

—Donde te ha mordido. Gemías mientras dormías.

—Duele un poco, Josh. Voy a intentar auparte sobre mis hombros. Tal vez tengas que trepar por ti mismo, ¿vale?

—Puedo hacerlo, Alex.

Estaba muy débil, las olas la empujaban contra la roca que tenía detrás, pero de algún modo Joshua consiguió encaramarse sobre sus hombros. Casi se cae de rodillas con el peso, y el pelo largo, que se había soltado del moño, quedaba atrapado debajo de sus pies y le dolía. Pero no protestó. Aguantaba para salvar la vida. El agua, en un embate incesante, subía a ritmo constante y ya le llegaba hasta la cintura. Le ardían las muñecas a causa del agua salada, tenía la herida del cuello en carne viva, y le dolía el cuerpo por dentro. Podía notar cosas rozándole las piernas, picoteando su piel. Era demasiado horroroso, pero Alexandria estaba decidida a mantener la voluntad por su hermano.

—Podemos conseguirlo, ¿verdad, Josh? —dijo.

El niño apoyó su peso contra la pared y se agarró con el brazo a la gruesa cadena para mantenerles firmes ante el constante zarandeo del agua.

—Sí, podemos, Alex, no te preocupes. Vamos a salvarnos. —Estaba muy decidido al respecto, muy firme.

—Sabía que lo harías. —Cerró los ojos otra vez e intentó descansar.

Alexandria se dormía de tanto en tanto, echaba una cabezadita por unos momentos. La sal salpicaba su cuerpo con crueldad, la despellejaba viva. Tenía sed, se estaban formando ampollas en sus labios hinchados.

Al final el agua empezó a retroceder y el zarandeo interminable remitió. Joshua tuvo que descender por sí solo, Alex ya no era capaz de levantar los brazos. Tal y como le había sugerido su hermana antes, salió de la cueva para explorar su prisión. Alexandria siempre le imponía un millón de normas de seguridad que él debía seguir, pero en esta ocasión se limitó a observar con ojos vidriosos.

Joshua estudió las paredes del acantilado en busca de un lugar por el que trepar, pero eran demasiado empinadas y resbaladizas. Tenía mucha sed, de modo que buscó un lugar en la pared de roca por el que bajara agua fresca, pero no veía nada. El sol era un alivio para su piel fría y mojada, y se quedó sobre la arena para secarse la ropa y calentarse.

Alexandria se desplomó y se dio con la cabeza en el muro de piedra. De repente se despertó y miró con frenesí a su alrededor. ¡Joshua! ¡Se había ido! ¡Se había quedado dormida y las olas se lo habían llevado! Se puso en pie con gran esfuerzo, luchando contra las manillas que maniataban sus muñecas, y llamó a gritos a su hermano.

Su voz sonaba ronca, casi inexistente, se negaba a ir más allá de la entrada de la cueva. La pobre luz del sol que se filtraba le quemaba los ojos y la piel, pero ella no dejó de estirar y zarandear las cadenas, llamando una y otra vez a su hermano.

Para cuando Joshua entró corriendo en la cueva, ella estaba hecha un ovillo contra la pared, sollozando.

—¿Qué te pasa, Alex? ¿Ha vuelto ese hombre y te ha hecho daño otra vez?

Alexandria alzó la cabeza poco a poco. Joshua le tocó las muñecas ensangrentadas.

—Ha regresado, y yo no estaba aquí para protegerte.

Ella le observó entre las lágrimas, incapaz de creer que era de verdad su hermano y no algún producto de su imaginación. Lo cogió, lo abrazó con fuerza y le pasó las manos para asegurarse de que no había sufrido ningún daño.

—No, el hombre no ha venido, no creo que pueda, con el sol en alto.

—¿Quieres que vaya a mirar? Puedo husmear un poco. —La luz del sol le infundía valor.

—¡No! —Alexandria le asió el brazo con firmeza—. No te atrevas a acercarte a ese hombre. —Se secó los labios hinchados con la manga. Las ampollas se reventaron y empezaron a sangrar—. ¿Has encontrado alguna manera de salir? ¿Puedes trepar por el precipicio?

39

—No, no hay apoyo para trepar. Ni siquiera hay algún sitio donde esconderse. Aún no he mirado en la parte posterior de la cueva. Tal vez haya una manera por ahí.

—No quiero que lo intentes, Josh. No podré ayudarte si él te encuentra. —No estaba segura de que Paul Yohenstria fuese un vampiro en toda regla, pero fuera lo que fuera, Joshua no podía enfrentarse a él. Tuvo visiones del niño de seis años descubriendo al vampiro en un ataúd. ¿Dormían de verdad en ataúdes?

—Pero te has hecho daño, Alex. Puedo darme cuenta. Y va a venir otra vez aquí. Por eso te ha encadenado, para poder regresar y hacerte más daño. —Parecía a punto de estallar en lágrimas.

—Está muy enfermo, Josh. —Le secó con el pulgar una lágrima del rostro, luego le besó en lo alto de la cabeza—. Tal vez tengamos que fingir delante de él. Se piensa que soy la mujer con la que se quiere casar. ¿No es una tontería, si ni siquiera nos conocemos? Pero creo que está mal de la cabeza, ya sabes, algo anda mal en su cerebro.

—Creo que es un vampiro, Alex, como en la tele. Dijiste que no hay cosas así, pero creo que te has equivocado.

—Tal vez. La verdad, ya no lo sé. Pero somos un equipo difícil de derrotar, Josh. —De hecho, se encontraba tan débil que ya no se podía aguantar en pie y ni siquiera le importaba intentarlo. Si el vampiro regresaba justo entonces, se encontraría con unas presas muy fáciles—. Creo que somos demasiado listos para él. ¿Qué piensas?

—Creo que nos va a comer —dijo Josh con franqueza.

—Dijo algo acerca de un cazador. ¿Le oíste decir eso? Alguien le persigue. Podemos aguantar hasta que el cazador le encuentre. —Estaba tan cansada que se le volvían a cerrar los ojos.

—Tengo miedo, Alex. ¿Crees que el cazador llegará aquí antes de que se despierte el vampiro y nos mate? —El labio inferior de Joshua temblaba al igual que su voz.

Hizo un esfuerzo supremo para levantarse.

—Vendrá, Josh. Espera y verás. Vendrá por la noche, cuando el vampiro menos lo espere. Con el pelo rubio, igual que tú. Es grande, fuerte y poderoso, como un felino salvaje. —Casi podía imaginarse al héroe que intentaba crear para su hermano.

—¿Es más poderoso que el vampiro? —preguntó Joshua con esperanza.

—Muchísimo más —respondió con firmeza, elaborando un cuento fantástico para el niño, pues quería creérselo también ella—. Es un guerrero mágico con relucientes ojos dorados. El vampiro no puede soportar mirarle porque se ve a sí mismo reflejado en esos ojos ardientes y se asusta de su aspecto espantoso.

Se hizo un pequeño silencio y entonces Joshua le tocó el rostro con las puntas de los dedos.

—¿De verdad, Alex? ¿Va a venir el cazador a salvarnos?

No encontró nada malo en darle esperanza.

—Tenemos que ser valientes y fuertes. El cazador vendrá a por nosotros, Joshua, lo hará. No nos separaremos y burlaremos al viejo vampiro. —Arrastraba las palabras, y a causa de la pérdida de sangre, la temperatura de su cuerpo empezaba a descender y la fuerza decaía con rapidez. Alexandria no veía la manera de sobrevivir hasta el anochecer. Las pestañas descendían de nuevo, tan pesadas que no encontraba la manera de levantarlas.

Joshua no quería decírselo a su hermana, pero tenía un aspecto terrible. Horrible. Tenía la boca hinchada y negra. La sal blanca le cubría la piel, le daba un aspecto monstruoso. El pelo le colgaba formando mechones blancos grisáceos alrededor de su rostro, y ya no distinguía su color natural. Tenía las ropas desgarradas y manchadas de blanco, tiras de algas colgaban de sus faldas y de sus medias rotas y raídas. En las piernas tenía cientos de gotas de sangre, allí donde algo le había picoteado la piel. Incluso su voz sonaba rara, y tenía el cuello hinchado, con la piel en carne viva. Pero Alexandria ni siquiera parecía darse cuenta. Josh estaba muy asustado. Se sentó junto a ella, le cogió la mano y esperó a que el sol descendiera poco a poco en el cielo.

Alexandria fue consciente del momento en que se puso el sol. Sintió una inquietante agitación en la tierra y supo de inmediato que el vampiro se había levantado. Rodeó con un brazo los hombros de Joshua y le acercó más hacia ella.

—Viene hacia aquí —le susurró en voz baja al oído—. Quiero que salgas de la cueva y te quedes muy callado, fuera de su vista. Intentará usarte contra mí, intentará hacerte daño de alguna manera. Pero tal vez se haya olvidado de ti si no te dejas ver.

—Pero, Alex... —protestó.

—Necesito que hagas esto por mí. Quédate muy quieto, pase lo que pase. —Le dio un rápido beso—. Vete ya. Te quiero, Josh.

—Te quiero, Alex. —Salió corriendo de la cueva y se apretó contra la pared del acantilado. La marea volvía a subir, y sólo tenía seis años.

Luego, Alexandria, aunque no oyó nada, supo de repente que el vampiro la observaba. Volvió la cabeza y se topó con su mirada.

—Tu aspecto ha empeorado un poco, estás desmejorada —la saludó simpático.

Ella siguió callada, se limitó a observarle. Su grotesca sonrisa se extendía sobre su rostro. Atravesó la distancia que les separaba y, tras levantarle las muñecas, se las examinó. Se llevó una a la boca y, sin dejar de mirarla a los ojos, lamió la sangre de las dolorosas heridas. Alexandria dio un terrible respingo e intentó apartar la mano. Él apretó un poco más hasta que estuvo a punto de romperle un hueso.

—Quieres que te suelte, ¿verdad?

Se obligó a quedarse quieta y soportar su horrendo contacto. Cuando las argollas cayeron al suelo, intentó ponerse en pie con dificultad.

—¿Quieres salir de este lugar? —le preguntó en voz baja.

—Sabes que sí.

La cogió por el cuello con una mano punzante y la acercó a él de un tirón.

—Tengo hambre, encanto, y es hora de decidir si quieres que el niño viva otra noche o, por el contrario, que muera.

No tenía fuerzas para oponerse a él, de modo que ni siquiera lo intentó. No pudo contener el grito de dolor que se le escapó cuando los colmillos se hundieron en su cuello. Él profirió un gruñido mientras se alimentaba, sujetando su pelo enmarañado en una mano para mantenerla quieta mientras bebía con ansia. Alexandria sabía que su vida se iba por su garganta. Sufría pérdida de sangre e hipotermia. Ya nada parecía importar.

Yohenstria notó que ella se caía contra él y tuvo que cogerla en brazos para evitar que se fuera al suelo. El corazón de Alexandria latía con dificultad y su respiración era superficial. Había bebido más de la cuenta otra vez. Se desgarró la muñeca con los dientes y la pegó con fuerza sobre la boca de Alexandria, obligándola a tragar a la fuerza el oscuro líquido. Pese a que su vida pendía de un hilo, la chica se opuso. Él no podía dominar su mente y tenerla bajo control. Aunque conseguía obligarla a tragar su sangre mancillada, sabía que sólo era porque estaba al borde del colapso completo. No obstante, cada vez que la forzaba a beber, la acercaba más a su propio mundo. Ella no moriría, no iba a permitirlo. Pero tendría que obligarla a aceptar mucha más sangre para mantenerla viva.

Pero mientras decidía eso, notó una turbulencia en el aire. Soltó un lento siseo y volvió la cabeza despacio.

—Nos han encontrado, cielo. Vamos, vas a ver cómo es el cazador. No hay nada igual en este mundo. Es implacable. —Paul Yohenstria medio arrastró, medio cargó con Alexandria desde la cueva hasta el aire nocturno.

Alrededor de ellos las olas rompían contra la costa, salpicando y rociando de espuma los muros del acantilado. El vampiro arrojó a Alexandria sobre el suelo y se colocó en el centro, en medio de la playa despejada, inspeccionando el cielo con los ojos.

Alexandria se arrastró sobre la extensión de arena para llegar hasta Joshua. Estaba hecho un ovillo, se balanceaba adelante y atrás en un intento de darse cierto alivio. Ella consiguió arrastrarse hasta su lado y se colocó entre él y el vampiro. Iba a suceder algo terrible. Notaba el aire a su alrededor cada vez más denso. El viento formaba remolinos y una bruma cubría la cala.

Se produjo un repentino movimiento en algún lugar en la densa bruma, y el vampiro gritó con un sonido agudo, lleno de miedo y rabia. A Alexandria casi se le detiene el corazón. Si el vampiro tenía miedo de lo que había ahí fuera, ella también debería estar aterrorizada. Apretó a Joshua contra su pecho y le tapó los ojos con las manos. Se abrazaron con fuerza, temblando ambos.

Un ave enorme y dorada pareció materializarse a partir de la bruma. Apareció tan deprisa en la playa que no era más que una mancha con garras extendidas y unos ojos dorados reluciendo con intensidad. La pesada bruma formó unos remolinos, luego se abrió y reveló una extraña forma, medio hombre medio pájaro. Alexandria sofocó un grito.

Luego la criatura se convirtió en un hombre, con fuerte musculatura, brazos poderosos y pecho enorme. Su pelo, largo y rubio, ondeaba al viento. Su cuerpo se movía con ágil fluidez, como un felino salvaje acechando a una presa. Su rostro estaba entre sombras, pero Alexandria alcanzó a ver los ojos de oro fundido que inmovilizaban al vampiro con su intensidad.

—Y bien, Paul, por fin nos encontramos. —Su voz era preciosa, una cascada de notas tan puras que el tono pareció colarse hasta el interior del alma de Alexandria. Estaba erguido, muy alto y relajado, la encarnación perfecta de un guerrero vikingo—. He tenido mucho trabajo limpiando los destrozos que has dejado por toda la ciudad. Tu desafío ha sido bastante evidente. No tenía otro remedio que complacerte.

El vampiro retrocedió para dejar más espacio entre ellos.

—Nunca te he desafiado. Mantengo las distancias. —Su voz era tan aduladora que Alexandria se quedó helada. Este cazador era una fuerza tan enorme con la que vérselas que llenaba de terror el corazón del vampiro.

El cazador inclinó la cabeza a un lado.

—Has asesinado, pese a estar prohibido. Conoces la ley, impuro.

Entonces el vampiro se abalanzó contra él. Era un borrón de garras y colmillos atroces mientras daba un brinco para derribar al intruso. El cazador se limitó a desplazarse a un lado y lanzó con gesto despreocupado su garra sobre la garganta del vampiro, que quedó abierta. La sangre manó a chorros como un volcán rojo en erupción.

Alexandria se sintió horrorizada al ver cómo se retorcía la cabeza dorada: el rostro se alargó hasta formar un hocico, cuyos colmillos surgieron dentro de la boca de un lobo. El cazador partió el fémur del vampiro como si fuera una ramita, el sonido se propagó por la playa y resonó dentro del cuerpo de Alexandria. Dio un respingo y abrazó a Joshua con más fuerza, le bajó la cabeza para impedir que fuera testigo de una escena tan terrorífica y espantosa.

El vampiro se limpió la sangre que corría por su pecho y se quedó mirando con ojos de odio al cazador dorado.

—Piensas que no eres como yo, Aidan, pero lo eres. Eres un asesino, y disfrutas con la batalla. Es la única ocasión en que te sientes vivo. Nadie puede ser como tú y no sentir la dicha y el poder de quitar una vida. Dime, Aidan, ¿no es verdad que no ves colores en este mundo? ¿Que no hay emoción en ti a menos que libres una batalla? Eres el guerrero supremo. Tú, Gregori y tu hermano Julian, sois las sombras más oscuras de nuestro mundo. Vosotros sois los verdaderos asesinos.

—Has incumplido nuestras leyes, Paul. En vez de exponerte al amanecer, has elegido vender tu alma a cambio de la ilusión de poder. Y has convertido a una mujer humana, has creado una vampiresa desequilibrada que se alimenta de sangre de niños inocentes. Ya sabes cuál es el castigo.

La voz era la pureza en sí, un limpio afluente de belleza. El tono pareció fluir hasta la mente de Alexandria, hizo que se sintiera dispuesta a hacer lo que él deseara.

—Sabes que no hay manera de derrotarme —continuó la voz, y Alexandria lo creyó. Era una voz tan suave y amable, tan sincera. No había manera de que alguien pudiera oponerse con éxito al cazador, era de veras invencible.

—Algún día alguien vendrá a cazarte, y no tardará mucho —se burló Paul Yohenstria, mientras hacía un esfuerzo para ponerse en pie. Su forma pareció refulgir y disolverse, pero mientras mutaba, el cazador volvió a alcanzarle.

El sonido fue asqueroso. La bruma ocultaba el ataque, y el cazador formaba una mancha en movimiento tan borrosa que Alexandria era incapaz de distinguirlo. Pero de la neblina surgió una visión obscena: la cabeza del vampiro con el pelo embadurnado de sangre e inmundicias y los ojos abiertos, muy fijos. La cabeza fue rodando hacia Alexandria, dejando un rastro carmesí tras ella.

Intentó levantarse con esfuerzo, sosteniendo a Joshua contra ella, tapándole los ojos con las manos mientras la grotesca pelota se detenía a escasos pasos. La bruma, cada vez más densa, formaba remolinos, y para horror suyo, el cazador volvió la cabeza y el oro fundido de su mirada descansó sobre su rostro.

Capítulo 3

Aidan Savage suspiró en silencio al pararse a mirar a la enloqueci-
da vampiresa que sujetaba a un niño pequeño contra su pecho. El
demonio interior del cazador estaba hoy fuerte, luchaba por liberarse, la neblina roja que enturbiaba su mente exigía establecer
pleno control. Y el vampiro renegado tenía razón. Cada vez le costaba más reprimir el asesino que llevaba dentro. La batalla le aportaba dicha y poder, y la lucha era adictiva porque era la única ocasión en que sentía algo. Había soportado siglos de existencia estéril,
en blanco y gris, sin disfrutar de ningún color o emoción a excepción del deseo de batalla.

Dejó que su mirada recorriera la playa, y luego devolvió la
atención a la bruja que amenazaba al niño. De repente se quedó
parado. Después de seiscientos años sin ver colores, ahora veía el
rastro de sangre mancillada que salía de la cabeza de Paul, no como
una raya negra sino como una cinta de intenso color escarlata que
conducía directamente hasta la vampiresa.

Imposible. El color y la emoción sólo podían volver a él cuando encontrara una pareja en la vida. Y aquí no había nadie aparte del
lastimoso ser humano en el que Paul había intentado convertirse.
Miró a la pobre mujer y casi sintió lástima por ella. De nuevo le des-
concertó este inesperado acceso de compasión, de emoción, después
de tantos siglos, pero continuó con su inspección. Era imposible
determinar la edad de esta mujer. Era pequeña, casi infantil, pero el
traje que llevaba, tan roto, mojado y sucio como estaba, se ceñía a

sus curvas. Las piernas eran una masa de contusiones sanguinolentas, tenía la boca hinchada y negra por las ampollas supurantes. El pelo, enredado de algas, colgaba formando una repugnante masa que le llegaba hasta la cintura. Sus ojos azules estaban llenos de terror, pero también de desafío.

Iba a matar a esa criatura. Esta extraña mujer sí podía transformarse en carpatiana. Al contrario de lo que explican las leyendas populares, la mayoría de mujeres no pueden convertirse en vampiresas sin sufrir consecuencias espantosas. Se vuelven locas de inmediato y buscan presas entre niños inocentes. La mujer había sufrido de un modo atroz, las heridas punzantes en el cuello dejaban evidencia del modo en que el vampiro se había aprovechado de ella, y los cortes en las muñecas eran de una profundidad cruel.

Mentalmente, Aidan intentó llegar a la mujer, buscó su mente, pues quería que su muerte fuera lo menos dolorosa posible. Conmocionado por su resistencia, dio un paso de advertencia hacia ella. Era muy fuerte. Su mente presentaba cierto tipo de barrera natural que se resistía a su voluntad. En vez de dejar al niño en la arena como le había indicado, empujó al niño a un lado, cogió una gran rama arrastrada por la marea y se lanzó contra Aidan.

Él dio un brinco hacia delante y le arrebató la madera de la mano. El impacto rompió un hueso, pudo oírlo, pudo ver el dolor en sus ojos, pero ella no gritó. Era evidente que ni siquiera podía gritar. Se acercó a ella con intención de poner fin a su vida antes de que sufriera más. La mujer forcejeó, resistiéndose todavía a la coacción. Aidan inclinó la cabeza hacia su garganta.

Era tan pequeña y tenía tanto frío que temblaba de un modo incontrolado. De repente, todo su instinto protector se impuso, cobró vida un sentimiento que nunca antes había experimentado. Quería estrecharla cerca de él, protegerla con el calor de sus brazos. Perforó su blanda garganta con sus dientes, y al instante todo cambió para él, para toda la eternidad. Todo su mundo. Los colores danzaron y giraron, su belleza e intensidad casi le abruman. Su cuerpo reaccionó con una fogosidad desenfrenada que no sabía que podía sentir, ni siquiera en los viejos tiempos, cuando aún tenía emociones.

La sangre de la mujer era caliente y sabrosa, un banquete dulce y adictivo que alimentó su famélico cuerpo. La caza y la pelea le habían dejado sin fuerzas, y esta noche todavía no se había alimentado. Compartió el fluido revitalizador del cuerpo de la mujer con el suyo. En cierto sentido fue consciente del momento en que cesó la resistencia y ella descansó pasiva contra él. La levantó con facilidad entre sus brazos y la acunó contra su pecho mientras se alimentaba. Luego algo le dio con fuerza en las piernas. Sorprendido, cerró la herida con una caricia de su lengua y bajó la vista para mirar al niño. Esto daba la medida del desconcierto reinante, porque se había olvidado por completo del chaval, tanto que ni siquiera le había oído acercarse.

Joshua estaba furioso. Volvió a arremeter contra las piernas del cazador por segunda vez y lanzó el trozo de madera con toda la fuerza que pudo.

—¡No hagas más daño a mi hermana! ¡Se suponía que ibas a venir a salvarnos! Me dijo que vendrías si aguantábamos lo suficiente. Se suponía que ibas a ayudarnos, ¡pero eres como él!

El rostro del niño estaba surcado de lágrimas. Aidan distinguía con claridad que tenía el pelo rubio y los ojos azules, los colores casi le cegaban. Bajó la vista al rostro demacrado de la mujer que tenía en brazos. Su corazón iba muy lento, latía con dificultad, los pulmones buscaban aire. Se estaba muriendo.

—Estoy aquí para ayudarte —murmuró al muchacho en voz baja, casi ausente. Se metió dentro de sí mismo, buscó un remanso sereno, tranquilo, donde descansar, y luego se envió fuera de su cuerpo para entrar en el de la mujer. No podía creer que la hubiera encontrado después de todos aquellos siglos. Pero tenía que ser así. Sólo el encuentro con la pareja eterna podía provocar estos asombrosos cambios en su vida.

Ella se estaba desvaneciendo, ya no peleaba más. Aidan envolvió con su propia voluntad la de la mujer y le envió un mensaje mental. *Toma mi sangre, te la ofrezco de buena voluntad. Debes beber para poder vivir.*

La mente de la mujer se alejaba de la suya. Su espíritu era aún lo bastante fuerte como para eludir sus coacciones. Aidan cambió de táctica. *Tu hermano te necesita. Lucha por él. No puede pasar sin ti. Se morirá.*

Con una uña se rasgó los fuertes músculos del pecho y estrechó a Alexandria contra la herida. Ella se resistió al principio, pero él era implacable, la rodeaba con sus brazos y circunscribía también su voluntad, atacando su barrera de oposición hasta que, en su débil estado, ella cedió al embelesamiento de Aidan y se alimentó.

—¿Qué haces? —quiso saber Joshua.

—Ha perdido mucha sangre, tengo que hacerle una transfusión. —Aidan planeaba borrar los recuerdos que pudiera conservar el niño de toda esta pesadilla. Una explicación satisfactoria no le haría daño en este punto. El muchacho era muy valiente y se merecía oír algo que aliviara su terrible miedo.

Encontrar al vampiro había requerido un seguimiento cuidadoso. Siempre dejaba algún estropicio sangriento tras él, y siempre iba un paso por delante de su cazador. La noche anterior, Aidan había llegado demasiado tarde. Había ido al restaurante de los acantilados siguiendo las turbulencias en el aire, pero Paul Yohenstria ya había matado a un anciano, le había arrancado el corazón y había dejado atrás un cadáver demasiado comprometido como para que la policía lo encontrara. Aidan se había deshecho del cuerpo y también se había asegurado de que no encontraran nunca a las tres víctimas femeninas. Pero había perdido el rastro del no muerto antes del amanecer. Estaba convencido de todos modos de que se encontraba muy cerca de su guarida, y finalmente lo había descubierto y lo había destruido.

Ahora no tenía otra opción que quemar al vampiro y llevarse a su casa a estos dos perdidos. Porque estaba claro que esta lastimosa y desfigurada mujer era la pareja que había buscado durante estos ochocientos años. La manera asombrosa en que respondía a ella lo demostraba. No tenía ni idea de cómo era ella, ni siquiera estaba seguro de qué aspecto tenía, pero había traído vida otra vez a su cuerpo y a su corazón. Era ella.

—¿Cómo te llamas? —preguntó Aidan al niño. Parecía un gesto más amable que leerle la mente sin más. No es que en el pasado hubiera tenido demasiado en cuenta la amabilidad.

—Joshua Houton. ¿Se pondrá bien Alexandria? Está tan blanca, tiene un aspecto tan horrible... Creo que ese hombre malo le ha hecho daño de verdad.

—Yo soy un curandero de mi pueblo, Joshua Houton. Sé cómo ayudar a tu hermana. No te preocupes. Me aseguraré de que este hombre malo nunca vuelva a hacer daño a ningún ser viviente. Luego iremos a mi casa. Estaréis a salvo allí.

—Alex va a enfadarse. Su traje se ha echado a perder, y necesita el traje para conseguir un buen trabajo y mucho dinero para nosotros. —Joshua sonaba triste y desamparado, como si estuviera a punto de echarse a llorar. Alzaba la mirada al cazador buscando consuelo.

—Le conseguiremos otro traje —tranquilizó al niño. Con cuidado, dejó de alimentar a la mujer. Necesitaba fuerza para transportarles de regreso a su casa y, además, curar a otra persona requería una energía tremenda. Tendría que encontrar tiempo esta noche para cazar algo con que alimentarse.

Aidan dejó a Alexandria sobre la arena y, con gesto cariñoso, acercó a Joshua al lado de su hermana.

—Está muy enferma, Joshua. Quiero que te sientes a su lado para que pueda sentir tu presencia y saber que tú no has sufrido ningún daño. Va a hacer falta que nos ocupemos de ella durante un rato. Eres muy mayor, Joshua. Puedes hacerte cargo de esto, aunque ella diga cosas que den miedo, ¿a que sí?

—¿Por qué va a decir cosas así? —preguntó Joshua con desconfianza.

—Cuando la gente está muy enferma, la fiebre a veces les hace delirar. Eso quiere decir que no saben lo que dicen. Pueden tener miedo a la gente o a las cosas sin un verdadero motivo. Tenemos que mantenernos cerca de ella y asegurarnos de que no se lastima a sí misma.

Joshua asintió con gesto solemne y se sentó en la arena húmeda al lado de Alexandria. Su hermana tenía los ojos cerrados y no reaccionó cuando él se inclinó y la besó en la frente, como hacía ella a veces con él. La arena y la sal cubrían y endurecían su piel. Joshua retiró con dulzura los mechones de pelo, canturreando en voz baja como ella hacía a menudo cuando él estaba enfermo. Le pareció que estaba muy fría, muchísimo.

Al verles juntos, a Aidan se le formó un nudo en la garganta. Tenían el aspecto que supuestamente debía tener una familia. La manera en que Marie, su ama de llaves, miraba a sus hijos cuando crecían, o la forma en que le miraba a él, con la que él no podía corresponder. Con un suspiro, se ocupó de eliminar los restos del vampiro. Los vampiros son siempre peligrosos, incluso después de muertos. Aunque le había arrancado el corazón, seguía latiendo, transmitiendo su localización a los no muertos, con lo cual el vampiro podría volver a unir su forma. Aidan se concentró en el cielo, construyó una tormenta en su mente y creó un rayo que chisporroteó y danzó hasta chocar contra el suelo. Las llamaradas se propagaron por el camino carmesí, dejando cenizas negras detrás. El cuerpo del vampiro se apergaminó. Llamaradas azules y naranjas formaron remolinos, y un chillido grave pareció elevarse con el viento.

El olor apestaba, era repugnante. Joshua se tapó la nariz y observó abriendo mucho los ojos cómo el vampiro se esfumaba como si tal cosa en medio del humo negro y tóxico. Le conmocionó también ver que el cazador mantenía las manos en las llamas naranjas. Las llamas no le quemaban.

Con gesto hastiado, Aidan se limpió las palmas en los pantalones antes de volverse al muchacho que con tanto empeño intentaba proteger a su hermana en la playa. Una débil sonrisa suavizó la línea dura de su boca.

—No me tienes miedo, ¿verdad, Joshua?

El crío se encogió de hombros y apartó la vista.

—No. —Se hizo un breve silencio, casi desafiante—. Bueno, quizás un poco...

Aidan se agachó junto a él y le miró a los ojos. Su voz descendió una octava, se volvió puro tono, notas plateadas que penetraron en la mente de Joshua y tomaron posesión de ella.

—Soy un viejo amigo de la familia, os conozco de toda la vida. Nos tenemos mucho cariño y hemos compartido todo tipo de aventuras. —Se mandó fuera de su propio cuerpo y entró en el del muchacho, estudiando los recuerdos que el niño tenía de su joven vida. Fue fácil implantar unos cuantos recuerdos de sí mismo.

Aidan no apartó la mirada de los ojos del niño.

—Tu amigo Henry tuvo un ataque al corazón y murió, fue una pena. Me llamaste para que viniera a buscarte porque tu hermana estaba muy enferma. Tú y Alexandria teníais planeado mudaros a mi casa. Los dos ya habéis trasladado parte de vuestras cosas, y ya habéis conocido a mi ama de llaves, Marie. Te cae muy bien. Stefan, su marido, es buen amigo tuyo. Hace semanas que estamos preparando el traslado. ¿Te acuerdas? —Implantó recuerdos e imágenes de su ama de llaves y su esposo, para que estuviera familiarizado con ellos y se sintiera cómodo.

El niño asintió con solemnidad.

Aidan le revolvió el pelo.

—Has tenido una pesadilla, algo sobre vampiros, pero en realidad no te acuerdas. Todo es muy vago. Me lo has contado, y si alguna vez vuelven a rondarte los recuerdos, sólo tienes que venir a explicármelo y hablaremos de ello. Habla conmigo con toda confianza si alguna vez no encuentras sentido a las cosas. Siempre quieres que esté con tu hermana. Hablamos de ello entre nosotros, y juntos conspiramos para conseguir que quiera quedarse conmigo, como mi esposa, como mi familia. Tú y yo somos los mejores amigos del mundo. Siempre cuidamos de Alexandria. Sabes que su sitio está a mi lado, que nadie puede ocuparse de ella y protegeros a los dos como yo. Eso es muy importante para ti, para nosotros dos.

Joshua sonrió conforme. Aidan retuvo la mente del niño unos minutos más, dejó que el muchacho reconociera su contacto y que le tranquilizara. El niño había sufrido un trauma terrible. Aidan se aseguró también de que olvidara al instante el método de transporte con el que les llevó a su casa. El niño recordaría un gran coche negro, uno que le gustara.

El viaje de regreso lo hicieron en la cola de una tormenta. Las nubes negras arremolinadas protegían a la gran ave dorada y su carga de cualquier mirada curiosa mientras se trasladaban veloces por el cielo. Aidan entró en la casa de tres pisos desde el balcón superior para que ningún vecino le viera metiendo al muchacho y a su hermana.

—¡Aidan! —Al verle bajar por la escalera de caracol, Marie, su ama de llaves, se apresuró a ayudarle.

—¿Quiénes son estos jóvenes? —Se percató del rostro hinchado de Alexandria, de las costras y las llagas—. Oh, Dios mío. Diste con el vampiro, ¿cierto? ¿Te encuentras bien? ¿Te ha hecho daño? Déjame que llame a Stefan.

—Estoy bien, Marie. No te preocupes por mí. —Mientras respondía, sabía que no iba a cambiar la manera de ser de la mujer. Ella y su esposo se habían ocupado de sus necesidades, de su casa, durante casi cuarenta años. Antes que ella, su madre y su padre habían trabajado para él. Durante toda su vida, los miembros de la familia de Marie habían colaborado con él de forma voluntaria, sin la ayuda del control mental. Les había obsequiado con dinero suficiente como para que no tuvieran necesidad de trabajar, pero le eran fieles, a él y a su hermano gemelo ausente, Julian. Sabían lo que era —eran los únicos seres humanos a quienes había confiado el secreto de su especie—, pero a ellos no les preocupaba.

—¿El vampiro la ha herido?

—Sí. Necesito que te ocupes del niño. Se llama Joshua. Le he inculcado recuerdos de nuestra amistad para que no le asuste encontrarse en nuestra casa. Stefan tiene que ir a la pensión donde viven y recoger sus pertenencias para traerlas aquí. El coche continúa en el aparcamiento de un restaurante. —Le dijo dónde—. También hay que recogerlo. El chico tiene las llaves del coche en el bolsillo. Curar a su hermana va a llevar tiempo. El niño no debe interferir en modo alguno. Yo voy a tener que salir a alimentarme. Ella necesita muchas atenciones, de modo que yo tengo que conservar las fuerzas.

—¿Estás seguro de que no está impura? —preguntó Marie con gran inquietud. Cogió a Joshua de la mano.

El niño le sonrió al reconocerla y le cogió la mano de buen grado. Incluso se acercó un poco más y le estiró del delantal con complicidad:

—Va a poner buena a Alexandria. Está muy enferma.

Marie dejó a un lado su propia angustia y le hizo un gesto de asentimiento al crío.

—Por supuesto. Aidan consigue milagros, y pondrá buena a tu hermana en cosa de nada. —Después de instalar al niño en la mesa de la cocina del piso inferior, con galletas y leche, siguió a Aidan hasta el otro lado de la habitación mirando con una ceja levantada al cazador, pidiendo en silencio una respuesta a su pregunta.

—No la ha convertido, pero me temo que yo lo he hecho sin darme cuenta. Ella estaba protegiendo al niño, y yo lo he interpretado erróneamente. He pensado que iba a matarle. —Se apartó dos pasos del ama de llaves y luego volvió a mirarla de frente—. ¿Marie? Veo colores. Llevas un vestido azul y verde. Estás guapísima. Y vuelvo a sentir. —Sonrió a la mujer—. Sé que nunca te lo he dicho en todos los años que llevamos juntos, pero te tengo un gran aprecio. Estaba tan perdido, antes era incapaz de sentir.

La boca de Marie formó un círculo perfecto, y las lágrimas humedecieron sus ojos.

—Gracias, Aidan. Ha sucedido por fin. Confiábamos y rezábamos, y al final ha habido respuesta a nuestras oraciones. Son unas noticias formidables. Ponte en marcha. Ocúpate de tu mujer, y nosotros nos encargaremos de todo lo necesario aquí. Estoy segura de que este jovencito tiene mucha hambre y sed.

Había tal regocijo en su rostro que Aidan sintió que se reflejaba en su propio corazón. Era asombroso sentir. Ser capaz de sentir. Sin una compañera, un varón carpatiano perdía todos los deseos, necesidades y emociones después de doscientos años. Vivía en un abismo, en un vacío, y a partir de ese momento corría el riesgo de volverse vampiro. Cuanto más sobrevivía, a medida que pasaban los siglos, el carpatiano se distanciaba cada vez más de su comunidad y todo lo que representaba. Sólo podían salvarle dos cosas de este destino vacuo y desesperado: podía elegir ir al encuentro del amanecer y poner fin a su vida, o que sucediera un milagro y encontrara a su pareja eterna.

Un puñado de carpatianos muy afortunados habían encontrado la pareja que buscaban. Por naturaleza, el varón carpatiano era un predador peligroso, siniestro, y necesitaba el equilibrio de la otra mitad. Necesitaba encontrar la mujer cuya alma complementara a la perfección la suya. Dos mitades del mismo todo, la luz para su oscuridad. La química tenía que ser la correcta. Y Aidan por fin la había encontrado.

Ahora avanzaba por la casa con paso fluido y silencioso. El peso de Alexandria no suponía nada para él. Tenía su guarida ubicada muy por debajo del primer piso, una larga cámara subterránea amueblada con todo lujo. La dejó en la cama con sumo cuidado y retiró los restos del traje. Se le cortó la respiración. Tenía un cuerpo tan joven, pechos plenos y firmes, y una piel preciosa. De cintura delgada, casi ridícula, sus caderas eran estrechas, como un chico, igual que su caja torácica. Pese al hecho de que su rostro y las extremidades estaban cubiertos de llagas debido a la larga exposición al azote del agua salada, Alexandria Houton podría, al fin y al cabo, ser una mujer guapa.

Con gran cuidado, lavó la sal de su piel y del pelo, y luego se deshizo del edredón mojado que tenía debajo. Alexandria se quedó encima de las sábanas, con el largo pelo envuelto por una toalla. Su respiración era superficial pero constante. Sufría una fuerte deshidratación y necesitaba más sangre. Mientras seguía en su estado inconsciente, Aidan le proporcionó más nutriente. Aparte de su frágil estado de salud, Aidan sabía que aquel cuerpo aún tenía que superar los rigores del cambio. Y era muy necesario diluir la sangre del vampiro. Era más fácil acceder a su mente y proceder a reparar su cuerpo lastimado mientras ella estuviera inconsciente.

Alexandria se agitó incómoda, gimió un poco. Aidan inició el apacible cántico sanador, con siglos de antigüedad, en la antigua lengua de su pueblo, mientras machacaba unas hierbas que repartió por la habitación.

Alexandria agitó las largas pestañas hasta que, al fin, abrió los ojos. Por un momento pensó que se encontraba en medio de una pesadilla. Le dolía todo su cuerpo magullado y apaleado. Miró a su alrededor y se sorprendió al encontrarse en una habitación desconocida para ella.

La habitación era preciosa. Quienquiera que fuese el dueño del lugar sabía ser elegante y tenía dinero para permitirse sus caprichos. Cogió la sábana entre sus dedos. Se dio cuenta de que estaba demasiado débil como para moverse.

—¿Joshua? —pronunció el nombre en voz baja, y su corazón empezó a latir con fuerza y alarma al comprender que estaba despierta y no estaba soñando.

—Él se encuentra a salvo. —De nuevo esa voz. La reconocería en cualquier sitio. Era tan hermosa, celestial, como la voz de un ángel hablándole. No obstante, ella sabía la verdad. Este hombre era un vampiro con poderes sobrenaturales. Podía adoptar formas diferentes y matar sin vacilación. Se alimentaba con sangre de seres humanos. Podía leer la mente y obligar a los demás a cumplir su voluntad.

—¿Dónde está? —No se molestó en moverse. ¿Qué sentido tendría? Él tenía el control. Ella sólo podía esperar y ver qué quería.

—En este momento se está comiendo una cena nutritiva preparada por mi ama de llaves. Está sano y salvo, Alexandria. Nadie en esta casa hará ningún daño al muchacho. Por el contrario, cada uno de nosotros daría la vida por protegerle. —Su voz era tan suave y tan amable que sentía las notas calmando su mente.

Cerró los ojos, demasiado cansada como para mantenerlos abiertos.

—¿Quién eres?

—Aidan Savage. Ésta es mi casa. Soy un sanador además de un cazador.

—¿Qué planeas hacer conmigo?

—Necesito saber cuánta sangre te obligó a aceptar el vampiro. Imagino que Yohenstria fue bastante tacaño, pues querría mantenerte en un estado debilitado. Estás muy deshidratada, tienes ojeras, los ojos hundidos, los labios cortados, tus células piden alimento a gritos. No obstante, fuera cual fuese la cantidad de sangre que te dio, era sangre mancillada, y tu cuerpo está a punto de experimentar la conversión. —Aplicó con delicadeza un ungüento relajante sobre sus atormentados labios.

Aquellas palabras penetraron en el cerebro confuso de Alexandria. Le miró perpleja, horrorizada.

—¿Qué quieres decir, conversión? ¿Voy a ser como tú? ¿Cómo él? ¿Voy a convertirme en uno de vosotros? Mátame, entonces. No quiero ser como tú. —Tenía la garganta tan irritada que sólo podía hablar con un susurro ronco.

Él sacudió la cabeza.

—No lo entiendes, y hay poco tiempo para explicaciones. Tienes una mente muy fuerte, diferente por completo de la de la mayoría de humanos. Eres resistente al control mental. Quiero ayudarte a superar esto. Lo superarás con o sin mi ayuda, pero será mejor para ti si me permites ayudarte.

Ella cerró los ojos para no oír sus palabras.

—Me duele el brazo.

—Esperaba que te doliera. Como te duele casi todo el cuerpo —respondió, y su voz, de algún modo, penetró a través de su piel y entró por su brazo dolorido hasta alcanzar el hueso. Notó un cálido hormigueo que empezó a propagarse y alivió la palpitación—. Tienes el brazo roto, pero ya ha iniciado su recuperación. El hueso está en su sitio, y ha empezado a soldarse sin problema aparente.

—Quiero ver a Joshua.

—Joshua es un niño. Piensa que estás enferma a causa de un virus. No hace falta que se asuste y se traumatice más. ¿No te parece?

—¿Cómo sé que dices la verdad? —preguntó cansada Alexandria—. ¿Acaso no mienten y engañan todos los vampiros?

—Soy carpatiano. Aún no soy vampiro. Necesito saber cuánta sangre te ha dado Yohenstria. —Habló con paciencia, afable, su voz no cambiaba de entonación—. ¿Cuántas veces intercambió sangre contigo?

—Eres muy peligroso, ¿verdad que sí? —Se mordió el labio inferior, luego dio un respingo cuando se raspó dolorosamente las ampollas y las llagas—. Hay algo en ti, consigues... consigues que todo el mundo quiera hacer todo lo que dices. Hiciste que el vampiro creyera que no podía vencerte, ¿no es cierto? —Hablar resultaba doloroso, pero era un consuelo poder hacerlo.

—Uso el poder de mi voz —reconoció con gesto serio—. Desgasta menos el cuerpo cuando cazas vampiros, aunque ya he sufrido unas cuantas heridas. —Entonces la tocó, fue la más ligera de las caricias sobre su frente—. ¿No recuerdas la historia que tú misma contaste al pequeño Joshua? Soy el cazador, he venido al rescate de la hermosa dama y su hermano. Joshua me ha reconocido como tal. Eso me dijo. ¿No te parece una extraña coincidencia que me describieras con tal precisión?

La mente de Alexandria se negaba a pensar en eso, de modo que cambió de tema.

—Joshua vio al vampiro matar a Henry, tiene que estar muy asustado.

—Recuerda la muerte de Henry como un ataque al corazón. Para él, soy un viejo amigo de la familia. Piensa que me ha llamado para venir a ayudarte por tu enfermedad. Cree que te pusiste enferma en el restaurante.

Alexandria estudió su aspecto. Tenía un físico de gran belleza. Un pelo abundante y fuerte, con ondas doradas que caían por debajo de los amplios hombros. Sus ojos, de un peculiar oro fundido, intenso e inquietante, le devolvieron la mirada impasible de un felino salvaje. Tenía unos labios de una sensualidad extremada. Era imposible calcular su edad. Le echó unos treinta y tantos.

—¿Y por qué no borras mis recuerdos?

Una leve sonrisa sin humor se dibujó en su boca y reveló unos dientes fuertes, blancos y uniformes.

—No eres tan fácil de manejar, *piccola*. Te estás resistiendo a mis instrucciones. Pero es preciso que nos ocupemos de lo que te sucede.

Su corazón empezó a latir con fuerza.

—¿Qué me está sucediendo?

—Necesitamos diluir aún más la sangre sucia que hay en tu sistema circulatorio.

Alexandria quería creerle. El olor de las hierbas, el sonido de su voz, su aparente sinceridad, todo ello le hacía desear creer que de veras él intentaba ayudarla. Pero él no la obligaba a decidir, ni siquiera intentaba darle prisa, aunque Alexandria percibía que sí le inquietaba la demora y que lo que fuera a suceder tuviera lugar sin que él estuviera en condiciones de hacerle frente. Respiró a fondo.

—¿Cómo lo hacemos?

—Tengo que donarte una gran cantidad de sangre.

Lo dijo con calma, con total naturalidad. Alexandria apartó la mirada. Esos ojos dorados suyos no parpadeaban nunca. Temía perderse en sus profundidades si los observaba demasiado tiempo.

—¿Me harás una transfusión?

—Lo siento, *piccola*, eso no funcionaría. —Había genuina lástima en su voz. Volvió a tocarla, le volvió la barbilla para que le mirara a él. El leve contacto, como una pluma, hizo que el corazón de Alexandria se acelerara.

—No puedo... no puedo beber sangre.

—Si lo deseas, puedo obligarte a hacerlo bajo coacción. Será de ayuda. Es nuestra única oportunidad, Alexandria.

La manera en que pronunció su nombre le provocó un hormigueo en el estómago. Pero ¿era posible que la única manera de recuperarse consistiera en beber más sangre?

—Si te resulta imposible beber de forma voluntaria, tendrás que permitir que te ayude —le dijo.

—No estoy segura de ser capaz. —La idea en sí era repugnante. El estómago se le revolvía, se rebelaba sólo de pensarlo—. Debe haber otra manera de recuperarme. No creo que pueda hacerlo —repitió.

—La sangre del vampiro es impura, Alexandria. Aunque haya muerto, aún puede provocar gran dolor y sufrimiento. Tenemos que diluirla antes de que comience la transformación.

Otra vez aquella palabra: transformación. Se estremeció.

Él se estiró hacia atrás para coger una camisa de inmaculada seda blanca, estaba claro que era suya. Sin apartar la mirada de sus ojos, se la puso con delicadeza, sosteniéndola como si fuera una muñeca de delicada porcelana. Los dos fingieron que el acto era impersonal, pero había algo en la manera de tocarla, cierto tipo de mirada, que sólo podía calificarse de posesivo.

Pese al agotamiento, Alexandria intentó pensar. El vampiro era un ser grotesco, y la idea de que cualquier parte de él viviera en su riego sanguíneo la aterrorizaba.

—Está bien. Hazlo. —Encontró la mirada dorada de él con sus ojos azules—. Coaccióname para que pueda librarme del vampiro que hay en mí. Pero nada más. No saques nada de mi cabeza ni introduzcas cosas nuevas. Nada más. Tienes que darme tu palabra. —Si servía de algo eso.

Él asintió. Alexandria se encontraba demasiado débil como para incorporarse. Aidan la cogió en brazos sobre su regazo y ella empezó a temblar, el corazón le latía con tal fuerza que temió que se le partiera antes de la curación. Él buscó su pelo para trenzar la larga melena y así tranquilizarla y distraerla.

Luego, inició su grave cántico, en silencio, en la mente de Alexandria, murmurándole en su antigua lengua y proporcionándole cierto alivio. Ella se relajó de forma evidente.

—Quiero ordenarte que duermas durante tu conversión. Es bastante brutal, *piccola*. Te despertaré una vez haya concluido. —Su voz aterciopelada le transmitió aquella sugerencia, y ella notó las notas envolviéndola como unos brazos cálidos, seguros, que la obligaban a cumplir su voluntad.

Alexandria reaccionó al instante bloqueando la mente de golpe, apartándose de él. Sencillamente no deseaba ser tan vulnerable, renunciar a su control, incluso a su conciencia, para entregarla a un desconocido. Sobre todo a uno capaz de tales cosas. ¿Quién era él, al fin y al cabo? Lo más posible es que fuese otro vampiro, pese a la distinción que hacía entre ser un «carpatiano» y no ser aún un vampiro, significara lo que significara.

—Voy a ayudarte a diluir la sangre mancillada del vampiro, Alexandria, nada más, si así lo deseas. —Escogió las palabras con cuidado. Él ya había estado varias veces en su mente, y el vínculo se fortalecía con cada colaboración mental. Ella aún no era consciente de esto y por el momento era mejor que no lo fuera. Él sabía lo confundida que estaba y su errónea confianza en que la conversión que iba a tener lugar la iba a devolver a la vida humana. Por el momento, tendría que engañarla un poco a ese respecto para ahorrarle el tormento de la transformación inevitable, ya iniciada, a la vida carpatiana.

Alexandria suspiró. El contacto de sus manos sobre su pelo, el suave susurro de la voz ronca, la total seguridad que él irradiaba, era hipnotizadora.

—Acabemos con esto antes de que pierda el valor.

En cuanto las palabras surgieron de su boca, él la cambió de posición, la acunó sobre su regazo y luego inclinó despacio su rubia cabeza sobre la garganta de Alexandria. Ella sintió el contacto de su boca como seda caliente sobre la piel, notó un salvaje erotismo que recorrió su cuerpo de pies a cabeza.

Se puso rígida, de pronto temía perder algo más que la vida. Él tenía los labios sobre su garganta, justo encima de su pulso. *Tienes que confiar en mí*, piccola. *Siente mi presencia en tu interior. Formo parte de ti. Intenta alcanzarme ahora, igual que yo llego a ti.* Las palabras parecían estar presentes en su mente incluso antes de que las pronunciara en voz alta. Él era todo fuerza y calor, fuego y hielo. Era poder y protección contra la locura que se apoderaba de ella.

Un calor candente perforó su garganta, y luego notó una intimidad tan erótica, tan bella, que le saltaron las lágrimas. Nunca se había sentido tan querida, tan hermosa, tan perfecta como en aquel preciso momento. Le sentía a él en su mente, explorando sus pensamientos y deseos más secretos. Él la serenaba y la sanaba, la degustaba también, y compartía su mente. Él examinaba cada recuerdo y la fuerza del bloqueo contra él.

Una vez estuvo convencido de que ella había tomado sangre suficiente como para hacer un intercambio adecuado, pasó la lengua con delicadeza sobre la herida y la cerró a su pesar.

Con una uña abrió una línea sobre su propio corazón. *Bebe, Alexandria. Toma lo que te ofrezco de buena voluntad.* Él tenía la mente a punto, preparada para tomar el control sobre ella, para obligarle a hacer algo que ella no deseaba. El cuerpo de Aidan se contrajo cuando la boca de Alexandria se movió sobre su piel hasta encontrar lo que buscaba y el flujo vital entró en su riego sanguíneo. El corazón le latía con fuerza en el pecho. Sabía que ella era la única. Era suya. Todo su ser respondía a ella. La química entre ambos era eléctrica y exacta. Había esperado tanto tiempo, aparentemente siempre, a esta mujer. Y ahora no iba arriesgarse a perderla. Inició el cántico que les vincularía para siempre.

Te declaro mi pareja de vida. Te pertenezco. Consagro a ti mi vida. Te brindo mi protección, mi lealtad, mi corazón, mi alma y mi cuerpo. Asumo todo lo tuyo bajo mi tutela. Tu vida, tu felicidad y bienestar serán lo más preciado, antepuestos siempre a mis deseos y necesidades. Eres mi compañera en la vida, unida a mí para toda la eternidad y siempre bajo mi cuidado.

Las palabras del ritual resonaron en la mente de ella, pronunciadas tanto en el idioma de Alexandria como en la lengua materna de él. El ritual no estaría completo hasta que unieran sus cuerpos, pero, una vez hecho, nadie podría arrebatársela, ni ella podría escapar de él.

Aidan le dio toda la sangre que le fue posible. Quería que la sangre del vampiro estuviera diluida del todo cuando empezara la conversión, momento durante el cual ella expulsaría el resto que pudiera quedar. Faltaba poco para que empezara la conversión, y él se encontraba débil, estaba muy pálido. Necesita con desesperación ir de caza antes de que ella volviera a necesitarle, lo cual sería dentro de nada.

Alexandria se encontraba echada, y sus largas y espesas pestañas en forma de medialuna reposaban sobre sus mejillas. Incluso en aquel estado hipnótico, Aidan alcanzó a percibir el dolor que retorcía su cuerpo. Era difícil mantener la promesa y no ordenarle que durmiera, que se sumiera en el sueño profundo y curativo de los inmortales. Pero si quería que Alexandria confiara en él, tenía que cumplir todas sus promesas. El desprecio que ella sentía por su especie estaba justificado, tenía un motivo excepcional. El trauma y el terror nunca se borrarían del todo aunque algún día llegara a entender a su raza.

Cuando llamó a Marie, la mujer mayor apareció al instante en la alcoba.

—Te quedarás con Alexandria mientras yo salgo a cazar esta noche.

Marie se quedó consternada al verle dar un traspiés a causa de la debilidad. Con anterioridad le había visto cansado y herido como consecuencia de la batalla, pero nunca le había visto tan famélico. Estaba casi gris.

—Debes tomar mi sangre antes de salir, Aidan —dijo—. Estás demasiado débil para cazar. Si un vampiro te descubre en semejante estado, te destruirá.

Él negó con la cabeza y le tocó el brazo con gesto cariñoso.

—Sabes que nunca haría algo así. No me aprovecho de las personas a las que aprecio, a las que protejo.

—Entonces, vete, y date prisa. —Marie observó con ojos ansiosos cómo se inclinaba él sobre la frente de la muchacha para rozarla con un beso. En realidad él era tan tierno, este hombre que había acabado por conocer tan bien... Siempre había sido distante, vivía tan aislado, incluso de aquellos a quienes llamaba su familia. Este gesto de ternura tan poco habitual le provocó ganas de llorar.

Aidan susurró una orden para despertar a Alexandria de su trance.

—Tengo que salir ahora —le dijo—. Marie se quedará contigo hasta que regrese. Llámame si me necesitas.

Por algún motivo extraño, Alexandria no quería que se apartara de su lado. Rodeó la sábana con los dedos para contenerse y no llamarle. Pero él se movió deprisa con su gracilidad peculiar, como un gran gato montés, y enseguida había desaparecido.

Marie le acerco un vaso de agua a los labios.

—Sé que tienes la garganta irritada, Alexandria, ¿te importa que te llame así?, pero un poco de agua te irá bien. Tengo la impresión de conocerte, después de tantas historias que el pequeño Joshua me ha contado sobre su maravillosa hermana. Te quiere muchísimo.

Le dolió la boca al entrar en contacto con el borde del vaso, y lo apartó.

—Puedes llamarme Alex, así es como le gusta llamarme a Josh. ¿Cómo está mi hermano?

—Stefan, mi marido, le ha atendido con mimo. Tenía hambre y estaba cansado, tenía un poco de hipotermia y estaba deshidratado, pero nos hemos ocupado de eso. Ha comido y ha recuperado las fuerzas. Se ha quedado dormido junto al fuego, en el piso inferior. Teniendo en cuenta las circunstancias, con lo preocupado que está por ti nos ha parecido que debería dormir cerca de nosotros y no a solas en su habitación.

—Gracias por cuidar de él. —Intentó sentarse. Después de recibir la sangre del cazador, se sentía más fuerte—. ¿Dónde se encuentra ahora? Me gustaría verle.

Marie sacudió la cabeza.

—No intentes levantarte de la cama. Aidan nos cortaría la cabeza. Estás muy débil, Alex. Supongo que todavía no has visto el aspecto que tienes. En tu estado, matarías a Joshua del susto.

Alexandria suspiró.

—Pero tengo que verle, tocarle, sólo para saber que se encuentra bien. Todo el mundo me dice que está bien, pero ¿cómo lo sé con certeza?

Marie retiró algunos mechones sueltos de pelo dorado de la frente de Alexandria.

—Porque Aidan no miente. Jamás haría daño a un niño. Él corre muchos riesgos por cazar a los vampiros que se alimentan de nuestra raza.

—¿De verdad existen tales cosas? Tal vez esto no sea más que una terrible pesadilla de la que no puedo despertar. Tal vez esté enferma con una fiebre altísima —dijo esperanzada—. ¿Cómo es posible que de verdad exista algo como los vampiros en nuestra sociedad sin que todo el mundo lo sepa?

—Gracias a algunos como Aidan que les detienen.

—¿Y entonces qué es Aidan? ¿No es un vampiro también? He visto cómo se transformaba de ave en hombre y luego en lobo. Le han crecido colmillos y garras, ha bebido mi sangre. Sé que su intención era matarme y aún no sé por qué cambió después de idea. —De pronto notó que el cuerpo se le abrasaba y sus músculos se comprimían formando duros nudos. Hasta la fina sábana que la tapaba parecía demasiado pesada y caliente en contacto con su piel. Los músculos parecían contraerse y el calor se propagaba por todo su cuerpo.

—Aidan te lo explicará todo. Pero puedes estar tranquila: él no es un vampiro. Le conozco desde que yo era una niña. Él me ha visto crecer, tener hijos, y ahora me he convertido en una mujer mayor. Es un hombre poderoso y peligroso, pero no con los suyos, así es como nos llama. Nunca te hará daño. Te protegerá con su propia vida.

Alexandria empezaba a entrar en pánico. No quería pertenecer a Aidan Savage. No obstante se percataba de que él no iba a permitir su marcha. ¿Cómo iba a hacerlo? Ella sabía demasiado.

—No quiero estar aquí. Llama al teléfono de emergencia. Busca un médico.

Marie suspiró.

—Ningún médico puede ayudarte ahora, Alex. Sólo Aidan puede. Es un gran sanador. Dicen que sólo hay un sanador más importante que él —sonrió—. Aidan regresará, y eliminará tus dolores.

Sus entrañas se retorcían con violencia, de un modo tan brusco que Alexandria estuvo a punto de caerse de la cama. Soltó un grito, chilló.

—Tienes que llamar al médico, Marie. ¡Por favor! Eres humana, como yo, ¿no es cierto? Tienes que ayudarme. ¡Quiero irme a casa! ¡Quiero irme a casa, eso es todo!

Marie intentó mantenerla sobre la cama, pero los dolores eran tan intensos que Alexandria sufrió convulsiones en todo el cuerpo y se cayó al suelo con un duro golpe.

Capítulo *4*

Aidan inspiró el aire nocturno mientras caminaba por una acera de San Francisco. Criaturas voladoras surcaban el cielo y la brisa transportaba el rastro de las presas. Media manzana más lejos, en una travesía estrecha y oscura que daba a la calle, percibió la presencia de tres hombres. Olió su sudor, oyó su risa ruda. Eran supuestos atacantes esperando a que un alma incauta iluminara sus vidas tan aburridas.

Con cada paso que daba, el hambre era más intenso y el demonio crecía, hasta que su mente se redujo a una bruma roja que pedía alimento. Olió la noche. Le había llevado tiempo acostumbrarse a los sonidos, a la vista y a los olores de esta ciudad extranjera. La sal del mar transportada por el viento, la densa bruma, las costumbres de la vida nocturna, todo ello era tan diferente de su tierra natal. Pero alguien tenía que cazar vampiros. En cuanto los no muertos aprendieron que podían dejar sus tierras y alejarse de la justicia del cazador oscuro, empezaron a establecerse por su cuenta. Aidan se había ofrecido voluntario para abandonar sus adorados Cárpatos y marchar a una nueva tierra con objeto de proteger a los humanos que residían allí. Y San Francisco se había convertido en la base de su hogar. Con el tiempo, había acabado por disfrutar de la ciudad y de su gente tan diversa, llegando incluso a considerarla su hogar.

Los museos y centros de arte eran una maravilla. No faltaba teatro y ópera. Y siempre había presas disponibles. Ahora se movía en silencio y sus músculos entraron en tensión según se acercaba a la callejuela. Los tres matones iban de un lado a otro arrastrando los pies, susurrando, sin percatarse de que les acechaba. Oía sus murmuraciones a la perfección pese al hecho de haber reducido aposta su capacidad de escucha, pues quería evitar aquel ataque contra sus sentidos. Las sensaciones, emociones intensas, incluso los intensos colores que llevaba muchos siglos sin experimentar, le estaban abrumando. La noche parecía tan brillante que le cortaba la respiración. Le parecía hermosa, las nubes, las estrellas, la luna, todo en conjunto.

Aidan encogió sus poderosos hombros para relajar la tensión de su cuerpo. Tenía una musculatura más marcada que la mayoría de su especie. Su gente era en general más delgada, tenía una constitución más elegante. También a diferencia de los demás, él y su hermano gemelo eran rubios con ojos dorados. Por lo general, su raza tenía el pelo y los ojos oscuros.

Mientras se aproximaba a la callejuela, envió una llamada. No necesitaba hacerlo, en el momento en que los hombres le avistaran, intentarían atacarle, pero de esta manera, resultaría más tranquilo. Aunque el predador que llevaba dentro acogería con beneplácito una buena pelea, por breve que fuera, no tenía tiempo para permitirse aquello en estos momentos. En cualquier caso, al estar tan próximo a la locura y a la transformación en vampiro, después de tantos años esperando a encontrar una pareja, no podía dejarse llevar por la violencia, sobre todo con la batalla mortal con Paul Yohenstria aún reciente. Ahora tenía un objetivo, una razón para existir, y no permitiría que su naturaleza predadora venciera a su inteligencia y su voluntad.

Uno de los miembros del trío acababa de encender un cigarrillo, su penetrante aroma se extendía por toda la calle, pero de repente, se puso a andar arrastrando los pies para salir de la callejuela. Los otros dos le siguieron, uno limpiándose las grasientas uñas con la punta de una navaja de bolsillo. Tenían los ojos un poco vidriados, como si se hubieran drogado. Aidan frunció el ceño pues le disgustaba que la presa usara narcóticos, pero la sangre era la sangre, y los narcóticos no iban a afectarle a él.

—Hace frío aquí en la calle —dijo Aidan en voz baja, y le pasó un brazo sobre el hombro al fumador. Guió a los hombres de vuelta por la callejuela oscurecida, lejos de miradas curiosas, e inclinó la cabeza para beber. Los otros dos esperaban como borregos, se apretujaban cerca de él esperando su turno. Sus cuerpos desaseados y sus mentes bastante inútiles le repugnaban, pero tenía que alimentarse. A veces se preguntaba por qué permitían la existencia a seres humanos como éstos. No se diferenciaban tanto de los miembros de su raza que optaban por perder su alma y volverse vampiros, para aprovecharse de los que eran menos poderosos que ellos. ¿Por qué nadie detenía a estos humanos? ¿Por qué Dios los creaba? ¿Por qué les había regalado la vida, sabiendo que no iban a llevar una existencia íntegra y honesta? Los carpatianos aguantaban siglos —algunos milenios— antes de buscar el amanecer y la autodestrucción o tomar la decisión de volverse un renegado y perder su alma para siempre. No obstante algunos humanos no aguantaban ni siquiera más allá de la adolescencia.

Aidan dejó caer al suelo la primera víctima con gesto despreocupado y rodeó con la mano la nuca del siguiente donante. El hombre se acercó a él sin oponer resistencia, en un trance hipnótico, ansioso por complacer. Aidan se nutrió con voracidad, sin preocuparle que los tres hombres fueran a quedarse débiles e indefensos durante un rato. Ellos eran crueles con sus mujeres y evitaban sus obligaciones con el tesoro más preciado de su vida, los niños. ¿A quién le preocupaba que acabaran así? Aidan creía con firmeza en que cada uno escogiera su propio destino, sin tirar por el camino fácil. Los varones carpatianos tenían todos ellos instintos depredadores, en ocasiones eran más peligrosos que los animales salvajes. No obstante, jamás cometían abusos contra una mujer o un niño. Respetaban un estricto código de honor pese a las frecuentes situaciones de mata-o-muere. Todos conocían las consecuencias de sus acciones, y aceptaban la responsabilidad de sus dones. En la raza de Aidan, hombres como estos tres pronto estarían exterminados. Por poderosos que fueran los carpatianos, no permitían cometer abusos contra los más débiles.

La segunda víctima se balanceó y cayó casi encima de la primera. Aidan acercó hacia él al hombre que esgrimía la navaja. El hombre le miró.

—¿Nos vamos de fiesta? —preguntó el depravado con una risa grosera.

—Uno de nosotros sí —corroboró Aidan en voz baja, e inclinó la cabeza para buscar su yugular pulsante.

Entonces le invadió la primera oleada de inquietud. Alzó la cabeza un momento, y la sangre de su presa salió a borbotones. Se inclinó una vez más para cumplir con su tarea, esta vez con toda eficiencia y rapidez. Era Alexandria. Notó cómo la azotaba la primera oleada de dolor.

Cerró la herida con meticulosidad, asegurándose de que no quedara evidencia alguna en el cuello que revelara la presencia de su raza en la zona, y permitió que su presa cayera en redondo sobre el suelo. Para cualquiera que pasara, los tres hombres parecerían borrachos. Sin duda, atribuirían el reguero de sangre que descendía por la camisa de uno de ellos a que sangraba por la nariz.

Ya estaba comenzando, tal y como había previsto, la conversión dentro de Alexandria. Y en última instancia, él era el responsable, aunque de forma involuntaria. No encajaba bien aquel sentimiento de culpa. Había observado dos heridas en el cuello de Alexandria que sólo podían significar una cosa: el vampiro la había mordido dos veces, había llevado a cabo su intercambio. Al asumir que ella era una vampiresa, creyéndola ya convertida, Aidan había querido poner fin a su vida. Luego, al comprender su error, le reemplazó la sangre perdida con la suya propia. Cuatro intercambios de sangre iniciaban en un humano el proceso de transformación, a vampiro o a carpatiano. En cualquier caso, no había marcha atrás. En la mayoría de seres humanos, los intentos de conversión o bien mataban directamente a la mujer o la volvían loca. Sólo unas pocas mujeres, las que poseían facultades parapsicológicas, habían logrado superar con vida y en buen estado la dura prueba. Y ellas ayudarían a perpetuar la raza carpatiana, puesto que sus propias féminas se estaban volviendo estériles.

El cuarto intercambio de sangre, el que convertía a Alexandria, también la encadenaba a él para siempre. Por egoísta que pareciera tomar una decisión así sin su consentimiento, ella era al fin y al cabo su única salvación. Había aguantado durante muchísimos siglos esperando a su pareja, evitando volverse vampiro. Y, con su consentimiento o no, ella estaba destinada a ser su compañera, no la de Yohenstria; todas las señales, su química perfecta, lo confirmaban. Al menos, había hecho todo lo posible por dar a Alexandria la mayor cantidad de su sangre poderosa y antigua, y así diluir la impureza del vampiro y lograr que la conversión a carpatiana fuera más fácil.

Sintió cómo gritaba en su mente, un chillido indefenso lleno de dolor desesperado. Ella estaba confundida y asustada, vinculada a él y compartiendo sin saberlo sus pensamientos. Él la aterrorizaba, y no obstante la asustaba que se hubiera alejado de ella, la asustaba que tal vez él estuviera disfrutando de su dolor, como había sucedido con el vampiro. Sobre todo, temía por su hermano, Joshua, pues creía que estaba solo y desamparado en casa de un vampiro tan poderoso que había matado a otro de los inmortales en cuestión de momentos.

Aidan se lanzó al cielo, necesitaba recorrer la distancia que les separaba lo más rápido que fuera posible. En ese momento no le importaba que alguien viera un extraño búho nocturno, mucho más grande de lo normal, agitando sus alas y avanzando sobre la ciudad. Ella le necesitaba. Rogaba a Marie para que llamara a un doctor. Marie se sentía muy angustiada, quería complacerla pero sabía que Aidan era el único que podía ayudarla. Lo oía todo con claridad, tanto la suave voz que suplicaba ayuda como al ama de llaves a punto de llorar. Compartía la mente de Alexandria. Experimentaba todo lo que ella experimentaba. Confusión. Dolor. Miedo que se transformaba en terror.

Fue volando hasta ella, para encontrarse cerca cuando le llamara. Y confiaba, por el bien de ambos, en que eso sucediera pronto. Le necesitaba, pero él había prometido coaccionarla sólo para el intercambio de sangre. Ella tenía que llamarle.

Una vez en el exterior de la cámara subterránea, Aidan no paraba de ir de un lado a otro, y los gritos lastimeros de Alexandria perforaban su propio corazón con fragmentos de dolor. Se fue hacia la puerta en una docena de ocasiones: quería, necesitaba tirarla abajo. Ella tenía que expresar su fe en él o nunca creería que estaba ayudándola en vez de lastimándola. Apoyó la frente en la puerta, luego le consternó la visión las manchas de color carmesí que dejó en la madera. Sudaba sangre con el tormento de oír los ruegos y sentir el dolor que retorcía y consumía el cuerpo de Alexandria. Podía soportar la agonía física, pero su corazón y su mente sufrían lo indecible.

Parecía una pesadilla interminable. Supo en qué momento ella intentó arrastrarse por el suelo en un intento irracional de escapar de su propio cuerpo. Supo en qué momento vomitó sangre, la sangre sucia del vampiro. Notó sus entrañas ardiendo, rebelándose contra las mutaciones. Sus órganos interiores adoptaban otra forma, se renovaban, se volvían diferentes. Sus células —cada músculo, cada tejido, cada centímetro de su piel— estaban en llamas a causa de la transformación.

¿Dónde estás? Prometiste ayudarme. ¿Y dónde estás ahora?

Había esperado tanto aquella invitación que pensó que era una alucinación cuando por fin llegó. Dio un golpe en la puerta con la palma de la mano e irrumpió en la estancia. Marie estaba de rodillas, las lágrimas surcaban su rostro, intentaba sujetar sin resultados aquel cuerpo convulso.

Aidan casi arrebata a Alexandria de los brazos de Marie para acunarla con gesto protector contra su pecho.

—Vete, Marie. Yo la ayudaré.

Los ojos de Marie expresaron su compasión por Alexandria con una mirada elocuente, y también su enfado con él con una expresión acusadora. Se sacudió el dobladillo de la falda con premura y salió dando un portazo con todas sus fuerzas.

Aidan sacó de su cabeza al ama de llaves tan pronto como desapareció de su vista. Toda su atención estaba centrada en Alexandria.

—¿Pensabas que te había abandonado, *piccola*? Pues no. Pero no podía interferir si tú no lo pedías. ¿Recuerdas? Me obligaste a prometerlo.

Alexandria apartó el rostro, humillada porque Aidan Savage volviera a verla tan vulnerable otra vez, tan desvalida. De todos modos, no tenía tiempo para dar vueltas a aquella cuestión pues empezaba la siguiente oleada de dolor que desgarraba estómago, hígado y riñones, y apuntaba con un soplete sobre su corazón y sus pulmones. Su grito reverberó por toda la habitación, un chillido desgarrador de tormento. Alexandria deseó dejar de gritar para poder respirar, pero no podía hacerlo. Su rostro estaba surcado de lágrimas.

Aidan le secó las lágrimas con los pulgares, y cuando retiró las manos estaban manchadas de sangre. Respiró por ella, por ambos.

Sus manos refrescaron y calmaron la piel de Alexandria, sus cánticos ancestrales centraron su mente y le ofrecieron un ancla donde agarrarse en ese mundo demente. Al cabo de un rato, Alexandria se percató de que en cierto modo él estaba asumiendo parte de su dolor. Aidan estaba allí, en su mente, protegiéndola de la terrible inflamación, evitando la plena consciencia de lo que le estaba sucediendo. Su mente parecía confusa, como si hubiera entrado en un estado onírico. Veía su propio tormento reflejado en los ojos de él. Había una mancha escarlata en la frente de Aidan.

Cuando los terribles espasmos dieron una tregua momentánea y permitieron que dejaran de agarrarse con tanta fuerza el uno al otro, Alexandria estiró la mano y le tocó el rostro con dedos de asombro.

—No puedo creer que hayas vuelto. —Su voz sonaba ronca, tenía la garganta inflamada—. Duele.

—Lo sé, Alexandria. Lo he asumido yo ahora, en la medida de lo posible, pero no puedo hacer más en este momento, y la sangre envenenada que tomaste empeora mucho las cosas —dijo con lástima sincera, con culpabilidad y humildad, todas ellas emociones nuevas y poderosas para él.

—¿Cómo puedes hacer lo que haces? —Se tocó los labios secos con la lengua y notó las terribles llagas.

—Ahora estamos conectados, tras haber compartido nuestra sangre. Así es como oí tu llamada, así es como me percibías en tu mente. —Una vez más le puso un ungüento calmante en los labios, el pequeño alivio que al menos podía ofrecerle.

—Estoy tan cansada que creo que no voy a poder seguir con esto. —Si de verdad él podía leer su mente, sabría que decía la verdad. Él la mecía ahora hacia delante y atrás, sin prestar atención a su estado lamentable, la abrazaba como si fuera la mujer más hermosa, más preciosa del mundo. Él estaba ahí en su mente, protegiéndola con sus brazos y manteniéndola muy cerca de su corazón. Era calmante, reconfortante, no se sentía tan sola. Pero, pese a su ayuda, no podría soportar otro embate de tormento. Sabía que no. Y ya empezaba, notaba cómo comenzaba el calor. Rodeó el brazo de Aidan con los dedos y alzó sus ojos azules para encontrar la mirada de oro líquido de él—. De verdad, Aidan, no puedo.

—Permíteme que te haga dormir. No tengas miedo. Sólo será el estado inconsciente de los humanos, no el sueño de nuestra especie. Para que pueda sumirte en nuestro verdadero sueño curativo, tu organismo debe convertirse. —Su voz aterciopelada era persuasiva y hermosa.

—No quiero oír más. —Su cuerpo se puso rígido. Pese a la enorme fuerza de Aidan, un espasmo de dolor casi la arranca de su brazos. Alexandria soltó un gemido grave entre sus dientes apretados y clavó las uñas en los brazos de Aidan, pero se aferró a él mientras su cuerpo se libraba de la sangre mancillada y mientras sus células y órganos continuaban retomando la forma de los de la otra raza. Su mente era todo caos y dolor, un lugar de un miedo y sufrimiento indecibles.

El espasmo duró tres minutos completos, la intensidad llegó al punto culminante y luego remitió como la marea. Tenías gotas de sangre en la frente y tomaba aliento con resuellos irregulares. Su corazón estaba a punto de explotar.

—No puedo hacer esto —jadeó.

—Entonces confía en mí. He vuelto a tu lado, ¿verdad que sí? No te lastimaré ni te abandonaré mientras duermes. ¿Por qué te resistes?

—Si estoy despierta, al menos sé lo que está pasando.

—No lo sabes, *piccola*. Comparto contigo la mente. No puedes entender nada más que dolor. Déjame ayudarte. Yo tampoco puedo aguantar más tu sufrimiento. Me temo que perderé el control y me veré obligado a romper mi promesa de no coaccionarte más. No me obligues a quebrantar tu confianza en mí. Da tu consentimiento y permite que te haga dormir.

Alexandria oyó la sinceridad y la súplica en su voz. También notó el terciopelo cálido y sensual que la envolvía por completo y la hacía desear hacer todo lo que él quisiera. La asustaba el hecho de que sólo su voz contuviera ya tanto poder. Este hombre, fuera quien fuese, era peligroso, mortífero. Lo percibía, pero en aquel momento, con el calor que empezaba a notar y la mezcla de súplica y de advertencia en sus ojos dorados, ella renunció a la batalla.

—No vuelvas a hacerme daño —susurró notando el calor en su garganta.

Aidan leyó la sumisión en su voz y en sus ojos, y no se arriesgó a permitir que cambiara de parecer. Al instante dio una orden incuestionable, dominó su mente y empujó aquella barricada para tomar el control. La hizo dormir, más allá del dolor, en un lugar donde ni el tormento de la conversión ni la sangre del vampiro pudieran alcanzarla.

La sostuvo en sus brazos durante mucho rato antes de lavarla con delicadeza y echarla sobre la cama para así descansar con más comodidad. Ordenar la habitación le llevó más rato, pero lo hizo él mismo, no quería que Marie o su crítica tácita se entrometieran en este momento íntimo con Alexandria. Empleó velas y hierbas para llenar la habitación de aromas curativos.

Se estaba familiarizando con la mente de Alexandria, con sus puntos fuertes y débiles. Era inevitable que Aidan abriera finalmente una brecha en la barrera que ella era capaz de levantar contra él. Acarició con el pulgar su frente mientras permanecía dormida y vulnerable sobre la gran cama con cuatro columnas. Era asombroso estar en su mente. Era un ser humano increíble. Tras la pérdida de sus padres siendo muy joven, había luchado contra todo tipo de contratiempos y en situaciones casi imposibles, había criado por su cuenta a su hermano pequeño, a quien quería con el mismo instinto fiero y protector que una madre. Trabajaba duro para dar una vida decente a Joshua. También era divertida, traviesa e irreverente, le encantaban los chistes y las bromas. Era generosa y cariñosa.

Era una luz brillante arrojada sobre la oscuridad que llenaba su ser. Alexandria era compasión y bondad, todo lo que no existía en él.

Permaneció sentado al borde de la cama, agradecido de la magia de las hierbas. El olor a vómito y a sangre, la mancha de maldad, habían desaparecido de la alcoba, sólo quedaba el aroma penetrante de las plantas curativas. Repasó cada una de las heridas y llagas de Alexandria, y según la costumbre tradicional, mezcló un poco de preciada tierra de su país natal con su saliva para acelerar la curación de cada laceración. Los desgarros punzantes que tenía en el cuello eran los peores. El vampiro había ocasionado aquellas heridas, inflamadas por el veneno. Aidan las vendó con cuidado, cantando en su antigua lengua, proyectándose una vez más por el interior del cuerpo de Alexandria para curarlo desde dentro hacia fuera. La conversión estaba casi completa, advirtió con alivio.

Se estiró a su lado en la cama, consciente de que aún quedaba por delante una larga y complicada batalla con su nueva compañera eterna. Ella iba a plantar mucha resistencia a sus proposiciones, iba a exigir saber la verdad sobre su conversión, se horrorizaría cuando comprendiera lo que significaba. Y le culparía a él. Con todo derecho. Teniendo en cuenta la horripilante tortura del vampiro y su propio trato torpe al verla por primera vez, Alexandria no tenía nada que agradecer a su especie. De todos modos, no había otra opción pues estaba unida a él en cuerpo y mente, y su alma era su otra mitad. Juntarles por completo era ahora cuestión de paciencia. Aidan pronunció una oración en silencio: él haría lo necesario para dar a Alexandria el tiempo que necesitaba. Sabía de todos modos lo peligroso que sería para ambos cada momento de ese proceso, lo vulnerable que ella se sentiría sin él, y cómo él no podría soportar que algo le sucediera. Además, Alexandria corría peligro por la naturaleza predadora de Aidan, que exigiría poseerla incluso sin su consentimiento.

Aidan suspiró, luego llevó a cabo una inspección de su hogar y de los alrededores. Verificó ventanas y entradas. Colocó fuertes encantamientos en la puerta de la alcoba subterránea y otros aún más maléficos para defender la propia alcoba. No iba a correr ningún riesgo con su pareja ahora que por fin la había encontrado. Aidan la cogió en sus brazos, esperó a estar seguro de que el cambio se había producido por completo, y luego la hizo dormir. Esta vez la sumió en el sueño curativo de su raza. Cubrió el cuerpo de Alexandria con el suyo protector, cesó el funcionamiento de corazón y pulmones y yació allí como un difunto.

Cuando el sol empezó a ponerse, una perturbación se abrió camino y penetró en el interior de la cámara. Luego un único latido interrumpió el silencio, y los pulmones tomaron aire. Aidan yacía quieto mientras inspeccionaba la casa en busca de la causa de su despertar temprano. Encima de él, en el primer piso, alguien estaba llamando con brusquedad a la puerta de su casa. Alcanzó a oír las suaves pisadas de Marie que iba a responder. Oyó sus latidos. La persona que llamaba la inquietaba. Los golpes en la entrada principal eran más ruidosos de lo tolerable. Una sonrisa se dibujó en su boca. Detrás de su ama de llaves, oyó a Stefan, siempre dispuesto a defender a su esposa, a defender el hogar de Aidan.

Aidan se levantó y su cuerpo se movió flexible y fuerte. Dirigió una mirada a Alexandria. La conmoción le dominó. ¡Qué hermosa! Algunas magulladuras marcaban aún su piel, pero por lo demás su cutis parecía sano, perfecto. Tenía aquellos labios suaves y carnosos, y pestañas largas y abundantes. Más joven de lo que él había imaginado, Alexandria era diferente a cualquier mujer que hubiera visto. Y le pertenecía, y nada sobre la tierra podía cambiar eso. Notó la agitación inesperada de un ansia repentina, urgente, que le conmocionó. Estaba allí tendida indefensa, casi una desconocida, pero él había estado en su mente y la conocía de forma más íntima que cualquier otra persona tras años de vivir juntos. Se inclinó para rozarle la frente con los labios, un saludo a su valentía, a su capacidad de amar, a la bondad que albergaba. Pero la proximidad no sirvió más que para intensificar el dolor palpitante que se apoderaba de su cuerpo.

Puso distancia enseguida entre él y la tentación. Hacía seiscientos años que no sentía aquella urgencia biológica, y esta vez superaba cualquier cosa conocida. No se trataba de un deseo moderado de apaciguar las necesidades de su cuerpo. Sentía un hambre furiosa por una mujer, la única mujer. La necesitaba ahora en todos los sentidos de la palabra, y no ayudaba a su autocontrol que fuera joven y hermosa, en vez de la bruja por la que en un principio la había tomado.

La persona que llamaba en el piso superior estaba gritando a Marie. Aidan oía con claridad al hombre. Era obvio que estaba acostumbrado a salirse con la suya. Era un hombre rico, una persona difícil. Exigía ver a Alexandria Houton. Llegó al punto de amenazar a Marie con la deportación si no dejaba salir de inmediato a Alexandria, era obvio que pensaba que su acento la volvía vulnerable a una amenaza de ese tipo.

Los colmillos explotaron en la boca de Aidan y sus ojos dorados refulgieron despiadados, feroces, la bestia en su interior nunca había tenido tal tamaño. ¿Se debía a los celos de que otro varón se acercara a su compañera de vida? ¿Por qué le provocaba rabia —otra nueva emoción poderosa— que alguien gritara a su ama de llaves? ¿O tal vez era una combinación de ambas cosas? No lo sabía, pero reconocía su peligrosidad así como la necesidad de ejercitar un gran autocontrol. Por sus labios escapó un prolongado y lento siseo mientras ascendía escaleras arriba y entraba en la cocina a través del pasadizo secreto. Se movía con una velocidad sobrenatural, invisible al ojo humano. Todos los carpatianos eran capaces de este tipo de cosas, lo hacían de forma automática.

En la entrada de su casa, un hombre alto y atractivo estaba abroncando a su ama de llaves.

—O deja salir a Alexandria de inmediato o llamo a la policía. Creo que se ha cometido una maniobra abyecta, ¡y en cierta parte usted es partícipe! —Estaba mirando a Marie con desprecio, como si fuera un insecto que podía aplastarse con facilidad bajo el pie.

De repente, el desconocido se quedó callado, un escalofrío inesperado y gélido recorrió su columna. Tuvo la impresión clara de que algo le acechaba. Miró a su alrededor de modo frenético, recorrió con su mirada el inmaculado patio. Vacío. De todos modos, la impresión de peligro era tan fuerte que su corazón empezó a latir con fuerza y se le secó la boca. El corazón de Thomas Ivan dio un vuelco cuando un hombre apareció se diría que de la nada. Tuvo la impresión de que se materializaba detrás de la testaruda ama de llaves, como si tal cosa. Era un hombre alto, elegante, bien vestido. La larga melena rubia caía sobre sus amplios hombros y unos ojos dorados poco usuales le observaban con la mirada impasible de un gato. Irradiaba poder. Poder y fuerza. Llevaba el peligro pegado a él como una segunda piel.

Thomas tomó nota de que la casa apestaba a dinero y que este ocupante no era alguien fácil de intimidar. El hombre avanzaba con gran fluidez, sus músculos tensos cubiertos por la camisa de seda, su movimiento tan deslizante que sus pies parecían no tocar el suelo. Estaba claro que no producía sonido alguno al moverse. La mano con que apartó a un lado a Marie actuó de forma en extremo amable, y no obstante transmitía una noción amenazante para Thomas.

—Marie se encuentra aquí en situación legal, y es de lo más grosero por su parte amenazar a miembros de mi personal. Tal vez las personas que trabajan para usted no sean más que sirvientes, pero la gente que trabaja en mi casa es mi familia y se encuentran bajo mi protección —pronunció aquellas palabras con voz suave y agradable, de la textura del terciopelo. Una sonrisa de cortesía acompañó las palabras con una breve muestra de su blanca dentadura.

Sin motivo aparente, Thomas sintió un escalofrío de miedo que descendió por su columna vertebral. De hecho se le erizó el vello de todo el cuerpo como señal de alarma. Tenía la boca tan seca que no estaba seguro de poder hablar. Respiró a fondo y decidió dar marcha atrás. Podía ocuparse de un ama de llaves, pero este hombre era otro cantar. Alzó una mano haciendo el añejo símbolo de la paz.

—Mire, siento haber empezado con mal pie. Me disculpo por haberme pasado. Desde luego ha sido una forma errónea de plantear la situación, pero mi amiga ha desaparecido y estoy muy preocupado. Me llamo Thomas Ivan.

Aidan reconoció de inmediato el nombre. La estrella en alza de la industria de juegos para ordenador, el imaginativo autor de algunos recientes videojuegos de vampiros de asombrosa popularidad, había venido a su casa. Aidan alzó una ceja, con rostro inexpresivo.

—¿Tendría que conocerle?

Ivan estaba desconcertado. De pronto, las posiciones habían cambiado en esta entrevista, y él ya no controlaba la situación. Ni siquiera su famoso nombre le granjeaba el asombro habitual ni le abría puertas como era habitual. Por algún motivo, este hombre, por amable que fuera y por voz suave que pusiera, espantaba a Ivan. Con franqueza, le espeluznaba más que los vampiros de su imaginación. Bajo la superficie se asomaba la amenaza, como si el barniz de civilización fuera muy fino, y un animal salvaje, poderoso y depredador, merodeara con impaciencia esperando liberarse.

Thomas lo intentó otra vez:

—Estaba cenando con una amiga, Alexandria Houton, hace dos noches. Se indispuso y salió a toda prisa del restaurante, dejando allí su portafolio, y no volvió siquiera a recogerlo. Sus bosquejos son muy importantes para ella, nunca los habría dejado atrás si se encontrara bien. Otras tres mujeres desaparecieron aquella noche, junto con un vagabundo. Aquella noche hubo una tormenta terrible, y la policía piensa que, por algún motivo, las personas desaparecidas cayeron por el precipicio. A la mañana siguiente, encontraron el coche de Alexandria en el aparcamiento, pero en seguida se lo llevó un miembro de su personal. —Ivan había pagado una buena suma de dinero al trabajador del parking por esa información.

—Alexandria es una gran amiga mía, señor Ivan —le dijo Aidan—. Su hermano pequeño la esperaba fuera del restaurante cuando se encontró mal. Me llamó a mí y les he traído a ambos aquí. La señorita Houton aún está bastante enferma y no puede recibir visitas. Estoy seguro de que estará encantada al saber que le ha traído la cartera. Le diré que ha venido a interesarse por ella.

—Aidan hizo un ademán de despedida sin pestañear una sola vez con esos ojos de oro fundido.

La voz agradable y suave dejó claro que Thomas Ivan no le importaba lo más mínimo. Lo extraño del asunto era que Ivan sentía ganas de hacer lo que le pedía. De hecho estiró el maletín hacia el hombre sin siquiera darse cuenta de lo que estaba haciendo. Encogió el brazo en el último momento.

—Lo siento, no he oído bien su nombre —lo dijo casi con agresividad. Nadie iba a mangonearle. Y no iba a entregar el maletín a un perfecto extraño. ¿Cómo sabía que decía la verdad?

La impecable sonrisa blanca apareció por segunda vez. La sonrisa le provocó escalofríos en toda la piel. Era la sonrisa de un depredador, como si hubieran soltado la bestia que acechaba debajo de la superficie. No transmitía ningún calor, y esos ojos dorados relucían de un modo peligroso al mirarle.

—Soy Aidan Savage, señor Ivan. Ésta es mi casa. Creo que ambos asistimos a una fiesta del senador Johnson hace un año, pero no llegaron a presentarnos. Creo recordar ahora que produce juegos de algún tipo...

Thomas pestañeó de forma manifiesta. La voz era musical y las notas eran tan puras que deseó inevitablemente oírlas una y otra vez. Parecían abrirse camino por dentro de él, doblar y girar por su cuerpo, haciendo difícil resistirse a cualquier cosa que él dijera. No obstante, pese a la pureza de la voz de Aidan Savage, las palabras le picaron en su orgullo. Ivan tenía un gran éxito con sus famosos juegos, eran lo último en el mercado. Peor aún, ya había oído hablar antes del fabuloso Aidan Savage, tan solicitado y bien considerado. Si un hombre de su reputación y riqueza rechazaba a Thomas con tal rotundidad, los círculos sociales en los que se movía, tanto profesionales como personales, también podrían rechazarle. Esto se estaba convirtiendo en una pesadilla. Sólo su necesidad de dar con Alexandria Houton —tanto personal como profesional— le mantuvieron clavado ante la puerta.

—De verdad, tengo que entregar esto a Alexandria en persona. Su trabajo es muy importante para ella y también para mí. Estaba entusiasmada con empezar un trabajo conmigo, y desde luego yo estoy igual de ansioso. —Ivan intentó volver a recuperar posiciones—. ¿Cuándo le parece que puede ser un buen momento para pasar otra vez a verla?

—Tal vez de aquí a un día o dos. Marie le dará mi número. Alexandria y su hermano Joshua residen ahora aquí, pero aún no hemos tenido tiempo para instalar el teléfono particular de Alexandria. Su repentina enfermedad, como ve, ha adelantado el traslado antes incluso de que tuviéramos listo su apartamento. Por supuesto, me entregará de inmediato la propiedad personal de Alexandria. Se encuentra bajo mi protección, señor Ivan, y yo siempre me ocupo de los míos.

Los ojos dorados mantuvieron la mirada de Ivan. Thomas se encontró entregando mansamente el maletín. Luego aquellos ojos le liberaron de su mirada fascinante. Al instante, Ivan se sintió consternado por lo que había hecho. ¿Qué le había pasado? Nunca había tenido intención de entregar el portafolio a nadie más que a Alexandria. Su mirada encontró la mano de Savage, que acariciaba con el pulgar la piel de imitación como si fuera la de Alexandria. Al instante se sintió celoso. ¿Cuál era la relación de Aidan Savage con Alexandria? Un hombre como Savage se comería vivo a alguien tan inocente como Alexandria. Thomas olvidó por completo, en su acceso de caballerosidad, que ésa había sido su intención inicial, hasta que descubrió su excepcional talento artístico.

—Gracias por venir, señor Ivan. Lamento no poder estar más tiempo con usted, tengo varias citas. Me ocuparé de que Alexandria le llame dentro de un par de días, o que le mantengan informado de algún otro modo de su evolución. Buenas noches, señor.

Ivan se encontró enseguida al otro lado de la puerta cerrada, incapaz de identificar el acento europeo de Savage o de aguantar la sonrisa petulante del ama de llaves cuando volvió a abrir la puerta por un breve instante para tenderle el teléfono de Savage, no incluido en la guía. No había hecho amigos en esta casa, un gran error. Si Alexandria necesitara su ayuda, y estaba más seguro que nunca de que era así, no tendría aliados en esta fortaleza a la que Savage llamaba su hogar.

Aidan se volvió a Marie y le tocó levemente el pelo con un breve gesto de cariño.

—¿Te ha molestado ese imbécil?

Ella se rió un poco.

—No tanto como a ti. No sabías que tenías un rival en tu conquista del afecto de la dama. Un millonario famoso nada más y nada menos.

—No para de decir tonterías.

—De todos modos, por lo que deduje de la conversación, Alexandria quiere trabajar con él. —Le estaba tomando el pelo a todas luces—. Y sus juegos de vampiros han saltado a las primeras páginas, le he visto en portadas de revistas. Está bastante prendado de Alexandria, ¿verdad que sí?

—¿Y quién no? Y es muy mayor para ella.

Marie y Stefan se rieron juntos. Los dos eran del todo conscientes de que Aidan llevaba varios siglos de vida. De repente, Aidan esbozó también una amplia sonrisa que les dejó sorprendidos. Nunca habían visto una sonrisa genuina que iluminara sus ojos dorados.

—¿Cómo está el niño esta noche? —les preguntó.

Marie y Stefan se pusieron serios.

—Es un crío muy tranquilo, la verdad —respondió Stefan. Unos centímetros más alto que Marie, robusto y musculoso, la fuerza de este hombre no podía pasarse por alto—. Creo que necesita ver a su hermana para volver a ser un niño otra vez. Ya ha sufrido bastantes pérdidas en su corta vida.

—Es un niño muy dulce, Aidan. Ya tiene a Stefan en el bolsillo —comentó Marie.

—¡Ja! —Stefan protestó con energía—. Eres tú la que siente pena por él y le atiborra de comida cada dos por tres.

—Hablaré con él —tranquilizó Aidan a la pareja—. Y podéis decirle que su hermana le verá más tarde, esta noche, cuando salga de la cámara subterránea.

—Cuando despierte —corrigió Marie con el ceño fruncido. No quería que delante de un niño inocente se hiciera ninguna alusión a esa otra vida —. ¿Crees que es prudente prometer algo así? ¿Y si ella..? —vaciló.

Stefan acabó la frase:

—¿... tiene problemas para aceptar en qué se ha convertido? O todavía peor, ¿y si no es la verdadera pareja que buscas y para ahora ya se ha vuelto loca del todo?

—Es ella, de verdad. ¿No podéis notar su presencia, su luz, incluso en mí? Me ha dado vida, luz y emoción. Vuelvo a ver los colores, y son radiantes. Siento cosas, de todo, desde rabia hasta un afecto enternecedor. Me ha devuelto el mundo. Despertará como una de nuestra especie y, sí, espero una resistencia considerable por su parte, pero no delante del niño. Le quiere muchísimo e intentará aparentar toda la normalidad que sea posible. El niño ha sido su principal motivación durante años, y continuará siéndolo. Será tan importante para ella ver al niño como para el niño verla a ella. Sospecho que si Joshua puede aceptarme en su vida, la mitad de la batalla estará ganada.

—¡Aidan! —Joshua entró corriendo en la habitación y rodeó con sus brazos las piernas de Aidan—. Te he buscado por todas partes. Marie me dijo dónde está tu habitación, en el tercer piso, pero no estabas ahí.

—Te dije que no te acercaras a las habitaciones del señor Savage —Marie intentó poner su mejor tono regañón, pero fue incapaz de ocultar el cariño de su expresión.

Joshua pareció un poco avergonzado, pero le respondió con vigor:

—Lo siento, Marie, pero tengo que encontrar a Alexandria. Sabes dónde está, ¿verdad, Aidan? —preguntó.

El carpatiano apoyó las manos con delicadeza en los rizos sedosos del muchacho. Su corazón se retorció con una extraña sensación de ternura. Había tanta confianza y fe en esos ojos azules que le miraban a él.

—Sí, Josh. Sigue dormida. Quiero que le des otra hora más de descanso, y luego te la traeré. ¿Qué te parece?

—¿Ya está bien del todo? Tenía miedo de que no volviera a recuperar el sentido... ya sabes, como Henry, y mi mamá y mi papá. —La voz infantil tembló de miedo.

—Alexandria no va a dejarte, Josh —le tranquilizó Aidan en voz baja—. Siempre va a estar aquí, y nosotros juntos la cuidaremos para que nada vuelva a apartarla de nuestro lado. Ya sabes que siempre la protegeré, y no es fácil derrotarme. Nadie la separará de nuestro lado. ¿Trato hecho?

Joshua le miró con una amplia sonrisa de confianza.

—Somos muy buenos amigos, ¿verdad, Aidan? Tú, yo y Alexandria.

—Somos más que buenos amigos, Joshua —contestó Aidan con expresión grave—. Todos los que vivimos en esta casa somos una familia.

—Marie me ha dicho que quieres que vaya a una escuela nueva.

Aidan hizo un gesto de asentimiento.

—Creo que sería mejor. A la que vas ahora queda lejos de aquí, y la escuela que tenemos en mente para ti es muy buena. Tendrás amigos y buenos profesores ahí.

—¿Y qué dice Alexandria? Ella me lleva al cole normalmente. Cree que es peligroso que vaya yo solo.

—En esta escuela, no será así. En cualquier caso, Stefan y Marie irán contigo si quieres. Te acompañarán allí cada día hasta que te sientas a gusto con los cambios.

—Quiero que me lleves tú si Alex no puede. —Joshua consiguió hacer un mohín.

Aidan se rió un poco.

—Diablillo. Ya veo que estás acostumbrado a salirte con la tuya. Alexandria es muy blanda en todo lo que se refiere a ti, ¿no es cierto?

Joshua se encogió de hombros, luego se rió también.

—Sí, me deja hacer cualquier cosa, y nunca se enfada si no hago lo que se supone que debo. A veces intenta gritarme, pero luego siempre acaba dándome un abrazo.

—Creo que hace falta la mano firme de un hombre en tu vida, joven Joshua —dijo Aidan mientras se agachaba para levantar al muchacho hasta sus hombros—. Un gran hombre fuerte que no consienta todas tus insensateces.

Joshua rodeó con sus brazos el cuello de Aidan.

—Tú tampoco gritas.

—No, pero cuando digo algo lo digo muy en serio, ¿eh que sí?

—Sí —admitió Josh—. Pero sigo pensando que tendrías que acompañarme al cole.

—Tengo que quedarme aquí para asegurarme de que tu hermana hace todo lo que se supone que tiene que hacer para ponerse bien. Ha cogido una enfermedad muy peligrosa, y tenemos que tener mucho cuidado durante los próximos días. Ya sabes que puede llegar a ser muy testaruda. —Aidan dijo esto último con un guiño de complicidad.

Joshua asintió con una sonrisita.

—Sé que si tú estás con ella, nada malo puede sucederle. Iré al cole con Marie y Stefan. Claro que si tú me llevaras, los otros niños pensarían que tengo un papá grandullón y no se atreverían a meterse conmigo. —Se encogió de hombros—. Pero Stefan es grande. Tal vez funcione con él.

—Estoy seguro de que Stefan puede espantar a cualquier matón. Pero, Joshua, la nueva escuela es muy agradable, con niños simpáticos. Nadie lleva armas y nadie va a intentar hacerte daño ahí. pero si sucediera algo, sólo tienes que venir y decírmelo. —Miró con sus ojos dorados a los azules del crío.

Joshua hizo un gesto de asentimiento.

—Te lo diré, Aidan. —Pestañeó y luego se retorció hasta que Aidan le dejó en el suelo—. Marie ha dicho que la cena ya está lista. Es una buena cocinera, mejor que Alex, pero no se lo digas a mi hermana porque herirás sus sentimientos. ¿Vas a cenar con nosotros esta noche?

Aidan se encontró sonriendo sin motivo aparente. De repente se sentía como si tuviera una familia por primera vez en la vida. Durante siglos había habido gente que se preocupaba por él, que le eran fieles y que le ayudaban a seguir en un mundo cuerdo. Ahora tenía algo más que mera lealtad, por muy valioso que fuera eso. Las emociones le ahogaban, le desgarraban, le animaban.

—Nunca se lo diremos a Alexandria —concedió con gesto solemne.

Marie cogió a Joshua de la mano.

—Cuantos cumplidos, ya veo que a este chico le interesa hacer buenas migas conmigo. Sí, le gusta relamer el cuenco glaseado del postre.

Joshua negó con la cabeza con tal fuerza que sus rizos rubios rebotaron. Con voz solemne y ojos ansiosos dijo:

—No, Marie, lo digo en serio. Alexandria es una cocinera horrible. Se le quema todo.

Capítulo 5

Primero oyó ruidos. El redoble de un tambor. El crepitar de la madera. Agua corriendo. Susurros de conversaciones, atronadores motores de coches y la risa distante de un niño. Alexandria permaneció del todo quieta, sin atreverse a abrir los ojos. Sabía que no estaba sola. Sabía que era de noche. Sabía que el retumbo del tambor era su propio corazón, y el de otro que latía en perfecta sincronía. Sabía que la conversación que oía tenía lugar a cierta distancia de ella, en el primer piso, en la cocina. Sabía que el niño que se reía era Joshua.

No tenía ni idea de por qué sabía estas cosas, y eso le aterrorizaba. Podía oler las galletas y las especias. Podía oler... olerlo a él. Aidan Savage. La estaba observando con sus hermosos ojos. Oro líquido. Penetrantes. Lo veían todo. Se permitió respirar. Ocultarse como una niña asustada debajo de las mantas no iba a cambiar nada. Ella era lo que él la había hecho, fuera lo que fuese. Y en algún sentido, la había hecho... no humana. Pero el hambre voraz que ahora dominaba su cuerpo de un modo desconocido era un hecho al cual tenía que hacer frente.

Al alzar sus largas pestañas, lo primero que vio fue su rostro. La asombraba lo guapo que era, de un modo puramente masculino. Le estudió con atención, a fondo. Era fuerte y poderoso. Ahí estaba todo, la naturaleza violenta oculta justo debajo de todo aquel encanto civilizado. Tenía ojos de gato con esferas doradas, imperturbables y serenos, con largas pestañas. Su barbilla era fuerte y la nariz elegante. Tenía unos labios muy definidos, incitantes, y sus dientes eran de una blancura excepcional. Su cabello formaba una melena leonada de oro reluciente que le caía hasta sus amplios hombros. Sus músculos se marcaban ondulantes cuando se movía. Pero ahora permanecía completamente quieto, como si formara parte de la habitación, casi integrado en ella, observándola con atención. Era un depredador magnífico. Ella lo sabía, no había otro igual.

Se pasó la lengua por los labios para humedecerlos.

—Y bien, ¿qué hacemos ahora?

—Necesito enseñarte nuestras costumbres.

Su voz sonaba calmada y práctica. ¿Significaba eso que la gente se convertía en vampiro a diario? Alexandria se incorporó poco a poco, vacilante. Le escocía el cuerpo, estaba rígida, pero no era tan angustioso como antes. Estiró los músculos con cautela, los puso a prueba.

—No tengo deseo alguno de aprender vuestras costumbres. —Le dedicó una rápida mirada, un destello de ojos azules que sus largas pestañas ocultaron enseguida—. Me engañaste. Sabías que yo pensaba que iba a convertirme... en humana otra vez.

Él sacudió la cabeza, la voluntad de Aidan era tan fuerte que ella tuvo que alzar la vista de nuevo. Al instante, el oro fundido atrapó su mirada.

—No, Alexandria, sabes que eso no es cierto. Tú querías creerlo, por eso lo concebiste, pero en ningún momento yo te induje a creer eso.

Una pequeña sonrisa sin humor se dibujó en los labios de Alexandria.

—¿Eso piensas? Qué noble por tu parte absolverte de toda responsabilidad.

Él se agitó con una leve tensión en los músculos, y el corazón de Alexandria dio un brinco a causa del espanto. Aidan se calmó, se quedó inmóvil una vez más, como si leyera su temor.

—No he dicho que no tenga responsabilidad alguna en este asunto. Pero no puedo cambiar las cosas. Ni podría cambiar lo que sucedió anoche. Créeme, Alexandria, daría cualquier cosa por que no hubieras tenido que soportar todo por lo que el vampiro te ha hizo pasar. De poder hacer cualquier otra cosa para librarte de tal agonía, lo habría hecho.

Su voz, tan grata y amable, sonaba convincente. Parecía incapaz de mentir. Pero ¿acaso los vampiros no tenían esa habilidad, el poder de cautivar a sus víctimas? Alexandria ya no sabía distinguir la realidad, pero no iba a permitir que nadie dominara su vida de esa manera sin plantar batalla. No era tonta, era fuerte y tenía decisión. Hacía mucho que había aprendido a tener paciencia. Fortaleza. Técnicas de supervivencia. Pero justo en este momento, no tenía la información suficiente para tomar decisión alguna.

—¿Soy ahora como tú?

Una mínima sonrisa estiró los labios de Aidan, luego su rostro volvió a ser la misma máscara inexpresiva y despreocupada, con fríos ojos dorados que reflejaban de nuevo la imagen de Alexandria.

—No exactamente. Yo nací carpatiano. Mi pueblo es tan viejo como el tiempo. Soy uno de los más viejos, un sanador de nuestra gente, y un cazador del vampiro. He acumulado conocimientos y poder tras años de estudio.

Ella alzó la mano.

—No estoy segura de estar preparada para esto. Sobre todo quiero saber si sigo siendo yo misma.

—¿En quién pensabas que ibas a convertirte? Ya no persiste ningún resto de la sangre de ese vampiro en tu sistema, si eso es lo que te preocupa.

Ella respiró a fondo. Intentó recordar lo que sabía de las leyendas sobre vampiros. El hambre que sentía era un dolor indefectible.

—Lo que me preocupa es... si podré andar bajo el sol. Si podré o no comer como una persona normal, ir a un local de comida rápida con Joshua y comer lo que me apetezca.

Aidan respondió con calma.

—La luz del sol te quemará la piel. Tus ojos son los que sufrirán la peor reacción, más desgarradora, y se hincharán. Con la luz diurna debes llevar gafas oscuras, fabricadas con unas lentes especiales para nuestra gente.

Alexandria exhaló despacio.

—Eso responde a una pregunta. Estoy intentando con gran esfuerzo no ponerme histérica ahora mismo. Cuéntamelo todo.

—Tienes que tomar sangre para sobrevivir.

—Podrías haberlo soltado al menos con delicadeza, de forma más gradual o algo así —contestó con ironía, su irreverencia habitual seguía intacta pese a que la mente le daba vueltas, en un caos total. Le costaba pensar, respirar. De verdad, esto no podía estar pasando. Era imposible—. No esperarás que duerma en un ataúd. —Intentó que sonara como un chiste, para ayudar a su mente a aceptar la posibilidad de tal cosa. En ese momento, lo único que quería era ponerse a gritar.

Aquellos ojos la observaban, la atraían hacia él. Alexandria notaba casi cómo él se estiraba hacia ella para alcanzarla, una ilusión tan real que sintió el calor de sus brazos, el contacto tranquilizador en su mente.

—No creo que eso sea necesario.

Alexandria se humedeció los labios de pronto secos.

—No puedo respirar.

Él la tocó físicamente entonces, le rodeó la nuca con la mano y le obligó a bajar la cabeza.

—Sí, puedes —dijo con calma—. Pasará este momento de pánico.

Ella tomó grandes bocanadas de aire para llenar sus pulmones, contuvo como pudo los sollozos que desgarraban su garganta. No podía llorar en voz alta en este momento, lo único que podía hacer era intentar inhalar. Él inició un lento masaje con sus dedos, muy suave, muy ligero, pero todo su cuerpo respondió, la terrible tensión se alivió con el dominio sereno de esa mano.

—¿Por qué no me mataste y asunto zanjado? —La colcha y el dolor de garganta amortiguaron las palabras.

—No es mi intención matarte. No has obrado mal, eres por completo inocente. Y yo no soy un asesino a sangre fría, Alexandria.

Le miró entonces, encontró su mirada con sus grandes ojos azules.

—Por favor, no me mientas. Esto ya es duro de por sí.

—Soy un cazador, *piccola*. Pero no mato a inocentes. Soy un centinela justiciero de nuestra gente, designado por nuestro príncipe, el líder de nuestro pueblo, para vigilar esta ciudad.

—Yo no soy de tu especie, de verdad que no. —Sabía que sonaba desesperada pese a su intención de mantener la calma—. Aquí ha habido algún grave error, tendrás que aclararlo. —Le temblaba la voz, su cuerpo se estremecía—. Si al menos me escucharas, entenderías. No soy como tú, de verdad.

Él le rodeó la mano, relajó sus dedos apretados, acarició con suavidad el pulso frenético de su muñeca.

—Cálmate, Alexandria, lo estás haciendo bien. Te recuperarás deprisa. Sé que no te miraste al espejo anoche, pero tu curación ha sido extraordinaria. Y en tu nueva vida encontrarás muchas cosas que adorarás: serás capaz de ver en la oscuridad como si fuera el mediodía, podrás oír cosas que no has oído jamás, ver cosas nunca vistas. Es un mundo hermoso.

—No entiendes. Ya tengo una vida. Y tengo que ocuparme de Joshua. Joshua no puede pasar sin mí durante el día. No es más que un niño. Necesita que le lleve a la escuela. Y además tengo que trabajar.

Aidan dijo que él no era un asesino, pero Alexandria no estaba ciega. Él era guapo, pero era letal bajo la fina capa civilizada. Ella no podía, no estaba dispuesta a convertirse en alguien como él. Tenía que ocuparse de Joshua. Aidan suspiró con amabilidad, dejó ir una exhalación tranquila que ella notó en la punta de sus pies, y tuvo la horrible sensación de que él sabía lo que estaba pensando, de algún modo se encontraba dentro de su cabeza con ella, compartiendo pensamientos y emociones.

—Podrás ocuparte de Joshua. Hemos trasladado tus cosas a las habitaciones del segundo piso. Tú y Joshua tendréis aquí vuestra residencia. Será esencial para ti mantener la apariencia de una vida humana. Sólo durante la primera hora de la tarde, cuando te encuentres en el momento más vulnerable, descenderás a esta alcoba para dormir. Joshua no recuerda nada del vampiro, no podía permitir que quedara traumatizado para toda la vida.

—En realidad, no puedes permitir que él conozca la verdad —adivinó Alexandria con sagacidad—. Tenemos nuestro propio hogar. En cuanto pueda, voy a sacarle de aquí. —*Lejos de esta ciudad si hace falta, lejos de ti, tan lejos que jamás pueda sufrir ningún daño.*

Hubo un pequeño silencio que pareció prolongarse una eternidad. Por algún motivo, Alexandria oía cómo latía su propio corazón lleno de inquietud. Cuando Aidan se movió, todos los músculos de ella se paralizaron. Estaba callado, pero la espantó su manera de moverse, tan silenciosa.

—Entre nosotros hay un vínculo, Alexandria. —Su voz sonaba pura, como el sonido de un claro arroyo que corre sobre las rocas—.

Es inquebrantable. Yo siempre voy a saber dónde te encuentras, igual que tú sabrás siempre dónde encontrarme. Si quisiera hacer daño a Joshua, me habría deshecho de él mucho antes. Te quedarás aquí y aprenderás a sobrevivir. Al menos date tiempo para ajustarte a tu nueva vida.

—Quiero verle, ahora mismo. Quiero ver a Joshua.

Por algún motivo inexplicable, otra vez se le hacía imposible respirar. Las emociones no dejaban de girar y bailar frenéticas, bramaban y explotaban, pensó que podría volverse loca. Pero en vez de ello se sentó en silencio como una niña bien educada esperando que él accediera. Aidan siguió mirándola con sus ojos dorados y una máscara inexpresiva en el rostro.

Y Alexandria no tenía ni idea de cómo sobrevino lo que ocurrió a continuación. En un momento dado estaba sentada en silencio y al siguiente había salido lanzada de la cama y se había arrojado contra él, incapaz de contener la rabia que dominaba su cuerpo. Los rasgos sensuales de Aidan permanecieron fríos y calmados mientras sujetaba su figura menuda que volaba por los aires. Pero ella ya se estaba esforzando por recuperar el autocontrol, horrorizada con su conducta. Nunca había hecho algo parecido. Aidan la contuvo con facilidad, le agarró las muñecas por la espalda para sujetarla con fuerza contra su duro cuerpo.

Y al instante, Alexandria fue consciente de lo fina que era la camisa que cubría su piel desnuda, de cómo se amoldaban sus curvas al cuerpo de él, tomó conciencia de él como hombre, de ella misma como mujer. Eso la asustó. Todo lo referente a esta situación la horrorizaba.

—Chist, *piccola, cara mia*, tranquila —la calmó mientras sujetaba sus muñecas con una mano y enredaba la otra en la espesa melena a la altura de la nuca—. Pasaremos juntos por esto. Apóyate en mí, úsame, usa mi fuerza. —Le soltó las muñecas pero mantuvo la otra mano en el cuello.

Ella le dio un puñetazo en el pecho y luego un segundo golpe, en un intento de no soltar a gritos su frustración.

—Estoy loca. Mi mente ha enloquecido. No va a parar. —Apoyó la cabeza en los voluminosos músculos de su pecho, su único refugio, el único santuario que le quedaba. En su cerebro se sucedía un torbellino embarullado de pensamientos desesperados. Aidan era sólido, un ancla de fuerza, la calma en el ojo del huracán.

—Respira, Alexandria. Respira conmigo. —Susurró las palabras en voz baja sobre su piel, filtrándolas a través de sus poros, hasta que penetraron en su corazón y pulmones.

Él parecía hacerlo por ella, su respiración regulaba la suya. Aidan la abrazaba casi con ternura, sin pedirle nada. La aguantó hasta que el terrible temblor cesó y ella fue capaz de mantenerse por sí sola en pie. La soltó casi a su pesar, puso espacio entre ambos, la mano descendió por la longitud de la trenza hasta que una vez más la dejó ir.

—Lo siento. —Alexandria se apretó las sienes con la punta de los dedos—. Normalmente no soy una persona violenta. No sé que me ha cogido. —Qué locura, que reacciones tan raras tenía. La sangre del vampiro debía de estar aún en ella, y Aidan no quería revelarle la verdad.

Aidan leyó su miedo, el temor a que el vampiro siguiera en ella y dirigiera sus actos. Qué disparate. Sacudió la cabeza.

—A veces, el miedo nos hace comportarnos de maneras inesperadas. No te preocupes tanto. ¿Estás lista ahora para ver a Joshua, estarás lo bastante calmada como para tranquilizarle? Sé que necesitas más tiempo para ajustarte a todas estas novedades, y no voy a insistir, pero tu hermano empieza a preocuparse. El pequeño Joshua se considera tu protector. Por mucho que confíe en mí, necesita verte, tocarte. —Dirigió de forma intencionada los pensamientos hacia el niño, el único capaz de apartar de su mente el proceso terrible de transformación.

Con mano temblorosa, Alexandria buscó los vaqueros que él le había traído de su pensión.

—Dame la información que necesite saber, lo que Joshua espera de mí. No puedo recordar todo lo que me has contado.

Aidan no podía apartar la mirada de la delgada longitud de sus piernas. Notó la sangre bombeando con fuerza, caliente, la inesperada tensión en su cuerpo. Se apartó para disimular su ansia. Ansia de sexo erótico, tórrido. Nunca se había sentido dominado por una excitación tan intensa.

—¿Aidan? —Él oyó el rumor de la cremallera mientras su voz le rozaba la piel. Los colmillos explotaron en su boca, todo su cuerpo se contrajo de necesidad. Casi no fue capaz de contener el gruñido grave de la agresión. Formó puños con las manos y los nudillos se le pusieron blancos. Para los carpatianos, todo aumentaba en intensidad con la edad, incluidas las emociones, cuando eran capaces de sentir. Dolor, felicidad y dicha, necesidad sexual. Lo sabía, pero nunca antes lo había experimentado. No era fácil controlarse cuando algo resultaba tan novedoso.

Soltó una exhalación, muy despacio, y la bruma roja que nublaba su vista fue difuminándose, el demonio que luchaba por mantener la supremacía volvió a quedar amordazado y atado. Tenía toda una eternidad para ganarse a Alexandria. Estaba ligada a él, alma con alma, mente con mente. Él encontraría la paciencia para darle tiempo y así acudir junto a él de propia voluntad.

—¿Aidan? —esta vez, la voz le temblaba—. ¿Algo va mal?

—No, por supuesto que no. Permíteme repasar las cosas... Joshua cree que yo soy un viejo amigo de la familia. Cree que los dos llevabais un tiempo planeando trasladaros a las habitaciones del segundo piso y que tu enfermedad en el restaurante sólo adelantó los planes.

Los grandes ojos de zafiro relumbraron con una sonrisa, luego bajó las largas pestañas.

—¿Y cómo de amigos se supone que somos?

Una leve sonrisa estiró los labios de Aidan, por un breve momento tuvo un aspecto juvenil. Luego la ilusión desapareció y él volvió a ser, una vez más, el poderoso depredador.

—Oh, yo diría que somos muy amigos. Íntimos amigos. Y, por suerte para mí, a Joshua le gusta que sea así. Es mi aliado más incondicional.

Alexandria alzó una ceja de repente, y el hoyuelo próximo a su boca se marcó aún más.

—¿Necesitas un aliado?

De nuevo, él volvía a atisbar su naturaleza traviesa, lo cual provocó otra pequeña sonrisa.

—Desde luego que sí.

Aidan tenía una manera de inclinar la cabeza a un lado, la miraba con tal deseo que la dejaba sin aliento. Tal vez fuera un efecto de luz, pero lo cierto era que no había luz. Se concentró en sus palabras e intentó no reaccionar a sus miradas sensuales o al sonido cautivador de su voz.

—Un amigo tuyo bastante odioso te ha seguido la pista hasta aquí y ha exigido verte. Aparte de molestar a mi personal no consiguió mucho más, pero ha devuelto algo que te pertenece. Por supuesto, supongo que serás consciente de que tanto tu amigo Henry como el pequeño Joshua desaprobaban por instinto a este infantil creador de juegos. De hecho, Josh planea en secreto ganar mucho dinero para que no tengas que vender tus creaciones a un hombre así. —Aidan se llevó la mano hacia atrás para sujetarse su espesa melena a la altura de la nuca—. Tiene una sonrisa que recuerda a un tiburón, ¿no te parece?

A Alexandria la hechizó aquel sencillo movimiento de Aidan para sujetarse el pelo, su manera de moverse le pareció increíblemente sensual. Sacudió la cabeza, enfadada por tener ideas tan ridículas.

—¿Hablas de Thomas Ivan? Porque si se trata de él, deberías mostrar un poco de respeto. El hombre tiene talento en lo que hace. ¿Así que ha venido hasta aquí en mi busca?

Se aferró a esa noción, algo humano y normal en un mundo que había enloquecido. Thomas Ivan era alguien con quien relacionarse, alguien que tenía cosas en común con ella. Pasó por alto el hecho de que la sonrisa de Thomas Ivan tuviera justo la mueca dentuda de un tiburón. Pasó por alto el hecho de que la criatura que tenía delante fuera el hombre de masculinidad más pura que hubiera conocido jamás y que la encandilara con tan sólo una sonrisa.

—Los guiones de este hombre son puras sandeces. No sabe una sola cosa sobre vampiros. —Había desprecio en los ojos de Aidan, no obstante aún mantenía una gran pureza de tono, y Alexandria, que se encontró adelantándose hacia él, tuvo que controlarse de forma súbita.

—Nadie sabe nada de vampiros —corrigió ella con firmeza— porque no existen. No pueden existir. Y su trabajo no es ninguna sandez. Sus juegos son fantásticos.

—Nunca había oído eso de que los vampiros no existen —respondió con una mueca burlona—. Ojalá lo hubiera sabido antes. Me habría ahorrado un buen montón de problemas en los últimos siglos. En cuanto a Ivan, me temo que voy a darle la razón a Joshua. Ese hombre es un burro pomposo. En cualquier caso, trajo tu portafolio y le dije que te pondrías en contacto con él cuando tu médico te lo permitiera.

—No tengo médico.

La blanca dentadura de Aidan relució, y sus ojos dorados centellearon llenos de traviesa diversión.

—Yo soy tu médico. Soy tu sanador.

Alexandria fue incapaz de hacer frente a su mirada acalorada. La expresión divertida de Aidan era tan sensual como su boca perfectamente esculpida.

—Creo que me hago una idea. Así pues, ¿qué más le has contado a mi hermano pequeño? —Echó una ojeada a la habitación—. ¿No hay ninguna camisa mía por aquí? —Se levantó los faldones de la elegante y formal camisa de seda—. ¿Alguna que no me llegue a las rodillas?

Él se aclaró la garganta. Le gustaba verla envuelta en su camisa, envuelta por él.

—En efecto, como bien dice Joshua, éste es uno de tus fastidiosos hábitos. Te gusta ir por ahí con mis camisas, crees estar mucho más cómoda que con tus ropas.

Alexandria le miró con sus grandes ojos azules.

—Oh, ¿así que eso es lo que me gusta? ¿O sea que te has estado quejando de eso?

—A menudo, a Joshua. Nos reímos juntos de las manías de las mujeres. A él le parece que te quedan muy bien.

—¿Y quién ha podido meter una idea así a un niño pequeño?

Él no dio muestras de arrepentimiento.

—Tal vez lo haya mencionado yo un par de veces.

Sus ojos dorados recorrieron el cuerpo de Alexandria, y ella tomó consciencia de su piel desnuda debajo de la camisa, de cada curva de su cuerpo, del hecho de que se encontraba por completo a solas en una alcoba secreta de aquella casa.

—Al fin y al cabo es cierto, mi camisa te queda genial.

—¿Por qué tenemos que quedarnos Joshua y yo a vivir aquí? —Siguió con la conversación y así apartó todas esas nuevas sensaciones sensuales que le provocaban pavor.

—Joshua es como una señal luminosa que atrae a los enemigos, y lo mismo sucede con Marie y Stefan. Mientras mantengamos vínculos con seres humanos, estaremos sujetos a ellos, y quienes deseen destruirnos podrán descubrirnos con facilidad. Aunque la mayoría de miembros de nuestra especie pueden mantenerse ocultos si lo desean, nuestros enemigos saben que nunca nos alejaremos de nuestros contactos humanos, y sobre todo de Josh, que es un niño pequeño. Estaréis mucho más a salvo de nuestros enemigos aquí en mi casa.

—¿Qué enemigos? Yo no tengo enemigos. —Aidan hablaba con suma naturalidad pero Alexandria notó que su corazón volvía a latir con gran fuerza. Intuía que él decía la verdad y, fuera quien fuera el enemigo, no era un agresor normal y corriente.

—Paul Yohenstria no era el único vampiro en esta ciudad. Hay otros, y saben que yo les persigo. No tardarán en enterarse de tu existencia, y recurrirán a todo su poder para hacerse contigo.

Alexandria notó que se le comprimían los músculos del estómago.

—¿Por qué iban a querer eso? No entiendo nada. ¿Por qué me está sucediendo todo esto?

—Eres una auténtica médium, una de las pocas mujeres humanas capaz de convertirte a nuestra especie. Y los vampiros son carpatianos antes de su transformación. Entre nuestra gente hay pocas mujeres y las protegemos como tesoros.

Ella alzó la barbilla con agresividad.

—Pues tengo noticias que darle, señor Savage. No es que «su gente» sepa tratar a las mujeres como si fueran tesoros. No me extraña que haya tan pocas. —Se tocó las heridas irregulares que aún eran visibles en su garganta—. No puedo imaginarme qué mujer querría un honor así. Con toda franqueza lo digo, yo no estoy contenta al respecto.

—Te he pedido que me llames Aidan. Es necesario, aunque estemos a solas, que continuemos manteniendo las costumbres humanas y la apariencia de que somos buenos amigos, hasta que suceda de verdad. —Por un momento, sus ojos dorados centellearon, y a Alexandria casi se le detiene el corazón.

Agarró los faldones de la camisa con los dedos, su agitación crecía al oír ese tono de voz suave y calmado.

—¿Quién más vive aquí? Sé que hay una mujer. Recuerdo que no quiso llamar a una ambulancia ni aunque se lo suplicara. —Pese a sus intentos de comportarse con normalidad, Alexandria no podía disimular el miedo y la amargura.

Aidan dio un paso y de pronto estuvo tan cerca que Alexandria notó el calor que irradiaba su cuerpo.

—Mi ama de llaves, Marie, está muy angustiada por tu estado, Alexandria. No fue culpa suya, y yo confiaba en que no la culparas. Sabía que ningún médico humano podría ayudarte, que yo era el único que podía aliviar tu sufrimiento. Para que te des cuenta, ella está muy enfadada conmigo por tu estado. Hace muchos años que es mi ama de llaves y miembro de mi familia. Ella será la encargada de cuidar de Joshua cuando nosotros no seamos capaces, a mediodía. Sólo por ese motivo deberías encontrar la manera de ser su amiga.

—¿La controlas a ella? ¿Bebes su sangre? ¿La obligas a hacer lo que quieres, como una marioneta? —estalló Alexandria.

—Nunca he bebido la sangre de Marie, ni he controlado sus pensamientos. Es ella la que ha decidido estar conmigo en esta casa, igual que hizo su familia antes que ella, de forma voluntaria. Cuando te encontrabas tan mal estaba a tu lado por motivos compasivos. Lo repetiré una última vez para que puedas entenderlo: no llamó a la ambulancia porque ningún médico humano podría haber aliviado tu sufrimiento. —Le pareció innecesario informarle de que, además, el doctor humano habría descubierto las nuevas anormalidades en su sangre, y su especie no podía consentir un descubrimiento de ese tipo. A menudo sufrían otros acosos aparte del de los vampiros. Los «cazadores de vampiros» humanos también iban tras ellos.

Su voz volvía a sonar fría y equilibrada, y aun así a Alexandria se le secó la boca de miedo. Transmitía una amenaza en voz baja mejor que el resto de la gente con un rugido de rabia. Ella hizo un gesto de asentimiento e intentó mostrarse conforme cuando la verdad era que se desmoronaba por dentro, que su mente se fragmentaba y su cuerpo temblaba casi sin poder controlarlo.

—Respira de nuevo. Te olvidas todo el rato de respirar, Alexandria. Tu mente está intentando hacer frente al trauma de lo que te ha sucedido y lo hace de forma progresiva. Cada vez que procesa un poco de información, tu cuerpo reacciona. Eres una mujer muy inteligente, y debes saber que no va a ser una transición fácil, pero la superarás con éxito.

Una pequeña sonrisa forzada curvó la boca temblorosa de Alexandria.

—¿Ah sí? Estás muy seguro de eso. ¿Acaso es así porque tú lo has decretado? —Alzó la barbilla, y durante un momento su ojos llamearon con expresión desafiante—. Estás demasiado seguro de ti mismo.

Él se limitó a observarla con esa actitud calmada, tan exasperante, con la que se estaba familiarizando. Al final Alexandria suspiró.

—No te preocupes. No culparé a esa mujer.

—Marie —murmuró en voz baja entre sus blancos dientes, con un susurro de terciopelo sobre hierro. Sus ojos dorados eran un oro fundido cada vez más candente, que podrían abrasarla.

Tragó saliva con dificultad.

—Conforme, Marie. Seré agradable con ella.

Aidan tendió una mano. Alexandria se quedó mirándola un momento, y luego, evitando el contacto con cuidado, pasó a su lado y se fue hacia la puerta. Aidan se movió con ella como una sombra silenciosa, no obstante ella era consciente de cada músculo que se tensaba, de su calor corporal, incluso de su respiración. Estaba tan cerca que sentía cómo latían ambos corazones al mismo ritmo.

El túnel en el que entraron era estrecho y ascendía serpenteante hasta el primer piso. Se vio obligada a detenerse cuando sólo estaban a medio camino, invadida por un fuerte mareo. Se agarró al muro de piedra y buscó aliento como pudo. Aidan la rodeó al instante por la cintura con un brazo.

Ella se agarró a su camisa.

—No puedo hacerlo, lo siento, pero no puedo. —Había una súplica involuntaria en su voz, el miedo era superior a su instinto de conservación contra el poder de Aidan. Él tenía una fuerza enorme y era sólido como una roca. Era lo único a lo que podía aferrarse mientras su mente se rebelaba contra el trauma al que había estado sometida.

La abrazó como si fuera una niña y la consoló con su cuerpo pese a que, en su fuero interno, la bestia pedía a gritos satisfacción.

—Por ahora, piensa sólo en el niño. Está solo, te echa de menos y está asustado. He hecho todo lo posible para tranquilizarle, pero ha perdido ya tanto en su joven vida. Los recuerdos que tiene de este lugar, de mí y de mi familia, son implantados, en absoluto substituyen la realidad de su amor por ti. El resto del futuro puede esperar, ¿no crees? —Su voz era puro embrujo, imposible de resistir. Susurraba de forma sensual en su mente, le aseguraba que si se limitaba a hacer lo que él sugería, todo iría bien en su mundo.

Aidan rozó con la barbilla la parte superior de su cabeza y permaneció así un momento mientras se embebía de su aroma, asegurándose de que sus fragancias se mezclaban. Su mirada dorada denotaba posesión y deseo, los brazos la abrazaban con ternura y delicadeza.

—Ven conmigo ahora, Alexandria. Ven al calor de mi hogar, de propia voluntad. Pasa un rato conmigo y con los míos. Olvídalo todo por ahora excepto este respiro en tu pesadilla. Necesitas una tregua, y no hay nada malo en eso.

—¿En la ilusión de normalidad?

—Si prefieres decirlo así, supongo que se puede expresar de ese modo. —Estaba creando una especie de magia con sus dedos sobre la nuca.

Había vivido demasiadas adversidades, le había faltado cariño en la vida, aparte del proporcionado por Joshua. Aidan era tan amable, y aunque ésa fuera la mayor ilusión de todas, Alexandria sintió alivio entre sus brazos. En cierto sentido, era consciente de que se aferraba a él, se apoyaba en su fuerza, pero se negaba a pensar demasiado en eso. Por razones de propia cordura, no se atrevía. Necesitaba sumergirse en una pequeña parcela de normalidad, al menos durante un breve rato.

Respiró a fondo.

—Ya estoy bien, de verdad. Y voy a fingir que eres un buen hombre, no una bestia gruñona a punto de comerme si no hago todo lo que dices.

Contra la piel de satén de su cuello, la boca de Aidan esbozó una sonrisa, y ella notó el aliento cálido contra su pulso, los dientes rozándola con suavidad. La sensación era más sensual que alarmante.

—No sé de dónde sacas esas ideas, *cara*, de los juegos de Ivan... Deberías dejarlos, parecen influenciarte en exceso.

—Pero él es muy bueno en lo que hace. Tú has usado sus juegos, ¿verdad que sí? —preguntó confiada en que la respuesta fuera afirmativa y en poder pincharle un poco. Él permaneció muy quieto, conteniendo casi la respiración, disfrutando de la sensación de su boca sobre el cuello de Alexandria, pero aterrorizado por su extraña reacción en ella.

—Tengo que admitir a mi pesar haber perdido el tiempo investigando su estúpida propaganda... pero no se lo digas a nadie. Tal vez pierda mi posición de genuino cazador de vampiros. —La rodeó con el brazo por la cintura y la instó a ascender por el estrecho túnel.

—¡Aidan! ¿Eres un esnob? —bromeó ella mientras intentaba pasar por alto los sentimientos poco familiares que creaba el roce de sus duros músculos contra su cuerpo. Estaba tan cerca que se sentía protegida por sus brazos, una sensación nunca antes experimentada.

—Es probable que lo sea. —Su voz susurrante vibró en toda su piel, todo su interior tembló—. Has olvidado los zapatos. Este suelo está frío. Deberías haberte puesto las zapatillas que dejé para ti. —Había un deje de censura en su voz.

Alexandria le dirigió una rápida mirada por encima del hombro, un veloz destello de ojos azules.

—De hecho, es otro de mis hábitos, que sin duda van a resultarte fastidiosos. Y tengo muchos, para que lo sepas. Siempre me gusta andar descalza por casa.

Aidan permaneció un rato en silencio. Ella ni siquiera oía sus pisadas. Parecía deslizarse más que caminar.

—Y bien, ¿cuántos hábitos molestos tienes? —preguntó.

Creó una peculiar sensación con su voz; Alexandria pensó que se derretía.

—Tantos que no puedo ni contarlos. Y son malos, malos de verdad.

Había una nota de burla en su voz, un afecto que hasta entonces no había hecho aparición. Aidan inspeccionó su mente y descubrió que ella intentaba hacer lo que él le decía, dejar a un lado todo lo que había sucedido y vivir sólo el momento. Su afabilidad y humor natural empezaban a aflorar pese a todos los obstáculos con los que había topado. Aidan descubrió que aquello le producía orgullo, orgullo por ella. No dejaba de asombrarle. Esta mujer, aparecida de forma tan inesperada en su vida, desde luego merecía el esfuerzo y la paciencia que requiriera ganársela por completo. Nadie había bromeado antes con él. Marie y Stefan llevaban en su vida largo tiempo y notaba el afecto que le profesaban, pero siempre estaba matizado de respeto por lo que él era, por quien era.

—No conoces el significado de esa palabra. No tienes vicios. Ni siquiera fumas, y rara vez bebes alcohol. Y antes de que me acuses de leerte la mente, déjame que te explique que Joshua no ha parado de desvelar tus secretos. Quería que yo conociera todas tus virtudes.

—Oh, vaya. —Había un muro delante, y Alexandria se detuvo de golpe. Parecía compuesto de piedras sólidas e inamovibles.

Aidan se adelantó y, con gesto habituado, colocó sus dedos sobre unas piedras de forma extraña. Un panel se desplazó hacia fuera, permitiéndoles el acceso a las escaleras que llevaban del sótano a la cocina.

Alexandria entornó los ojos.

—Pero qué teatral. Pasadizos secretos y todo. Deberías escribir una libro, Aidan. O tal vez crear un videojuego.

Él se acercó un poco más y su cálido aliento provocó un escalofrío en la columna de Alexandria.

—No tengo imaginación.

Aidan notó el pulso de Alexandria, justo debajo de su boca. Notó el calor que le atraía a ella, su aroma, el sabor tan adictivo de su sangre llamándole. Por un momento, le brillaron los ojos de ansia y necesidad, el oro fundido arrojó chispas ardientes. La sangre corrió danzarina y expectante, y en su boca los colmillos intentaron liberarse.

—Oh, ¿de veras? Creo que uno de tus fastidiosos hábitos es mentir cuando te conviene. Requiere gran imaginación diseñar un sitio como éste. Y no me digas que no lo hiciste tú mismo.

Fue su prolongado silencio lo que delató al final la necesidad de Aidan. Alexandria percibió el terrible peligro en que se encontraba y se quedó paralizada, conteniendo la respiración. Pero su inmovilidad, el olor del miedo, vencieron a Aidan. Cogió su frágil muñeca con suma delicadeza.

—Lo siento, *cara*, ha pasado mucho tiempo. Experimentar emociones es un poco abrumador. Tendrás que perdonarme si meto la pata.

Una vez más su voz la envolvió como unos brazos seguros que le ofrecían refugio. Alexandria se mordió el labio con suficiente fuerza como para provocar una gota de sangre, con la esperanza de que el dolor disipara la ilusión de seguridad creada por él. Intentó apartarse de su lado.

Aidan se negó a soltarla. No apretó más los dedos, pero por otro lado el asimiento era inquebrantable. Inclinó la cabeza hacia ella y sus ojos dorados retuvieron los azules de Alexandria.

—No me pongas la tentación delante. Tengo poco control cuando estoy cerca de ti.

Susurró las palabras con seducción aterciopelada, encendió una llama en su abdomen sólo con su voz. Rozó su boca con los labios, con la más leve caricia, pero Alexandria se quedó sin aliento cuando él arrebató con la lengua aquella diminuta gota de sangre en su labio inferior.

Mientras levantaba la cabeza de la misma forma lenta y sensual en que la había bajado, ella sólo pudo mirarle indefensa, hipnotizada por el fuego inesperado que ardía en su sangre y la necesidad que dominaba su cuerpo. Se quedó conmocionada, era consciente por primera vez de su deseo sexual, y de su fuerza. Y que sucediera con este hombre, que pudiera sentir tal calor y deseo por una criatura como Aidan Savage, le provocó un escalofrío.

Él notó el temblor que dominó por completo del delgado cuerpo de Alexandria, vio el reconocimiento sensual en sus ojos azules. Ella sacó la lengua muy deprisa, nerviosa, y se tocó el labio inferior justo donde él lo había tocado con la lengua. Aidan se dio cuenta de su propia tensión, de la necesidad de reclamar lo que le correspondía por derecho, del demonio que alzaba la cabeza y rugía.

—¿Aidan? —Se llevó la mano al cuello con gesto defensivo—. Si vas a hacerme daño, adelante. No te montes ningún juego conmigo. No soy una persona demasiado fuerte, y no creo que pueda aguantar mucho más sin volverme loca.

—He dicho que no iba a hacerte daño, Alexandria, y no lo haré. —Se apartó de ella para dar un pequeño respiro a su propio cuerpo.

Por primera vez, su voz sonaba ronca, pero aquella aspereza sólo contribuyó a aumentar su belleza, incrementaba el efecto cautivador. Alexandria apenas conseguía respirar por el esfuerzo de evitar ser atrapada por él. Descubrió que quería consolarle, ser la única que pudiera borrar esa mirada ansiosa en su ojos dorados. Parecía haber una necesidad tan grande en él... Y ella quería saciarla.

—Creo que te temo más a ti que al vampiro. Al menos sabía que él era malo. Lo percibía en él, y sabía que morir era menos horrible que lo que él quisiera de mí. Dime qué planeas hacer conmigo.

—Confía en tu instinto, Alexandria. Siempre has sido capaz de reconocer el mal, y ahora no lo ves en mí.

—Vi lo que le hiciste a Paul Yohenstria. ¿No debería creer en lo que ven mis ojos?

—¿Qué hice de malo? Destruí a un vampiro que se alimentaba de la raza humana. Mi único error fue creer que te había convertido a ti en su vampiresa. Pensé que estabas a punto de acabar con el niño. —Le tocó el rostro, con su palma cálida y reconfortante, y el contacto de él perduró incluso después de que bajara la mano—. Lamento mucho asustarte, pero no puedo lamentar haber destruido al vampiro. Es lo que hago, es la razón de que mi existencia continúe durante tanto tiempo, solo y lejos de mi hogar. Por la protección de nuestras dos razas, la humana y la carpatiana.

—Dices que no eres un vampiro, pero he visto lo que puedes hacer. Eres mucho más poderoso que él incluso. Él te tenía miedo.

—¿No temen a la justicia la mayoría de criminales cuando les descubren?

—Si no eres un vampiro, ¿entonces qué eres?

—Soy carpatiano —reiteró con paciencia—. Soy de la tierra. Hemos existido desde el principio de los tiempos. Venimos del suelo, del viento, del agua y del cielo. Nuestros poderes son enormes, pero también tenemos limitaciones. No te has convertido en un vampiro, en un destructor sin sentido. Te lo digo no para alarmarte sino para ayudarte a comprender que no quiero hacerte daño alguno.

Alexandria estaba callada, le estudiaba el rostro. Físicamente, era el hombre más atractivo que jamás había visto. Exudaba masculinidad y poder. No obstante, el peligro acechaba siempre bajo la superficie, y eso era lo que le producía miedo. ¿Debería creerle? ¿Podía?

La línea severa que formaba la boca de Aidan se suavizó y sus ojos color ámbar adquirieron un dorado fundido más cálido.

—No te preocupes por esto de momento, *cara*. Tienes que conocerme mejor antes de intentar formarte una opinión así. —Pasó su mano por la larga melena de Alexandria, rozándola tan sólo con la punta de los dedos, pero ella lo notó en la boca del estómago, en la nuca y en cada centímetro de su piel—. Una tregua, Alexandria, durante esta noche con tu hermano, mientras te curas y recuperas las fuerzas.

Ella asintió en silencio, no se fiaba ni de su propia voz. Aidan le repelía y le atraía al mismo tiempo. Se sentía a salvo, y no obstante sabía que corría peligro. Pero por el momento intentaría dejar a un lado sus temores, sus recelos, y disfrutar del rato con Joshua, así de sencillo.

Aidan sonrió. Era la primera sonrisa real que había visto en su rostro. Llenó de afecto sus ojos y a ella le cortó la respiración. Había algo muy sensual en esa sonrisa, la asustó aún más: nunca había tenido que luchar contra sus propios sentimientos.

—Tienes la puerta delante —dijo.

Ella volvió la cabeza un poco para no perder de vista a Aidan mientras buscaba la puerta.

—¿Guardas algún truco en la manga? ¿Alguna contraseña secreta?

—Girar el pomo será suficiente.

—Qué prosaico. —Alexandria buscó la manilla de la puerta al mismo tiempo que él. Sus cuerpos se acercaron y ella pudo oler la fragancia limpia y masculina y notar su calor a través de las ropas. Alexandria bajó la mano con premura. Mientras él abría la puerta, habría jurado oír una risa suave, burlona, en su oído. Cuando se volvió a mirarle indignada, su rostro era el retrato de la inocencia.

Se contuvo para no darle una patada en la pantorrilla. Con gran dignidad entró en la luminosa cocina, orgullosa de su autocontrol.

Aidan se mantenía muy cerca mientras la seguía.

—Soy capaz de leer tus pensamientos, *cara.* —Su voz sonó burlona y aterciopelada, se deslizó sobre su piel como una caricia de sus dedos, avivando llamas cuya existencia desconocía.

—No fanfarronee tanto, señor Savage. Qué gran nombre, por cierto, el señor Salvaje, le va muy bien.

—Si no me llamas Aidan, voy a tener que explicar un par de cosas a Joshua. Ese chico es muy listo, ya sabes.

Alexandria se rió en voz baja.

—Y has dicho que no tenías imaginación. Me muero de ganas de oír con qué sales ahora.

Capítulo **6**

La cocina era enorme, más grande que todas las habitaciones juntas alquiladas por Alexandria y Joshua en la pensión. Era preciosa y todas las ventanas daban a un gran jardín. Había plantas colgando de todas partes, saludables y verdes, y el suelo de baldosas estaba inmaculado. Se dio una vuelta intentando asimilar todo de golpe.

—Esto es precioso de verdad.

—Tenemos un horno microondas en caso de que se te ocurra cocinar algo, y la trituradora de basura también funciona bastante bien.

—Muy gracioso. Quiero que sepas que sé cocinar.

—Eso me ha asegurado Joshua... creo que me lo dijo mientras devoraba las galletas de Marie.

—O sea que además ella hace postres. No sé si seré capaz de aguantar tal dechado de virtudes. —Alexandria puso una mueca—. Supongo que también es la responsable de limpiar este lugar de interés turístico. ¿Qué no sabe hacer?

—No tiene tu sonrisa, *cara* —contestó con calma.

Por un breve momento, el tiempo pareció detenerse mientras Alexandria se perdía en el oro hipnótico de sus ojos y el calor líquido se colaba en su cuerpo.

—¡Alexandria! —Joshua abrió la puerta de par en par y se arrojó en sus brazos, liberándola del hechizo de Aidan—. ¡Alex!

Ella le abrazó con fuerza, lo estrechó de tal modo que casi le asfixia. Luego lo miró de arriba abajo por si había alguna señal de heridas o magulladuras. Prestó especial atención al cuello, para asegurarse de que Aidan no había bebido sangre suya.

—Qué buen aspecto tienes, Joshua. —Vaciló un momento, luego dijo—: Gracias por llamar a Aidan la otra noche cuando me puse tan mal. Fue muy buena idea.

El crío puso una mueca, sus ojos azules se iluminaron.

—Sabía que él vendría y sabría qué hacer. —De pronto se formó en su boca un gesto de desaprobación—. Creo que el otro hombre te puso enferma, te envenenó o algo así.

Alexandria intentó no mostrar inquietud.

—¿Qué otro hombre?

—Thomas Ivan. Mientras cenabas con él, creo que te obligó a comer un veneno —manifestó Joshua con firmeza.

Alexandria se volvió a mirar el rostro inocente de Aidan.

—Thomas Ivan no envenenaría a nadie.

—En cualquier caso —dijo Aidan con su voz amable y convincente— es más probable que pusiera el veneno en la bebida, no en la comida. Es mucho más eficaz y disimula mejor cualquier amargor.

—Qué bien lo sabes —le gruñó Alexandria—. Pero deja de fomentar la antipatía de Joshua hacia Thomas Ivan. Es evidente que no tardaré en trabajar para él.

—Henry dijo que Thomas Ivan era famoso por ser un vividor más que cualquier otra cosa, sea lo que sea eso, y que lo más seguro es que anduviera detrás de alguna otra cosa aparte de tus dibujos —informó Joshua con candidez.

En el recuerdo de Alexandria apareció una visión del cuerpo sin vida de Henry, y el dolor fue absoluto, la dominó por completo. Al instante notó a Aidan en su mente, serenándola, percibió el antiguo y suave cántico y la influencia calmante, un apoyo que le permitió mirar a Joshua y sonreír.

—A veces, Henry decía cosas que no eran del todo verdad —consiguió decir—. Se pasaba un poco.

—Yo no sé si era así —Aidan intervino—, pero Henry parecía un viejo bastante prudente, al menos para mí. Creo que Thomas Ivan sí está interesado en algo más que tus cuadros. Se mostró agresivo e inflexible cuando exigió verte. No puede decirse que sea la conducta de alguien que sólo busca a un empleado.

Joshua asintió con conformidad, miraba a Aidan como si fuera el hombre más listo del mundo.

Alexandria entonces sí que dio una patada a Aidan en la espinilla, no pudo contenerse.

—¡Deja ya de hacerte el imbécil! ¡Nunca voy a poder contrarrestar tu influencia si sigues con esto! Y Joshua: Aidan sólo está de broma. En realidad, el señor Ivan no le cae mal, ¿verdad, Aidan? —le obligó a responder, y le reprendió con los ojos.

Se produjo un breve silencio revelador mientras Aidan pensaba su respuesta.

—Me gustaría ayudarte, *cara*, pero la verdad es que comparto la misma opinión que Henry y Joshua. Creo que Thomas Ivan no pretende nada bueno.

Joshua soltó un resoplido audible.

—Lo ves, Alex, lo que pasa es que las mujeres no sabéis cuando un hombre va a intentar alguna cosa...

—¿Dónde demonios has oído eso? —Alexandria lanzó una fulminante mirada de acusación a Aidan.

—Henry —dijo de inmediato Joshua—. Dijo que la mayoría de hombres en realidad no pretenden nada bueno y que suelen ir sólo detrás de una cosa y que Thomas Ivan era conocido por ser el peor de todos.

—Sí que tenía cosas que contar Henry, ¿verdad? —Alexandria soltó un pequeño suspiro.

Aidan le dio un codazo y alzó las cejas con expectación.

Ella alzó la barbilla y evitó hacerle caso de forma deliberada.

—Los dos queríamos a Henry, Joshua, pero tenía alguna que otra opinión extraña sobre las cosas.

Aidan le dio otro codazo.

—¿Qué? —Con tono bastante altanero, puso su expresión más inocente.

—Un ejemplo perfecto de lo retorcidas que llegan a ser las mujeres, Joshua. Tu hermana casi me acusa de llenarte la cabeza con todo tipo de ideas y ahora quiere fingir que no ha habido tal atrevimiento por su parte. —Aidan se inclinó y levantó a Joshua, desapareciendo de repente de la habitación.

—¡Eh! —Alexandria les siguió hasta un comedor de diseño formal con detalles elegantes. Al verlo se quedó boquiabierta, sin habla, de verdad impresionada.

Aidan sintió la necesidad casi abrumadora de borrarle esa expresión con un beso.

—¿Crees que debería disculparse por llegar a esa conclusión, Joshua?

—Ni en sueños —negó ella—. No eres tan inocente como quieres hacerme creer.

Joshua estiró un brazo y le tocó una magulladura que tenía a un lado de la barbilla. Luego desplazó su mirada a los ojos dorados de Aidan.

—¿Qué le ha pasado en la cara a Alex? —Había un atisbo de recelo en su voz y pareció retroceder a algún tormento privado.

—¿Aidan? —Un miedo instantáneo hizo que le temblara la voz a Alex.

Aidan miró a los ojos a Joshua y mantuvo la mirada. Su voz descendió una octava, se convirtió en pura agua de lluvia que acunó al muchacho y se infiltró en su mente:

—¿Recuerdas que Alexandria se cayó, de lo débil que estaba por su enfermedad, verdad que sí, Joshua? ¿Recuerdas? Echó a perder su precioso traje cuando se cayó en el camino. Tú estabas muy enfadado, hasta que yo llegué y la llevé al gran coche negro y la traje aquí a nuestra casa.

Joshua asintió conforme, la mirada de recelo y angustia había desaparecido con la misma rapidez que había aflorado. Alexandria, agradecida, tendió los brazos a su hermano.

Aidan negó con la cabeza.

—Vamos al salón a sentarnos antes de cogerle en brazos, *piccola*. Aún estás débil.

Notó su voz como una caricia, pero Alexandria sabía que era una orden. Hierro forrado de terciopelo. Estaba claro quién mandaba. Intentó no molestarse y le siguió obediente por el amplio pasillo. Dio un par de traspiés al distraerse admirando a su alrededor en vez de observar hacia dónde iba. Nunca había estado en una casa tan hermosa como ésta. La carpintería, los suelos de mármol, los altos techos con vigas, los cuadros y las esculturas eran magníficas. Un jarrón del periodo Ming descansaba con gracia sobre un antiguo pie de ébano cerca de una amplia chimenea. Aidan tuvo que cogerla del brazo dos veces para que no se diera de bruces contra la pared.

—Hay que mirar por donde andas, *cara mia* —le recordó con gentileza—. Parece que sea la primera vez que ves mi casa —añadió con malicia para hacerla sonreír.

Ella le hizo una mueca.

—¿No te parece que todo esto es un poco excesivo? ¿Y si Joshua se pone a hacer el loco y vuelca el jarrón del período Ming? Por algún motivo estoy empezando a pensar que hemos cometido un gran error al aceptar tu hospitalidad. Aquí hay cosas de valor incalculable.

—Creo que ya hemos mantenido antes esta conversación —dijo con tranquilidad, y la guió hacia el interior del salón—. Acordamos que si Joshua rompía algo, no merecía la pena lamentarse. —Los ojos dorados de Aidan centellearon al mirarlo, desafiándole a continuar.

—Aidan, de verdad, ¿un jarrón del período Ming? —Horrorizada por la idea de destruir un tesoro así, Alexandria consideró la opción de coger a Joshua y salir corriendo de la casa.

Aidan se acercó aposta un poco más, para que su aliento cálido agitara los mechones de pelo que le caían sobre la oreja.

—He tenido siglos para disfrutar de esa pieza. Perderla tal vez fuera un incentivo para auspiciar a un artista moderno.

—Qué sacrilegio. Ni siquiera pienses en eso.

—Alexandria, éste es tu hogar, es el hogar de Joshua. En él no hay nada tan importante como vosotros dos. —Sus ojos dorados relucían mientras la recorría de arriba abajo con la mirada—. Y ahora, siéntate antes de que te caigas al suelo.

Alexandria se pasó una mano por el pelo que le caía sobre la frente.

—¿Podrías intentar no sonar como un sargento de instrucción? Me estás poniendo de los nervios.

Él no parecía arrepentido.

—Es uno de mis fastidiosos hábitos.

—Y tienes tantos... —Alexandria escogió un asiento reclinable de cuero para sentarse hecha un ovillo, y al instante se percató de lo débil que en realidad estaba. Le sentó bien descansar después de andar un poco. Joshua se acercó de inmediato para sentarse en su regazo, pues necesitaba la proximidad de su hermana tanto como ella la de él.

—Estás tan blanca, Alex —señaló con la naturaleza cándida de un niño—. ¿Estás segura de que te encuentras bien?

—Estoy en ello, socio. Lleva tiempo. ¿Te gusta la habitación que tienes aquí? —Volvió a examinar a su hermano en busca de marcas.

—Es genial, grande de verdad. Pero no me gusta dormir aquí arriba sin ti. Es como... muy grande. Marie y Stefan me dejan dormir abajo junto a ellos. —Se echó al cuello magullado, lacerado, de su hermana para darle un abrazo y no se dio cuenta de que daba un respingo.

Los ojos dorados de Aidan se entrecerraron hasta formar dos estrechas aberturas. Con aparente indolencia estiró una mano y atrajo al chaval a su lado.

—Tenemos que tener cuidado con Alexandria por el momento. ¿Recuerdas lo que dije? Necesita cuidados cariñosos. Depende de ti y de mí que los reciba. Aunque ella proteste, como piensa hacer en este mismo instante.

—Estoy bien —dijo Alexandria con resentimiento—. Si quieres sentarte encima, Joshua, por supuesto que puedes hacerlo. —Nadie, a excepción de ella, le decía a Joshua qué tenía que hacer.

Joshua sacudió la cabeza y sus rizos dorados rebotaron de esa manera que siempre le derretía el corazón.

—Soy mayor, Alex, no soy un bebé. Quiero cuidarte. Es mi trabajo.

Ella alzó las cejas.

—Pensaba que era yo la que mandaba.

—Aidan dice que tú te crees que mandas y que tenemos que dejarte pensar eso porque a las mujeres les gusta pensar que tienen el control, pero los hombres tenemos que protegerlas.

Sus ojos azules encontraron la mirada dorada por encima de los rizos rubios de Joshua.

—Él ha dicho todo eso, ¿verdad? Eso es pensar mucho, Joshua. Aquí la que manda soy yo, no Aidan.

Joshua sonrió a Aidan con complicidad. Aidan articuló las palabras «Te lo dije» para que el niño leyera sus labios. Los dos la miraron con completa inocencia, con expresiones tan similares que de pronto su corazón dio un vuelco.

Joshua se acercó más a Alexandria, empezó a jugar con la trenza que le colgaba sobre el hombro. Ella oía cómo le latía el corazón, oía la sangre bombeando y recorriendo todo su cuerpo infantil. De repente fue consciente del pulso en el cuello de su hermano pequeño. Cada latido, cada golpe. Horrorizada, le apartó de repente y se puso en pie, buscando una salida. Tenía que salir corriendo lo más lejos y los más rápido posible, lejos de Joshua. ¡Ella era un monstruo!

Aidan se movió con tal rapidez que ni siquiera lo vio venir, pero al instante estuvo allí rodeándola con los brazos, reteniéndola para que no huyera.

—No es nada, *cara*, sólo tus sentidos agudizados. —Casi no discernía su voz, sin embargo le oía con claridad. El tono era suave, amable y calmado—. No te inquietes.

—No puedo arriesgarme a estar cerca de él. ¿Y si te equivocas? ¿Y si aún hay restos de sangre del vampiro en mí? No podría soportar hacerle daño a Joshua. No puedo estar aquí con él.

Habló en voz baja, amortiguada contra su pecho, un sonido susurrante que conmovió el corazón de Aidan. La atrajo aún más al refugio de sus brazos, notó que ella descansaba contra él de forma instintiva. No confiaba en él, no le conocía, pero su cuerpo sí.

—Jamás podrías hacer daño a este niño, Alexandria, jamás. Sé que sientes hambre, una debilidad poco habitual. Tu cuerpo ha pasado por una experiencia muy dolorosa, tu mente ha sufrido un trauma, pero nada podría inducirte a hacer daño a Joshua. No hay dudas al respecto. —Su voz era terciopelo negro y se filtraba relajante en su mente, como un bálsamo.

Permitió que la abrazara y la tranquilizara, con la cabeza apoyada en su dura constitución. Oyó su corazón que latía al mismo compás que el suyo. Aidan era tan sereno, tan amable, nunca alzaba la voz, siempre hablaba con certeza y seguridad. Una roca sólida en la que apoyarse. Los pulmones de Alexandria, por voluntad propia, redujeron el ritmo para adaptarse a la respiración de él.

Aidan le acarició el pelo, le friccionó la nuca mientras absorbía su aroma.

—¿Mejor ahora?

Alexandria hizo un gesto de asentimiento y se alejó un poco de él al ver a la pareja que se aproximaba a ellos. Alexandria reconoció a la mujer que llevaba una bandeja con dos copas de cristal de largo pie y tres tazas de porcelana inglesa. El hombre que venía detrás de ella traía una botella de vino tinto y una jarra humeante.

Marie dirigió a Alexandria una rápida sonrisa vacilante.

—Qué bien verte levantada... ¿Ya te encuentras mejor?

Aidan apretó el cuello de Alexandria de forma perceptible. Le acarició el pulso, una, dos veces, con un gesto que pretendía tranquilizarla a la vez que advertirle que él controlaba la situación.

Alexandria alzó la barbilla.

—Estoy bien, Marie, gracias. Qué amable por tu parte intentar ayudarme cuando Aidan estaba fuera. —Sonó dulce y amable pero deseaba en todo momento detectar un atisbo de corrupción en cualquiera de estas personas. Estaba decidida a que no le cayeran bien, a evitar que la atrajeran a su círculo. No quería que la arrastraran a la sedosa tela de araña de esta casa idílica, este lugar tan deslumbrante de belleza. La pareja parecía cariñosa y generosa, se miraban entre ellos con amor, y miraban a Aidan y a Joshua —su Joshua— con gran cariño. No quería ver aquello.

Una vez dejaron las bandejas sobre la mesita auxiliar, Aidan alcanzó con perezoso deleite la botella de vino. Marie sirvió chocolate caliente de la humeante jarra de plata en tres tazas.

—A Joshua le encanta tomar chocolate caliente antes de irse a dormir, ¿no es así, cielo?

El muchacho aceptó de buena gana la taza y dedicó una sonrisa traviesa a Marie.

—No tanto como a ti y a Stefan.

A Alexandria se le rebeló el estómago ante la visión y el olor del chocolate. Aidan le tendió una copa de vino y la llenó de líquido color rubí. Pese a que ella negaba con la cabeza, le acercó la copa a los labios, sin dejar de mirarla directamente con los ojos dorados.

—Bebe, *cara.*

Sintió que se precipitaba por la profundidad sin fondo de sus ojos, hipnotizadores y cautivadores. Sentía a Aidan en su mente, una sombra oscura que imponía su voluntad sobre ella. *Vas a beberlo, Alexandria.*

Pestañeó, pero al instante encontró la copa de vino vacía en su mano, sin dejar de mirar a Aidan a los ojos. Él sonrió con ese relumbre de dientes blancos, le levantó su copa como un pequeño saludo y vació el contenido. Con total fascinación, Alexandria observó cómo tragaba. Casi no podía apartar la mirada de él, todo en Aidan era tan sensual...

Alexandria saboreó la dulzura, la fragancia adictiva que perduraba en su boca y en su lengua, que tan familiar le resultaba. Aidan la observaba con atención, con esa mirada imperturbable de predador. Ella se apartó a punto de llorar, no quería hacer el ridículo delante de esta pareja mayor. Se sentía confundida, cansada y asustada. Levantó una mano inestable para retirarse el pelo.

—Aidan dice que puede comprarme un ordenador sólo para mí —soltó Joshua

Alexandria dirigió una rápida mirada a Aidan. Se estaba sirviendo una segunda copa de «vino» y sostenía la botella en alto para ofrecerle más a ella. Todo su cuerpo exigía complacerle, pero ella retrocedió un poco más negando con la cabeza. ¿Por qué era tan importante hacer lo que él quería? No era habitual en ella seguir de forma tan ciega las indicaciones de otra persona. Le asustaba pensar que él tuviera tal poder sobre ella.

—Joshua, ya sabes, en realidad aún no hemos tenido tiempo para instalarnos y pensar en lo que vamos a hacer —le advirtió sin apartar los ojos del rostro de Aidan—. Ni siquiera sabemos si vamos a quedarnos aquí. Más bien estamos de prueba para ver si todos podemos entendernos. A veces no acaba de funcionar lo de compartir casa, por muy bien que se caiga la gente.

Joshua parecía a punto de echarse a llorar.

—Pero esto es genial, Alex. Sé que tenemos que quedarnos aquí. Es un lugar seguro. Y tú te llevas bien conmigo, ¿verdad, Aidan? No hago ruido ni cosas así.

Aidan apoyó la mano en los sedosos rizos del muchacho mientras sus ojos dorados retenían la mirada de Alexandria.

—Ya sabes que no. Me gusta teneros aquí, y no creo que vayamos a tener problemas. A tu hermana le preocupa el dar demasiado trabajo tal vez a Marie y a Stefan, pero yo sé que no será así.

Marie asintió conforme.

—Nos encanta que estés aquí, Joshua. Eres la alegría de la casa. Y se supone que los niños hacen un poco de ruido.

—Por supuesto que todo el mundo estaría encantado de tenerte por aquí, colega. —Alexandria se apresuró en tranquilizar a su hermano mientras hacía un esfuerzo supremo por librarse de los fascinantes ojos dorados de Aidan—. A veces los adultos no pueden vivir juntos. Yo estoy acostumbrada a hacer las cosas a mi manera, y Aidan está decidido a seguir con sus costumbres medievales.

—¿Qué es medieval? —quiso saber Joshua.

—Pregunta a Aidan. Siempre tiene alguna respuesta —contestó con resentimiento.

—Medieval hace referencia a los días de los caballeros y las damas, Joshua. Alexandria cree que yo habría sido un gran caballero. Eran hombres que servían a su patria con honor y siempre rescataban a hermosas doncellas y cuidaban de ellas. —Aidan vació el contenido de la tercera copa de líquido color rubí—. Una descripción adecuada, y todo un cumplido. Gracias, Alexandria.

Stefan tosió tapándose la boca y Marie se apresuró a mirar por la ventana.

Alexandria se encontró esbozando un sonrisa a su pesar que curvó su tierna boca.

—No es lo único que podría llamarte, pero por ahora, lo dejaremos en medieval.

Aidan hizo una inclinación formal por la cintura y su mirada dorada se iluminó. Alexandria podría ahogarse en esos ojos. Con ternura, él le cubrió la mejilla con la mano y deslizó el pulgar por la piel con una breve caricia.

—Siéntate, *cara mia*, antes de que te caigas al suelo.

Alexandria soltó un suspiro e hizo lo que él ordenaba, sobre todo porque le temblaban las piernas. Estaba segura de que no tenía nada que ver con el hecho de estar cerca de un hombre tan atractivo y masculino, y sí con su terrible experiencia reciente con el vampiro. Un hombre de carne y hueso no podía debilitarle las rodillas.

Aidan se acomodó a su lado en el sofá ya que Stefan había ocupado el asiento reclinable de cuero cuando ella lo dejó libre. Aidan le rozó el muslo con la pierna, lo cual propagó un temblor por toda ella. Notó el cálido aliento en su oreja.

—Por suerte, no soy un mero hombre.

—Deja de leerme la mente, eres... una pesadilla salida de un juego de Thomas Ivan. —Era el peor insulto que se le podía ocurrir, pero él se limitó a reírse tan tranquilo, aunque sólo oyó el sonido en su mente, no en su oído. La estaba seduciendo con descaro, y se sintió dominada por la excitación.

—Es muy tarde, Josh. —Volvió su atención a su hermano para salvarse. Era la única cosa cuerda que podía hacer—. Es hora de irse a la cama.

Aidan se inclinó un poco más, rozándole el oído con los labios.

—Pequeña cobarde.

—Ah, Alex. No quiero ir a la cama. Hace días que no te veo. —Joshua intentó camelarla.

—Es más de medianoche, jovencito. Me quedaré contigo y te leeré algún cuento hasta que te quedes dormido —prometió.

Aidan se agitó, con un delicado movimiento de músculos nada más, pero ella notó el abrumador peso de su desaprobación.

—Esta noche, no, Alexandria. Necesitas descansar. Marie puede llevarle a la cama.

Marie hacía señas a Aidan de un modo frenético. Ya había percibido la ambivalencia de Alexandria hacia ella y sabía que respondía sobre todo a una cosa: su impresión de que había usurpado su lugar con Joshua. Aidan sólo estaba empeorando las cosas con su actitud dictatorial. Como siempre, Aidan pasaba por alto lo que no quería ver. No tenía intención de permitir que Alexandria hiciera algo que pudiera perjudicarla. Estaba acostumbrado a salirse con la suya en todos los casos.

—No creo que tengas que decirme lo que puedo o no puedo hacer con mi hermano. Llevo años metiéndole en la cama, y mi intención es seguir haciéndolo. Estoy segura de que Marie no pondrá ningún reparo. —Lanzó una mirada fulminante de desafío a la otra mujer.

Marie le sonrió.

—Por supuesto que no.

Aidan cogió a Alexandria por el puño, le abrió la mano a la fuerza y colocó la suya entre sus dedos con fuerza suficiente para advertirle que era mejor que no luchara contra su dominio.

—Es conmigo con quien tienes que discutir, *piccola*, no con Marie. —Su voz sonaba lo bastante amable como para fundir un corazón de piedra—. Yo soy responsable de tu salud. Aún estás débil y necesitas descanso. Mañana o pasado tendrás mucho tiempo para volver a tus obligaciones. —Se volvió hacia Joshua—. No te importará que Marie te acueste esta noche, ¿verdad?

—Puedo meterme yo solo en la cama —fantocheó Joshua—. Pero me gustan los cuentos de Alexandria. Siempre me explica un cuento después de leerme un libro. Sus cuentos son siempre mucho mejores que el libro.

—¿O sea que no son como sus comidas? —preguntó Aidan.

Joshua fue lo bastante prudente como para no contestar.

—Sé cocinar. —Alexandria notó que necesitaba defender sus habilidades domésticas delante de Marie.

—Nadie usa el microondas como Alexandria —bromeó Aidan.

—¿Y tú cómo lo sabes? —dijo con desdén. El aroma de la botella de vino ascendía hacia ella, la llamaba, provocando unos retortijones de hambre tan intensos que casi no consiguió controlar su impulso de lanzarse hacia ella.

—Déjala en paz, Aidan —reprendió Marie. Nunca antes le había oído tomar el pelo a alguien, era algo asombroso que recibió con beneplácito. Pero todos pisaban terreno inseguro con la recién llegada, y Aidan tenía que conservar a Alexandria con él para sobrevivir. Todos tenían que andar con cautela para estar seguros de no espantarla.

Aunque pareciera retorcido, Alexandria no quería que Marie la defendiera. No quería que esta señora mayor le cayera bien. Ninguno de ellos iba a caerle bien. Estaba decidida. ¿Y por qué tenía que ser tan consciente del cuerpo de Aidan próximo al suyo o de la fuerza de sus dedos? Ya no tenía por qué tenerle miedo. ¿Qué más podía hacerle? Ya se había convertido en una muerta viviente, ¿cierto? Iba a desafiarle.

Aidan le cogió los nudillos y se los llevó a la boca mientras susurraba:

—No, no vas a desafiarme. No harás ninguna de las tonterías que estas pensando, «muerta viviente». ¿De dónde has sacado esa estupidez? —Le rozó la piel con la boca y lanzó dardos de fuego sobre sus terminaciones nerviosas—. Permíteme que adivine... ¿Thomas Ivan?

—Tal vez él utilice ese término, no lo recuerdo.

—¿Es el señor Ivan el caballero que vino a visitar a la señorita Houton? —preguntó Marie con cautela.

—Llámala Alexandria, Marie. No hay protocolos entre nosotros, y tú no eres una sirvienta. Eres mi amiga y miembro de mi familia.

—Por favor, Marie —Alexandria secundó la petición de Aidan tras notar la presión en sus dedos.

—Me gustaría que fuéramos amigas —dijo Marie.

Eso hizo que Alexandria se sintiera insignificante y mezquina. Al fin y al cabo, esta mujer contra la que estaba resentida se había ocupado de Joshua cuando ella no era capaz de hacerlo. Y tras este pensamiento vino la angustia, como una parte de la verdad que se abría paso poco a poco en su cerebro. Se le interrumpió la respiración y buscó aire, asfixiada, ahogada.

Aidan le bajó la cabeza hacia el suelo.

—Respira, *cara*. No es tan difícil. Adentro, afuera. Sigue respirando. Marie, por favor, lleva al chico a la otra habitación.

—¿Qué le pasa a mi hermana? —quiso saber Joshua, era obvio que sublevado.

Alexandria combatió la locura que formaba un torbellino en su cabeza. No permitiría que Joshua se viera afectado por toda esta pesadilla demente. Se sentó y le sonrió, un poco pálida, con una sonrisa algo vacilante, pero sonrisa de todos modos—. Estoy un poco débil, como ha dicho Aidan, y eso es todo, cielo. Tal vez tenga razón, aunque deteste darle esa satisfacción: está muy mandón, creo yo. Vete con Marie, y yo esperaré aquí sentada hasta que me sienta lo bastante bien como para meterme otra vez en la cama.

Los ojos de Joshua se iluminaron.

—Tal vez deba llevarme Aidan. Es muy fuerte, podría hacerlo, ya sabes, como en las películas. —Sonaba ansioso.

—Podría hacerlo —se ofreció Aidan guiñándole el ojo a Joshua.

Su aspecto era muy sexy, lo suficiente como para dejar a Alexandria sin aliento.

—Creo que mejor no —ella sonaba firme.

Aidan se levantó de golpe. Inspiró profundamente, estaba claro que con la atención puesta en algo que no eran las personas presentes en la habitación. Alexandria también lo notó. Una agitación en el aire, algo maligno y oscuro avanzaba, se arrastraba despacio, pero sin duda se movía hacia ellos. Se extendía como una mancha oscura por el cielo, mientras el aire se enrarecía hasta el punto de que costaba respirar. Primero oyó un murmullo grave en su mente, palabras extranjeras que la llamaban, palabras imposibles de entender pero de las que conocía el significado. Algo tiraba de ella, intentaba arrastrarla al exterior.

Sus labios dejaron escapar un sonido, un grito inarticulado de terror, tan amortiguado que fue casi inexistente, pero Aidan volvió sus ojos dorados de inmediato hacia ella. Horrorizada, Alexandria lo agarró por el brazo. *Está ahí fuera*, pensó llena de terror. Atrajo hacia sí a Joshua con gesto protector, aunque sin querer le agarró con demasiada fuerza.

No inquietes al niño, cara... La voz sonó tranquilizadora en su mente, penetró amable en su caos de miedo y así encontró fuerza. *No puede entrar en esta casa. No sabe con certeza que estás aquí. Lo que busca es sacarte al exterior.*

Alexandria no se soltó de la muñeca de Aidan, necesitaba mantener el contacto. Respiró a fondo y sonrió a Joshua. La estaba mirando con curiosos ojos azules, intrigado por su repentino gesto. Marie y Stefan también la observaban con atención, alertas.

Aidan separó el brazo de Alexandria del niño.

—Marie, tú y Stefan deberíais cerrar la casa ahora mismo, y luego acompañad a Joshua a la cama, si sois tan amables.

Había autoridad en su tono, y la pareja reaccionó de inmediato. Ya habían sufrido un ataque con anterioridad y conocían ese peligro, aunque no eran capaces de detectarlo. Dieron prisa a Joshua para que se despidiera y empezaron a salir de la habitación.

—Que Joshua se quede con vosotros esta noche. Yo tengo que salir —les indicó Aidan. Luego tocó el rostro de Alexandria con un gesto delicado de sus dedos—. *Cara*, tengo que salir y eliminar esta amenaza. Tú te quedarás aquí. Si me sucede algo, coge al niño y sal del país para llevarle a los Cárpatos. Busca a un hombre llamado Mihail Dubrinsky. Stefan y Marie te ayudarán. Prométeme que lo harás. —*Es la única manera de que Joshua se mantenga a salvo de verdad.* No le informó de que el vínculo entre ellos era tan fuerte que su vida corría peligro si él moría. Aidan ni siquiera permitió que su mente reconociera esta posibilidad. No podía morir. No lo permitiría, ahora que tenía motivos para vivir.

Había algo tan convincente en su voz, en sus ojos en la fuerza de su mente, que Alexandria asintió a su pesar con la cabeza. Por divididas que fueran sus opiniones sobre qué era Aidan Savage –o quién era— y cuáles eran sus intenciones respecto a ella, no quería que dejara la casa y se enfrentara a lo que hubiera ahí afuera.

—Pensaba que Paul Yohenstria había muerto. —Susurró aquellas palabras con un miedo tan atroz que era una entidad viva que respiraba dentro de ella.

Está muerto, cara. Éste es otro. Las palabras estaban sólo en su mente, y por primera vez reconoció el vínculo entre ellos. Aidan podía hablar con ella cuando quisiera, entrar en su mente y ver sus pensamientos. *Igual que tú puedes hacer conmigo. Búscame y me encontrarás en cualquier momento. Ahora debo irme.*

Alexandria se agarró más a él, pues no quería que saliera y se perdiera en la espesa nube de maldad que rodeaba la casa.

—Si no es Yohenstria, ¿entonces qué hay ahí afuera? —Estaba temblando, ni siquiera intentaba ocultarlo.

—Tú ya lo sabes, Alexandria, ya sabes que hay otros. —Aidan inclinó la cabeza y buscó con sus labios el sedoso cabello de Alexandria, deteniéndose tan sólo un momento para respirar su aroma—. No abandones la seguridad de esta casa. —Era una orden muy clara.

Alexandria asintió, no tenía intención de salir a enfrentarse a otra criatura maligna. ¿Cuántos eran? ¿Cómo se había metido en esta pesadilla interminable? ¿Hasta dónde llegaba su confianza en Aidan Savage?

Le observó apartarse de ella, y cada línea de su cuerpo poderoso denotaba seguridad. No volvió la cabeza, en ningún momento se volvió a mirarla. Se movió con la precisión silenciosa de un predador que ya acechaba a su presa. Alexandria notó cómo se revolvía su estómago de miedo por él. Debería alegrarse, se había librado de él por el momento. Podía coger a Joshua y salir corriendo, irse bien lejos de este lugar, lejos de esta ciudad, allí donde nadie de su especie pudiera seguirles. No obstante, la idea de no volver a ver a Aidan era de repente tan espantosa como estar bajo su poder.

Alexandria le siguió hasta la puerta. Cuando salió, se quedó mirando cómo se cerraba la pesada puerta de roble tras él. Era de veras hermosa, con intrincados paneles de vidrios de colores muy diferentes a cualquier cosa que hubiera visto antes. Pero su mente no podía concentrarse en nada. Ni en el arte del vidrio, ni siquiera en Joshua. Sólo registraba la desolación de su existencia sin Aidan.

Permaneció allí, sola y asustada, temblando de miedo por él. Notó que la pesada sombra se alejaba y supo que Aidan estaba alejando el peligro de la casa, lejos de Joshua, lejos de Marie y Stefan... y lejos de ella.

Cerró los ojos y se concentró, le buscó, buscó la verdad de las palabras de Aidan. Le encontró librando una fiera batalla, con la mente embriagada de la dicha de la caza. Notó el dolor cuando unas garras le segaron el pecho. Se agarró su propio pecho, sintió con qué fuerza latía su corazón.

Aidan era tan poderoso, nunca había pensado que pudieran herirle. Intentó estudiar sus propias sensaciones, buscar el peligro que amenazaba a Aidan. Fuera lo que fuera, fuera quien fuera el que se encontraba ahí en la calle, creaba ilusiones, se multiplicaba, empleaba su capacidad para confundir a Aidan y dejarle desprevenido. Los ataques eran rápidos y brutales, luego cesaban con tal rapidez que Aidan no podía responder. Alexandria notaba su confusión y su preocupación creciente.

Sondeó un poco más la oscuridad. Algo iba muy mal. Aidan, atacado por todos lados, no discernía la naturaleza del atacante tan bien como ella desde el santuario que suponía el hogar. La ilusión que fabricaba la criatura que estaba en el exterior era demasiado acentuada, demasiado maligna. Entonces Alex supo qué hacer.

—Aidan —susurró su nombre con fuerza y se quedó muy quieta. No podía permitir que muriera. No sabía por qué se sentía así, pero lo sentía en lo más profundo de su alma.

Buscó de nuevo la mente de Aidan, esperó hasta que fue capaz de penetrar en la neblina roja, hasta que pudo cobrar fuerzas suficientes para concentrarse. Mientras lo hacía, Aidan golpeó con rapidez a su oponente, y ella creyó ver un torrente de brillante sangre roja y oír un aullido de miedo inquietante.

Detrás de ti, Aidan. El peligro está detrás de ti. Hay otro. ¡Sal de ahí! Le gritó la advertencia mentalmente, pero estaba segura de que era demasiado tarde. Notó el impacto del golpe, un embate lanzado para matarle, que cayó sobre su garganta, estómago y muslo. Pero Aidan sí se había vuelto al oír la llamada frenética de Alexandria, de modo que el segundo atacante no consiguió propinarle un golpe tan mortífero como esperaba.

Alexandria sentía el dolor que despedazaba a Aidan, pero él aguantaba sereno y frío el ataque. Su velocidad era increíble, la empleaba casi a ciegas, alcanzando a su asaltante como un latigazo cuando éste se volvió para hacerle frente. Le dio con precisión mortífera. Y mientras el vampiro se desplomaba en el suelo gritando, el primer atacante se lanzó al aire en retirada, agarrándose las heridas.

—¡Stefan! —llamó Alexandria con autoridad sorprendente—. Trae el coche... ¡ahora! Tráelo a la parte delantera. Yo puedo encontrarle.

—Aidan no quiere que salga de la casa —dijo Stefan acercándose a ella, pero ya se llevaba la mano a las llaves que tenía en el bolsillo.

—Pues qué pena. Su majestad está herido y no es capaz de regresar a casa. Que nos dé la bronca más tarde, pero no podemos dejarle ahí desangrándose. Y por cierto, eso es lo que está sucediendo ahora. —Alexandria dirigió al empleado de Aidan la más fría de sus miradas—. Yo voy a buscarle contigo o sin ti.

Stefan hizo un gesto de asentimiento.

—Pero va a enfadarse mucho.

Alexandria le dedicó una rápida mirada de camaradería.

—Si tú puedes soportarlo, yo también.

Escúchame, cara. No podré regresar a casa esta noche. Métete en la alcoba, ya intentaré venir mañana por la noche. Pretendía ocultar su dolor a Alexandria, esconder el hecho de que se arrastraba buscando refugio, que intentaba encontrar un trozo de tierra donde guarecerse con seguridad.

Tú aguanta, Aidan. Vengo a por ti.

¡No! Es un gran peligro para ti. ¡Quédate en la casa!

Desiste. Nunca se me ha dado bien lo de hacer caso a los demás. Por si a mi hermanito se le ha olvidado informarte, desde hace años yo soy la que manda. Tengo a Stefan conmigo, y ya estamos en marcha, tú sólo aguanta ahí y espéranos.

Siguió a Stefan hasta la entrada y se fijó de pronto en el arma que él llevaba en la mano. El hombre inspeccionaba el cielo, estaba claro que medio esperaba un ataque desde esa dirección.

—No percibo a ninguno de esos cerca, pero el aire se vuelve denso en torno a Aidan. Tenemos que darnos prisa. Uno de ellos está muerto o muriéndose, pero el otro regresará para acabar la faena.

—¿Está muy débil Aidan? —Mientras conducía, Stefan no puso en duda la conexión que mantenía ella con su jefe ni cómo estaba informada de la situación de Aidan.

—Intenta ocultarse de mí, pero no estoy segura de que pueda aguantar otro ataque. Actúa con seguridad, pero percibe la cercanía del otro. —Se rió un poco en voz baja, intentando vencer su propio miedo—. Me advierte. De hecho, está enfadado. Siempre le he oído sereno y compuesto. Es algo que me pone nerviosa, ¿no crees? ¿Siempre tiene tanto autocontrol? Si yo no estuviera espantada, esta situación sería cómica. Sigue a la izquierda. Sé que es por aquí.

Stefan aminoró la marcha con vacilación.

—Déjame ir a mí primero —rogó a Alex—. El otro no quiere verme por ahí, pero si te pasara algo, perderíamos a Aidan.

—Nunca le encontrarás tú solo. No tenemos tiempo para esto. Vamos, Stefan. Está ahí solo. —No se paró a pensar por qué era tan importante, pero estaba dispuesta a hacer cualquier cosa por salvar a Aidan Savage.

No lo entiendes, cara. No puedes venir aquí. Éste es más fuerte que Yohenstria, y yo estoy débil. No sé si puedo protegerte de él.

Ni siquiera confías en mí. Ya veo, aún no sabes si soy una vampiresa. ¿Por qué te expones a tanto peligro? A él le frustraba aquella desobediencia; podía advertir esa rabia de impotencia por no poder controlar a Alexandria. Pero no podía malgastar la energía que supondría controlarla, protegerse al mismo tiempo y luchar con el vampiro que se aproximaba a gran velocidad.

Presta mucha atención a lo que suceda, Aidan. Tengo un plan. Era la mayor mentira que había dicho en su vida. Y su terror iba en aumento a medida que se acercaban a su destino. ¿Por qué estaba haciendo algo tan estúpido, tan demente? Aidan no le caía bien, no confiaba en él, más bien le inspiraba terror por lo que pudiera ser o por el control que ejercía sobre ella. Pero la única certeza era que no podía permitir su muerte.

—Necesitamos un plan, Stefan. Un plan bueno de verdad. ¿Si disparas a esa cosa con tu arma, lo matarás?

—No, pero si le doy en algún punto vital, puedo hacer que se detenga, tal vez incluso impedir que baje a la tierra. Entonces el sol lo matará —informó Stefan con semblante grave.

—De acuerdo, éste es el plan. Te iré diciendo dónde se encuentra la bestia, y tú irás disparando mientras yo meto a Aidan en el coche. Luego nos largaremos lo más rápido que podamos y confiaremos en que esa cosa se quede atrás.

Ése es el peor plan que he oído en mi vida. Pese a su desesperada situación, había un deje de humor en la voz de Aidan.

Stefan soltó un fuerte resoplido.

—Ése es el peor plan que he oído en mi vida, sin duda. No tienes fuerza suficiente para meter a Aidan en el coche. Y no podemos
intercambiar nuestros puestos, porque lo más probable es que no
hayas disparado un arma en tu vida.

—Vale, ninguno de los dos me habéis ofrecido ninguna idea
lúcida —soltó ella con indignación—. ¿No es gracioso cómo se
confabulan los hombres aunque ni siquiera puedan oírse entre sí?

—¿De qué hablas ahora? —Stefan miraba al cielo con nerviosismo, por el retrovisor, por las ventanas laterales.

—No importa. Toma esa calle. Está cerca del mar... no, por el
otro lado, colina abajo. Está cerca. —Casi no podía respirar, el aire
ahora estaba cargado de maldad —. El vampiro se encuentra también en algún lugar próximo. Puedo percibirle.

Regresa, regresa. Había súplica en la voz de Aidan.

*Te está buscando, Aidan. Puedo notar su ánimo triunfante.
Piensa que sabe dónde estas. Ha adoptado forma de pájaro... no,
alguna otra cosa que vuela. Pero está herido, no quiere forzar el costado derecho.* Alexandria se frotó las sienes, la energía que requería
comunicarse mentalmente era extenuante. La cabeza le palpitaba, le
quemaba el muslo como si, de algún modo, ella también se hubiera
herido ahí.

*Regresa, Alexandria. Él nota tu presencia. Por eso se siente
triunfador. Te ha sacado del lugar seguro. ¡Haz lo que te digo!*
Aidan se cubrió con una mano cuidadosa el profundo corte en su
sien y con la otra se tapaba la herida del muslo que le estaba dejando sin fuerza vital. Había perdido mucha sangre, el precioso fluido
formaba un charco en el suelo y se filtraba en la tierra.

El olor de la sangre atraería al vampiro hacia él. Pero Aidan
también podía oler, y el hedor del vampiro era tan fuerte como la
perturbación en la armonía natural de la tierra. No necesitaba las
advertencias de Alexandria para saber que el vampiro estaba cerca.
Éste tenía mucho más poder que Yohenstria, y su capacidad para
crear ilusiones era impecable. Aidan había luchado contra otros así
de fuertes, pero no con una herida mortal como la que tenía en este
momento. Con Alexandria tan cerca, no tenía otro recurso que

luchar y ganar. Aunque Aidan descendiera bajo tierra, lo más probable era que el vampiro le encontrara antes del amanecer. Obligó a su cuerpo doliente a moverse, a ponerse en pie. Expulsó el dolor de su mente. Expulsó la idea de Alexandria. No podía hacer otra cosa que derrotar al vampiro. Se quedó muy quieto. Esperando. Sólo esperando.

Capítulo 7

El viento soplaba desde la bahía y las olas arremetían más abajo contra la costa. Las estrellas relucían en el firmamento. La noche parecía demasiado bonita como para ocultar una criatura tan pervertida y demente como *nosferatu*, el no muerto. Aidan alzó el rostro al cielo e inhaló una bocanada de aire para descifrar la información que la noche quería compartir con él.

El vampiro se encontraba mucho más arriba, se abría camino volando hacia él desde el océano con la esperanza de que la sal y la espuma del mar ocultaran su olor. Como Aidan, el vampiro estaba herido, y el rastro de la sangre era fácil de seguir. Hambriento por la pérdida de sangre, los colmillos de Aidan explotaron en su boca con el mero olor. La sangre impura era lo último que él quería, pero aun así, sin una infusión de sangre moriría pronto. Siglos atrás se había hecho la promesa de no tocar jamás a un miembro de su familia, por mucho que le costara, y su intención era mantener esa promesa. Y Alexandria estaba demasiado débil, sería peligroso que ella le ofreciera su sangre. Ella desconocía las consecuencias que tendría para ambos el perderla.

Hacía mucho que había empezado a aceptar la muerte, aceptaba el amanecer como la única opción inevitable que le quedaba. Pero no estaba preparado para renunciar a la vida justo ahora que por fin había aparecido en su camino una posibilidad de felicidad. Lucharía. Al menos lograría salvar a Alexandria y a Stefan de su propia insensatez. Se llevaría al vampiro con él al amanecer si no le quedaba otra opción.

Levantarse aumentó el sangrado de las profundas heridas en el muslo y en la sien, un reguero constante que descendía por su cuello y su hombro y luego por el brazo y el pecho. Una oleada de debilidad se apoderó de él y, por un momento, todo se borró. Parpadeó para enfocar las cosas, pero sólo cuando se pasó la mano por los ojos y la apartó ensangrentada pudo volver a ver. Esperó paciente, inspirando y exhalando, no tenía otra elección. Tenía que atraer al vampiro hacia él.

Un gran murciélago se insinuó cerca de su cabeza, con una mueca que revelaba diminutos dientes puntiagudos. Se posó sobre el suelo a unos metros de Aidan y empezó a arrastrarse acechante.

—Vamos, vamos, Ramon ¿tenemos que perder el tiempo con estos juegos infantiles? Ven a mí como un hombre y si no déjalo. Me he cansado de tus sandeces. —Aidan hablaba en voz baja, pero su voz era hipnótica, persuasiva—. No te servirán de nada tus trucos esta noche. Si decides continuar con esta batalla, tendremos que acabarla aquí. No puedes ganar, lo sabes, lo sientes. Has venido aquí a morir en mis manos. Pues que así sea. Ven andando como un hombre a buscar tu muerte. —Sus ojos dorados reflejaban la luz de las estrellas y relucían con llamaradas rojas, cuyos destellos rubíes hacían juego con la sangre en su rostro.

El murciélago vaciló, luego empezó a alargarse y creció hasta formar una grotesca criatura con garras y un pico muy afilado. La criatura se movió de lado, se aproximó a Aidan sin forzar su costado derecho.

Aidan permaneció inmóvil, como una estatua de piedra tallada. Sólo sus ojos estaban vivos, llameando con determinación mortal.

Detuvo a la criatura con la mirada, la intimidó hasta que volvió a cambiar y tomó esta vez la forma de un hombre alto, delgado y pálido, con ojos fríos y despiadados. Ramon miró a Aidan con cautela.

—Creo que esta vez te equivocas, Aidan. Tienes una herida muy grave. Seré yo quien se imponga, y me quedaré con la mujer.

—Eso es imposible, Ramon. Puedes cacarear todo lo que quieras, pero nadie, ni siquiera tú, creerá tus bravuconadas. Ven a mi lado y acepta la justicia de nuestro pueblo, como sabes que es tu deber. Has cometido crímenes contra la humanidad.

—¡Tengo poder! Y tú estás débil, serás insensato... Has dedicado tu vida a un propósito equivocado. ¿Dónde está la gente por la que luchas para salvarles de alguien como yo? Los humanos que proteges te clavarían una estaca en el corazón si conocieran tu existencia. Tu propia gente te ha condenado a una vida solitaria, sin tan siquiera el suelo de tu patria para alimentarte. Te han dejado a solas en este lugar. Únete a mí, Aidan. Puedo salvarte. Únete a mí y nos haremos dueños de esta ciudad. ¿No crees que nos lo merecemos? Podemos tenerlo todo. Riquezas, mujeres. Podemos ser los amos aquí.

—Tengo todo lo que siempre he querido, viejo amigo. Ven aquí, sabes que es tu deber. Haré que tu final sea rápido y sin dolor.
—Tenía que darse prisa. Se acababa el tiempo. Su sangre vital estaba ahora vertida en el suelo, su enorme fuerza se agotaba.

El vampiro se acercó poco a poco, intentaba deshacerse del carpatiano con la ilusión de los murciélagos que volaban directos hacia su cuerpo manchado de sangre. Aidan permaneció inmóvil, sus ojos dorados con estrellas rojas no se apartaron del rostro gris de Ramon.

El vampiro se lanzó entonces. Y mientras lo hacía, Aidan notó a Alexandria fundida con él, infiltrándose en su mente: su fuerza, su voluntad, su valentía, su fe en él. Era un don inestimable, y Aidan lo usó con toda la velocidad de que fue capaz. En el último momento posible, se limitó a dar un paso a un lado y con el brazo rodeó el cuello del vampiro, que rompió como una ramita. La cabeza se le dobló a un lado, y Ramon empezó a aullar, con un grito muy agudo, de angustia, que no cesó.

Aidan respiró a fondo y se dispuso a liquidar el asunto metiendo la mano en el delgado pecho hasta alcanzar el corazón que aún latía. Arrancó el órgano y lo arrojó bien lejos del vampiro y enseguida retrocedió para no mancharse con el chorro de sangre. Casi de inmediato las fuerzas le abandonaron, y se encontró sentado en el suelo, indefenso, expuesto a cualquier ataque.

Ella surgió de la oscuridad. Su aroma fue lo primero en llegarle. Aunque el olor a sangre le volvía loco poco a poco, no intentó utilizar aquella sangre contaminada del vampiro para reponer la suya. Luego, de pronto, ella estaba ahí, fresca, limpia y pura delante del mal. Y él tenía las manos manchadas de sangre impura, y la muerte le rodeaba. No podía mirarla a los ojos y ver su repulsa en ellos. No podía enfrentarse a eso.

—¡Stefan! Dime qué tengo que hacer.

Su voz era musical, suave como la brisa temprana de la mañana. Morir con su voz en la mente y en el corazón no era tan malo. Pero Aidan no la quería en este lugar de muerte.

—No hay nada que puedas hacer. Aléjate, Alexandria. Vete a los Cárpatos como me prometiste. —Cerró los ojos, los párpados le pesaban demasiado como para mantenerlos abiertos—. Vete a mi tierra natal, y me sentiré como si te llevaras una parte de mí contigo.

—Oh, cállate —soltó ella con impaciencia, horrorizada sólo de verle. Ni siquiera se atrevió a dirigir una ojeada al vampiro caído—. Nadie te ha preguntado, Aidan. Y no vas a morir. No voy a permitirlo, o sea que deja de representar el papel del macho y coopera un poco. ¡Vamos, Stefan! ¿Qué puedo hacer por él? —Ya estaba aplicando presión sobre la herida más fea, la del muslo. Nunca había visto tanta sangre derramada, era un río rojo que empapaba la tierra. Se concentró en Aidan sin querer mirar los cuerpos caídos y desfigurados.

—Necesita tu saliva mezclada con tierra. Aplica la mezcla sobre las heridas —se apresuró a responder Stefan, de rodillas al lado de ellos.

—¡Qué poco higiénico! —protestó consternada.

—Para un carpatiano, no lo es. Hazlo si quieres salvarle. Tu saliva contiene un agente coagulante. De prisa, Alexandria.

—Deshazte de los cuerpos, Stefan —Aidan dio la orden sin tan siquiera abrir los ojos. Flotaba en un mundo de ensueño.

—¿Quieres callarte? —reprendió Alexandria. Joshua tenía más talento que ella a la hora de escupir, pero lo hizo lo mejor que pudo. Formó unas porciones de barro mientras Stefan arrastraba los cuerpos del vampiro hasta el borde del camino de tierra que formaba una curva, y con la ayuda de una lata de gasolina que llevaba en el coche les prendió fuego.

El hedor le provocó arcadas a Alexandria. Bloqueó su mente a todo menos a lo que estaba haciendo. No tenía tiempo para examinar por qué estaba salvando a Aidan, por qué importaba, pero cada uno de sus huesos, cada una de sus células, su mismísima alma chillaba para que lo hiciera.

Aidan parecía inconsciente mientras Alexandria rellenaba sus profundas heridas y laceraciones. De todos modos, sabía que no era así, que era consciente de cada uno de sus movimientos. Le sentía en su mente. De algún modo, él había ralentizado su corazón y sus pulmones en un intento de impedir el vertido de sangre y así ganar tiempo para que ella sellara las heridas con tierra y saliva. Pero el hambre que Aidan sentía era un ser con vida propia que avanzaba despacio por su cuerpo con intención lenta y tortuosa. Le corroía sin cesar, y ella lo notaba también mediante su vínculo mental. Aidan era muy consciente de la sangre de Alexandria, viva, en movimiento, caliente y atrayente, tan cerca de él. El demonio en su interior acechaba justo debajo de la superficie y amenazaba con escapar.

Stefan regresó a su lado.

—Debes hablarle. Dile que no puede dejarte sola. No podrás vivir sin él.

—¡De eso nada! Ya es bastante arrogante sin necesidad de decirle eso. Lo único que faltaba, ponerle sonrisitas como si fuera una idiota loca por él. Me lo recordará siempre. Y es tan egocéntrico, que lo más probable es que además se lo crea. —Pese a sus palabras, le apartaba los sucios mechones de pelo y limpiaba de sangre la cara de Aidan.

Stefan frunció el ceño, pero se contuvo y no expresó su opinión.

—Necesita sangre. Yo se la daré. Pero tendrás que conducir para llevarnos de regreso a casa. Este fuego atraerá pronto la atención de las autoridades, y necesitamos alejarnos de aquí.

No. La voz de protesta de Aidan parecía tan fuerte, pero sólo en su mente. Se percató de que él estaba demasiado débil incluso para hablar. *Es demasiado peligroso. Le mataré. No puedo tomar sangre de Stefan.*

Ella le creyó por la pureza, la franqueza de su voz. Por la alarma en el corazón de Aidan, en su alma, por la manera en que su mente protestaba.

—No, Stefan, conduce tú. Aidan se niega a permitir que dones sangre. Tendré que hacerlo yo, me temo. —Volvió a apartarle el pelo con sus delicados dedos. *¿Es eso lo que intentas decirme, no? Yo puedo donar y Stefan no. No me digas que no, no sería la prime-*

ra vez. Pues adelante, y no discutas conmigo, o podría dejar de ser tan dulce. Y tan valiente, añadió en silencio para su fuero interno.

No estoy convencido de que sea una solución segura.

Fíjate. Escúchame bien, no tengo mucho que perder. En realidad éste no es mi estilo de vida. Adelante, Aidan. Al menos no me hagas daño, ¿vale?

Nunca, cara, le aseguró.

Hizo falta que Stefan y Alexandria unieran fuerzas para meterle en el coche. Estaba gris, llevaba el dolor grabado en su rostro, pero no profirió ni un sonido hasta que le tuvieron instalado en el vehículo con la cabeza reposada en el regazo de Alexandria.

—Hay que destruir la sangre vertida —dijo. Sólo Alexandria alcanzó a oírle. Estaba tan débil que casi no podía ni susurrar.

—Quiere que limpies los restos de sangre, Stefan. —El corazón le latía con fuerza. La situación estaba así. Moriría esta noche, daría la vida por este hombre. No sabía qué era, sólo sabía que era el ser más valeroso que había conocido. No estaba segura de si era cierto lo que pensaba de él, ni siquiera si le caía bien, pero hacía lo correcto. Lo sabía en lo más profundo de su ser.

Stefan maldijo en voz baja.

—Al final nos descubrirán, cuánto más tardemos —refunfuñó, pero regresó a toda prisa hasta la lata de gasolina que había dejado para los investigadores y se puso a trabajar en los charcos de sangre. Era necesario eliminar cualquier resto de la participación de Aidan en la batalla, y les quedaba poco tiempo para hacerlo.

Alexandria apoyó la cabeza en la de Aidan.

—No puedes esperar más, hazlo ahora. Pero prométeme que siempre cuidarás de Joshua, que esta vida demencial nunca le afectará. Prométemelo.

Nunca, cara mia. La voz sonó débil en su mente, ella sabía que no tenían mucho tiempo.

Alexandria notó primero el movimiento de la mano. Él acarició con los dedos la delgada columna de su nuca, provocando unos escalofríos que descendieron por toda su espina dorsal. Aidan apartó con los dedos los botones de la camisa de seda, su camisa, que apenas le cubría la piel. El roce de los nudillos contra la blanda hinchazón de los pechos encendió llamaradas que barrieron su sangre. Ella se relajó pegada a él, se arqueó acercándose un poco hasta que el cálido aliento le acarició el pulso sobre el corazón. El contacto de los dientes arañando con delicadeza su piel, de un modo erótico, propagó un calor líquido por todo su cuerpo y produjo un dolor intenso, poco familiar.

Alexandria profirió un sonido, un débil gemido, mientras un calor candente se propagaba por ella en el instante en que los dientes perforaron su piel y se hundieron a fondo. Ella acercó aún más la cabeza que tenía cogida entre sus manos, embriagada por la dicha, ofreciéndose entera a él. Era una experiencia sensual, que su sangre corriera por el cuerpo de Aidan, que repusiera las células y el tejido dañados, que calentara los fríos músculos, que les diera vida.

Sentía como recuperaba él la fuerza, que fluía con lentitud desde ella. Era como un vago sueño lleno de erotismo. Entonces él regreso a su mente, le murmuró con suavidad, de modo seductor, palabras de amor, palabras que jamás había oído, sonidos ancestrales y hermosos. El coche se movía con un débil balanceo que se sumaba a la eternidad surrealista.

Stefan aparcó el coche lo más cerca posible de la puerta lateral y corrió a cerrar las pesadas verjas de hierro tras ellos, sin dejar de inspeccionar el cielo con nerviosismo. Cuando regresó al coche, le conmocionó descubrir la forma dramática en que había cambiado la situación en el asiento trasero. Ahora era Aidan quien estaba sentado erguido y vigilante, manchado de sangre pero de nuevo con su color habitual, mientras Alexandria permanecía inmóvil, con el rostro gris, como una difunta. Parecía pequeña y perdida en los brazos de Aidan, casi como una niña.

Stefan apartó la mirada. Había pasado buena parte de su vida con este hombre, no obstante la realidad de la existencia de Aidan era casi demasiado para él, le costaba aceptarla. Sabía de corazón que Aidan nunca haría daño a la mujer. Aun así, verla de este modo, tan inmóvil, sin vida, después del valor del que había hecho gala...

—Limpia el coche, Stefan. Descenderé a la tierra durante un día o dos. Dejo en tus manos sortear cualquier pregunta si se presenta la policía por aquí. Debes proteger al niño y a Marie de cualquier intruso. Recuerda, en esta casa no sufrís ningún peligro de noche, pero los vampiros pueden utilizar a otros seres humanos para que cumplan sus órdenes.

Stefan les ayudó a salir del coche y observó cómo Aidan se estiraba hacia el asiento de atrás para levantar en sus brazos el cuerpo inanimado de Alexandria.

—Sé lo que pueden hacer, ellos y sus subalternos, Aidan. Me mantendré alerta por si hay ataques —le aseguró con aspereza.

—Deja sangre en la cámara para esta noche, y luego márchate y mantente alejado. Lo mismo te digo en cuanto al niño y Marie, que no se acerquen a la cámara subterránea. No será seguro acercarse para ninguno de los dos hasta que reponga la cantidad de sangre perdida. —Lo dijo en tono lacónico, pues sus fuerzas empezaban a menguar. Alexandria era una mujer pequeña y él había tomado de ella todo el alimento que pudo sin poner en peligro su vida. A continuación la había sumido en el sueño profundo de su raza para mantenerla viva hasta que pudiera reemplazar la sangre perdida.

Permitió que Stefan le ayudara a moverse por la casa. Marie llegó corriendo y dio un grito cuando les vio. Aidan oyó los pasos del muchacho sobre el suelo de madera. Se volvió en redondo y sus ojos dorados llamearon con una señal de advertencia.

—Mantened al niño alejado de mí —soltó con brusquedad, tragándose a duras penas su hambre voraz.

Marie se paró en secó y se llevó una mano a la garganta. Aidan estaba cubierto de sangre y polvo, y Alexandria yacía inerte, acunada en sus brazos. El suelo de madera se manchó de sangre y tierra que dejó un rastro desde la puerta. Aidan tenía los ojos muy enrojecidos, y sus dientes, blancos y afilados, relucían como los de un predador.

—¡Marie! —La voz de Stefan instó a su mujer a actuar. Se apresuró a interceptar a Joshua antes de que pudiera ser testigo del horror de esta noche. Cogió al niño en brazos con el rostro surcado de lágrimas y se lo llevó corriendo por el vestíbulo en dirección a las escaleras.

Joshua le tocó las lágrimas del rostro.

—No llores, Marie. ¿Alguien te ha herido los sentimientos?

Ella hizo un esfuerzo por recuperar el control. Habría que limpiar la casa antes de que el muchacho pudiera descender al piso inferior, de modo que tenía que conseguir que se durmiera.

—No es nada, Joshua. He tenido una pesadilla. ¿Nunca tienes tú pesadillas?

—Alexandria dice que si rezas una oración y piensas en cosas buenas de verdad, ya sabes, cosas que te gustan, entonces tendrás sueños buenos. —Joshua se frotó la mejilla contra la de ella—. Siempre funciona cuando ella reza conmigo. Rezaré oraciones contigo igual que Alexandria, y no tendrás pesadillas nunca más.

Marie se encontró sonriendo con la simplicidad e inocencia de Joshua. Ella tenía tres hijos, ahora ya mayores, y Joshua le traía recuerdos de esa dulzura de la infancia. Le estrechó un poco más en sus brazos.

—Gracias, Joshua. Tu hermana es una mujer muy lista, tienes suerte de tenerla. —Contuvo un sollozo—. Pero, vamos a ver, ¿qué estás haciendo levantado a estas horas de la noche? Son casi las cuatro de la mañana. Qué vergüenza, jovencito.

—Pensaba que Alexandria estaba en su habitación, pero no. La estaba buscando. —Los ojos de Joshua delataron el miedo a perder a su hermana.

—Aidan tuvo que llevarla a un lugar especial para curarse. Aún está malita, y hay que tener paciencia hasta que se ponga mejor.

—¿Se pondrá bien? —preguntó ansioso.

—Por supuesto. Aidan nunca permitiría que le sucediera nada. La vigilará muy de cerca. Tú ya lo sabes.

—¿Puedo hablar con ella por teléfono?

Marie le tumbó en la cama y le tapó con las mantas hasta la barbilla.

—Habrá que esperar un poco. Ahora está durmiendo, igual que deberías hacer tú. Me quedaré aquí contigo hasta que estés bien dormido.

El niño puso una sonrisa dulce y angelical que devolvió el calor a Marie.

—Puedo enseñarte una oración.

Ella acercó la silla a la cama y le cogió la mano. Luego escuchó la voz del niño diciendo cosas inocentes y dulces a Dios.

Stefan rodeó a Aidan por la cintura para aguantar su peso. Advirtió la agitación de Aidan sólo con su contacto y supo que respondía a la batalla que libraba con el demonio siempre presente en su interior que intentaba hacerse con el control.

Aidan había agotado su enorme fuerza, sentía un hambre voraz y necesitaba sangre con tal urgencia que aquello regía todos sus sentidos, dominaba todos sus órganos y corroía su mente.

—De prisa, Stefan, sal de aquí —dijo con voz ronca, intentando alejar al hombre.

—Te llevaré hasta la alcoba, Aidan —dijo Stefan con firmeza—. No vas a hacerme daño. Tienes a tu mujer en tus brazos, y ella es tu salvación. En cualquier caso, te he ofrecido mi vida en más de una ocasión; si es tu deseo tomarla esta vez para salvaros tú y tu mujer, no tengo objeción.

Aidan apretó los dientes y puso freno a sus instintos depredadores. La necesidad de sobrevivir era fuerte, la necesidad de sangre fresca y caliente era primordial. Intentó no oír el corazón de Stefan que latía con fuerza y regularidad, la pulsación de la sangre que recorría el cuerpo de este hombre que se hallaba tan cerca.

Una vez en la alcoba, Stefan le soltó y se apresuró a salir, pues sabía que era él quien provocaba tanta angustia en Aidan. Sabía de corazón que Aidan nunca le haría daño. Confiaba en el carpatiano mucho más de lo que el propio Aidan confiaba en sí mismo.

—Traeré la sangre, Aidan.

Aidan asintió con gesto cortante y dejó encima de la cama el cuerpo casi sin vida de Alexandria. Se inclinó al lado de ella y cogió en su mano la gruesa trenza de cabello. Ella le había salvado, pese a saber que moriría en el intento. Había ofrecido su vida voluntariamente, de buen grado, por él. Su vínculo era mucho más fuerte de lo que había pensado. Ella no hubiera sobrevivido a la muerte de Aidan. Estaban unidos para toda la eternidad, eran una auténtica pareja de vida. Aidan había pronunciado las antiguas palabras que unían sus almas para siempre. Dos mitades del mismo todo.

Suspiró y se echó a su lado, sin dejar de maldecir aquella necesidad de sangre. No podría descender a la tierra sin ingerir antes su sustento. Esperó, con los rugidos de su demonio interior ensordeciéndole, hasta que oyó acercarse al humano, el suave avance de las pisadas. La pesada puerta crujió, Stefan dejó varias botellas de sangre en el suelo y luego se retiró, dejando a Aidan y a su pareja a solas en la cámara.

Aidan se aproximó dando traspiés por el suelo y rodeó con su mano el cuello de una botella de vino. Vació el contenido de una y pasó a la siguiente. Stefan había traído cinco botellas llenas y Aidan consumió las cinco, pero de todos modos su cuerpo ansiaba más.

Con la energía renovada gracias a la provisión de sangre, movió la cama con un gesto ondulante de su mano y abrió la trampilla que daba a la tierra fresca que esperaba debajo. Requería concentración retirar una por una las diversas capas de tierra y hacer sitio para su cuerpo y el de Alexandria. La cogió en sus brazos y entraron flotando a acogerse bajo la protección de la Madre Tierra. Aidan acomodó su corpachón pegado al de su pareja y activó los intrincados sortilegios que protegían la entrada a su guarida. La trampa se cerró y la cama de la alcoba superior se colocó de nuevo en su posición habitual. Obstruyó la tierra por encima de ellos, a su alrededor, y ralentizó su corazón y pulmones mientras experimentaba las propiedades curadoras de la tierra enroscándose alrededor de sus heridas. El corazón tartamudeó una última vez, los pulmones se hincharon y se desinflaron, y luego todas las funciones corporales cesaron.

Stefan cerró la puerta que daba al sótano, pues sabía que podían transcurrir días antes de que Aidan hiciera otra aparición. Confiaba en haberle traído sangre suficiente. Aidan donaría su sangre a Alexandria cuando se levantara y cazara una presa humana. Hasta ese momento, Stefan era responsable de la protección de la casa, de Marie y del pequeño Joshua.

Encontró a su esposa limpiando el suelo. Ella se volvió hacia él de inmediato con ojos interrogadores. Stefan la abrazó con ternura.

—Vivirá, Marie. No te preocupes por él.

—¿Y su mujer?

Stefan sonrió con gesto cansado.

—Es asombrosa. No quiere tener nada que ver con él o con nosotros, y aun así le salva la vida.

—Ella será su salvación. Pero tienes razón, Stefan, no quiere quedarse aquí con nosotros. —Marie sonaba triste, su corazón estaba lleno de compasión.

—Aún no entiende lo que le ha sucedido —comentó Stefan con un suspiro—. Y te digo la verdad, yo no querría verme en su situación y tener que hacer frente a lo que le toca a esa muchacha. No comprende la diferencia entre Aidan y los vampiros. La han maltratado, y ha perdido su libertad de forma permanente. Incluso su posibilidad de estar con Joshua ha quedado limitada.

—Tendremos que ser pacientes con ella.

Stefan sonrió de pronto.

—Él tendrá que ser paciente con ella. Esa chica va a plantarle cara y nadie lo ha hecho antes en su vida. Las americanas modernas son muy diferentes a lo que él está acostumbrado.

—Y te parece gracioso, ¿eh, Stefan? —comentó Marie.

—Del todo. Aidan nunca ha entendido que yo sea tu perrito faldero, pero pronto va a descubrirlo. —La besó con cariño y le dio una palmadita en el hombro—. Voy a limpiar el coche y la entrada, y luego nos vamos a la cama —dijo con una sonrisa insinuante.

Marie se rió con cariño y le observó mientras Stefan salía a la noche.

El sol brillaba en lo alto del cielo y eliminaba la neblina que desprendía el océano. Marie y Stefan acompañaron a Joshua al colegio y se quedaron en el exterior durante un rato, para asegurarse de que nadie vigilaba al muchacho. El periódico de la mañana especulaba sobre los dos hombres hallados muertos, quemados sin posibilidad de ser reconocidos, y manifestaba que la causa probablemente fuera una pelea entre ellos. Suponían que uno de los hombres se había empapado de forma accidental al arrojar gasolina al otro. La lata de gasolina ennegrecida encontrada cerca del escenario del crimen llevaba las huellas dactilares de una de las víctimas.

Stefan evitó las preguntas de Marie, no quería ni recordar el momento en que colocó la mano de Ramon apretando la lata. No estaba seguro de no haber pasado por alto algún detalle, o sea que le inquietaba que la policía llamara a su puerta.

Sin embargo, cuando regresaron a casa no encontraron a la policía sino a Thomas Ivan. Vestido con un caro traje italiano a medida, estaba esperando con cierta impaciencia en la puerta de entrada. Llevaba un enorme ramo de rosas blancas y rojas mezclado con helecho y gypsophila. Dedicó a la pareja una sonrisa de lo más encantadora e incluso se las apañó para hacer una leve inclinación a Marie.

—Quería hacer una visita y ver si Alexandria se encontraba algo mejor. También he pensado que sería una buena ocasión para disculparme por mi comportamiento maleducado del otro día. Estaba preocupado por Alexandria y la tomé con usted.

—Se alegró de recuperar su maletín —respondió Marie sin comprometerse—. Le comunicaron su mensaje y estoy segura de que se pondrá en contacto con usted en cuanto esté en condiciones.

—He pensado que las flores podrían alegrarla un poco —dijo Thomas con naturalidad. Podría manejar a los sirvientes en cualquier momento. Siempre que el señor de la mansión no apareciera, podría cruzar el umbral de la puerta—. Tal vez pudiera asomarme un instante y desearle una pronta mejoría. Sólo me quedaría un momento.

El ama de llaves no se movió de su posición. De pie, tras ella, con pinta de sicario de la Mafia, Stefan permanecía inexpresivo. Ivan contuvo su mal genio. No le serviría de nada enemistarse con esta gente, necesitaba ganarles para su bando.

Marie negó con la cabeza.

—Lo siento, señor Ivan, eso va a ser imposible. El señor Savage dejó instrucciones específicas de no molestar a Alexandria, siguiendo órdenes del doctor.

Thomas hizo un gesto de asentimiento.

—Entiendo que tienen que hacer lo que les dicen, pero, verá, estoy preocupado de verdad por ella. Sólo quiero verla un momento, ver por mis propios ojos que se encuentra bien. ¿Qué me dicen? El señor Savage no tiene por qué enterarse. No voy a quedarme mucho rato, sólo un vistazo para asegurarme de que está bien. —Sacó varios billetes de veinte dólares del bolsillo, arrugándolos con expectación.

Marie cobró aliento llena de indignación.

—¡Señor Ivan! ¿Está sugiriendo que traicionemos a la persona para la que trabajamos?

Thomas maldijo en voz baja.

—No, no, por supuesto que no. Sólo pretendía darles algo por las molestias adicionales.

—Alexandria no es ninguna molestia, señor Ivan. —Marie, de forma intencionada, dio otra interpretación a la respuesta—. Es parte de esta casa. La consideramos de la familia, igual que a su hermano. Conoce a su hermano, ¿verdad? —Sabía muy bien que no, y su voz lo decía todo.

Thomas Ivan estaba furioso. Esta sargentona le estaba desafiando sin el menor reparo. Se estaba burlando de él de forma deliberada. Deseó poder deportarla, preferentemente a un lugar frío, húmedo e incómodo. Pero en vez de ello, sonrió otra vez y apretó los dientes al hacerlo.

—No quería dar a entender en modo alguno que Alexandria fuera una molestia para ustedes. Tal vez no comprenda el inglés bien del todo. ¿De dónde es? —Intentó poner interés en la voz.

—Rumania —respondió Marie—, pero no tengo ningún problema con la lengua inglesa. Llevo muchos años aquí. Consideramos San Francisco nuestro hogar ahora.

—¿El señor Savage también es de Rumania? —Le interesaba mucho la respuesta a eso. Tal vez pudiera conseguir que deportaran a aquel hijo de perra arrogante junto con el personal que tenía contratado.

—No puedo hablar de mi patrón con alguien a quien no conozco, señor —respondió Marie con amabilidad y el rostro inexpresivo.

Thomas sabía que la muy bruja se estaba riendo de él en su fuero interno. Respiró a fondo. Bien, ella y el celador se estaban creando un enemigo mucho más poderoso de lo que pensaban. Tenía amigos en altas esferas, y ellos eran extranjeros.

—Es sólo curiosidad, porque su acento es diferente al de ustedes. —Quiso decir más educado, más cultivado, tan sólo por el placer de insultarla, pero se contuvo. Tendría su ocasión y esperaría el momento de su venganza. Haría que pusieran la casa patas arriba, que la policía y la gente de inmigración irrumpieran en la casa en cualquier momento.

—Bien, lamento que piensen que no pueden cooperar conmigo. Estoy preocupado en extremo por Alexandria. Si se me niega el permiso a verla o hablar con ella por teléfono, no tendré otro recurso que comunicar este asunto a la policía. Como posible secuestro. —Le pareció ver la inquietud en el rostro de la mujer, pero el hombre que estaba tras ella ni siquiera pestañeó. Thomas empezó a preguntarse si aquel hombre llevaría un arma. Tal vez fuera él quien hacía los trabajos sucios. Sintió un picor de incomodidad en la nuca.

—Adelante, haga lo que crea que tenga que hacer, señor Ivan. Yo no puedo dejar de cumplir mis órdenes —explicó Marie con firmeza.

—Entonces tal vez pueda hablar con el señor Savage en persona —sugirió con cierta tensión.

—Lo lamento, señor Ivan, pero eso no es posible en este momento. El señor Savage no se encuentra en casa, y no ha dejado ningún teléfono donde localizarle.

—Que conveniente para el señor Savage —soltó Thomas cortante, la furia provocada por su frustración empezaba a aflorar—. ¡Ya veremos si le gusta hablar con la policía! —Se dio media vuelta, confiando en que el matón no le pegara un tiro por la espalda. Notó un temblor en el ojo, como siempre que se enojaba.

—¿Señor Ivan? —la voz de Marie era suave y dulce, casi apaciguadora.

Él se volvió en redondo con aire triunfante. Por fin había dicho algo que había intimidado a este par de idiotas.

—¿Qué? —soltó haciendo ostentación del desagrado que le inspiraba la mujer.

—¿Quiere dejar las flores para Alexandria? Me ocuparé personalmente de que las reciba. Estoy segura de que la alegrarán, sabiendo que vienen de usted. —Marie intentaba no reírse del hombre. Parecía tan tonto, tan engreído y con esos aires de importancia, tan seguro de poder intimidarles. No le hacía ilusión un encuentro con la policía, pero las flores podían servirle.

Ivan le entregó las rosas y abandonó el lugar hecho una furia, para nada aplacado por el débil intento de Marie de congraciarse con él. Estos extranjeros iban a lamentar haberse cruzado en su camino. Era obvio que no tenían el menor indicio del tipo de poder que esgrimía un hombre como él.

Marie dirigió una rápida mirada a Stefan, y los dos se rieron.

—Sé qué estás pensando, mujer perversa. Quieres utilizar esas flores para que Aidan se vuelva loco de celos.

—¿Cómo se te ocurre algo así, Stefan? —preguntó Marie con voz inocente—. No podía permitir que unas flores tan hermosas se estropearan, así de sencillo. Las dejaré en la nevera hasta que Alexandria se levante. Iluminarán su habitación o, aún mejor, la sala de estar.

Stefan le dio un rápido beso en la mejilla y se dispuso a marcharse.

—A Aidan le espera una temporada interesante.

—¿A dónde vas? ¿No irás a dejarme aquí sola para encargarme de las autoridades. Ese hombre va a ir directo a la comisaría, y lo más probable es que le hagan caso.

—Seguro que se van a enfadar con sus exigencias detestables, y sabemos que la policía local conoce bien a Aidan. Siempre hace donativos para sus causas, y tiene mucho cuidado de mantener buenas relaciones con ellos. No creo que el señor Ivan sea una gran amenaza, pero quiero echar un vistazo por aquí para asegurarme de que todo sigue en su sitio para la próxima visita oficial —la tranquilizó Stefan.

—Siempre podemos dejar que hablen con Joshua si hace falta —sugirió Marie, con vaga inquietud, como siempre que Aidan se encontraba en una situación vulnerable.

—No hará falta llegar a eso —le aseguró Stefan.

Capítulo 8

El sol se hundía en el mar con una brillante explosión de colores. Luego se levantó una inesperada bruma, una neblina blanca, extraña e inquietante, que flotaba a poca altura del suelo y los techos, avanzando a través de callejuelas oscuras y parques, hasta ocuparlos por completo. No corría nada de viento que pudiera mover aquel velo, y los coches avanzaban muy despacio de una manzana a otra.

Medianoche. Aidan se abrió camino con las manos hasta la superficie. Hambriento. Famélico. Sus ojos ribeteados de rojo relucían de fiera necesidad. Sus entrañas se retorcían, se revolvían. Las células y los tejidos aullaban, exigían alimento.

El fuerte sonido de los corazones que latían en las cercanías, llamándole y enviándole señales, casi le vuelve loco. Tenía el rostro pálido, casi gris, la piel arrugada y acartonada, y la boca reseca. Sus colmillos goteaban con anticipación, y unas uñas largas y afiladas se disponían en sus dedos.

Por un momento, descansó la mirada en el cuerpo inanimado que yacía aún a su lado en la tierra abierta. Su pareja eterna. Su única salvación. Lo que se interponía entre él y el final que su especie tanto temía. Gracias a ella, él no iba a convertirse, no se transformaría en vampiro, en un no muerto. Ella había ofrecido voluntariamente su vida por él. Habían sellado sus destinos como uno solo, quedando vinculados de forma irrevocable para toda la eternidad. Alexandria había elegido que él viviera, y por tanto había escogido tal destino también para sí misma. A Aidan no le importaba que no fuera consciente, con total exactitud, de lo que había hecho. Ya estaba hecho.

Alexandria necesitaba sangre. Su situación era aún más desesperada que la suya. No podría despertarla hasta que fuera capaz de ofrecerle alimento. Su cuerpo estaba consumido, y sin alimento que la reviviera, no aguantaría viva más que unos pocos momentos.

Aidan olió la sangre. Caliente y fresca. Pulsante, corría, iba y venía como la llamada intemporal del propio océano. El demonio en su interior rugió y se encabritó, desesperado por controlar la situación, pero desesperado también por salvar a su pareja. Desesperado por saciar su hambre lacerante y persistente. Un hombre. Una mujer. Un niño. Aidan retrocedió justo a tiempo cuando ya estaba al borde del desastre, se controló lo suficiente para hacer los preparativos necesarios.

Minutos más tarde, avanzaba veloz por el estrecho túnel subterráneo, una mancha de velocidad tan rápida que ni un ratón detectaría su presencia. No mostraba restos de sangre o de polvo y llevaba ropas elegantes, con el pelo limpio y recogido en la nuca por una coleta. Atravesó el pasadizo de piedra del sótano sin más contratiempos. Al poner la mano en la puerta que daba a la cocina, detectó la presencia de la mujer que entraba en la habitación por otra entrada. Por un momento, apoyado contra la puerta, se concentró en contactar mentalmente con la mujer, en alejarla del camino peligroso.

Marie se encontró de pronto y de forma inexplicable en la puerta de entrada, pero eso la salvó del hambre inquietante que crecía a cada paso que daba Aidan. En cuanto ella se halló a una distancia segura, él se deslizó por la cocina y salió al jardín.

Al instante, los olores que saturaban el aire nocturno asaltaron sus sentidos, los invadieron y le contaron historias. A escasos metros, un conejo estaba agazapado, paralizado de miedo, consciente del depredador mortal que buscaba sangre. Su corazón latió con violencia. Aidan sabía a la perfección todo lo que pasaba en las casas calle arriba, dónde se encontraba cada cuerpo caliente y qué estaba haciendo: dormir, tomar un tentempié, hacer el amor, pelearse. Le rodeaba un velo de bruma que le envolvía como un manto y se convertía en parte de él.

Durante tres días y dos noches había yacido en la tierra sanadora. Con una nueva infusión de sangre iba a estar más fuerte que nunca. Costaba dominar aquel hambre, de modo que Aidan se lanzó al cielo con un rugido, más peligroso que cualquier cosa jamás concebida por Thomas Ivan. Iba a la caza de presas humanas vivas, que respiraran, cualquier cosa que se moviera por debajo de él corría el riesgo de que esta noche Aidan tal vez no se detuviera a tiempo y continuara alimentándose hasta quitarle la vida.

Era una oscura sombra volando por el cielo, invisible para los que se movían debajo. Aidan eligió como terreno de caza el parque del Golden Gate, con su paisaje ondulante y sus grupos de árboles. La bruma era allí más espesa, le esperaba para ocultar su avance. Aterrizó con ligereza, sus pies silenciosos tocaron el suelo mientras plegaba las alas.

A tan sólo unos metros merodeaba un grupo de hombres, de apenas veintipocos años, que exhibían los colores de sus bandas juveniles en espera de sus rivales, mentalizándose para una pelea. Todos iban armados y se pasaban una botella de vino barato. Dos terceras partes de ellos iban drogados.

Aidan olió su sudor, la adrenalina y el miedo evaporándose por los poros, que sus bravatas ruidosas y beligerantes supuestamente debían ocultar. Pero el sonido y el olor que a él le interesaba era el de la sangre que corría por sus venas y arterias. Se concentró en ellos uno por uno hasta encontrar la sangre menos afectada por el abuso de substancias. *Ven a mi lado. Ven aquí deprisa. Necesitas ahora mismo estar aquí.* Envió la llamada con facilidad, su hambre era tan potente que sirvió de señal para varios de ellos. Al resto del grupo les dio sencillas instrucciones de que no advirtieran la ausencia de los demás.

Agarró al primer hombre y hundió a fondo los dientes, sin miramientos, incapaz de controlar ni un momento más la exigencia de alimentarse. Tragó el caliente líquido y sus células famélicas se empaparon de él con ansia. Corrió por su cuerpo como una bola de fuego que proporcionó fuerza a sus músculos. Casi no pudo contenerse sin tomar la última gota de sangre que le dotaría del poder definitivo. Fue el pensamiento de Alexandria lo que le apartó de estar a un paso de una ruina segura. Ella había entregado su vida de forma voluntaria a cambio de la de Aidan. No podía permitirse ahora condenar su alma y arrojar tan precioso don, ni podía permitir tampoco que su hambre o su naturaleza depredadora lo hicieran.

Aidan se concentró en la noción de Alexandria, en la curva de su mejilla, la longitud de sus pestañas. Tenía una sonrisa tan dulce como la miel. Su boca era sensual y ardiente, como seda caliente por el sol. Dejó caer a su víctima y atrajo hacia él a la siguiente.

El líquido vital fluyó por su interior, y cerró los ojos para pensar en ella. Su ojos eran gemas azules, con estrellas en sus centros. Era valiente y compasiva. Nunca arrojaría su presa a sus pies como estaba haciendo él ahora. Cogió al tercer hombre. Su hambre ya empezaba a calmarse, de modo que tuvo más cuidado esta vez.

Un sonido penetró su frenesí devorador, y supo que otra banda de jóvenes se acercaba. Intentaban abrirse camino a través de la espesa niebla, aunque sus coches aún estaban demasiado lejos como para que los que esperaban en el parque dieran la alerta. Apartó a la tercera víctima y se fue a por la cuarta.

No era justo, la verdad, permitir que esta banda tuviera que pelear con varios de sus hombres en baja forma, consideró. Entonces una sonrisa lenta se dibujó en su boca. Alexandria ya empezaba a tener influencia sobre él. Para Aidan, los tipos así carecían de honor, de códigos, estaban dispuestos a hacer daño o a acabar de un modo brutal con personas que ni siquiera participaban en sus conflictos, incluso mujeres y niños. Esta gente sin honor no tenía sitio en la vida de Aidan. No obstante, bajo la influencia de Alexandria, estaba considerando intervenir para conceder a este grupo de asesinos la misma oportunidad en su ridícula batalla de poder. Y eso que ninguno de ellos sabía lo que era el verdadero poder.

Soltó al cuarto hombre y se fue a por el quinto. Su hambre estaba ya saciada, había recuperado toda su fuerza, pero éste era para Alexandria. Sus blancos dientes refulgieron durante un momento, suspendidos sobre la garganta expuesta. El mundo gris, inhóspito y vacío ahora estaba lleno de brillantes colores y olores excitantes. Volvía a estar pleno de fascinación y belleza. Por fin lo aceptaba con convencimiento. Una compañera de verdad. Por fin la salvación. Podía sentir emociones, nunca volvería a estar solo. Siglos de vacío desaparecían en un instante. Alexandria...

Con un pequeño suspiro, pues aún le quedaban algunas formalidades por cumplir, dejó caer al último hombre sobre la hierba húmeda y lanzó una llamada a la banda que se acercaba. Una oleada de terror alcanzó al grupo. Se quedaron en silencio, mirándose unos a otros. Aidan se encontró sonriendo para sí mismo. Tenía que ser un buen chico, pero eso no significaba que no pudiera divertirse entretanto.

El primer conductor detuvo su coche a un lado de la carretera y respiró a fondo, llenando sus pulmones de aire. Sudaba con profusión.

Vais a morir esta noche. Todos vosotros. La niebla oculta un monstruo. La muerte. Y os llama, os llama a todos vosotros.

Para dejarlo claro, se lanzó al cielo de un brinco y estiró el cuerpo, lo estrechó hasta convertirse en un lagarto alado gigante con dientes afilados y llamativos. Tenía una cola larga y gruesa con escamas, y ojos color rojo rubí. Salió de la bruma, justo frente a la hilera de coches extravagantes, y expulsó fuego sobre sus capotas.

Las puertas se abrieron de golpe y los miembros de la banda echaron a correr en tropel por la calle. Sus gritos de terror reverberaban a través de la bruma. Aidan se rió un poco al aterrizar justo a la derecha del primer vehículo mientras cambiaba de forma. Su largo hocico se acortó, los colmillos explotaron y su cuerpo se volvió más compacto, todo músculo y tendón lobuno. El pelo se le rizó sobre brazos y lomo, formó una ondulación sobre su piel. Se fue corriendo a paso largo tras los hombres, con sus relucientes ojos rojos.

—¡Un lobo! ¡Un hombre lobo! —El grito rebotó por las calles y alguien disparó un arma. Era imposible que alguien viera apenas a medio metro más allá de sus narices, pero para Aidan el aire estaba limpio del todo, y conocía la localización exacta de cada presa. Les persiguió durante una buena distancia, dando muestras de su capacidad para correr muy deprisa. Había júbilo en su corazón. El júbilo que sentía setecientos años atrás. Se estaba divirtiendo.

—¡Era un dragón! —gritó una voz ronca mientras todos corrían, sus fuertes pisadas resonando en la oscuridad.

Siguió otra voz:

—Esto no es real, tío. Tal vez tengamos alguna clase de alucinación colectiva.

—Bien, pues quédate tú y lo compruebas —respondió gritando alguien más—. Yo me piro de aquí.

El lobo seguía más de cerca al pobre humano, olfateando su rastro. El hombre ya no avanzaba tan rápido, convencido de que nada de esto podía ser real. El lobo tomó impulso, cubrió la considerable distancia de un solo salto y atrapó al humano por los fondillos del pantalón. Dio un bocado a la tela vaquera, y el hombre soltó un agudo chillido. Sin mirar atrás, partió como un rayo para alcanzar a sus amigos, con sus botas resonando por la calle en plena escapada.

Aidan se rió ruidosamente, el sonido reverberó de forma inquietante, transportado por el espeso fondo de bruma. Ya no recordaba cuándo se había divertido tanto por última vez. Los miembros de la banda se aullaban unos a otros, con gritos de terror. Para rematar la jugada, se concentró en los coches y los volteó, uno a uno, de manera que cada coche quedó capota abajo, con las ruedas girando inútilmente en el aire. Luego hizo lo mismo con la banda rival. De cualquier modo, les iría bien descansar en el parque durante un buen rato.

Después de asegurarse de que ninguna de las bandas tenía ganas de pelea, volvió a lanzarse al aire una vez más y esta vez regresó a toda prisa junto a Alexandria. Aterrizó sobre el sendero de piedra de la casa, en el jardín exterior a la cocina. En el estanque un pez dio un brinco, la salpicadura resonó con fuerza en el aire nocturno. El viento empezaba a cambiar poco a poco, comenzaba a soplar suavemente a través de la bruma blanca, restos de la cual formaban ligeros remolinos y deambulaban de aquí para allá como velos de encaje. El efecto era hermoso. Todo era hermoso.

Aidan inspiró a fondo y alzó la vista al cielo. Ésta no era su tierra natal, pero era su hogar. El vampiro se había equivocado al respecto. Con los años, Aidan había acabado por amar San Francisco. Era cierto que echaba de menos a sus congéneres y lo agreste de los Cárpatos y de sus bosques. Daría cualquier cosa por pisar el suelo de su tierra de origen. Llevaba siempre en su corazón la antigua tierra de su pueblo, pero esta ciudad tenía su propio atractivo, sus culturas diversas que se mezclaban y creaban un increíble mundo que explorar y disfrutar.

Aidan empleó las llaves para abrir la puerta de la cocina. La casa estaba tranquila. Stefan y Marie dormían en su dormitorio. Joshua tenía un sueño irregular, era obvio que la larga separación de su hermana le incomodaba, aunque Marie le había permitido dormir en el saloncito situado fuera de su cuarto en el primer piso. Stefan había cumplido su promesa: la casa estaba cerrada a cal y canto, cada ventana con su parrilla de hierro bien hermética contra cualquier invasión.

Las medidas preventivas de Aidan aguantaban bien. Aquellos sortilegios, antiguos y fuertes, conocidos sólo por algunos de los miembros más antiguos de su pueblo, se entrelazaban por los intrincados vitrales que daban a la calle. Gregori, el taciturno, el más temido de los cazadores carpatianos y su mejor sanador, le había enseñado mucho: las protecciones, la sanación, incluso sistemas para dar caza a los no muertos. Mihail, su líder y el único amigo de Gregori, había aceptado enviar a Aidan a los Estados Unidos como cazador una vez supo que los traidores habían empezado a establecerse por su cuenta y que buscaban otros mundos para utilizarlos como campos de caza. Gregori entrenaba a pocos cazadores; era un solitario y evitaba a los demás por norma.

Julian, el hermano gemelo de Aidan, había intentado trabajar con Gregori durante un tiempo, pero se parecía demasiado al viejo sanador. Le gustaba estar solo. Necesitaba las cumbres altas y los bosques profundos. Necesitaba correr con el lobo y remontar el vuelo con las águilas, tal y como había escogido Gregori. No habían elegido el camino de la gente, de las ciudades o tan siquiera de su propia especie.

Aidan pasó por la inmaculada cocina de camino al sótano. De pronto se le ocurrió pensar lo bien que siempre olía la cocina, con sus aromas de pan recién horneado y especias. Marie, y su familia antes que ella, consideraba la casa como su hogar de siempre. Hasta entonces no lo había apreciado de veras. La lealtad de la pareja era la constante más asombrosa en la vida de Aidan, pero nunca antes había advertido la manera en que habían hecho soportable su vida, tan lóbrega hasta este momento.

Inspiró el aroma de su familia. Un calor se extendió por su cuerpo, hasta su corazón. Tras siglos de existencia fría y estéril, quería postrarse de rodillas con gratitud por la inesperada dicha de tener una familia. Tampoco antes había advertido la eficiencia rústica del sótano. No era tan sólo un espacio subterráneo sino una habitación brillante, expansiva, que contenía espléndidas tallas de madera de Stefan y una colección de herramientas bien organizadas. Los bancos y mesas de trabajo estaban limpios y ordenados, las herramientas de jardinería relucían bien cuidadas, y a su izquierda había incontables sacos de tierra fértil amontonados con diligencia. Stefan. Cuánto debía a este hombre.

El propio Aidan había abierto con meticulosidad el túnel que conducía a la cámara oculta, tras estudiar la composición de la roca que formaba el acantilado y verificar que la cámara secreta sería un lugar imposible de detectar y acceder por su proximidad a la gran masa de agua. Los vampiros intuirían que él dormía en las cercanías, pero nunca podrían localizar la ubicación exacta.

Aidan había escogido con cuidado el emplazamiento de su hogar. El dinero rara vez había sido una preocupación para él después de siglos de vida, tenía más que suficiente para varias vidas, por lo tanto era sólo cuestión de encontrar la ubicación correcta y construir según sus necesidades específicas. También quería tener algunos vecinos, para poder incorporarse a la nueva sociedad, pero necesitaba espacio y vida privada, terrenos por los que deambular y la libertad del campo en su propio patio trasero. Necesitaba el mar con sus olas batientes y sus aromas, y la bruma para manipularla en caso necesario.

Su propiedad, que daba al océano desde un acantilado, era la más perfecta que pudo encontrar. Poseía tierra suficiente alrededor de la casa para usarla como barrera entre él y los vecinos, pero aun así a lo largo de la carretera había más casas. También contaba con la intimidad necesaria en caso de que uno de los traidores le atacara y él se viera obligado a luchar, sin correr el peligro de que alguien pasara por allá.

Establecer su nuevo hogar en una tierra desconocida había sido una de las cosas más difíciles que había hecho en la vida. Pero ahora, pensó mientras se aproximaba a su cámara dormitorio, esa dificultad no era nada en comparación con lo que la valiente Alexandria tendría que afrontar en su nueva vida. Ella pensaba morir, incluso recibiría con beneplácito la muerte, sobre todo si eso significaba salvar la vida de otro... la de él. Aidan había percibido en la mente de Alexandria su renuencia a alimentarse de la raza humana. Su naturaleza no era depredadora, ni tampoco sus instintos. Ella creía que se había convertido en vampiro. Ninguna explicación sería suficiente para vencer su desconfianza. Sólo el tiempo podría lograr eso, y de algún modo, él tenía que conseguir tiempo suficiente para que se convenciera de que ninguno de los dos era un vampiro, ninguno de los dos era un asesino desalmado. Necesitaba tiempo para que ella comprendiera que su lugar estaba al lado de Aidan, con él, que nunca podrían separarse.

La sacó del lecho de tierra y la sostuvo entre sus brazos. Luego, tras dejarla sobre la cama, la tierra y la compuerta volvieron a cerrarse con un movimiento de su mano. No hacía falta que ella fuera testigo de la evidencia de su forma de vida poco habitual. Se despertaría en una cama de un dormitorio. Ya tenía bastante que asimilar sin encontrarse prácticamente sepultada en la profundidad de la tierra.

Aidan tendría que trabajar deprisa. Justo cuando ella despertara, tendría que dominar su mente, antes de que fuera consciente de lo que estaba sucediendo e intentara resistirse. No quería empezar aquella relación obligándola a hacer algo aborrecible. De todos modos, no tenía otro remedio que reponer la enorme pérdida de sangre.

Tomó aliento, le alisó el pelo hacia atrás y luego se desabrochó la camisa. *Despierta*, piccola. *Despierta y toma lo que necesitas para vivir. Bebe lo que te ofrezco voluntariamente. Haz lo que te ordeno.* Bajo su mano, el corazón de Alexandria dio un trompicón, se esforzaba por despertar como él le pedía, pese a no tener sangre suficiente para mantenerse con vida. Aidan se rasgó el pecho con la uña y pegó la boca de Alexandria al torrente constante de roja sangre.

Aidan retuvo con firmeza la mente de Alexandria mientras su cuerpo se calentaba poco a poco, mientras corazón y pulmones encontraban el ritmo. Con la infusión de sangre, mucho más poderosa de lo habitual, ella recuperó las fuerzas enseguida. Sin previo aviso, Alexandria se opuso a él, tomó conciencia súbitamente de lo que le estaba sucediendo. Aidan, con un leve suspiro, permitió que ella se impusiera y la soltó un poco.

Ella se apartó de él y cayó al suelo mientras intentaba escupir la sangre de su boca, mientras intentaba con desesperación detestar el sabor del dulce y caliente fluido que le devolvía las fuerzas.

—¿Cómo has podido? —Se alejó a rastras de la cama, se incorporó dando traspiés y permaneció contra la pared, sin dejar de limpiarse la boca una y otra vez. Tenía la mirada extraviada del horror que sentía.

Aidan se vio forzado a cerrarse la herida del pecho. Se movía despacio para no provocar más miedo en ella. Se incorporó con cuidado.

—Tranquila, Alexandria. Aún no has tomado suficiente alimento como para recuperar tus fuerzas.

—No puedo creer que hayas hecho esto. Se supone que estoy muerta. Me prometiste que te ocuparías de Joshua. ¿Qué has hecho? —Luchaba por respirar, se apoyaba en la pared para no caerse, pero sus piernas parecían de goma. Él le había mentido, le había mentido.

—Tú decidiste salvarme la vida, Alexandria. Y yo no puedo vivir sin ti. Nuestras vidas ahora están unidas. Uno no podrá sobrevivir sin el otro. —Habló con calma, sin moverse ni intentar acercarse a ella. Alexandria parecía a punto de salir huyendo a la menor provocación.

—Yo elegí salvar *tu* vida. Ambos sabíamos lo que eso significaba. —Lo dijo con desesperación, llevándose el puño a la boca para no echarse a gritar. No podía, no estaba dispuesta a vivir de este modo.

—Yo sí sabía lo que significaba, *cara*. Tú no.

—Eres un mentiroso. ¿Cómo puedo creer lo que dices? Me has convertido en lo mismo que eres tú, y ahora me obligas a vivir tomando sangre. No lo haré, Aidan. No me importa lo que me hagas, pero no beberé la sangre de nadie. —Se estremeció a ojos vistas y se escurrió por la pared hasta el suelo. Luego levantó las rodillas contra el pecho y se meció, en un intento de darse alivio.

Aidan respiró a fondo, con cuidado de no reaccionar demasiado deprisa a sus palabras. Se estaba apartando por completo de él, su mente le bloqueaba el acceso. O eso creía ella. Aidan estaba ya familiarizado para entonces con su mente, y entró poco a poco, como una leve sombra, siempre alerta.

—Nunca te he mentido, Alexandria. Tú llegaste a la conclusión de que si me salvabas la vida entregabas la tuya. —Hizo que su voz sonara aterciopelada.

—Temías por Stefan.

—¿Por qué iba a permitir que Stefan viviera y cobrarme tu vida? Eso no tiene sentido. No confiaba en que yo pudiera contenerme con Stefan. Había perdido mucha sangre, y mis instintos de supervivencia eran demasiado fuertes. En realidad eras tú la única que se encontraba a salvo.

Lo dijo en tono afable. Su voz musical y sugerente la inundó, se filtró en ella y atenuó el horror de lo que había devenido, aliviando un poco la tensión entre ambos.

—¿Por qué? ¿Por qué iba a encontrarme yo a salvo? Stefan hace años que es tu amigo. A mí ni me conoces. ¿Por qué iba a encontrarme yo a salvo si él no lo estaba?

—Tú eres mi pareja en la vida. Nunca podría hacerte daño. Por ti soy capaz de controlarme, y a ti podía reponerte la sangre. Te he explicado esto más de una vez, pero insistes en no aceptar esta información.

—¡Te digo que no entiendo nada de todo esto! —espetó—. Sólo sé que quiero alejarme de ti. Me confundes hasta el punto de que no sé si las ideas me las has puesto tú en la cabeza o si de verdad son mías.

—No eres una prisionera, Alexandria, pero lo cierto es que necesitas permanecer cerca de mí. No hay manera de que puedas protegerte tú sola, ni a ti ni a Joshua.

—Me iré de la ciudad. Desde luego es evidente que está plagada de vampiros. ¿Quién querría quedarse aquí? —preguntó con un tono situado en algún lugar entre la amargura y la risa histérica.

—¿A dónde irías? ¿Cómo vivirías? ¿Quién se ocuparía de Joshua durante el día mientras tú te ves obligada a dormir?

Alexandria se tapó las orejas con las manos en un intento de bloquear sus palabras.

—Cállate, Aidan. No quiero volver a escucharte. —Levantó la barbilla, y sus ojos color zafiro encontraron los de él. Con suma lentitud y un poco tambaleante, se incorporó apoyándose en la pared.

Él se levantó despacio, copiando los movimientos de Alexandria. Parecía tan poderoso, tan invencible, no podía creer que estuviera desafiándole. El hambre la consumía por dentro. La pequeña cantidad de sangre que él le había donado tan sólo había servido para abrirle el apetito. Su cuerpo famélico aullaba con insistencia, era imposible pasarlo por alto. Alexandria se apretó la boca con la mano. Ella era mala; él era malo. Ninguno de los dos debería seguir con vida.

No es cierto, Alexandria, no es cierto en absoluto. Se deslizó poco a poco hacia ella, silencioso, impredecible, con una voz aterciopelada y muy persuasiva.

Ella se frotó la frente.

—Dios, estás dentro de mi cabeza. ¿De verdad crees que voy a considerar normal que hablemos mentalmente entre nosotros? ¿O que siempre sepas lo que estoy pensando?

—Es normal para los carpatianos. No eres una vampiresa, *cara*. Eres una carpatiana. Y eres mi pareja eterna.

—¡Basta! ¡No vuelvas a repetirlo! –le reprendió Alexandria.

—Continuaré diciéndolo hasta que entiendas la diferencia.

—Entiendo que tú me has vuelto así. Y que se supone que no tendría que seguir con vida. Y que se supone que nadie puede vivir durante siglos. Y se supone que nadie tiene que matar a otro para sobrevivir.

—Los animales lo hacen todo el tiempo, *piccola*. Y los humanos matan animales para comer. Pero en cualquier caso, nosotros no matamos para alimentarnos, como a menudo hacen los vampiros. Está prohibido, y el acto en sí mancilla la sangre, destruye el alma —explicó con paciencia—. No tienes por qué temer tu nueva vida.

—No tengo una vida. —Observando todos los movimientos de Aidan, ella se acercó poco a poco a la puerta—. Me has arrebatado la vida.

Él se encontraba a varios metros de la pesada entrada de piedra, ella a tan sólo centímetros. Pero en el momento en que Alexandria la abrió de súbito, la mano de Aidan ya la detenía. Su cuerpo, mucho más grande, mucho más fuerte, le bloqueó la salida a la libertad.

Alexandria se quedó quieta.

—Pensaba que no estaba prisionera.

—¿Por qué te resistes a mi ayuda? Si sales de esta cámara con el hambre que tienes, tu angustia aumentará.

No la estaba tocando, pero notaba su calor. Su cuerpo parecía buscar el de Aidan. Incluso su mente buscaba el contacto con la mente de él. Horrorizada, le apartó de un empujón.

—Apártate de mí. Voy con Joshua un rato. Necesito pensar, y no quiero que estés cerca. Si no soy tu prisionera, entonces apártate de mí.

—No puedes estar cerca del crío con ese aspecto. Estás llena de polvo y manchada de sangre.

—¿Dónde tienes la ducha?

Él vaciló, luego decidió no mencionar que no le hacía falta ducharse si no quería. Mejor permitir que se sintiera humana si eso necesitaba. A él tanto le daba.

—También puedes usar tu baño privado en el segundo piso. Tienes tus ropas en tu habitación, y todo el mundo está dormido. Nadie te molestará ahí. —Retrocedió un paso e indicó el pasadizo.

Alexandria salió corriendo por el túnel e irrumpió en el sótano. Tenía que largarse de este lugar. ¿Qué iba a hacer con Joshua? Aidan cada vez la arrastraba más a este mundo. Un mundo de locura, de demencia. Tenía que irse.

Nunca había estado en el segundo piso, pero estaba tan alterada que casi pasa por alto la ornamentada barandilla, las lujosas alfombras, la elegancia de cada habitación. Marie había hecho todo lo posible para colocar las cosas de Alexandria en su sitio, para que ella se sintiera como en casa en la medida de lo posible. Alexadria se despojó de sus ropas mugrientas y se metió en la gran ducha con puertas de vidrio. Estaba inmaculada, como si nadie la hubiera usado jamás.

Puso el agua lo más caliente que pudo aguantar y volvió el rostro hacia el chorro, intentando no ceder a la historia. Ella no era una vampiresa, no era una asesina. Esta casa no era su sitio. Con toda certeza, este lugar no era para Joshua. Cerró los ojos. ¿Qué iba a hacer? ¿A dónde podía ir?

Ensartó despacio sus dedos por la gruesa trenza y soltó la ondulada melena para poder lavarse el pelo. Largo, le crecía muy rápido, y cayó hasta sus caderas mientras se aplicaba champú sobre el cuero cabelludo. ¿A dónde iba a ir? No tenía ni idea. Ninguna en absoluto.

Aquel hambre no cesaba, la corroía hasta el punto de que su mente también parecía consumida por él. Era capaz de distinguir el sabor de la sangre de Aidan en su lengua. La boca se le hizo agua, y su cuerpo reclamó más. Sus lágrimas se mezclaron con el agua que surcaba su rostro. No podía fingir que esto no estaba sucediendo. Peor aún, apenas era capaz de tolerar que la separaran de Aidan. Notaba cómo su propia mente, por iniciativa propia, lo buscaba.

Sentía el corazón oprimido, casi acongojado, por encontrarse lejos de él. No podía dejar de pensar en Aidan.

—Te odio, por lo que me has hecho —susurró en voz alta, confiando en que la estuviera escuchando.

Se vistió despacio, escogiendo la ropa con cuidado. Sus vaqueros favoritos, gastados, con dos desgarrones. Le encantó el contacto de la prenda contra su piel. Eran tan normales, una parte tan evidente de la vida cotidiana. La fina chaquetilla de encaje color marfil, con los pequeños botones de nácar, siempre la hacía sentirse femenina.

Mientras se quitaba la toalla del pelo, se miró en el espejo por primera vez. Le conmocionó un poco que incluso hubiera un reflejo. Tuvo el impulso histérico de llamar a Thomas Ivan para decirle que debía repensar algunas de sus ideas para los tontos juegos de vampiros. Ya no parecían tan geniales. De cualquier modo, su aspecto era frágil, pálido, con los ojos demasiado grandes para su rostro. Se tocó el cuello. Notó su piel suave como el satén, sin cicatrices, sin antiguas heridas. Alzó las manos maravillada y estudió sus largas uñas. Nunca había sido capaz de dejarse las uñas largas. Apretó los puños.

No podía quedarse aquí. Tenía que discurrir la manera de llevar a Joshua a un lugar seguro. Descalza, caminó por el pasillo sin hacer ruido. No hacía falta encender las luces, podía ver con bastante claridad en la oscuridad. De nuevo, su mente estaba conectada con la de Aidan, pero se obligó a distanciarse y alejarse del peligro. No quería que él supiera lo que ella pensaba o sentía. Aún no quería reconocer que era diferente a cualquier otro ser humano. Bajó por las escaleras muy despacio.

Sabía con exactitud dónde estaba Joshua. Encontró el camino de modo certero y entró en la habitación en la que él estaba durmiendo. Se quedó de pie en el umbral y se limitó a observarle, con un terrible anhelo en el corazón por ellos dos. Parecía tan pequeño y vulnerable. Su rubio pelo formaba un halo de rizos sobre la almohada. Pudo oír la suave respiración.

Alexandria se acercó a la cama despacio, una neblina de lágrimas emborronaba su visión. Las pérdidas en la vida de Joshua eran grandes. Ella había sido una sustituta insuficiente de sus padres. No es que no lo hubiera intentado, pero nunca había conseguido que

Joshua saliera del peor barrio de la ciudad. Ahora, aunque pareciera una terrible ironía, él se encontraba en una mansión, rodeado de todo lo que el dinero podía comprar y matriculado en uno de los colegios más prestigiosos de la zona. Y el hombre que había hecho posible todo eso era un vampiro.

Se sentó asustada encima del edredón y alisó su espesor con la palma de la mano. ¿Qué iba a hacer? La pregunta crucial. La única pregunta. ¿Podía coger a Joshua y salir corriendo? ¿Lo permitiría Aidan? Sabía, en lo más profundo, que él le había permitido apartarse mientras la obligaba a beber sangre. Era mucho más poderoso de lo que podía concebir, él tan sólo le estaba ocultando todo el alcance de su omnipotencia.

Soltó una lenta exhalación. No tenía familiares con quienes dejar a Joshua. No había nadie que pudiera ayudarla, ningún lugar al que huir. Se inclinó un poco para besar a su hermano en la cabeza. Al instante fue consciente del flujo sanguíneo del pequeño. Oyó cómo palpitaba por las venas, burbujeante de vida. Le fascinó el pulso que latía en el cuello de Joshua. Era capaz de oler la sangre fresca, y la boca se le hizo agua de necesidad. Respiró a fondo y rozó el cuello de Joshua con su mejilla.

Entonces notó los colmillos, afilados y preparados contra su lengua. Horrorizada, se levantó de un brinco de la cama y se apartó del niño dormido. Casi no fue consciente de cómo alcanzó la puerta de un salto. Con una mano pegada a la boca, corrió por el pasillo y por la casa, abrió la puerta de entrada de par en par y salió a la oscura noche, que era su sitio.

Corrió todo lo rápido que pudo, perdiendo las fuerzas a cada paso que daba, con sollozos desgarradores en su pecho. La bruma ahora no era más que una tenue neblina, las estrellas salpicaban el cielo formando un estampado eterno. Cuando gastó su adrenalina, se hundió en el suelo junto a la verja de hierro forjado.

Era tan perversa. ¿En qué había estado pensando? ¿En que podría llevarse a su hermano de allí y que todo sería igual que antes? Joshua nunca estaría a salvo con ella. Al fin y al cabo, Aidan tal vez sí le había contado la verdad sobre Stefan. El hambre la devoraba, la corroía, hasta su piel se consumía de necesidad. Encontró con los dedos el peso sólido de una barra de hierro y consideró frenéticamente la posibilidad de clavársela en el corazón. La levantó a modo de prueba, pero estaba rellena de sólido cemento. Débil a causa de la falta de sangre, sería incapaz de manejarla.

Se mordió el labio con fuerza para estabilizarse y consideró sus opciones. Nunca pondría en peligro la vida de Joshua de modo que no pensaba regresar a esa casa nunca más. Sólo le quedaba rezar para que Marie y Stefan acabaran queriendo a su hermano la mitad de lo que ella le quería y le protegieran de la demencial vida de Aidan. No tenía deseos de hacer daño a ningún ser humano. Y eso le dejaba una sola opción. Se quedaría aquí hasta que saliera el sol, confiando en que la luz la destruyera.

—Ni hablar de eso, Alexandria. —La silueta alta y musculosa de Aidan surgió de la bruma—. Eso no va a suceder. —Su rostro era una máscara de resolución implacable—. Qué ganas tienes de morir, y qué pocas ganas de aprender a vivir.

Ella se agarró a la verja hasta que los nudillos se le pusieron blancos.

—Apártate de mí. Tengo derecho a hacer lo que quiera con mi vida. Se llama libre albedrío, aunque estoy segura de que ese concepto escapa a tu comprensión.

En una exhibición perezosa de músculos dilatados, Aidan se estiró del todo. Había cierta elegancia adherida a él como una segunda piel.

—Ahora estás intentando provocarme.

—Lo juro, si continúas usando conmigo ese tono calmado e indiferente de «Alexandria, estás histérica» no voy a ser responsable de lo que haga. —Seguía sin soltar la barra por si él intentaba acompañarla a la fuerza.

Aidan se rió en voz baja, sin humor. Era un gesto masculino de burla que provocó un escalofrío en la columna de Alexandria.

—No me pongas a prueba, *piccola*. No permitiré que te expongas al amanecer. Ese tema no admite discusión. Aprenderás a vivir como te corresponde.

—Tu arrogancia me asombra. Bajo ninguna circunstancia voy a regresar a la casa. No sabes lo que he estado a punto de hacer.

—No existen secretos entre nosotros. Has olido la sangre de Joshua y tu cuerpo ha reaccionado de manera normal. Tienes hambre. O más que hambre, estás famélica, te mueres de necesidad. Has reaccionado de un modo natural a la proximidad de alimento. Pero nunca le tocarás, nunca harás daño a tu hermano.

—No puedes saber eso. —Ella no lo sabía, ¿cómo podía saberlo él? Se balanceó adelante y atrás llena de agitación, bajando la cabeza contra las rodillas para ocultar la vergüenza que sentía—. No ha sido la primera vez. Ya ha sucedido dos veces.

—Lo sé todo sobre ti. Estoy en tu mente, en tus pensamientos. Puedo sentir tus emociones. El hambre que has experimentado es natural. No puedes pasar por alto las exigencias de tu cuerpo. Pero, Alexandria, no puedes hacer daño alguno al muchacho. No podrías lastimar a ningún niño, ¡cómo vas a lastimar a Joshua! No forma parte de tu naturaleza.

—Ojalá te creyera.

Su desamparo era tan absoluto que casi le parte el corazón a Aidan. Detestaba esto, esta terrible carga de confusión y desinformación que soportaba ella. Había mezclado los mitos y leyendas sobre vampiros, su horroroso encuentro con el vampiro real y los poderes de Aidan, todo en el mismo saco.

Le tocó debajo de la barbilla con gesto delicado. Le inclinó la cabeza hacia arriba para captar su mirada con sus ojos dorados.

—Soy incapaz de mentirte, *cara*, porque tú puedes alcanzar mis pensamientos cuando desees. Funde tu mente con la mía, por completo, y sabrás que digo la verdad. Joshua no corre ningún peligro. Yo soy en parte un animal salvaje, un cazador, una máquina asesina de lo más eficiente, creo que eso es lo que piensas. Y eso se cumple en todo momento. Pero no es tu caso. Un carpatiano varón es responsable de la protección, de la salud y la felicidad de su pareja. Yo soy la oscuridad para tu luz. Hay compasión y bondad en ti. Ahora eres carpatiana, pero, como todas las mujeres carpatianas, tu naturaleza es bondadosa. Joshua no corre ningún peligro.

Quería creer a este hombre. Había algo en la pureza de su voz, en lo directa que era su mirada serena que casi la convence. Más que ninguna otra cosa en la vida, ahora quería creerle.

—No puedo arriesgarme —respondió con tristeza.

—Y yo me niego a perderte. —Se agachó, le soltó los dedos de la reja, y la levantó en brazos con facilidad—. ¿Por qué no permites que te ayude? Sé que todo esto es una conmoción, pero haz caso a lo que te dice el corazón, lo que te dice la mente. ¿Por qué decidiste salvarme si pensabas que era tan malvado?

—No lo sé. Ya no sé nada, excepto que quiero que Joshua esté a salvo.

—Y yo te quiero a ti a salvo.

—No puedo soportar estar cerca de él y notar esa hambre tan fuerte, como ha pasado antes. Ha sido horroroso, pensar en sangre mientras observaba su pulso. —Se apretó el estómago con la mano—. Me ha provocado náuseas y también me ha asustado, me he asustado mucho por él.

Aidan rozó su cabello con la boca, la más leve caricia.

—Permite que te ayude, Alexandria. Soy tu compañero en la vida. Es mi derecho y también mi responsabilidad.

—No sé qué significa eso.

Pudo notar que ella aflojaba la resistencia. Alzó la vista hacia él con total desesperanza. No había confianza en sus ojos, sólo una pena terrible. No podía luchar contra la fuerza de Aidan, contra su implacable resolución.

—Déjame que te enseñe —dijo en voz baja, grave e intensa, como una seducción de terciopelo negro.

Capítulo 9

Aidan estrechó un poco más a Alexandria entre sus brazos. Había una expresión en su rostro, una mirada en sus ojos, que Alexandria no se atrevía a nombrar. Posesión. Ternura. Una mezcla de ambas cosas. No quería saberlo, pero hacía que se sintiera apreciada, mimada. Que se sintiera sexy y hermosa. La forma en que él desplazaba la mirada por su rostro, tocando sus labios como si de un beso físico se tratara, aceleró su corazón.

Una sonrisa lenta se dibujó en su boca sensual.

—Veo que estás descalza. Iba a sugerir un paseo bajo las estrellas, pero tu fastidioso hábito parece resurgir.

Alexandria tragó saliva con dificultad, hizo un esfuerzo para recuperar algo parecido al control. No quería regresar a la casa. Necesitaba distanciarse de Joshua y aclarar lo que había sucedido.

—Puesto que he venido corriendo hasta aquí, no creo que andar vaya a hacerme daño. Déjame en el suelo, Aidan. No voy a fugarme.

La risa del carpatiano le erizó el cabello.

—Como si fuera posible escapar de mí. —Aidan, con suma lentitud y suavidad, saboreando la sensación de tenerla a su lado, la dejó en el suelo.

Ella alzó la vista. Había algo nuevo en su relación que no estaba presente antes. Ella era mucho más consciente de él como hombre. Alto, fuerte, guapo, sensual. La mente de Alexandria se apartó a toda prisa de ese pensamiento, luego se apresuró a bajar de nuevo a la cabeza.

No alcanzó a ver la repentina sonrisa de Aidan.

—Qué noche tan preciosa, *cara mia*. Mira a tu alrededor —le indicó en tono amable.

Le hizo caso pues era demasiado consciente del modo en que se movía con soltura a su lado y quería evitar pensar en él y en el extraño poder que parecía ejercer sobre ella. Las estrellas eran una manta reluciente sobre sus cabezas. Alexandria respiró a fondo e inspiró la brisa salada procedente del mar.

Detrás tenían el espeso bosque de árboles que crecían a lo largo de esa ladera de la colina; delante de ellos, el acantilado que daba al océano. La calle ascendía serpenteante por la colina. Las casas, salpicadas aquí y allá a lo largo de la carretera, eran grandes, pero se mezclaban bien con el entorno. Las luces de la ciudad rivalizaban con las estrellas, formando un esquema iridiscente que se prolongaba a lo largo de millas. La vista quitaba el aliento.

Aidan se acercó más a ella, en realidad no fue más que un movimiento de músculos, pero Alex notó el calor de su cuerpo. El calor líquido se acumulaba de forma inesperada en lo más profundo de su bajo abdomen. Su corazón latía más rápido. *Fascinación*. Le fascinaba. La cautivaba. Él se apartó un poco con despreocupación para hacer un poco de espacio entre ellos. Se deslizaba más que caminaba, sus ojos dorados absorbían el paisaje que les rodeaba, su mirada penetrante barría con lentitud el entorno sin pasar nada por alto, ni siquiera un intento de retirada de Alexandria.

—Si te alimentas convenientemente no habrá necesidad de volver a pasar por la experiencia anterior con tu hermano. —Mencionó el asunto sin inmutarse, con un estudiado tono neutral.

Ella se sintió como si recibiera un puñetazo en el estómago.

—¿Tenemos que hablar de ello? —*Alimentarse*. ¿Qué significaba eso con exactitud? No *comer* sino *alimentarse*. Su cerebro rehuyó aquella palabra y todas sus connotaciones.

Aidan deslizó la mano sobre su sedoso cabello, siguió por su espalda la suelta melena sin peinar, hasta su redondeado trasero. El gesto fue de una ternura insoportable. El calor se coló bajo la piel de Alexandria y la boca se le quedó seca. Él le rozó sin querer la mano. Sus dedos se entrelazaron, luego él los estrechó con más fuerza, quedando así unidos.

—Es mejor, *cara*. Tus temores son infundados.

Ella respiró a fondo, intentó concentrarse en aquel tema de tan mal gusto, pero la cercanía de Aidan estaba poniendo su mundo patas arriba. Podía notar la electricidad formando un arco y chisporroteando entre ellos. Sacó la lengua con un veloz movimiento para humedecerse los labios. Era muy consciente de cómo la dorada mirada de él siguió aquel simple movimiento, convirtiéndolo en algo erótico.

—¿Qué sugieres? ¿Debo convertir a Thomas Ivan en mi suministro de alimento? —Lo propuso en tono frívolo porque en realidad tenía la garganta afónica de miedo—. Supongo que siempre podría seducirle... eso es lo que hacen las vampiresas en las películas, ¿no?

Aidan sabía que ella lo decía por miedo, era él quien ocupaba la mente de Alexandria. Pero la imagen de su cuerpo enlazado al del magnate de la informática fue instantánea y vívida. Se le escapó un gruñido de advertencia que no pudo detener. En sus dientes blancos relució... una amenaza. Con gesto enérgico, se pasó la mano libre por el pelo largo y leonado. En aquel momento era peligroso, y eso le conmocionó a sí mismo más que a ella. Nunca antes había sido una amenaza real para un ser humano a no ser que estuvieran en distintos bandos con motivo de una guerra. Los humanos eran sólo algo de lo que alimentarse o a quien proteger, y rara vez se involucraba en sus peleas. Como todos los carpatianos, había utilizado sus destrezas de combate cuando la sangre había corrido sobre su tierra y habían destrozado su país. Pero esto era diferente. Esto era personal. Y Thomas Ivan nunca volvería a estar a salvo.

Alexandria percibió el cambio en Aidan de inmediato. Estaba luchando contra algo letal en su interior. Una batalla privada con un demonio que ella no concebía. Le apretó los dedos.

—¿Qué sucede, Aidan? —preguntó en voz baja, preocupada.

—No se te ocurra ni bromear con una cosa así. Dudo que Ivan sobreviviera si tú le sedujeses. —Lo dijo con crudeza, sin suavizar el golpe. Su voz era suave terciopelo pero destilaba amenaza, mucho peor que un grito. Aidan acercó los nudillos de ella al calor de su boca, demorándose sobre la piel de satén—. Ivan no necesita tentar al destino tocándote.

Alexandria apartó la mano, trastornada por el calor que notaba en todo el cuerpo, el ansia que se transformaba en una exigencia urgente. Con gesto distraído, se limpió la palma de la mano sobre el muslo cubierto por la tela tejana para intentar borrar la sensación de los labios de Aidan sobre su piel.

—¿Sabes, Aidan? La mitad de las veces no entiendo de lo que hablas. ¿Por qué Thomas iba a tentar al destino? ¿Estás diciendo que yo le mataría? —Intentó no contener la respiración mientras esperaba su respuesta.

De nuevo él estaba pegado a ella mientras paseaban al mismo paso, como bailando un tango.

—En absoluto, *cara mia*. Yo le mataría. Dudo mucho que pudiera detenerme. Ni siquiera querría impedirlo.

Los ojos de zafiro se agrandaron observando el rostro de Aidan.

—Lo dices en serio, ¿verdad que sí? ¿Por qué ibas a hacer tal cosa?

Vaciló un momento, el silencio se prolongó mientras escogía una respuesta con cuidado.

—Soy responsable de tu protección. Ese hombre busca algo más que tus preciosos dibujos, y tú, de tan inocente, no te das cuenta.

Alexandria alzó la barbilla.

—Por lo que a usted respecta, señor Savage, yo podría haber tenido una docena de amantes. Si decido seducir a Thomas Ivan, no tiene por qué preocuparse de mí. Sé cuidar de mí misma.

De repente él cogió con la mano el pelo sedoso de Alexandria, y ella hizo un alto de forma abrupta. Aidan se acercó tanto que Alexandria se encontró echando hacia atrás su delgado cuerpo. La observaba directamente con sus ojos dorados, vivos de pasión y de posesión.

—Eres mi pareja. Nunca te ha tocado otro hombre. He estado en tu mente y he tenido acceso a tus recuerdos. No intentes decirme que ha habido una docena de hombres en tu vida.

Ella continuó pasiva, quieta. El cuerpo de Aidan parecía agresivo contra ella, no obstante no había dolor ni sensación alguna de estar en peligro. Sólo había una terrible intensidad, como si sus demonios interiores le dominaran con firmeza. Los ojos azules de Alexandria respondieron con una llamarada.

—Por encima de todo, pienso que eres un machista. ¿O se supone que tengo que creer que nunca ha habido mujeres en tu vida? Y otra cosa, sal de mi cabeza. No tienes ningún derecho a meterte en mi vida privada. Sea lo que sea este asunto de la pareja eterna, no quiero saber nada. —Intentó sonar desafiante, pero era difícil con la boca de Aidan a escasos centímetros de la suya. Le daba vergüenza, las cosas en que le hacía pensar aquella boca.

No podía apartar los ojos de él. Vio cómo se encendía su oro, con un propósito claro en su profundidad. El rictus de su boca se suavizó y, con gran lentitud, con paciencia infinita, tocó sus labios con una caricia breve y ligera de su boca, como una pluma, que disparó un dardo de doloroso deseo por todo su cuerpo.

—Para que lo recuerdes, se ha acabado lo de seducir hombres —murmuró casi ausente contra su boca.

Alexandria casi saborea sus palabras, casi saborea su aliento. Su boca era cálida, apetecible. El cuerpo de Aidan se agitó, y Alexandria notó cómo se apretaba contra ella, tenso de necesidad. Cubrió la mejilla de Alexandria con su mano y deslizó el pulgar con movimiento acariciador hasta llegar a su pulso. El viento sacudía la melena sedosa de Alexandria y la levantaba sobre la mano y el brazo de él, uniéndoles aún más, casi de forma deliberada.

Ella olía su fragancia que la llamaba, salvaje y desenfrenada, como un animal reclamando a su pareja. Todo su ser respondió, contra todo intelecto, contra toda razón y cordura. Alexandria nunca había sentido tal atracción sexual hacia un hombre, y la intensidad de su respuesta escapaba a toda comprensión. Era algo fuerte e imperioso, caliente y tórrido, una necesidad dominante, tan elemental como el tiempo. Ella le deseaba allí mismo, en medio de la noche, quería tenerle en sus brazos y quería que la necesitara a ella.

Se apartó de súbito.

—Basta ya, Aidan. Para. —Alzó una mano para apaciguarle—. No estoy lista para esto. —Él era tan intenso, un macho tan dominante, que la conquistaría hasta que no pudiera vivir sin él, hasta que no existiera sin él—. No vas a dominar mi vida —le susurró.

Él le acarició el labio inferior con el pulgar.

—Casi ni te he tocado, *cara mia*, y huyes de mí como un conejito.

—Cualquiera en su sano juicio huiría de ti, Aidan. Sólo dices disparates. No tendría que importarte cuántos amantes he tenido... o tengo. Eso es asunto mío exclusivamente. Yo no he preguntado por tu vida amorosa, ¿verdad que no? —De repente pensó en sus brazos rodeando a otra mujer, y la idea le repugnó—. Qué hipócrita eres. Durante todos los siglos que afirmas haber vivido, lo más probable es que haya habido más mujeres de las que se puedan contar. Cientos. —Pensó en ello—. Miles. Eres un moscón, Savage, un pesado.

Él no pudo evitar reírse. Se estiró, volvió a apoderarse de la mano de Alexandria y empezó a andar despacio de regreso a su casa. Su mano era pequeña y frágil entre sus dedos; su piel, suave y atrayente. El viento, decidido a salirse con la suya, jugueteaba con el pelo de Alexandria y lo extendía sobre el brazo de Aidan, entrelazándolos con un centenar de hebras sedosas.

Alexandria caminaba a su lado e intentaba no sentirse mimada y protegida mientras andaban. Era la forma en que se movía —seguro, ágil, poderoso— lo que le hacía sentirse tan vulnerable a su posesión. Y aún así sus dedos la rodeaban con delicadeza. Con cada paso, a Alexandria más le molestaba que él tuviera acceso a su vida personal.

—Creo que te estás equivocando conmigo, Aidan. Es posible que no tenga algún amante en este momento, pero sólo es porque aún no me he enamorado de nadie. De todos modos, me he sentido atraída. No soy ningún bicho raro.

La boca de Aidan se estiró un poco. Contuvo valeroso una sonrisa, pero le fue necesario caminar varios pasos antes de responder con su habitual tono neutro.

—Nunca, en ningún momento, he pensado que fueras un bicho raro. De todos modos, si te preocupa esa cuestión, estaré encantado de demostrarte que no lo eres.

Ella estiró la mano. Él estaba tan cerca, tan vivo, tan real... La química entre ellos era explosiva. Mejor que no la tocara, y para qué hablar de besarla. No era seguro, así de sencillo.

—Apuesto a que puedes. Pero no va a suceder. Tengo una norma con los vampiros: no me lío con ellos.

Aidan alzó la cejas de golpe.

—Buena norma. Me complace que empieces a dar muestras de cordura. Y los hombres humanos tampoco te atraían.

—Thomas Ivan era muy atractivo.

Los ojos ámbar de Aidan centellearon.

—Te pareció un tiburón. Y esa colonia barata que llevaba te dio dolor de cabeza.

—Veo que le vas cogiendo cariño —bromeó—. Tenemos mucho en común. —Sus ojos azules miraban con desafío—. Su colonia no es barata. Y es muy guapo.

De repente, el gran cuerpo de Aidan le bloqueó el camino, y ella se chocó con él, su rostro se dio contra el hueco del esternón. Él le rodeó con las manos la delgada columna de la garganta.

—Pero para ti no, no es guapo. —Dibujó una línea con el pulgar sobre el labio inferior.

Al instante, el cuerpo de Alexandria palpitó de necesidad. Así de claro. Él borró las estrellas, el fresco aire nocturno, todo a excepción de sus sólidos músculos, su calor y su fuerza. Notaba sus pechos demasiado tensos para su comodidad, su sangre se precipitaba por todo el cuerpo.

Podía oír los latidos del corazón de Aidan y, en sus venas, la sangre que canturreaba y la llamaba. La dominó un hambre intensa y penetrante. Alexandria intentó apartarse y se le escapó un leve gemido. Había estado divirtiéndose e incluso había conseguido olvidar durante un rato que necesitaba alimentarse de otro ser para existir, pero percatarse de su atracción ahogó todo lo demás, y la belleza que la rodeaba se volvió al instante inhóspita y fea. Su miedo a Aidan volvió a dominar la situación. Plantó las palmas sobre el pecho del carpatiano e intentó empujarle, pero era como intentar mover una pared de hormigón.

Aidan se limitó a sonreírle.

—Deja de temer lo que es natural en ti. ¿De verdad piensas que puedes hacerme algún daño? —La estrechó entre sus brazos, y Alexandria notó de repente que sus pies se despegaban del suelo—. Pero te agradezco que te preocupes.

Ella le agarró por la cintura y se asomó hacia abajo para ver el suelo del que se alejaban. Flotaban hacia arriba, con un movimiento perezoso, informal, que llenó de terror su corazón.

—Quizá sea el momento adecuado para decirte que me dan miedo las alturas —se atrevió a decir, y su corazón resonó con fuerza en sus oídos.

—No, no es verdad, pequeña mentirosa. Sólo tienes miedo a las cosas que no entiendes. ¿No habías soñado siempre con volar? ¿Por encima de la tierra? Mira nuestro mundo, *piccola*, mira las cosas maravillosas que eres capaz de hacer. —Había una tierna diversión en su voz—. Puedes planear tú sola cuando te plazca.

—Soñar con ello y hacerlo son dos cosas diferentes. Yo no lo estoy haciendo, eres tú quien tiene el control.

La risa de él sonó grave y perversa.

—¿Te gustaría que te soltara? Ya te digo que eres capaz de flotar tú sola...

Alexandria se agarró convulsivamente a su camisa.

—No lo digas ni en broma, Aidan. —Pero él no la soltó ni por un momento, y ella se sentía segura y protegida. Tomó aliento y se atrevió a mirar a su alrededor.

Unas volutas de niebla pasaban a su lado. Quiso estirarse y tocar una, sólo para ver si era capaz, pero no se sentía segura y se agarró fuerte a Aidan como si le fuera la vida en ello. Las estrellas relucían sobre ellos, mientras abajo las olas competían en el océano y estallaban sobre grandes rocas, salpicando espuma blanca en todas direcciones. Las gotas parecían diamantes chispeantes esparcidos por el intenso azul del mar. El viento daba tirones a las copas de los árboles de tal manera que se inclinaban y se balanceaban, y las ramas parecían saludarles.

Alexandria notó un estallido de dicha. Se sentía libre. La carga pesada y opresiva que la abrumaba, por el momento se había aligerado, y ahora se reía, se reía de verdad. El sonido perforó el corazón de Aidan, se apropió de él y lo estrujó. La estrechó aún más entre sus brazos. Quería oír esa risa todo el tiempo. El aroma de ella, el contacto con ella, estaba jugando con su autocontrol, invitándole al desenfreno.

Alexandria notó el cambio en él. La manera en que su cuerpo se agitaba contra el suyo, la manera en que se tensaba con urgencia y exigencia, la posesión entre sus brazos mientras la abrazaba. Ahora se encontraban en el balcón que rodeaba la tercera planta de su casa, donde estaban sus estancias privadas. Los pies de Aidan tomaron tierra pero los de ella no, y él la llevó con facilidad hasta un lujoso sillón situado justo en el exterior de las puertas correderas de un intrincado cristal de colores.

—¡Aidan! —Era una protesta entrecortada. El pánico la invadía. No podía estar a solas de este modo con él. La tentación era demasiado grande, y ella se sentía muy vulnerable, con sus emociones a flor de piel.

Aidan pasó su boca sobre las pestañas de Alexandria, sobre sus mejillas.

—¿No te dije que deberías confiar en mí? —La colocó sobre su regazo, sus caderas acogían el trasero de Alexandria. Se apretaba contra Aidan de una manera íntima, y a él no parecía importarle que ella pudiera notar la necesidad violenta que le dominaba. No existían secretos entre ambos. Podría haber alcanzado la mente de Aidan y hallar la misma información.

Alexandria tembló, asustada de pronto. Había algo diferente en él, algún cambio elemental que había advertido desde que la había despertado esta última vez. Aidan la miraba de manera diferente, como si ella sólo le perteneciera a él, como si su derecho sobre ella fuera completo e indiscutible. Había ternura pero también una profunda resolución, un propósito implacable. Ella le tocó el rostro con dedos temblorosos.

La noche brillaba sobre su belleza masculina, la espesa masa de cabello leonado se vertía sobre sus anchos hombros. Podía ver sus pestañas exuberantes, la elegante nariz, el fuerte mentón y unos labios perfectos.

—Funde tu mente conmigo. —Fue una orden en voz baja.

Ella se puso rígida y negó con la cabeza. Su vida ya estaba dominada, ya había cambiado para siempre. Supo de manera instintiva que él la estaba atrayendo hacia sí, la arrastraba a su mundo cada vez más. Necesitaba tener algo de control.

—No voy a hacerlo, Aidan. No quiero esto.

—Sólo pretendo alimentarte, *cara*, nada más, aunque admitiré que la tentación va más allá de lo que puedo soportar. Funde tu mente con la mía. —Esta vez su voz descendió una octava, se volvió hipnótica, cautivadora, un señuelo grave, perezoso y seductor.

Alexandria forcejeó contra la fuerza sólida de sus brazos. Su mente repetía las palabras *alimentarte*. El estómago le dio un vuelco. El corazón latía con fuerza. En vez de repulsión, había ardiente expectación, la tensión sexual entre ellos continuaba creciendo. Contuvo un sollozo grave. Ésta no era ella. Para nada. Deseaba tanto a un hombre que toda su mente y su cuerpo le dolían, ardían de necesidad. Nunca consideraría la posibilidad de morder a alguien. Y aun así, al pensar en su boca contra su pecho, contra su cuello, todo su cuerpo se comprimió y palpitó como reacción. El calor líquido se acumuló en su interior, y jamás había conocido una sensualidad tan abrasadora.

—Funde tu mente con la mía —susurró él una vez más, las palabras sonaban como una seducción contra su piel. Le acariciaba el pulso con la lengua, y el cuerpo de Alexandria se comprimía con expectación.

Desesperada, ella hizo su voluntad y encontró la mente de Aidan aturdida por el hambre: hambre física, urgente y exigente. En su cabeza danzaban imágenes eróticas. La volvió a acariciar con la lengua, esta vez más abajo, y los dedos se abrieron paso despacio entre los botones de nácar de la chaqueta. Ella estaba bañada en calor, necesidad, hambre. Tenía la piel ultrasensible y se oyó gemir, notó el aire fresco que soplaba juguetón sobre sus pechos.

Aidan la tocó, deslizó las manos sobre las costillas para situarse de forma posesiva sobre la piel de satén que quedaba por debajo de los pechos. Mordisqueó con los dientes el cuello y la garganta. Murmuró algo inarticulado. *Te deseo, Alexandria. Me perteneces. Eres mía.* Los dientes avanzaron sobre su piel rozándole un pecho, se entretuvieron y lo arañaron de un modo erótico. La lengua de terciopelo acarició el duro pezón, una, dos veces. *Soy tu compañero de vida. Tomarás de mí lo que necesites. Aliméntate,* cara mia. *Toma de mí lo que sólo yo te puedo dar.* Alexandria notó la boca cerca de su blando pecho, y la succión caliente le pareció erótica y extraña.

Cerró los ojos. Se encontraba en un mundo de ensueño. Notaba su cuerpo pesado, no estaba familiarizada con aquellos anhelos que nunca antes había experimentado, y todo su ser reclamaba una liberación que necesitaba de forma desesperada. Aidan se abrió la camisa y se encontraron piel contra piel. Por un momento él la sostuvo así, saboreando la sensación de su carne cremosa contra sus duros músculos. Aidan subió la mano y atrajo la cabeza de Alexandria contra su pecho, la sostuvo allí en un abrazo inquebrantable.

La mente de Aidan reflejaba la misma necesidad de sentir que ella experimentaba y la amplificaba de tal modo que la roja neblina de él se trasladó a ella. Alexandria acarició con su mejilla los tensos músculos, notó los tendones marcados debajo de la piel, respiró el flujo de su sangre vital. Notó cómo se tensaba aún más el cuerpo de Aidan, ardiente, lleno de necesidad. Una sonrisa lenta, femenina, de satisfacción, curvó la boca de Alexandria. Saboreó con su lengua la piel de Aidan, su sabor, masculino e intenso. Cada vez más necesario. Rozó su pulso con los labios.

Los músculos de Aidan se contrajeron, se tensaron. Apretó los dientes y cerró los ojos intentando resistirse a las exigencias de su cuerpo. Alexandria era una mezcla de seda cálida y rayo blanco. Era fuego rozándole el pecho. Se esparcía por encima de su vientre plano o aún más abajo, y le atormentaba con una promesa dolorosa e insatisfecha de liberación. Alexandria jugaba con su lengua, danzando sobre la piel de Aidan hasta que él pensó que estaba a punto de enloquecer.

Ella poseía una sensualidad natural, realzada ahora por la sangre carpatiana que fluía con fuerza por sus venas. Aidan era su pareja eterna y, pese a que aún se negaba a reconocer lo que estaba sucediendo, su cuerpo anhelaba el de su compañero, le necesitaba, se moría por Aidan. Estaba dejando a un lado sus inhibiciones naturales, una marea de pasión creciente se estaba llevando su humanidad. La sangre de Alexandria, encendida en llamas, invitaba a la de Aidan. Movió su cuerpo contra el del carpatiano, buscó un vínculo más próximo, piel pegada a piel sin las limitaciones de la ropa. Su mente estaba engranada en la de él, se entretejían conjuntamente más allá de todo pensamiento solitario. Lo que él deseaba, ella lo deseaba. Lo que ella necesitaba, él lo necesitaba.

Alexandria le acarició el pulso con la lengua, dibujó ligeros giros sobre sus músculos, acarició un pezón marrón y plano. Aidan arrojó la cabeza hacia atrás y gimió en voz alta. Un fino lustre de sudor revestía su piel y su cuerpo se inflamaba a causa del ansia y de los vaqueros demasiado estrechos, se tensaba para conseguir liberarse. Alexandria le arañó con los dientes, con suavidad pero con insistencia. Aidan empezó a notar un temblor en algún punto en sus piernas que dominó luego todo su cuerpo. Su mismísima sangre latía en oleadas apremiantes, como un volcán fundido a punto de explotar. La quería más de lo que nunca había querido nada en todos los largos siglos de existencia. La estrechó entre sus brazos con un abrazo posesivo e inclinó la cabeza para rozar con su boca el sedoso cabello, los párpados cerrados y las sienes.

Y entonces Aidan se encontró buscando aire y profirió un sonido ahogado, algo entre un gemido y un ronco grito involuntario. Comprimió músculos y tendones mientras el dolor candente recorría su cuerpo, al mismo tiempo que un placer increíble llenaba cada una de sus células. Ella le había hincado los dientes a fondo, y la sangre de Aidan empezó a fluir dentro de ella, mientras su boca se movía alimentándose con frenesí sensual. Erótico. Ardiente.

Ella deslizó la mano sobre el pecho de Aidan, le acarició el vientre plano, siguió el rastro de vello dorado hasta que rozó la cinturilla de los pantalones. Aidan cambió de posición, intentó soltar el apretado tejido que cubría su cuerpo palpitante. Necesitaba alivio de forma desesperada.

Aidan notaba también sus propios incisivos afilados, contra su lengua, y la boca llena de ardiente necesidad. Le acarició la nuca con la nariz mientras ella se alimentaba. El acto era más erótico que cualquier otro encuentro sexual en su recuerdo —ahora desvanecido— a lo largo de los siglos anteriores, antes de que sus emociones, necesidades y sentimientos hubiesen desaparecido. Sus dientes actuaron por iniciativa propia y la sujetaron por el hombro, la dejaron quieta en una ancestral exhibición carpatiana de dominación, un instinto que Aidan desconocía poseer hasta este momento. Su cuerpo se comprimía, empapado en sudor, latía con necesidad y ardía en llamas.

Alexandria movió la mano sobre la opresión de la ropa. Su mente, fundida tan a fondo con la de él, estaba perdida en la furiosa necesidad. Veía imágenes en la cabeza de Aidan, visiones de los dos enlazados juntos en éxtasis. Sabía con exactitud qué era lo que él deseaba con tal apremio, lo que exigía su cuerpo. La necesidad de él era la de ella. Lo liberó de los confines de los estrechos pantalones. Notó su estremecimiento cuando rodeó con sus dedos el largo miembro, mimando y acariciando la dura verga.

Por fin afloró cierto sentido de autoconservación, y Alexandria se dio cuenta de lo que estaba haciendo. Había sido una especie de sueño erótico, pero de repente fue consciente del frescor de la noche, el calor del cuerpo de Aidan, las exigentes manos de él, su propio comportamiento desinhibido y su propia boca bebiendo de un modo tan sensual del pecho de Aidan.

—¡Oh, Dios! —Le soltó como si se hubiera quemado e intentó apartarse. Pero Aidan la retenía pegada a él, y Alexandria notó el reguero de sangre que le descendía por el pecho.

—Cierra la herida con tu lengua. Tu saliva lleva un agente curativo. No queda marca alguna a menos que lo deseemos. —Su voz era una caricia, suave y ronca, aunque áspera por la necesidad. La obligó a obedecer con la mano.

Ella hizo lo que le decía porque le aterrorizaba desafiarle. El estado de excitación de Aidan era tal que con un movimiento en falso vencería toda la resistencia de Alexandria. Él podía hacerlo. Ella lo sabía. Él lo sabía. Estaban unidos el uno al otro en una sola mente. Contuvo el aliento mientras Aidan se esforzaba por no perder el control. Tenía el cuerpo tan duro como una roca, tenso por la agresión contenida, y tan caliente que los dos ardían en llamas. Un grave gruñido retumbó en su garganta. Era más animal que hombre, y Alexandria entonces se percató de algo: desconocía a qué tipo de ser se enfrentaba.

—Lo siento, lo siento —repitió como una letanía, avergonzada de haber sido tan atrevida, tan impúdica—. Por favor, dime que me has hipnotizado y me has hecho hacer esas cosas. ¿Verdad que sí?

Le estaba rogando. Se notaba en su voz, en sus ojos, en su mente. Pero estaban encadenados, y las parejas eternas no podían tener falsedades entre ellos. Por mucho que él quisiera ahorrarle la verdad, no podía hacerlo. Aidan sacudió la cabeza, pero ella ya empezaba a ver con claridad en su mente. Alexandria gimió y se cubrió el rostro con ambas manos.

—Yo no soy así. No reacciono así a los hombres, no bebo sangre y no soy provocativa. ¿Qué me has hecho? Es aún peor de lo que había pensado. Soy una especie de vampiresa ninfómana. —Intentó escaparse de sus brazos, pero Aidan la sujetó con renovada fuerza.

—Calma, *cara*. Respira hasta que se te pase. Hay una explicación racional. —Lo único que deseaba Aidan era arrojarla al suelo del balcón, reclamar lo que le correspondía por derecho y salir de una vez por todas de aquel infierno en vida. Pero no podía hacerle eso. Aquel pensamiento extravagante, *vampiresa ninfómana*, casi le hace sonreír. Con toda certeza le conmovió, pese a que su autocontrol reaccionaba con violencia y sin pausa.

Alexandria era muy consciente de la mesura que él estaba demostrando, de cómo estaba luchando contra su instinto natural y contra la convicción en su derecho a poseerla. Tragó saliva con dificultad y permaneció quieta, sin querer encenderle aún más. Ella temblaba, luchando contra sus propias necesidades y deseos, sentimientos que nunca había experimentado. ¿Por qué con él? ¿Por qué tenía que arder en deseo y necesidad precisamente con él? Había bebido su sangre de propia voluntad. Había bebido su sangre y quería más, quería entregarse a él, quería que él la tocara, que la tomara, quería tocarle. Alexandria volvió a gemir una vez más, humillada. Nunca en su vida podría volver a mirarle a la cara. Y, por el amor de Dios, él también tenía unas cuantas imágenes explícitas y bastante reales en su cabeza. Aidan Savage compartía con ella un deseo, un ansia que superaba con creces cualquier cosa humana que ella pudiera concebir.

—Estás temblando, *piccola* —comentó él en voz baja, con la respiración un poco más entrecortada de lo que le hubiera gustado. Quería que se quedara justo donde estaba. Si ahora permitía que se fuera, perdería mucho del valioso terreno ganado. Movió la mano sobre su sedosa melena con un gesto tranquilizador—. Estamos bien, no ha pasado nada.

—¿Qué quieres decir con que no ha pasado nada? —preguntó—. He bebido tu sangre. —Sólo pensarlo sintió náuseas, se le revolvió el estómago de modo convulso. Alexandria había deseado hacerlo, lo había necesitado, su hambre se había saciado por el momento, pero su cuerpo estaba vivo de deseo.

—Te dije que había maneras. No tiene que preocuparte que vayas a hacer daño a Joshua. Yo me ocuparé de todo lo que necesites. Es mi derecho. —Su voz se suavizó hasta sonar aterciopelada—. Es mi privilegio. —Encontró con la mano la garganta de Alexandria, la dejó allí con gesto posesivo, mientras el pulso de ella latía con frenesí contra su palma. La chaqueta de Alexandria seguía abierta, revelaba la sugerente prominencia de sus pechos plenos. Ella no parecía consciente de esto, estaba tan conmocionada por su conducta licenciosa y por haber bebido la sangre de Aidan, que era incapaz de pensar en otra cosa. Sin embargo, para Aidan, la visión de ella no ayudaba a enfriar su sangre caliente. Noto el repentino deseo de estrujarla, de enterrar sus dientes en su carne y arrastrarla completamente a su mundo, aunque diera patadas y chillara.

Alexandria evitaba con sumo cuidado mirar hacia abajo, al regazo de Aidan. Su cuerpo masculino estaba expuesto a la noche con su erección dura y gruesa, sin reparos. A diferencia de ella, Aidan no parecía sentir vergüenza alguna. De hecho, era obvio que sentía que tenía derechos sobre ella. Alexandria se quedó mirando unas estrellas que se abrían camino entre las briznas de nubes salpicadas por el cielo. La noche era hermosa y apaciguadora. El contacto de su mano alrededor de su garganta la hizo sentirse apreciada en lugar de asustarla.

Alexandria se humedeció los labios. Ninguna de estas emociones, tan intensas, eran características de ella.

—¿Estás seguro de que no dirigiste mi comportamiento?

—Eres mi compañera en la vida, Alexandria. Tu mente y tu cuerpo me reconocen como tal. El vínculo que compartimos no hará más que crecer, igual que nuestra necesidad. Así funciona con nuestra gente. Es probable que sea una protección por nuestra longevidad. En vez de disiparse con el tiempo, nuestra necesidad sexual se vuelve más intensa. Llegará un momento en que tendremos que ceder o las consecuencias podrían ser nefastas. —Intentaba escoger las palabras con cuidado y ser sincero a toda costa.

Ella se sacó la imagen de la mente, con un intenso sonrojo.

—¿Violencia? ¿Nos uniremos de un modo violento? No tengo experiencia, ya hemos dejado claro eso, y ni siquiera estoy segura de que me gustes. ¿Por qué sucede esto entre nosotros?

Aidan exhaló con un largo suspiro. Al menos Alexandria estaba hablando en vez de escapar. Había que reconocérselo, tenía coraje.

—Nunca has sentido atracción física por otro hombre porque estás hecha para mí. Tu cuerpo necesita el mío. Tú eres mi pareja en la vida.

—Odio esas palabras —soltó ella con resentimiento—. Tú me has arrebatado la vida, ya ni siquiera sé quién soy. —Sus ojos azules encontraron los de Aidan—. No voy a entregarme a ti como si tal cosa, sin plantar cara.

Aidan le pasó el pulgar por la barbilla provocando oleadas de fuego que sacudieron todo su cuerpo.

—Ya me he apoderado de tu vida, igual que tú te has apropiado de la mía. Ya está hecho.

—Creo que no —le contradijo alzando la barbilla con gesto desafiante. De repente se percató de que tenía la chaqueta abierta. Con un pequeño resuello de consternación se la ajustó—. ¿Te importaría? —preguntó con indignación, dirigiendo una mirada significativa a su exhibición de masculinidad.

Él se encogió de hombros con gesto perezoso.

—No puedo volver a ponerlo todo en su sitio y sentirme cómodo.

—¡Bien, no hablemos de ello, por el amor de Dios!

Aidan se encontró sonriendo pese a las rabiosas exigencias de su cuerpo. Con movimientos nada apresurados volvió a someterse a las estrecheces del pantalón y se abotonó la bragueta—. ¿Te sientes así más segura? —bromeó con ternura.

La voz de Aidan provocó un escalofrío de puro placer en su columna. Nadie se merecía tener una voz así. Y su boca... Alexandria alzó la vista, cautivada por la perfección cincelada de sus labios. Nadie debería tener una boca tan tentadora. Su corazón latía con fuerza dolorosa en el pecho. La boca de Aidan era fascinante, como su voz. Cerca. Tan cerca. Casi sentía el calor, la ardiente llamada de su boca.

Los labios de Aidan la rozaron, y a ella se le detuvo el corazón. Luego recorrió su carnoso labio inferior con la lengua. El corazón de Alexandria se desbocó. Sólo había sensaciones, la tierra se desplazó de una forma curiosa, con un lento giro que privaba de equilibrio a sus sentidos. Él exploró cada centímetro de su boca con completa autoridad, encendiendo de nuevo el calor entre ellos. Fue Aidan quien finalmente alzó la cabeza, con lentitud, a su pesar. Sus extraños ojos eran oro fundido, ardiente, y recorrían el rostro de Alexandria con expresión posesiva. Acarició su barbilla con el pulgar mientras abría la palma sobre su garganta.

—Has sido tú esta vez —susurró como un hechicero siniestro, atrapándola aún más en su embrujo—. Niego toda responsabilidad.

Susurró sobre la piel de Alexandria. Ella alzó la vista con gesto de indefensión. ¿Cómo lo conseguía con esa facilidad? ¿Engancharla en sensaciones sexuales cuando ella estaba tan segura de carecer de ellas?

—Yo no he hecho esto —reiteró Aidan—. Me miras como si fuera algún tipo de araña y tú la pequeña mariposa atrapada en mi tela. —Cambió de posición de nuevo en un intento de dar cierto alivio a su cuerpo.

Ella notó cada uno de sus músculos masculinos grabado sobre su blanda forma femenina. Quería quedarse ahí para siempre, no estar nunca lejos de él. Horrorizada, Alexandria quiso zafarse. No consiguió nada. Su cuerpo no se había separado ni un centímetro del otro. Los ojos dorados continuaban fijos sobre su rostro.

—Déjame levantarme. Lo digo en serio, Aidan. Me estás seduciendo. Estás haciendo algo con tu voz. Sé que es así. Igual que has hecho con Joshua.

—Ojalá pudiera, *piccola*. Sería agradable controlarte. Presentaría todo tipo de interesantes posibilidades.

Podía ver los pensamientos perversos en su mente, los cuerpos enlazados, la boca desplazándose por encima de cada centímetro de piel desnuda.

—¡Para! —gritó con desesperación. Sentía que su cuerpo se derretía al contemplar las imágenes eróticas que se sucedían en la mente masculina.

Aidan puso gesto inocente y rozó la parte superior de su cabeza con la barbilla.

—Lo único que hago es disfrutar de la noche, Alexandria. ¿No es preciosa?

Ella alzó la vista a las estrellas que perdían intensidad. La luz empezaba a clarear la oscuridad y daba un tono gris plateado al cielo. Se le cortó la respiración. ¿Qué había pasado con la noche? ¿Cuánto tiempo llevaba ahí tendida con Aidan? No quería bajar a la alcoba. No quería bajar a dormir.

—Quiero ver el sol.

Él le pasó la mano por el pelo.

—Puedes ver el sol, pero no puedes exponerte a él. Y nunca podrás olvidar tus gafas oscuras, o la hora del día.

Alexandria se tragó su miedo.

—¿La hora?

—Al principio perderás la energía, luego la debilidad se apoderará de ti y serás vulnerable por completo. Debes estar a cubierto durante el mediodía.

Su voz sonaba calmada, hablaba con naturalidad, como si no la abatiera con sus palabras, como si no le arrebatara la vida. De repente, Alexandria detestó su voz.

—¿Y qué hay de Joshua? —quiso saber—. ¿Qué hay de su vida, de su escuela, de su cumpleaños, fiestas, deportes? Tal vez tenga que ir a jugar a béisbol o a fútbol. ¿Dónde me meteré yo durante los partidos, durante los entrenamientos?

—Marie y Stefan...

—No quiero que otra mujer críe a mi hermano. Le quiero. Quiero estar yo ahí cuando haga esas cosas. ¿No lo entiendes? No quiero que sea Marie la que se siente en las gradas cuando él le dé a la pelota por primera vez. ¿Y qué me dices de las reuniones de padres con profesores? ¿También se ocupará Marie de eso? —Hablaba con amargura, una vez más el espantoso bloqueo le desgarraba la garganta, amenazaba con asfixiarla.

—Respira, Alexandria —le ordenó en tono suave, mientras friccionaba sus hombros—. Sigues olvidando respirar. Todo es tan nuevo para ti. Las cosas se solventarán, de verdad, date un poco de tiempo.

—Tal vez vaya a ver a un médico. Algún investigador que se especialice en trastornos sanguíneos. Tiene que haber una manera de regresar —dijo con desesperación. La verdad era lo peor a lo que tenía que hacer frente. No era sólo la práctica abominable de beber sangre, era evidente que podría superar esa aversión, y Aidan acababa de demostrárselo. Era su creciente obsesión por Aidan lo que la aterrorizaba. Él la aterrorizaba. Que dominara su vida la aterrorizaba. Quería que todo esto acabara, y volver a ser normal.

Él se agitó un poco, el felino salvaje se estiraba. Alexandria notó los músculos curvándose con poderío. Desplazó la mano hasta el cuello de Alexandria, y su mirada también estaba llena de pura posesión.

—No harás algo tan insensato. Hay gente que persigue a nuestra especie, y los métodos que usan para destruirnos no son agradables. Tendrías una muerte dura y espantosa. No puedo permitir algo así.

—Detesto esa voz tan condescendiente «yo estoy tan sereno y tú tan descontrolada» que usas. ¿Nunca te enfureces? —Le miró con indignación, del zafiro de sus ojos saltaban pequeñas chispas—. No voy a hacerte ningún caso. ¿Cómo sé que todo esto es real? Nunca antes me he comportado de esta manera. Todo esto podría ser un sueño.

Aidan alzó las cejas, y una pequeña sonrisa burlona y seductora se dibujó en su boca.

—¿Un sueño? —repitió.

—Una pesadilla —corrigió ella con el ceño fruncido—. Una pesadilla horrible y muy real.

—¿Quieres que intente despertarte? —se ofreció voluntarioso.

—No suenes tan arrogante y machista. Me pones los pelos de punta —soltó, porque el corazón le latía otra vez con fuerza de miedo en esta ocasión. ¿Tenía que ser él tan sexy, tan atractivo? No sabía mucho de hombres, pero desde luego no podían ser todos así, tal amenaza a la libertad.

Una sonrisa perezosa suavizó su boca perfecta y atrajo al instante la atención de Alexandria.

—¿Estaba sonando arrogante? –Volvió a acariciar su pulso con el pulgar.

Ella notaba cómo cada caricia cariñosa atravesaba su cuerpo hasta situarse en la boca del estómago y allí jugueteaba con un roce de alas de mariposa. Inclinó la cabeza para escapar de aquella penetrante mirada dorada, para escapar de esa boca perfecta, y vio la delgada cinta escarlata que formaba una trayectoria en su pecho, enredada con el fino vello dorado, dibujando un hilillo hasta su vientre plano. Sin tiempo para pensar, de modo instintivo y sensual, Alexandria bajó la cabeza y siguió con la lengua la raya rubí.

Cada músculo de Aidan se comprimió, se contrajo con excitación. Apretó los dientes y tragó saliva convulsamente. Ella poseía una sensualidad natural y su cuerpo ya estaba familiarizado con el de él. Todos los instintos de Alexandria reclamaban a Aidan. Ella era tan inocente, tan poco consciente de lo cerca que estaba en realidad del peligro... De repente, siglos de disciplina se desintegraban a toda velocidad, dejaban sólo la oscuridad, la bestia famélica, que necesitaba —no, que exigía— tomar posesión de su pareja. Aidan no pudo evitarlo. Enredó sus dedos en la melena sedosa de Alexandria, a la altura del cuello, y la mantuvo pegada a él mientras la tierra giraba y quería fragmentarse, mientras su cuerpo latía y palpitaba en algún lugar entre el dolor y el placer.

Sin previo aviso, Alexandria se levantó de un brinco y empujó con todas sus fuerzas a Aidan quien se encontraba en un estado bastante precario de excitación. Aterrizó sobre el suelo del balcón con un ruido sordo. La miró pidiendo una explicación con los párpados caídos, intentando contener la risa que amenazaba con consumirle.

—¿Qué?

—Deja de ser tan... tan... —No encontraba las palabras. *Sexy. Atractivo. Tentador.* Con los brazos en jarras, le fulminó con la mirada—. ¡Déjalo ya!

Capítulo 10

La cocina ya estaba caliente con el fuego que Stefan había encendido en la chimenea de piedra. El aroma a café y canela surcaba el aire. Alexandria entró en la habitación al lado de Aidan y, de vez en cuando, sus cuerpos se rozaban. Él le dirigió una rápida mirada. Estaba inquieta ahora, con la cabeza inclinada, temerosa de él y de las implicaciones de su propia respuesta física. No obstante, de modo inconsciente, su cuerpo buscaba por instinto el cobijo y el alivio que le proporcionaba el carpatiano. Aidan le puso el brazo en la cintura con naturalidad, por la espalda. Ella ni siquiera pareció advertirlo.

El contacto de su piel le estaba volviendo loco, pero continuó caminando con su habitual gracejo fluido sin revelar ninguna de estas emociones en el rostro. Sonrió a Marie cuando ella se volvió desde la encimera, donde batía una mezcla de huevo en un cuenco. Había tanto afecto y cariño en esa mujer, para tanta gente, y por supuesto para él. Era toda una lección de humildad la capacidad que tenía Marie para hacer tanto sitio en su corazón.

—¡Aidan! ¡Alexandria! No tenía ni idea de que estuvierais en el jardín. —Les sonreía, pero su mirada perspicaz sabía interpretar el rostro calculadamente inexpresivo de Aidan y las sombras en los ojos de Alexandria—. Joshua ha tenido un sueño un poco agitado, creo que te echa mucho de menos, cielo. Es un encanto de niño. ¡Y qué rizos tan preciosos!

Alexandria sonrió.

—Él detesta esos rizos.

Marie hizo un gesto de asentimiento.

—¿Y qué niño no?

Alexandria ya no estaba tan pálida como las otras veces en que Marie le había visto, y desde luego no parecía una difunta como cuando Aidan la había traído a la casa. Él la había alimentado bien, Marie estaba segura de ello. Respiró a fondo.

—Quería agradecerte lo que hiciste por Aidan la otra noche. Fue muy valiente. Stefan dijo que Aidan habría muerto si tú no hubieras acudido en su ayuda. Aidan es como un hijo para mí, o un hermano. Es nuestro amigo y nuestra familia. Gracias por devolvérnoslo.

Aidan se agitó con inquietud al lado de Alexandria, pero ella no hizo ningún caso.

—De nada, Marie, aunque estoy segura de que se las habría apañado de algún modo sin mí. Aidan es un hombre de recursos, de eso no hay duda. Estoy en deuda con vosotros por todo lo que habéis hecho por Joshua.

Aidan inclinó la cabeza para dar un beso a Marie en la sien.

—Durante años te he dicho que te preocupas demasiado por mí. Pero tienes razón, Alexandria me ha salvado la vida.

Alexandria le dedicó una mueca.

—Sí, y qué decisión tan genial por mi parte —le susurró sólo a sus oídos.

Él levantó la mano para acariciarle la nuca.

—Eso pienso yo.

Stefan entró cargado con un montón de leña entre los brazos.

—¡Aidan! Ya te has levantado. —Les dedicó una sonrisa radiante a los dos—. Y Alexandria, desde luego tienes mejor aspecto que la última vez que te vi. Pero hay que reconocer... que sabes cómo hacer las cosas, sí señor.

Ella se apartó de la cara un mechón de pelo con un poco de timidez.

—A veces soy un poco mandona, Stefan. No era mi intención. Sólo es que he vivido tanto tiempo sola, ocupándome de Joshua, que estoy habituada a hacerlo todo yo y resolver las cosas por mi cuenta. Además, Aidan es tan testarudo que parece tener a todo el mundo un poco confundido.

¡Le estaba tomando el pelo, qué diablillo! Aidan lo sabía, y algo en su interior reaccionó a sus burlas. Por primera vez en siglos, por primera vez desde que era joven, sentía que no estaba solo. Estaba en su hogar, no una casa sino un verdadero hogar, rodeado de su familia. Joshua dormía con placidez en su cama, Marie y Stefan se reían y bromeaban en la cocina, y a su lado se encontraba la mujer que era su vida, su verdadero aliento, la sangre que corría por sus venas. Ella le había dado un corazón, o sea que ahora él conocía el amor y la risa y podía apreciar los milagros con que había sido agraciado.

—Ese hombre guapo volvió por aquí —dijo de repente Marie, con ojos brillantes e inocentes, y continuó muy ajetreada sobre la encimera.

A Stefan se le atragantó el café y Aidan tuvo que darle una palmada en la espalda. Desplazó una mirada recelosa de uno al otro.

—¿Qué hombre guapo? —Pero empezaba a notar cierta desazón en la boca del estómago.

Marie tocó el brazo de Alexandria con suavidad.

—Tu señor Ivan. Estaba bastante molesto y preocupado por ti. Incluso llamó a la policía cuando no le permitimos entrar. Vinieron aquí ayer por la mañana. Unos agentes agradables y amables, creo que ya les conoces, Aidan, les has visto un par de veces. —Marie estaba muy sonriente.

—¿Thomas Ivan ha vuelto por aquí? —preguntó Alexandria conmocionada.

—Oh, sí, querida —contestó Marie con aire cándido—. Estaba de lo más preocupado por ti.

—¿Llamó a la policía? —Alexandria no podía asimilar todo aquello.

—Dos detectives. Insisten en que tú y Aidan contactéis con ellos en cuanto regreséis. Les dijimos que Aidan te había llevado a un hospital privado, que te encontrabas muy bien. Aidan ha donado dinero muchas veces para sus causas e incluso ha ayudado a alguno de ellos de forma individual cuando les ha hecho falta. En casos de fiar, por supuesto. Préstamos con muy poco interés, pero sin duda legales. Tengo la impresión de que el señor Ivan les había enfadado con sus acusaciones.

—Me lo puedo imaginar —dijo Aidan con sequedad, y dirigió una mirada iracunda a Marie.

Marie no dio muestras de advertir aquella señal.

—A mí me pareció un detalle por su parte que estuviera tan preocupado por tu seguridad. Tampoco se le puede culpar por preocuparse. —Sonrió—. Quería que ellos registraran la casa pero, por supuesto, los agentes se negaron. Dejó su número de teléfono y quiere que le llames, y dejó otra cosa. Permíteme que vaya a buscarla. —Sonaba como una colegiala excitada.

Aidan apoyó una cadera en la encimera con gesto perezoso, pero no había pereza en sus ojos dorados. Sin pestañear, siguió todos los movimientos de su ama de llaves, con la mirada de un gran depredador que no aparta la vista de su presa. Stefan se acercó un poco a su mujer con aire nervioso, pero Marie no dio muestras de percatarse, y se acercó apresurada al frigorífico.

—¿Tengo que hablar con la policía? —preguntó Alexandria, por completo inconsciente de la postura amenazadora de Aidan—. No puedo hablar con la policía, Aidan. —Buscó su brazo con mano temblorosa—. Sería incapaz de hacerlo. ¿Y si me preguntan sobre Henry o quieren saber algo sobre aquellas mujeres? Thomas Ivan les habrá dicho que me encontraba allí aquella noche. No puedo hablar con la policía. ¿Qué ha hecho Thomas?

Con una gran sensación de satisfacción, Aidan la rodeó por los hombros con gesto protector. La acercó hacia él y le ofreció consuelo. Marie abrió el enorme frigorífico y regresó con un inmenso ramo de rosas en las manos, con un jarrón de cristal tallado. Notó la manera en que Alexandria inspiró con rapidez.

—Para ti —dijo Marie en tono risueño, sin prestar atención al ceño oscuro que torcía el rostro de Aidan—. Tu señor Ivan las trajo para ti.

Alexandria se apartó de Aidan y atravesó la estancia.

—Qué preciosas. Rosas —lo dijo sin aliento—. Nunca antes me habían mandado rosas, Marie, nunca. —Tocó un húmedo pétalo—. ¿No son maravillosas?

Marie asentía y sonreía conforme.

—Creo que podríamos ponerlas en el salón, pero si las quieres en tu dormitorio privado, también estarán bien.

Aidan se moría de ganas de estrangular a aquella mujer. Conocía a Marie desde su nacimiento —hacía sesenta y dos años— y nunca se habían levantado la voz. Y de pronto, quería estrangularla. Debería haberle cortado el cuello a Ivan. Flores. ¿Por qué no había pensado en flores? ¿Por qué Marie no se lo había mencionado antes? ¿Por qué las había aceptado? En fin, ¿de qué bando estaba? ¡Flores! Sintió la necesidad apremiante de arrancar los pétalos uno a uno.

—Mira —susurró Marie embobada—, incluso ha pedido que quiten las espinas para que no te hagas daño. Qué hombre tan atento.

—¿A qué hora dijiste a la policía que les veríamos? —interrumpió Aidan, temeroso de llegar a ponerse violento. Detestaba la manera en que Alexandria continuaba acariciando los pétalos de una de las rosas blancas.

Stefan se aclaró la garganta y fulminó con la mirada a su mujer:

—Pidieron que os pusierais en contacto con ellos lo antes posible. Parece que Ivan está insistiendo demasiado, sobre todo después de que encontraran dos cadáveres, imposibles de reconocer, a pocos kilómetros de aquí. Expliqué a la policía que vi las llamas cuando regresaba de la tienda y que les avisé con el teléfono del coche.

El rostro de Alexandria se quedó blanco, miró a Aidan como si necesitara consejo.

—¿Van a preguntarme también sobre eso?

Aidan estiró la mano y le tocó con delicadeza el sedoso cabello.

—Por supuesto que no, *cara*. No te inquietes. Ellos creen que te he llevado al hospital. Si hiciera falta podríamos demostrarlo. La policía sólo quiere responder a las preocupaciones ridículas de Ivan, sólo pretende verte viva y en buen estado. Yo mismo le aseguré que estabas a salvo, la última vez que vino por aquí, pero no ha confiado en mi palabra. Sólo puedo tomármelo como un grave insulto.

Alexandria, pese a sus temores, no pudo evitar reírse.

—Le estabas mintiendo, serás idiota. No estaba a salvo, un vampiro acababa de morderme, ¿te acuerdas?

Aidan la miró alzando una ceja.

—¿Idiota? En todos mis siglos de existencia, nadie jamás me había llamado idiota.

—Bien, eso es porque todo el mundo te tiene miedo. Thomas tiene buenos motivos para pensar que estabas mintiendo. No actúes como uno de esos hombres ridículos, seas del siglo que seas, que se baten en duelos de honor.

—Me he batido en más de un duelo en mis tiempos.

—Idiota —lo dijo de forma irreverente, pero se reía. Alexandria hundió su rostro en las flores e inhaló la dulce fragancia. Luego alzó la cabeza y pilló a Aidan mirándola con esa intensidad posesiva, masculina, que hizo que el corazón le diera un vuelco—. ¿De veras tengo que hablar con la policía? ¿No puedes ocuparte tú?

Le producía cierta satisfacción que ella culpara a Ivan, pensó Aidan, pero los arrumacos que dedicaba a esas flores execrables no ayudaban precisamente...

Stefan sacudió la cabeza.

—De hecho, Aidan, la policía está muy intrigada con esos cuerpos. Parece que el modo en que se quemaron es bastante excepcional, como si las llamas ardieran desde dentro hacia fuera. Sólo quedaron cenizas. No hay posibilidad de identificar los cuerpos mediante restos odontológicos. Creo que insistirán en hablar con vosotros dos.

Alexandria se dejó caer contra la encimera, apoyándose con gran pesadez en Aidan.

—No se me da bien lo de mentir, Aidan. Todo el mundo me pilla cuando miento.

Sonaba tan abatida, como si no saber mentir fuera un pecado terrible, que Aidan tuvo que sonreír.

—No te preocupes, *cara*. Yo me ocuparé de la policía. Lo único que tendrás que hacer será sentarte y mostrarte frágil y delicada —le aseguró Aidan.

Ella le miró con el ceño fruncido como si pensara que se burlaba.

—No puedo mostrarme frágil. Ni delicada. Soy fuerte, Aidan.

Entonces él se rió. No pudo evitarlo. El sonido fue terciopelo profundo, una nota pura que hizo sonreír a Alexandria al tiempo que le daba un codazo.

—No te rías, ganso. Te lo juro, Aidan, eres de lo más arrogante, me asustas. ¿Siempre ha sido así? —le dijo a Marie sonriendo, la primera sonrisa auténtica que dedicaba a la otra mujer, compartiendo sus mentes femeninas.

—Siempre —dijo Marie en tono solemne, pero con el corazón alegre. La mujer no había reparado en cuánto le asustaba que pudiera haber cambios de personal y que ella y Stefan ya no fueran bienvenidos en la casa. Sabía que Aidan nunca les despediría, pero si la tensión entre ellas dos no se resolvía, más pronto o más temprano ella y Stefan tendrían que buscarse su propia casa. Y la casa de Aidan había sido su hogar durante toda su vida. Cuando se casó con Stefan, él se instaló en la mansión y aceptó la vida que Marie llevaba, y también acabó por aceptar y querer a Aidan Savage.

—Creo que el salón será el lugar perfecto para poner las flores —admitió Alexandria—. Así cuando vuelva a venir Thomas, podrá verlas.

Aidan se encontró apretando los dientes, pero Alexandria ya salía de la habitación con total naturalidad. Él cogió a Marie por el hombro antes de irse tras Alex, se inclinó y acercó la boca a su oído.

—¿No podías haber tirado esas malditas flores? —Las palabras surgieron entre un susurro y un gruñido—. Y para que conste, eres una traidora, Ivan no es su hombre, yo lo soy.

Marie parecía conmocionada.

—Aún no, aún no lo eres. Creo que todavía tienes que hacerle la corte. Y por supuesto, nunca tiraría a la basura unas rosas, Aidan. Cuando un hombre se toma la molestia de regalar flores a una mujer, ella debería disfrutar al menos del placer de verlas.

—Pensaba que no te caía bien ese vago.

—No puede ser tan malo. Deberías haber visto lo preocupado que estaba. En serio, Aidan, está muy prendado de la chica. —Marie se estaba mostrando entusiasta e inocente, de forma intencionada—. Pienso que no debería preocuparte que esté con él —intentaba sonar tranquilizadora.

Tras ellos, Stefan volvió a atragantarse. Aidan juró de manera elocuente en tres idiomas y salió de la cocina en pos de Alexandria, sacudiendo incrédulo la cabeza por el funcionamiento de la mente femenina.

Stefan rodeó a Marie con el brazo.

—Qué mujer más mala.

Ella se rió en voz baja.

—Es divertido, Stefan. Y es bueno para él.

—Ten cuidado, mujer. No es como los demás hombres. Podría llegar a matar por ella. Su naturaleza es la de un depredador salvaje —le advirtió Stefan con gesto serio—. Nunca le habíamos visto así.

Marie respondió con desdén.

—Se comportará. No se atrevería a lo contrario. Esa muchacha quiere marcharse. Tiene juicio, sí, y mucho valor.

—Mucho temple —coincidió Stefan—. Va a darle muchos quebraderos de cabeza a Aidan. Pero ella no se percata del peligro que siempre correrá. O el que correrá Joshua.

—Necesita tiempo, Stefan —dijo Marie con calma—. Nos tendrá a nosotros para ayudarla, y Aidan la guiará.

Aidan iba tras Alexandria, intentando contener al demonio alterado que se rebelaba contra esa mirada ausente y melindrosa que se había colado en los ojos de la chica. Aidan comprendía intelectualmente el aliciente que representaba Thomas Ivan para Alexandria. Ella quería ser humana. Quería sentirse humana. Quería trabajar y vivir en el mundo de los humanos. Creía que Ivan podría ofrecerle eso. Aún más, no tendría que hacer frente a los sentimientos sexuales poco familiares, de una intensidad pavorosa, que Aidan evocaba en ella.

Se estiró y cogió la melena en su mano para obligarla a detenerse de un modo abrupto.

—No te preocupes por la policía, Alexandria. No te preguntarán nada sobre vampiros. No tienen ni idea de que eran vampiros, y creen que tú has estado en el hospital. Si preguntan, limítate a contarles que no recuerdas nada.

Se quedó callada mientras disponía las rosas. Él percibía su inquietud.

—¿Aidan? ¿Puedo salir de aquí? ¿Me dejarás marchar?

De un modo involuntario, Aidan le agarró el pelo con más fuerza. Soltó una lenta exhalación.

—¿Qué te hace preguntar eso, *piccola*?

—Sólo quiero saberlo. Has dicho que no estoy prisionera aquí. ¿Puedo entrar y salir según me plazca? —Se mordisqueaba el carnoso labio inferior con los dientes.

—¿Planeas tener una cita con ese tipo?

—Quiero saber si puedo salir de la casa.

Aidan rodeó su delgada cintura con el brazo y la atrajo hacia su duro cuerpo.

—¿Crees que podrías sobrevivir sin mí? —Tenía la boca tan cerca de su cuello que notaba el calor de su aliento. Pese a su intención de no reaccionar, el cuerpo de Alexandria empezó a arder.

Los ojos zafiro inspeccionaron el rostro que tenía delante. Él no revelaba nada, ella no tenía ni idea de lo que pensaba, y no iba a fundirse con su mente para descubrirlo. La arrastraba cada vez más al interior de su mundo, un mundo nocturno. Un mundo de sexualidad y violencia. Alexandria quería recuperar su antigua vida, estar rodeada de cosas familiares, cosas sobre las que tuviera algún control.

Aidan le tocó la garganta con su boca perfecta. Un roce llameante. La mirada dorada encontró los ojos de Alexandria.

—No hagas preguntas cuyas respuestas no quieres oír en realidad. No voy a mentirte, ni siquiera para que las cosas resulten más fáciles.

Ella cerró los ojos mientras aquel calor inundaba su cuerpo. Él hacía que se sintiera apreciada, que se sintiera bella. Y sin él hacía que se sintiera insatisfecha y vacía. Rodeó con fuerza el tallo de una de las rosas. Apartó la mano de golpe con un gritito y se sostuvo un dedo.

—Deja que lo vea —dijo con suavidad. Su voz sonaba tierna, la tocó con delicadeza para acercarle la mano e inspeccionarla. Un pinchazo de sangre manaba de su dedo índice—. Sir Galahad se ha olvidado una espina —murmuró mientras inclinaba la cabeza y se metía el dedo en el calor curativo de su boca.

Ella era incapaz de moverse, no podía hablar siquiera. Su cuerpo ardía de necesidad. Permaneció todo lo quieta que pudo, observándole tal como un ratón arrinconado observa a un gato. Él ya dominaba su vida. Estaba en su mente, en su cuerpo, aquella terrible necesidad que tenía de él. Quiso echarse a llorar. Aunque consiguiera escapar, sacar de algún modo a Joshua de esta casa y largarse corriendo, se llevaría a Aidan con ella allí donde fuera.

Soltó la mano con una brusca sacudida antes de dejarse devorar por las llamas.

—Se llama Thomas Ivan, no sir Galahad, y dudo mucho que se dedicara él personalmente a retirar las espinas de las rosas.

Aidan asintió con solemnidad.

—Tienes razón, *piccola*. Ni se le ocurriría algo así, ni realizaría él la tarea, al considerarlo algo inferior a su posición y una pérdida de tiempo. —Se estiró por detrás de ella y retiró la espina. Luego examinó cada tallo con atención para asegurarse de que no volvía a lastimarse.

—¿Por qué tienes que hacer que suene tan mezquino? —quiso saber ella exasperada. Estaba decidida a sentirse atraída por Ivan. Mujeres de todo el mundo tenían múltiples amantes. Si otras podían sentirse atraídas por más de un hombre en la vida, ¿por qué no ella? No tenía que ser sólo Aidan Savage. Él era sofisticado, sensual y guapo en extremo, con esos ojos inquietantes y una boca perfecta. Cualquier mujer podría quedarse prendada de él, pero no era más que atracción física. Podría superarlo como si de un caso de fuerte gripe se tratara. Un caso virulento de gripe.

Aidan se apartó de Alexandria para mirar por la ventana. No sabía si reírse o enfadarse por sus alocados pensamientos. Estaba tan decidida a encontrar a alguien, cualquiera, que no fuera él...

—¿Aidan? —Stefan entró en la estancia—. He informado a la policía de vuestro regreso y les he dicho que Alexandria estará disponible para hablar con ellos esta mañana. Me he asegurado de que entendieran que no estará en condiciones de ir a la comisaría ni de dedicarles mucho rato. Van a enviar a un par de detectives ahora.

—¿Detectives? —Aidan alzó una ceja—. ¿Por un tema tan trivial?

Stefan se aclaró la garganta y cambió de postura con inquietud.

—Creo que el señor Ivan tiene alguna influencia política, ha hablado con alguien por encima del jefe del departamento e incluso, según el detective con el que hablé ayer, llegó a verificar la situación legal de todos nosotros en el país. Creo que deseaba nuestra deportación.

Alexandria soltó un jadeo y alzó la barbilla.

—¿Hizo eso?

—Lo siento, Alexandria. No debería haber dicho esto en tu presencia. El señor Ivan estaba de lo más molesto por no poder ponerse en contacto contigo —dijo Stefan.

Aidan sintió deseos de estrangular al hombre por intentar sacar del atolladero a Ivan. Alexandria estaba afectada, sin tan siquiera ser consciente ya estaba pensando en los miembros de la casa como parte de su familia.

—No tiene excusa que Thomas ponga tanto interés en intentar que os deporten a ti y a Marie. Ni siquiera le importa que eso pueda trastocar por completo vuestras vidas. ¿Y qué me dices de Joshua? Tendría que ir a un centro de acogida. —La rabia de Alexandria contra Thomas Ivan iba en aumento. Detestaba a la gente convencida de salirse con la suya por el poder de su dinero. Aunque nunca lo admitiría ante Aidan —no le reconocería ni eso— cada vez se sentía menos propensa a trabajar con aquel hombre o implicarse con él de forma significativa. Seguro que encontraba otras salidas creativas.

—En realidad —confesó Stefan, evitando la mirada perspicaz de su amo—, creo que estaba interesado sobre todo en la deportación de Aidan. Ha hecho que un investigador revise los antecedentes, con la esperanza, supongo, de dar con algún indicio de actividades ilegales, «indecorosas», creo que fue el calificativo que empleó.

Alexandria iba a reírse pero se contuvo.

—Tal vez Thomas tiene más intuición de la que le reconocíamos. *Indecoroso* es una palabra idónea, ¿no crees, Stefan? No me importaría deportar yo misma a Aidan.

—Creo que lo más prudente es que me retire ya a la cocina y tome el desayuno, Alexandria —dijo Stefan con diplomacia.

—Es tu única opción —gruñó Aidan.

Stefan le sonrió sin arrepentimiento e hizo una pausa en el umbral.

—Tal vez quieras hacer una llamada al señor Ivan, Alexandria. Los detectives dicen que eso servirá para que deje de importunarles cada diez minutos.

—¿Les ha estado llamando cada diez minutos? —Esbozó una lenta sonrisa—. A eso se le llama estar de veras preocupado. ¿No es todo un detalle, Aidan? Se preocupa por mí. Tiene que tener muchas ganas de que trabaje para él. Qué alivio. Con el dinero que me ofrezca, Joshua y yo podemos.... —se calló pensándolo mejor, y lanzó una rápida mirada a Aidan.

Él le rodeó la nuca con la mano y realizó un masaje relajante con sus dedos.

—Estoy orgulloso de ti, Alexandria. Tu trabajo debe ser tan extraordinario como para que Ivan vaya detrás de ti con tal interés. Ya puedes estar satisfecha de ti misma. —Ni por un momento había considerado el interés de Ivan por ella como algo meramente profesional, pero sabía que el talento de Alexandria era genuino. Aidan era una sombra en su mente, veía las vívidas imágenes tomando forma en su imaginación.

Ella le sonrió.

—Solía soñar que trabajaba para Thomas Ivan. Su empresa siempre ha estado en la vanguardia del diseño gráfico, y sus juegos son casi películas de largometraje. Cuando saltó el rumor de que podría estar buscando otro diseñador gráfico, empecé a dibujar bocetos noche y día. No creía que de verdad fuera a tener la oportunidad de mostrarle mi trabajo, qué decir de que quisiera contratarme.

—Por lo que he visto de tus dibujos, tienes gran talento —reconoció en tono afable—. Pero tal vez quieras corregir algunas de sus falsas impresiones sobre los vampiros.

Ella le lanzó una mirada centelleante, pero un hoyuelo travieso se formó en su mejilla.

—¿Quieres decir volverlos más crueles y despiadados? —preguntó con malicia. Tocó los pétalos de la rosa más próxima y se inclinó una vez más para inspirar su fragancia—. No puedo creer que me haya enviado flores.

A Aidan se le escapó un ruido descortés de lo profundo de la garganta.

—Yo te he salvado la vida. ¿Qué son las rosas comparadas con eso? —Sus ojos dorados, intensos y amenazantes, miraban con despecho las flores de largo tallo.

Alexandria le dirigió una ojeada, advirtió el gesto decidido y taciturno en su mirada y soltó una carcajada. Se dio media vuelta y se puso de puntillas para tapar esos ojos suyos con la palma de la mano.

—No te atrevas. Si mis rosas se marchitan, sabré con exactitud quién es el responsable. Lo digo en serio, Aidan. Deja en paz mis flores. Lo más probable es que destruyas todo el ramo con una de esas feroces miradas.

Aidan disfrutó del blando cuerpo de Alex contra el suyo, su cálida risa contra su garganta. Le rodeó la delgada cintura y la retuvo junto a él.

—Sólo iba a dejarlas un poco mustias, nada demasiado dramático.

El corazón de Alexandria dio un brinco al oír su voz de terciopelo. Unas diminutas alas de mariposa rozaban la boca de su estómago. Notaba los músculos de Aidan, duros y masculinos, grabados contra su forma. ¿Por qué tenía que derretirse su cuerpo cada vez que entraba en contacto con él? Pese a que se estaba portando como un niño caprichoso, irascible y celoso, él la hacía reír. ¿Por qué tenía que sucederle todo esto?

—Voy a quitarte la mano de los ojos, pero tú ni siquiera vas a mirar mis rosas. Si te pillo... —Se calló, con intención de intimidarle. Poco a poco retiró la palma y descubrió sus ojos, y al hacerlo le tocó la boca por accidente. Al instante su corazón latió con fuerza contra el de Aidan. ¿O era el corazón de Aidan el que latía contra el suyo? No sabía, pero la electricidad crepitaba, y él estaba demasiado cerca.

—No te atrevas, Aidan. —Lo dijo como una orden. Los ojos de él se habían convertido de nuevo en ardiente oro líquido, llameaban con gesto posesivo mientras la observaban y fundían su interior.

—¿Que no me atreva a qué? —susurró con aquella voz de hechicero que se colaba bajo la piel de Alexandria como una llamarada. Tenía una mirada tan intensa que ella notaba esa misma llamarada lamiendo sus terminaciones nerviosas.

Ahora la boca de Aidan se encontraba a escasos centímetros. Alexandria le tocó el labio inferior con la lengua. Le incitó. Le tentó. Cerró los ojos mientras él se acercaba y unía su boca a ella. El fuego se propagó por todo su cuerpo y la consumió. Aidan la estrechó con fuerza entre sus brazos, pero nada importaba más que esa boca perfecta y la tierra que se movía bajo sus pies.

Le pertenecía, su lugar estaba junto a él. *Nunca habrá otro. Sólo Aidan. Sólo los dos, juntos. Le pertenezco.* Estas palabras irrumpieron en su cabeza y se grabaron para siempre en su corazón. En su alma. Alexandria apartó a su pesar la boca y enterró el rostro en el pecho de Aidan.

—No juegas limpio, Aidan —dijo con voz amortiguada contra su camisa.

El calor del aliento de Aidan le dio en la nuca:

—Esto no es ningún juego, *cara*, no lo ha sido nunca. —Aproximó la boca al pulso de Alexandria, acelerándolo al instante—. Esto es para siempre.

—No tengo ni idea de qué hacer contigo. Ni siquiera sé de qué hablas cuando dices esas cosas. —La confusión en su mente era muy real. La abrumaba sin tregua, no le daba tiempo a discurrir las cosas por sí sola.

Eso no era lo que quería Aidan. Alexandria necesitaba confiar en él, verle como un amigo además de amante. Las necesidades imperiosas de su cuerpo y de su naturaleza jugaban en su contra, pero estaba decidido a sacar el máximo partido. Ella se reía de él, conseguía que Aidan se riera de sí mismo, y eso era el comienzo de la amistad. Despacio, a su pesar, la soltó y se apartó un poco, ofreciendo cierto grado de alivio para ambos.

—Hace falta dejar al descubierto a Thomas Ivan y cazarle —dijo con la intención de provocar una sonrisa—. Es un niño malcriado que ha ganado mucho dinero demasiado rápido.

Ella se relajó de forma ostensible.

—Me pregunto si no pensará él lo mismo de ti.

—Con su viva imaginación, lo más probable es que visualice una estaca clavada en mi corazón —masculló—. Ese hombre tiene que tener una mente enferma para llegar a concebir tantas estupideces. ¿Por casualidad has visto su último juego, el de los vampiros y su ejército de mujeres esclavas?

—Bien, es obvio que tú sí —recalcó ella—. Es probable que, en el fondo, te encanten sus juegos. Apuesto a que los tienes todos. —Abrió mucho los ojos y sus labios perfilaron una sonrisa lenta, maliciosa—. ¿No es eso verdad, Savage? Tienes todos sus juegos. Eres un admirador secreto.

Él casi se atraganta.

—¿Un admirador? Ese hombre no encontraría la verdad aunque la tuviera enfrente de su cara. Como la otra noche.

Alexandria alzó una ceja.

—Sus juegos son ficticios, Savage. No pretende dar con la verdad, es sólo imaginación. Por eso son entretenimiento, no verdad. Admítelo, te gustan sus juegos.

—Nunca lo admitiré, Alexandria, o sea que puedes dejar de contener la respiración. Y otra cosa, cuando hables con ese burro pomposo por teléfono, no suenes tan almibarada. —Cruzó los brazos sobre el pecho y la miró desde su altura superior.

—¿Almibarada? —repitió con indignación, enojada por la acusación—. Entérate bien, yo nunca sueno almibarada. —Sus grandes ojos le lanzaron una advertencia, le retaron a continuar con ese reproche.

Él se atrevió.

—Oh sí, sí, así es como suenas. —Se agarró las manos y puso una mueca y luego su voz se elevó una octava mientras imitaba con sonrisa tonta—: Oh, Marie, qué preciosas son las flores. Me las ha regalado Thomas Ivan. —Entornó los ojos para parodiarla.

—¡Yo no he dicho eso! Y nunca actúo de ese modo. Por algún motivo, no puedes admitir que te gustan los juegos de Ivan. Responderá a alguna estupidez machista, aunque muchos hombres juegan con ellos y se divierten.

—Son pura basura —insistió—. Y no hay una pizca de verdad en ninguno de ellos. Idealiza los vampiros. Sería interesante ver qué piensa cuando le presenten uno. —Era una amenaza velada, ni más ni menos. Aidan soltó un claro ronroneo de satisfacción sólo de pensarlo.

Alexandria estaba horrorizada.

—¡No te atreverás! Aidan, lo digo muy en serio, ni siquiera pienses en hacer algo tan perverso.

—¿No eras tú la que decías que no había tales cosas como los vampiros? —inquirió con inocencia, dejando visible su blanca dentadura.

De nuevo su boca. Alexandria se encontró observándola con fascinación. La sonrisa había ablandado las líneas de su rostro con la más pura sensualidad. Pestañeó para recuperar la perspectiva en su vida. Habría que declarar a este hombre fuera de la ley.

La sonrisa de Aidan se agrandó, disipando cualquier indicio de crueldad, luego él se inclinó un poco más.

—Recuerda, puedo leer tu mente, *piccola*.

Alexandria le dedicó una mirada centelleante con sus ojos azules y lanzó su pequeño puño al centro de su pecho. Con fuerza.

—Bien, basta ya, Aidan. Y no te lo creas tanto. No es que estuviera haciéndote cumplidos exactamente.

—¿No? —Le tocó el rostro con ternura—. Sigue luchando, Alexandria. No te servirá de nada, pero si te sientes mejor así, adelante.

—Bruto primitivo y arrogante —dijo con desdén y se dio media vuelta antes de que él pudiera leer en sus ojos la necesidad que sentía. Se fue aposta hasta el teléfono—. Creo que tienes el teléfono de Thomas, ¿verdad?

Él se estiró sobre ella y le rozó los hombros con el brazo, todo su aroma la envolvió. Cualquiera de la especie de Aidan reconocería esta señal, sabría que le pertenecía sólo por el olor que él desprendía en presencia de ella. Sin embargo, los humanos ni siquiera lo notaban. Irritado por aquel pensamiento, Aidan encontró la tarjeta de visita de Thomas Ivan debajo del teléfono y se la tendió.

—Llámale —le desafió en voz baja.

Alexandria alzó la barbilla. Era humana y no iba a dejar de serlo, aunque ya no lo fuera. Y esta... esta criatura, fuera lo que fuera, no iba a controlar su vida. Con gesto desafiante, marcó los botones con gran energía.

Para asombro de Alexandria, fue el propio Thomas quien cogió el teléfono. No parecía corresponderse con el personaje.

—¿Thomas? Soy Alexandria Houton —dijo con vacilación, poco segura de qué decir ahora que le tenía al otro lado de la línea—. Espero que no sea demasiado temprano para llamar.

—¡Alexandria! ¡Gracias a Dios! Empezaba a pensar que ese hombre te tenía encerrada en un mazmorra en algún lugar. ¿Te encuentras bien? ¿Quieres que venga a buscarte?

Thomas se sentó y se retiró el pelo que le caía sobre la frente. Se le habían enrollado las sábanas por un momento y tuvo que pelearse con ellas para moverse.

—No, no, estoy bien. Bueno, un poco delicada aún, y tengo que descansar mucho, pero me encuentro muchísimo mejor. Gracias por las rosas, son preciosas. —Tenía plena conciencia de que Aidan, de pie muy próximo a ella, escuchaba cada palabra, oía el tono de su voz. Tuvo un impulso de intentar sonar empalagosa. Este hombre no tenía derecho a controlar sus conversaciones personales.

—Pasaré a visitarte, tengo que verte. —Thomas lo dijo casi con agresividad, decidido a no recibir una negativa.

—Creo que tengo una entrevista con un par de detectives esta mañana —dijo como reprimenda cortés.

A su lado, Aidan se movía inquieto. La voz de Alexandria era demasiado amable para su gusto, demasiado sensual. Ahora ella era carpatiana, con todo el efecto cautivador y voluptuoso que ejercía alguien de su especie sobre los seres humanos.

Con un sutil movimiento posesivo, el cuerpo de Aidan se acercó aún más al de Alexandria, y ella pudo oler su aroma. Invadió todo su ser, inesperadamente inundó de calor líquido su región abdominal. Alexandria encorvó los hombros y se apartó unos pasos, apoyándose contra la antigüedad de madera de cerezo en la que descansaba el teléfono.

—Estaba preocupado, Alexandria. Y ese hombre es tan raro... ¿Le conoces bien? —Thomas había bajado la voz hasta un susurro de conspirador.

Alexandria era del todo consciente de que no importaba lo bajo que hablara Thomas. Su propio oído era tan agudo ahora que era capaz de oír a grandes distancias si quería. Por lo tanto, parecía razonable que el oído de Aidan fuera incluso más intenso, y su capacidad de controlarlo muy superior a la suya. Notó un rubor que le cubría el rostro.

—No conoces a Aidan en absoluto, Thomas, apenas me conoces a mí. Hemos quedado una vez para una cena que incluso se vio interrumpida. Por favor, no hables así de alguien que es un gran amigo para mí. —Por algún motivo desconocido, los desaires de Thomas contra Aidan le molestaban, pero era lo último que quería que Aidan supiera.

—Eres muy joven, Alexandria. Es probable que aún no hayas conocido otros hombres de ese calibre. Créeme, está en otra esfera. Con toda probabilidad, es un hombre muy peligroso.

Ella apretó el auricular hasta que los nudillos se le pusieron blancos. ¿Qué sabía Ivan? Y, por consiguiente, ¿qué peligro podía representar Aidan? Se mordió el labio inferior con fuerza. No podía soportar que alguien sospechara la verdad y... y clavara una estaca en el corazón de Aidan o algo parecido. Tal vez no debiera pensar eso, tal vez estuviera traicionando a la humanidad, pero no podía evitarlo. La idea de perderle resultaba aterradora.

Aidan se estiró hacia ella y le cubrió la mano con delicadeza. En su mente danzaba la imagen de un tiburón con la sonrisa blanca y estudiada de Thomas Ivan. Aidan bromeó intencionadamente con esa imagen hasta que ella se vio obligada a reír.

—No es cosa de risa, Alexandria —dijo Thomas de mal humor—. Voy a verte y charlamos de esto. No puedes quedarte en esa casa con ese hombre.

—Yo quería trabajar para ti, Thomas, —contestó con tono amable— no que me dirigieras la vida. —Cerró los ojos. Había deseado tanto este trabajo. También quería ser humana, vivir y respirar y funcionar en un mundo comprensible.

—Voy para allá —dijo con decisión.

Alexandria se quedó con la palabra en la boca, con un sonoro clic y el tono de llamada. Fulminó con la mirada a Aidan.

—¿Tengo el aspecto de alguien a quien se puede mandonear? —inquirió mientras colgaba el teléfono con un golpe—. ¿Acaso llevo tatuado en la frente «por favor, dadme órdenes»?

—Déjame ver —dijo Aidan inclinándose hacia ella. Su boca quedó a centímetros de la de Alexandria—. Mmmm. En absoluto. Dice, «da gusto besarme».

Ella empujó la pared que era el pecho de Aidan, pero lo encontró inamovible.

—No te hagas el encantador conmigo, Savage. Me han dicho que eres un hombre peligroso y que te mueves en otra esfera, signifique lo que signifique.

—¿Cómo voy a ser peligroso? —Su cuerpo la atrapaba con su calor, la asaltaba sin escapatoria. Alexandria suspiraba por él en cosa de segundos—. ¿Soy peligroso? —Su voz susurró sobre sus labios como seda contra su piel.

—Si no te apartas de en medio en este mismo instante, voy a... —Imaginó levantar la rodilla con fuerza y le vio retorciéndose de dolor en el suelo. La imagen en su mente era tan viva como lo había sido la imagen del tiburón.

Aidan se apartó de un brinco con una risa.

—Tienes un mal genio muy desagradable, Alexandria.

—Otro de mis fastidiosos hábitos.

Capítulo 11

Había algo desconcertante en esta casa. Thomas no sabía expresarlo, no sabía encontrar la palabra exacta para describirlo, ojalá pudiera. No era sólo su propietario. La propia casa parecía viva, como un centinela silencioso que le observaba. Si pudiera trasladar sus sentimientos al monitor del ordenador, captar las imágenes y representar la manera en que la casa vivía y respiraba, le observaba de forma malévola, sería uno de los hombres más ricos del mundo. Había algo que no cuadraba en todo el montaje de Aidan Savage, y él tenía intención de llegar hasta el fondo.

La ubicación de la mansión era de una belleza espectacular, la propia casa tenía una arquitectura perfecta, pero aun así él percibía un monstruo subyacente, más profundo, que acechaba ahí. Se sintió agradecido de que la habitual bruma de primeras horas de la mañana no estuviera presente en este día, mientras ascendía por los escalones de la enorme y ornamentada entrada principal. El coche de policía aparcado en la calzada circular le resultó tranquilizador, por extraño que pareciera. Sabía que no caía bien a los detectives, pero su presencia le dio una sensación de seguridad necesaria para hacer frente a Aidan Savage.

Con franqueza, ese hombre le ponía los pelos de punta. Eran sus ojos. Savage tenía la mirada impasible, inquietante y sobrecogedora, de un depredador. No obstante, había poder e inteligencia en esos ojos de oro fundido. Thomas estaba seguro de que en ocasiones centelleaban con chispas rojas y relucían con una intensidad muy peculiar. Pocos años atrás, Ivan había llevado a cabo bastante trabajo de documentación sobre felinos mayores —tigres, leopardos y demás— para uno de sus juegos, y recordaba lo bien que veían los gatos en la noche, un rasgo de adaptación perfecto para un depredador. Sus grandes ojos redondos tenían enormes pupilas que se cerraban hasta formar rendijas con la luz del día, pero que crecían de forma espectacular en la oscuridad. Y él recordaba a la perfección aquella mirada mortífera que precedía a un ataque.

Thomas se estremeció e intentó sacudirse una sensación de terror mientras permanecía de pie ante la puerta. Estaba claro que su imaginación trabajaba a toda máquina. Savage no era peligroso porque fuese un depredador nocturno sino porque actuaba como si Alexandria Houton le perteneciera, y Thomas Ivan tenía intención de hacer lo mismo. Ésa era la cuestión. Eran rivales ante la misma mujer. Nada siniestro, nada más. Siempre había tenido que mantener a raya su imaginación.

Observó con atención los paneles de intrincados vitrales de la puerta. Eran hermosos, con diseños de extraños símbolos y formas. Cuanto más los estudiaba, más aumentaba su sensación de ser arrastrado y quedarse atrapado en ellos, como una mosca en el ámbar. Ese terror indescriptible comenzó de nuevo a crecer, y por un momento casi no pudo ni respirar. Entrar en esta casa significaba quedarse atrapado en la eternidad del infierno. El diseño empezó a moverse y a cambiar de forma ante su mirada horrorizada. Quería retenerle en su espiral, llevarle al infierno. Su corazón latía con tal fuerza que le dolían los oídos.

Thomas casi soltó un grito cuando la puerta se abrió de par en par y el hechizo se rompió. Aidan Savage le observaba fijamente desde su altura superior. El hombre llevaba un atuendo informal, tejanos gastados y una camiseta con cuello en pico, pero aun así su aspecto era elegante a su modo peculiar, al mismo tiempo que salvaje e indómito, fuera de tiempo y lugar, como un poderosísimo jefe tribal de épocas pasadas. Su pelo hasta los hombros, tan dorado como sus ojos, completaba esa impresión.

—Señor Ivan. —La voz tenía un tono tan perfecto, que se filtró en el corazón y el alma de Thomas, se abrió camino por su interior como un ser con vida propia—. Me alegra que haya encontrado tiempo para venir aquí y tranquilizar a Alexandria. Estoy seguro de que se quedará más relajada tras su visita. La inquietaba bastante que no fuera a guardarle el trabajo.

El peso sólido de Savage bloqueaba la entrada al interior. Su voz era agradable, apaciguadora, pero las palabras tenían un leve contenido incisivo, le dejaban como un mero empresario, nada especial para Alexandria Houton, y desde luego no representaban ninguna amenaza para las intenciones de Savage.

Thomas intentó recuperar la voz. En su interior empezaba a arder una rabia que le consumía y que le dio el ímpetu necesario para tratar con este hombre. Él era Thomas Ivan. Poseía su propia empresa, era rico, famoso y una fuerza que debía reconocerse. No era ningún cobarde que lloriqueaba en el umbral de una puerta.

—Me alegra que podamos vernos de nuevo en unas circunstancias más propicias. —Con cierto aire de petulancia, ofreció la mano.

En el momento en que Savage le agarró los dedos, Thomas dio un respingo al notar la enorme fuerza de este hombre. Ni siquiera era su intención, Savage ni siquiera se daba cuenta de su poder natural. Thomas, maldiciendo en silencio, le estrechó la mano. Y luego Savage sonrió. Un destello de dentadura blanca. Fuerte. Astuta. Sin humor, sin calor para dar la bienvenida. La sonrisa de un depredador que en ningún instante se reflejó en sus extraños ojos imperturbables.

—Adelante, señor Ivan, entre en mi casa —invitó Aidan haciéndose a un lado para dejarle paso.

Pero de inmediato Thomas percibió que entrar en esa casa era lo último que quería hacer. De hecho retrocedió un paso, mientras un escalofrío de miedo descendía veloz por su columna. La boca de Savage esbozó una sonrisa cruel, y aun así casi sensual.

—¿Sucede algo? —La voz, tan calmada, tan suave, como terciopelo, era de todos modos burlona.

Los dos detectives llevaban allí más de una hora, y durante ese rato el demonio interior de Aidan había estado cogiendo cada vez más fuerza. Casi le salieron los colmillos cuando uno de ellos estuvo a punto de pedir una cita a Alexandria. ¿Necesitaba de verdad otro pretendiente más? Iba a tener que poner un cartel en el césped de la entrada advirtiendo a todos los varones que hicieran la corte a Alexandria Houton de que lo asumieran bajo su cuenta y riesgo.

Alexandria acompañaba en ese momento a los dos detectives hasta la puerta, y al instante Thomas Ivan se olvidó de su miedo. No podía apartar sus ojos de ella. Tenía una belleza inquietante, mucho más de lo que era capaz de recordar. Incluso los agentes de policía la observaban atentos, hipnotizados. Thomas se tragó sus celos, surgidos de la nada, sorprendido por la intensidad de sus emociones. Bajo la mirada inalterable de Savage, se vio obligado a recuperar el control.

El rostro de Alexandria se iluminó al verle, y Thomas lanzó una sonrisa triunfante en dirección a Aidan. Entró en la casa a buen paso, dejó de lado a los detectives y cogió las dos manos de Alexandria entre las suyas.

Algo en lo más profundo de Aidan comenzó a retorcerse de forma peligrosa ante la visión de las manos de Alexandria entre las de Thomas Ivan. Dejó de respirar. El demonio en su interior se agitó y rugió para que le soltaran, los colmillos explotaron en su boca, y la bruma roja de la bestia refulgió en su mirada. Cuando Thomas se inclinó un poco más, con intención de besarla en la mejilla, Aidan tuvo que concentrarse para ser capaz de enviar, con un ademán despreocupado de su mano, una ráfaga de esporas de polvo formando un remolino que danzó justo debajo de la nariz de Ivan. En cuanto Ivan inspiró, empezó a estornudar con violencia, y sus espasmos sacudieron todo su cuerpo.

Alexandria se apartó de él y miró a Aidan alzando una ceja interrogadora. Al ver su aspecto demasiado inocente para su gusto, le fulminó con la mirada. Ya era bastante duro ocuparse de los dos policías hechizados, parecían cautivados de una forma misteriosa por su voz, sus ojos, por todos sus movimientos. Se habían mostrado tan solícitos con ella, tan cuidadosos en todo lo que decían, tan preocupados por su salud, que ella empezaba a sospechar algo: junto con el intercambio de sangre, Aidan de algún modo compartía ahora con ella su atractivo sexual. Con toda certeza, eso era algo que ella no quería.

Aidan mostró la puerta a los detectives, conteniéndose de manera admirable para no agarrarles y sacarles a la calle. No había anticipado la reacción humana a la belleza inquietante de Alexandria. Ahora ella le miraba con el ceño fruncido. *Deja de ser tan cruel con Thomas.*

Aidan sintió una enorme dicha. Ella había fundido de modo voluntario su mente con la de él y se comunicaba como hacían las parejas. Sonrió sin el menor arrepentimiento. *Deja de hacer manitas con él.*

Estás siendo infantil. No hago manitas.

Y no permitas que te bese.

Ni siquiera me ha besado, Aidan; para ya. Lo digo en serio.

Él levantó una mano y el polvo se dispersó. Thomas, avergonzado, se apartó de Alexandria, preguntándose qué habría sucedido. Nunca había sufrido ataques de estornudos. Nunca. ¿Por qué sucedía de repente? ¿Tenían algo que ver esta casa y esos malditos ojos impasibles?

Alexandria le sonreía con su sensual boca y sus hoyuelos incitantes.

—Por favor, pasa y toma asiento, Thomas. Lamento mucho que mi enfermedad haya ocasionado tantas molestias. —Notó la voz susurrante sobre su piel y un dardo de deseo le atravesó. Ella iba vestida con unos sencillos vaqueros gastados y agujereados y una chaqueta con botones de nácar. Iba descalza. No obstante estaba de un sexy increíble. Thomas siempre había preferido las mujeres sofisticadas, muy a la moda, y sin embargo no podía apartar la mirada de la belleza poco refinada de Alexandria.

El ama de llaves entró con una bandeja con croissants calientes y hojaldres de nata, acompañados de una cafetera de plata. Sonrió dando la bienvenida a Thomas de forma inesperada.

—Señor Ivan, sus flores han iluminado nuestro hogar, sin duda.

Él se acomodó con satisfacción en el sofá. Se estaba ganando al ama de llaves. Se sentía especialmente encantador, de modo que le dedicó un leve ademán con la cabeza y una breve sonrisa.

Aidan cogió a Alexandria por su delgado brazo y la dirigió con firmeza hasta una silla de alto respaldo situada enfrente de Thomas. Después de ayudarla a sentarse, se mantuvo detrás de su asiento, apoyando ligeramente las manos en sus hombros.

—Alexandria tiene que descansar enseguida, señor Ivan, aún está bastante débil. La entrevista con los detectives ha sido más larga de lo esperado, y bastante dura para su resistencia. —Era una reprimenda, un recordatorio de que era Thomas Ivan quien había obligado a Alexandria, en su frágil estado, a hablar con la policía.

—Sí, por supuesto. Seré breve. Sólo quería comprobar que se encuentra bien y comentar con ella algunas cuestiones laborales. —Thomas aceptó la taza de café que le tendía Marie, luego lanzó una mirada al hombre situado, con esa actitud tan protectora, tras la silla de Alexandria—. Una vez expuestas mis expectativas para este proyecto, el talento de Alexandria tiene que tomar el relevo. El argumento es único y de verdad espeluznante, tenemos actores de primera línea dispuestos a poner voz a los personajes, y nuestra intención es crear un producto sin competencia en el mercado. Todo está a punto, pero necesito el material gráfico perfecto.

—Qué fascinante, Thomas —dijo Alexandria, consciente en todo momento de las manos de Aidan sobre sus hombros. Le pasaba el pulgar por la clavícula con movimiento lento y sensual.

Estás usando esa voz almibarada, indicó Aidan con malicia, rozándole la mente como si fuera una caricia más de su pulgar. La nota burlona hizo que el corazón de Alexandria se derritiera.

—Quiere decir que necesita el trabajo gráfico de Alexandria —intervino Aidan.

Ocúpate de tus asuntos. Estoy coqueteando un poco de modo intencionado. Ya has oído hablar de eso antes, ¿verdad? Es más, creo que has escrito todo un libro al respecto.

Dejémonos de esas tonterías en este caso. Su voz susurraba en su mente, su risa era suave e incitante.

Alexandria le dirigió una mirada. Su rostro era una máscara, y mantenía los ojos dorados fijos en Thomas. No obstante, creaba una sensación de intensa intimidad entre ellos, era casi como si hubieran hecho el amor. Sus sentimientos por Aidan eran fuertes y no paraban de crecer con cada intercambio de palabras, con cada intercambio de sangre, con cada fusión de sus mentes. Al percatarse de esto, el miedo la invadió, brusco y desagradable.

Respira, piccola. *Siempre te olvidas de respirar.* Aidan sonaba masculino, divertido y burlón.

Alexandria prefirió pasar por alto sus bromas y dedicar a Thomas una sonrisa de elevado octanaje que hizo que el hombre alzara la cabeza con brusquedad y que todo su cuerpo entrara en tensión a causa de las exigencias apremiantes.

Thomas era muy consciente de Savage allí de pie como un dios griego detrás del asiento de Alexandria, con esa mirada imperturba-

ble y las manos apoyadas en sus hombros, como si ella le perteneciera. Esa mirada mortífera, que no se despegaba ni un momento del
rostro de Ivan, era de lo más desconcertante. Thomas tenía la
impresión de que Aidan podía leer sus pensamientos lascivos, todas
sus intenciones sin excepción. Dio un sorbo al café para calmarse.

—Tal vez pudiéramos salir a desayunar, Alexandria —sugirió
con suavidad, desafiando de forma intencionada el control de Aidan
sobre ella— para discutir los detalles.

Esa mirada nunca vacilaba.

—Alexandria no puede salir por el momento. Los médicos han
especificado con claridad sus horas de descanso, ¿no es cierto,
Alexandria? Tal vez debiera tenerse eso en consideración a la hora
de decidir si Alexandria puede hacer el trabajo que usted necesita.
—Aidan sonaba igual que siempre: tranquilo, amable, casi inexpresivo, como si nada de esto significara algo para él y como si Thomas
no fuera una amenaza importante.

No obstante, Alexandria se puso rígida al oír sus palabras y le
habría interrumpido de no ser porque Savage la agarraba con más
fuerza, manteniéndola quieta.

Thomas advirtió con satisfacción la tensión creciente entre
ellos. La química, la intensidad entre los dos, era indiscutible, y algo
detestable también, pues sabía que era una amenaza para su relación
con ella. Pero Alexandria no estaba contenta al respecto, y eso le iba
bien. Ivan sonrió con su sonrisa fácil y encantadora al tiempo que
se inclinaba hacia delante.

—Alexandria puede contar con el trabajo sean cuáles sean las
restricciones de horario. He traído un contrato y estoy preparado
para aceptar cualquier tarifa. —Toma ésa, Savage, pensó. No creas
que puedes desbancarme con tal facilidad.

¡El ataque del tiburón! Cuidado, cara, *avanza nadando hacia
ti.* Aidan rebajó aposta la tensión entre Alexandria y él.

Ella echó una mirada hacia atrás para ver a Aidan con su máscara serena. Los ojos dorados no se apartaban del rostro de Thomas, sin vacilación, pero podía oír en su propia mente el eco de la
suave risa de Aidan. A pesar de su enfado, ella no o podía evitar,
quería reírse con él.

—Me agrada oírte decir eso, Thomas —respondió con su voz
más almibarada, en un intento premeditado de enfadar a Aidan, de

devolverle la jugada—. Los médicos están siendo muy prudentes, y yo soy responsable de mi hermano pequeño, o sea que debo ser cauta con mi salud.

—Sigue sus instrucciones al pie de la letra —contestó Thomas y se inclinó un poco más—. No me gustaría repetir este episodio, ha sido un susto terrible. —Lo convirtió en un asunto personal y estiró la mano para apoyarla en la rodilla.

Por algún motivo, Alexandria rechazó el contacto. La taza de café en la otra mano de Thomas se balanceó, de repente desplazada, y el caliente líquido se derramó sobre su mano y su muñeca. Soltó un grito, dejó con estrépito la taza sobre la bandeja, y al tiempo que lo hacía pasó la mano sobre los hojaldres de nata. La manga de su traje inmaculado quedó toda pringada.

—Oh, Thomas. —Alexandria intentó levantarse al instante para ayudarle, pero las manos de Aidan la retenían. *¡Sé que lo has hecho tú, hombre de Neanderthal! Ni por un minuto intentes hacerte el inocente porque no va a funcionar. Estás poniendo en una situación comprometida a este hombre aposta.* Acusó a Aidan de ello con vehemencia, esforzándose para que ni una chispa de humor saliera a la superficie.

Que deje las manos quietas. Aidan no se arrepentía, ni siquiera al ver su enfado.

Tú no paras de tocarme cada vez que te viene en gana. No eres el más indicado para dar ejemplo. Deja de provocarle, quiero conseguir ese trabajo.

El muy idiota está enamorado de ti, haría el pino si se lo pidieras. No vas a perder el trabajo por esto.

Nadie utiliza la palabra enamorado. No se le ocurría ninguna respuesta lo suficientemente mordaz. Para colmo, Aidan actuaba sin el menor remordimiento, podía oír la nota divertida en su voz de terciopelo negro, con lo cual ella hervía de rabia.

—Lo siento, Alexandria. —Thomas se moría de vergüenza. Eran esos malditos ojos ámbar que observaban cada uno de sus movimientos, esperando, esperando sin más. Era una mirada misteriosa y molesta, la mirada del depredador. Se sentía como un conejo vigilado por un lobo. Pero entonces volvió a maldecir su propia imaginación. Dedicó a Alexandria su sonrisa más irresistible, intentando pasar por alto al hombre que se encontraba de pie tras su silla.

Savage daba una impresión de indolencia, pero Thomas no se engañaba. Fuera quien fuera, este hombre tenía una fuerza que no podía desdeñarse. Había declarado suya a Alexandria y estaba claro que advertía a Thomas que no se acercara.

—No te preocupes, Thomas. La bandeja estaba demasiado cerca. En cualquier caso, ha sido tu traje el que ha salido malparado, no yo.

La voz de Alexandria era tan apacible y tranquilizadora que parecía envolverle y relajarle.

—Alexandria está cansada, señor Ivan. Tengo que insistir en que descanse. —La mirada dorada de Aidan no vacilaba—. Confío en que esté ya satisfecho ahora que sabe que no la retengo prisionera en mi mazmorra. —Hizo una pausa—. Y en el futuro, señor Ivan, si quiere saber algo sobre mi personal, se lo aseguro, un investigador privado es una pérdida de dinero. Estaré encantado de responder a las preguntas que quiera hacer. —Su sonrisa era amistosa, pero su poderosa dentadura blanca transmitió a Thomas la ilusión de estar acosado por un lobo. No había el menor afecto en esos ojos dorados e inquietantes.

Thomas se puso de pie, fastidiado por el miedo que retorcía sus entrañas y por la humillación de sentirse expulsado sumariamente por este hombre con la excusa de su preocupación por la salud de Alexandria. Pero él sabía ser paciente. Ella trabajaría para él. Estarían a solas, y Aidan Savage no podría hacer nada al respecto.

—Lamento cualquier molestia que mi preocupación por Alexandria pueda haberles ocasionado. Estaba muy inquieto por su estado.

Alexandria, haciendo caso omiso de las manos de Aidan sobre sus hombros, se levantó a la vez que él.

—Lo entendemos. Aunque, te lo aseguro, Aidan es un buen hombre y nunca nos haría ningún daño ni a mí ni a Joshua. No tienes que preocuparte por nada en absoluto.

Thomas miró por encima de la cabeza de Alexandria y desafió a Aidan de forma directa.

—Oh, estoy seguro de que tienes toda la razón. —Tenía clichado a aquel hijo de perra, pero Alexandria era demasiado inocente como para percatarse del tipo de hombre que era en realidad Savage. Tenía que ocultar trapos sucios en su pasado, y más de uno. La intención de Thomas era encontrarlos—. El señor Savage y yo nos entendemos bastante bien, Alex. Te llamaré en otro momento.

Ella le siguió hacia la puerta. Cuando Thomas se detuvo en el porche de entrada, se volvió y levantó una mano para tocarle la mejilla, seguro de que su piel sería tan suave como parecía. Por un momento, creyó que el corazón se le detenía y se quedaba sin aliento. Ninguna mujer tenía aquel efecto sobre él. Pero en el instante en que estiró el brazo para acercar la mano a su rostro, oyó un furioso zumbido, y una enorme abeja negra cayó en picado sobre él desde la nada. Con un juramento, Thomas dio un brinco hacia atrás y dio un manotazo inútil al persistente insecto. Cuando tocó el suelo con el pie izquierdo, se torció el tobillo y casi se cae.

Alexandria se cubrió la boca llena de horror.

¡Aidan, para de inmediato!

No sé de qué me acusas, replicó Aidan desde el salón con tono inocente. Su voz sonaba despreocupada, virtuosa y apacible.

Thomas huyó por la calzada de la entrada hasta la seguridad de su coche. ¡Maldito hombre, maldita casa y malditas todas las cosas raras que le habían sucedido! ¡Savage no iba a ahuyentarle tan fácilmente! Desde el santuario de su vehículo se despidió de Alexandria y se alegró de ver que ella parecía consternada por él. Casi deseó haber permitido que la abeja le picara, tal vez ella hubiera insistido en cuidarle hasta estar recuperado.

Alexandria cerró la puerta con más fuerza de la necesaria.

—Eres el hombre más exasperante del mundo —le acusó.

Aidan alzó una ceja.

—Una de mis cualidades más molestas, aunque simpática. —Su lenta y sexy sonrisa era burlona.

Alexandria casi pierde el hilo de su pensamiento, distraída por la manera en que la derretía esa sonrisa. Se recuperó de forma abrupta, enderezó los hombros y adoptó la actitud más furiosa que pudo bajo aquellas circunstancias.

—No hay nada simpático en ti. Eso ha sido tan... tan... —Se interrumpió para buscar la palabra adecuada, pero le falló el vocabulario. Nadie debería tener una sonrisa así.

—¿Genial? —apuntó para ayudarla.

—Insensible es lo que me viene a la cabeza. Infantil. ¿Vas a comportarte de este modo cada vez que venga él por aquí?

Alexandria, brazos en jarra, con las manos sobre sus delgadas caderas, echaba chispas por sus ojos de zafiro. Aidan quiso besarla. Sus ojos dorados se enternecieron y desplazó la vista hasta su boca. Al instante el cuerpo de ella respondió a aquella mirada sensual, misteriosa. Se apresuró a retroceder, al tiempo que levantaba las manos para protegerse.

—No te atrevas, creo que te has escapado de un manicomio.

—¿Que no me atreva a qué? —Su voz sonaba suave, cautivadora, seductora.

Alexandria notaba su contacto como si le tocara la piel con los dedos. Se derritió, suspiró.

—Quédate al otro lado de la habitación, lejos de mí. Lo digo en serio, Aidan. Eres un peligro mortal, deberías estar encerrado.

—Pero si no he hecho nada. —Sonrió y se movió despacio hacia ella—. Aún.

—¡Marie! —Presa de pánico, Alexandria llamó todo lo fuerte que pudo.

Aidan se rió cuando el ama de llaves entró con premura. *Cobardica, huye ahora que puedes.* Aunque les separaba media habitación y Marie se encontraba justo entre ellos, Alexandria notó el roce de los dedos sobre su piel, su rostro y su garganta. Luego descendieron ligeros como plumas a tocar la prominencia de su pecho doliente antes de que la sensación desapareciera.

—¿De qué se trata, Alexandria? —preguntó Marie con los brazos en jarras, mientras lanzaba una mirada fulminante a Aidan.

Él alzó una mano apaciguadora mientras se reía.

—Soy inocente. He sido un perfecto caballero con su visita.

—Ha derramado café por encima de Thomas, le ha hecho estornudar, le ha pringado de nata y le ha perseguido con una abeja —acusó Alexandria. Mientras Marie se esforzaba por mantener una expresión seria, Alexandria comunicó la última atrocidad—. Y quería marchitar mis flores.

—¡Aidan! —Marie le reprendió con firmeza, pero en sus ojos se adivinaba la risa.

Entonces Aidan se con ganas, con la cabeza hacia atrás, los ojos dorados relumbrantes y el rostro transformado, casi infantil por su gesto travieso. Ninguna mujer podría resistirse a la pura dicha, la diversión que estaba experimentando por primera vez en siglos. Marie sintió ganas de dar gritos de felicidad, y para Alexandria fue un afrodisíaco el saber que esgrimía tanto poder sobre una criatura así.

—No dice la verdad. Ivan se volcó su propio café encima y metió el brazo en la bandeja de hojaldres. Yo no estaba cerca de él, en absoluto. Y es probable que la abeja pasara por ahí. ¿Cómo puedo ser responsable de la atracción de un insecto por ese hombre? —Miraba con los ojos abiertos y gesto inocente—. En cuanto a las flores, sólo las miraba con rabia porque ella se estaba poniendo tonta con esas malditas cosas.

—¿Tonta? —repitió Alexandria—. Ya te enseñaré lo que es ponerse tonta, animal salvaje. —Se fue hacia él con decisión, pero Marie alzó una mano.

—Basta, basta, niños. Joshua se ha levantado y no queremos que os encuentre a los dos peleándoos ¿verdad?

—No, no queremos que descubra que su héroe tiene pies de barro —corrigió Alexandria mientras fulminaba a Aidan con la mirada.

Él se movió entonces hacia ella, se deslizó exagerando su actitud acechante, rodeando a Marie con ese paso fluido y silencioso suyo, que desbocó de expectación el corazón de Alexandria. Una sonrisa burlona curvaba su boca perfecta. Ella retrocedió apresurada, se tropezó y se habría caído si él no hubiera alargado la mano para agarrarla.

—¿Huyes, cobardica? —susurró en tono suave, burlón, mientras la acercaba al cobijo de sus brazos.

Marie salió con discreción de la habitación, abandonando a su destino a la joven y ocultando una sonrisa tras su mano.

—Aidan. —Había anhelo en la voz de Alexandria. No pretendía que sonara así, pero él estaba tan cerca, que el calor de su cuerpo la envolvió. Tenía la boca a centímetros de distancia, y sus corazones marcaban el mismo ritmo desesperado.

Aidan le rozó el labio inferior con una ligera caricia que dejó una quemadura en el alma de Alexandria. Los ojos dorados mantuvieron su mirada, luego bajó la cabeza y encontró su boca con ansia pausada, saboreando despacio cada centímetro del interior sedoso, sin cesar en su exploración y persuasión. Deslizó las manos por las caderas de Alexandria y las agarró, atrayéndola hacia sí, sujetando su blandura contra su cuerpo duro y exigente.

Todavía quedaba cierta resistencia en ella, como si aún luchara por sobrevivir, como si su sentido de autoconservación le advirtiera que se encontraba en peligro. Pero el vínculo entre ellos crecía con la proximidad, con cada intercambio de sangre, con la química explosiva existente entre ambos. La mente de Alexandria ya le buscaba. Incluso su corazón se estaba ablandando, cada vez se mostraba más voluntariosa. Y su cuerpo imploraba estar a su lado. Sólo su cabeza, tan testaruda, impedía que él reivindicara sus derechos como pareja.

Movió la boca sobre la de Alexandria y ahondó en el beso, suprimiendo todas sus objeciones con una oleada de fuego, arrastrándola cada vez más a las profundidades de un mundo de sensualidad, un mundo nocturno, el mundo de las necesidades de su sangre y todo lo que implicaba.

—¡Ahí va! —la voz de Joshua sonaba asombrada e indignada al mismo tiempo—. ¿Te gusta ese rollo asqueroso, Aidan?

Alexandria se soltó de golpe y se frotó la boca, mientras intentaba con desesperación recuperar el aliento.

Aidan revolvió los rizos rubios al muchacho.

—Sí, Joshua, me gusta, pero sólo con tu hermana. Ella es especial, ¿entiendes? Alguien como Alexandria sólo aparece cada varios cientos de años.

Joshua observaba a su hermana con una mueca especulativa. Había una luz diabólica en sus ojos.

—Parecía gustarle, también.

—Pues no —negó Alexandria con firmeza—. Aidan Savage es un memo.

La sonrisa se agrandó.

—Sí le ha gustado —sentenció Joshua—. Debes de besar muy bien, Aidan. Nunca deja que nadie le dé besos aparte de mí. —Inclinó la cabeza hacia arriba para recibir un beso de Alexandria, al tiempo que ella la bajaba para que le rodeara el cuello—. Nadie te besa mejor que Aidan y que yo, seguro.

—Así tiene que ser —dijo Aidan complacido—. Tendremos que poner especial cuidado ahora que ese señor Ivan la ha contratado para hacerle los dibujos. Se le nota en la pinta, apostaría a que tiene ganas de besar a Alexandria.

—No te preocupes, Aidan, no le dejaré —dijo Joshua incondicional—. Si tiene que ir a trabajar para ese tipo, les seguiré vayan donde vayan y no le dejaré que se acerque a ella.

—Eso sí que estaría bien, Josh. —La aprobación en la voz de Aidan hizo que el muchacho sonriera con orgullo.

—No lo puedo creer —interrumpió Alexandria—, que estés manteniendo esta conversación con un niño de seis años. —Abrazó a su hermano pequeño con fuerza y recuperó el calor que tanto echaba de menos. Había estado apartado de ella demasiado tiempo. Pero no tanto como para que él dejara de discutir con su hermana mayor.

—Tengo casi siete.

—Sigue siendo poco apropiado.

Joshua le puso una sonrisita a Aidan.

—No te preocupes, siempre dice eso cuando no sabe qué decir y quiere que me calle.

Aidan alargó el brazo hacia abajo y levantó al chico con una mano hasta su hombro.

—Es porque le han gustado mis besos y está un poco aturullada. Tendremos que perdonarla por esta vez.

—Oh, ya veo cómo va a ser. —Alexandria lanzó una mirada de ira a los dos, pero su hoyuelo apareció pese a todos sus esfuerzos para aparentar ferocidad—. Vosotros dos planeáis confabularos contra mí.

Se miraron el uno al otro e intercambiaron una sonrisa.

—Sí —dijeron al unísono.

Alexandria notó que el corazón le daba un vuelco. Joshua nunca había tenido nadie que le cuidara aparte de ella. Nunca había tenido nadie en quien confiar, nunca había tenido nadie a quien admirar. No podía evitar alegrarse de que Aidan estuviera preocupándose tanto por él. Aidan le estaba robando el corazón con su amabilidad. Joshua era su mundo. Ella veía el afecto genuino de Aidan por el muchacho, veía que estaban entablando una relación verdadera. Y notó que las lágrimas le saltaban al verlos a los dos juntos.

—Vamos, chavalote, hay que prepararte algo para desayunar. El señor Ivan se ha ido con la ropa pringada de comida, qué hombre tan patoso. Tendrías que haberle visto —informó Aidan al muchacho.

Joshua soltó una risita.

—¿Se le caía la comida?

Aidan se deslizó con facilidad en dirección a la cocina, como si el peso añadido de Joshua no tuviera la menor importancia.

—Ha quedado como un tonto. Incluso a Alexandria le costaba no reírse, aunque no quiera a admitirlo. Finge que le cae bien —susurró aunque sabía a la perfección que ella podía oír cada una de sus palabras.

Alexandria les seguía, calibrando si darle otra patada a Aidan en la pantorrilla o si adoptar un aire digno y no prestarle atención. Era una opción difícil.

Puedo oír lo que piensas. Su voz en su mente era como una caricia física.

Ella le dirigió una mirada incendiaria. Iba a darle una patada en cuanto tuviera la oportunidad. Él sabía con exactitud el efecto que tenía sobre ella, el muy canalla. *Playboy milenario. Moscón. Cerdo.* Se merecía una patada. Fuerte.

—A mí nunca se me cae la comida, Aidan —le confió Joshua con solemnidad—. Al menos ya no. Cuando era pequeño, sí.

—Las hermanas no tienen el mismo efecto sobre sus hermanos que sobre los hombres mayores. Créeme, Alexandria podría hacer que se me cayera la comida.

Joshua sacudió sus rubios rizos.

—Imposible, Aidan.

—Es cierto, Joshua. No quiero admitirlo, pero claro que puede. Qué miedo, ¿no?, el efecto que tienen las mujeres sobre los hombres...

—¿Por qué? No es más que una chica. —Se frotó la nariz y sonrió a su hermana—. Y siempre nos dice lo que tenemos que hacer.

—Ahora mismo voy a decirte que tomes el desayuno y te prepares para ir al cole. —Alexandria se había propuesto sonar severa, aunque intentaba no reírse. Joshua era demasiado precoz para su edad—. Yo te acompañaré.

Aidan se volvió poco a poco y la miró con esa fija mirada dorada. Alexandria no le hizo caso, pues era demasiado consciente de que se oponía a que saliera. Pero ella estaba decidida a imponerse.

No iba a cambiar toda su vida por él. Cuanto más permitiera que Aidan la convenciera de lo que podía o no podía hacer, más se vería arrastrada a su mundo.

—Iré contigo —reiteró Alex con firmeza.

—Eso crees —dijo él en tono suave mientras bajaba a Joshua al suelo. Le revolvió los rizos al muchacho—. Alguien tiene que cuidar de ti. Joshua y yo estamos decididos a cuidarte tanto si te gusta como si no.

Joshua le sonrió, inocente, infantil, ajeno al trasfondo.

—Porque estás enferma, Alex. Ya lo sabes, igual que tú me cuidas cuando yo estoy enfermo. —Se sentó en una silla de roble con alto respaldo—. Una vez me puse muy, muy enfermo, y ella nunca se separó de mi lado, ni siquiera para irse a dormir. Me acuerdo de eso, Alex.

—Tenías neumonía —afirmó en tono suave al tiempo que alargaba el brazo para tocarle el hombro con cariño.

Había tal ternura en su expresión que Aidan se apartó para evitar ir a cogerla entre sus brazos. Ella hacía todo lo posible para continuar como ser humano, y él, la verdad, no podía culparla por ello. Todo el mundo de Alexandria había quedado patas arriba. No lo estaba haciendo nada mal, para alguien que le veía a él como una criatura ficticia, el legendario, espeluznante vampiro.

—Marie ha preparado panqueques esta mañana —dijo Joshua—. Se los he pedido porque es lo que más me gusta. Marie ha hecho caras raras con ellos.

El golpe fue casi físico, un puñetazo en la tripa. Alexandria palideció, de repente se encontró examinando el suelo inmaculado de la cocina. Todo le recordaba el precio terrible que pagaba por continuar con vida. Tenía que haber una manera para volver a transformarse. Si un vampiro o un... un carpatiano podía hacer esa transformación con ella, la medicina moderna debería de tener un antídoto. Haría un poco de investigación en secreto, encontraría una manera de ocuparse de Joshua ella misma, sin ayuda de Marie o Stefan, y desde luego sin Aidan. Se estaba volviendo demasiado indispensable para su gusto.

Notó los ojos dorados sobre ella, sabía que la estaba vigilando de cerca, percibió el momento exacto en que su mente buscó la suya. Se resistió adrede, quería practicar su independencia.

La risa de Aidan sonaba suave y burlona.

—¿Vas a ponerte zapatos para llevar a Joshua al cole o tienes pensado acompañarle descalza? —preguntó con calma, sin dar importancia al desafío de Alexandria.

—No creo preciso que vengas, Aidan. Soy del todo capaz de llevar a Josh al cole yo solita. No puedes haberlo olvidado, lo he hecho durante bastantes años.

Él le estiró un mechón de pelo.

—Cierto, *piccola*, pero ésa no es la cuestión. Tuve que hacer una inspección de la escuela demasiado rápida, y aunque Stefan lo ha hecho por mí, en realidad aún no he tenido la ocasión de evaluarla por mí mismo. Será una buena oportunidad para echar un vistazo.

—Me estás custodiando —sonó como una acusación.

Él se encogió de hombros con aire displicente, no veía motivo en negarlo.

—Eso también es cierto.

Ella le dirigió una centelleante mirada resentida. De súbito, le escocieron las lágrimas en los ojos, y eso sólo sirvió para ponerla más furiosa.

—No necesito ningún guardián.

—Ya lo sé.

Ella le cogió del brazo.

—Joshua, date prisa y acaba el desayuno, luego límpiate los dientes. Aidan y yo tenemos que hablar. Ven al salón cuando estés listo para salir.

—Vale, Alex —respondió Joshua.

Aunque los pequeños dedos de Alexandria apenas rodeaban la mitad de la poderosa muñeca de Aidan, le sacó de la cocina.

—No puedes retenerme como una prisionera, Aidan. Y sé que no me custodias por mi seguridad. ¿Qué hay ahí fuera que pueda ponerme en peligro? Has dicho que los vampiros no pueden salir después del amanecer. Puedo ir yo sola con Joshua.

—No tienes ni idea a lo que te enfrentas. La luz, incluso la de primera hora de la mañana, te lastimará, y el sol te quemará la piel. Tendrás que ponerte unas gafas oscuras especiales y acostumbrarte al sol de manera gradual. Como pareja tuya soy responsable de tu salud y tu seguridad, y debo protegerte a todas horas, incluso de ti misma. Si deseas acompañar a Joshua al cole, entonces yo también iré.

—Quieres asegurarte de que regreso. El que vengas no tiene nada que ver con la escuela de Joshua ni con mi seguridad. Piensas que voy a coger a Josh y escaparme al aeropuerto más cercano. Si me quedara algo de juicio, lo haría. Quédate aquí, Aidan, y deja que me ocupe de mi hermano. Llevo años haciéndolo. —Sus ojos azules le miraban encendidos de decisión y desafío.

Aidan permitió que una sonrisa lenta y masculina de diversión suavizara la línea de su boca.

—Y has hecho un buen trabajo, Alexandria. Joshua es un buen chaval. Nos ha robado el corazón a todos los de la casa. Pero yo sería negligente si no lo acompañara al menos una vez a su nuevo cole. Por lo visto ha tenido problemas de intimidaciones en el pasado con algún que otro matón, y dijo con claridad que una demostración de fuerza sería de gran ayuda para establecer mejores relaciones. Voy a avisar a Stefan para que traiga la limusina.

—No me estás escuchando, Aidan. —Pero él había conseguido disipar su enfado. Alexandria quería que Joshua fuera feliz. Se había dado perfecta cuenta de los problemas en el antiguo colegio. Si él quería un gran coche y unos cuantos adultos grandullones cerca de él para respaldarle y dar una primera impresión de fuerza, entonces, ¿quién era ella para negárselo?

—Me parece que no me caes demasiado bien, Aidan. Siempre te sales con la tuya —recapituló a su pesar.

Él le revolvió el pelo como si fuera Joshua.

—Acostúmbrate a ello, *piccola*. Todo el mundo me obedece.

—Yo no te temo como los demás.

—Tal vez no de la misma manera, Alexandria, pero desde luego estás asustada. Si no, no intentarías escapar de mí, de nosotros, de esta forma. —La nota burlona en su voz estaba logrando cosas en las entrañas de Alexandria que ella no quería reconocer. Tenía que escapar. Era la única manera. La única manera...

Marie asomó la cabeza por la puerta.

—El teléfono, Alexandria. Otra vez tu enamorado. —Guiñó un ojo—. Vaya si está ansioso.

—No es el enamorado de Alexandria, Marie —dijo Aidan molesto—, tiene edad para ser su padre.

Marie se limitó a reírse mientras volvía majestuosamente hacia la cocina sin hacer caso de su mal humor.

—¿Hola? —Con malicia intencionada, Alexandria sonó todo lo dulce que pudo al atender la llamada de Thomas—. ¡Oh, Thomas! —Tenía la mirada fija en Aidan mientras pronunciaba con deleite el nombre del otro hombre—. ¿Al teatro? ¿Esta noche? Me lo dices con poca antelación, no sé si ya estoy bien como para salir de noche.

Aidan podía oír la voz melosa y persuasiva en el otro extremo de la línea:

—Lo único que hay que hacer es sentarse en silencio, Alex, y te traeré directamente a casa en cuanto termine. No volverás tarde.

Ella cerró los ojos. Una noche lejos de toda esta tensión. Una noche en el mundo real. En su mundo. Era tentador. Y si aceptaba aclararía también si era una prisionera o no.

—Eso me parece muy bien, Thomas. Pero directa a casa después... no quiero que el doctor me dé la bronca. —Miró a Aidan al decir esto último.

Aidan alzó una ceja, pero por lo demás, su rostro continuaba siendo de granito, del todo inexpresivo. Por algún motivo, eso hizo latir el corazón de Alexandria más deprisa que si él se hubiera mostrado molesto. Aidan Savage planeaba alguna cosa. No sabía el qué, pero estaba segura de eso.

Colgó el teléfono.

—Voy a ir al teatro —dijo desafiante.

Aidan hizo un gesto de asentimiento.

—Eso he oído. ¿Te parece prudente?

Ella se encogió de hombros.

—Ya me encuentro lo bastante bien. Parece que he recuperado la salud.

—No me preocupa tu salud en este momento, Alexandria —dijo sin alterarse—, me preocupa sólo la salud de él.

Capítulo 12

—Aidan, ¿puedo tener un perrito? —Joshua, comprimido entre Aidan y Alexandria en el asiento del coche, tuvo cuidado de mirar a su hermana.

Alexandria se puso rígida a causa de los celos y alzó la barbilla. Aidan deslizó la mano por el respaldo del asiento y la apoyó con suavidad en su nuca para rodear con los dedos la delgada columna e iniciar un lento masaje.

—Joshua, es divertido tomar el pelo a Alexandria sobre que yo soy el jefe y quien toma las decisiones, pero los dos sabemos la verdad. Alexandria es tu hermana y tu tutora. ¿Por qué me haces a mí esa pregunta?

—Ah, Aidan. —Joshua se quedó mirándose las manos—. Ella siempre me dice que no. ¿No es cierto, Alex? Dice que es demasiado difícil encontrar un apartamento en el que dejen tener perros. Pero ahora vivimos contigo. Un perrito sí podría vivir ahí, ¿no crees? —Alzó la vista ilusionado—. Tu casa es grande de verdad, y yo lo cuidaría, menos cuando estoy en el cole.

—Bien, Joshua, no sé. —Aidan respondió con expresión seria, estaba considerando el asunto—. Los perritos a veces dan muchos problemas. Marie y Stefan tienen suficientes obligaciones con llevar la casa y todo eso. Para ser justos, habría que consultarles. No es una decisión que pueda tomarse a la ligera. En cualquier caso, antes de que plantees el tema otra vez, creo que el punto de partida sería comentarlo con tu hermana.

Joshua se encogió de hombros y sonrió con sumo encanto a Alexandria.

—Ella ya me había dicho que podríamos tener un perrito cuando encontráramos un lugar donde nos lo permitieran.

Alexandria intentó concentrarse, pero los ojos le quemaban incluso detrás de las gafas extremadamente oscuras que Aidan había insistido en que se pusiera. Las ventanas del coche también tenían vidrios ahumados para ayudar a bloquear el sol, pero aún así, tenía la impresión de que miles de agujas le perforaban los ojos cuando la luz le tocaba el rostro. Era aterrador. Y significaba que, una vez más, Aidan le había contado solamente la verdad.

—No llevamos suficiente tiempo en casa de Aidan como para saber si es el lugar adecuado para quedarnos, Joshua. —Hizo caso omiso de los dedos que apretaban un poco más su cuello—. Y no es justo cargar con otra obligación a Marie tan pronto. Esperemos a ver qué pasa. Acabamos de instalarnos y yo empezaré pronto a trabajar. No estoy diciendo que no, sólo digo que hay que esperar un poco más, ¿de acuerdo?

—Pero, Alex... —Había una nota quejumbrosa en la voz de Joshua.

—Creo que Alexandria es muy justa, Joshua. —El tono de Aidan acabó con la discusión, y el crío lo aceptó de inmediato.

Por extraño que resultara, Alexandria se sentía agradecida a Aidan. Lo previsible era que Joshua hubiera insistido hasta agotarla. Y en este momento, ella se encontraba tan cansada que parecía difícil pensar o funcionar en condiciones. Tenía lágrimas en los ojos, y la luz velada del sol le abrasaba brazos y rostros. Quería echarse a llorar, gritar contra el destino que le había jugado esta mala pasada. En todo momento había confiado en que Aidan no estuviera diciendo la verdad, que sólo fuera alguna artimaña para intentar convencerla.

Enseguida volveremos a casa, cara. Las palabras se movieron por su mente, la envolvieron de terciopelo y calor, similares al confort que él le daba con sus brazos.

—No puedo aceptar esto —dijo en voz alta, ajena al hecho de tener a Joshua sentado entre ellos, con la antena puesta—. No puedo, así de sencillo, Aidan. —Que dijera en voz alta algo que pudiera preocupar a Joshua daba la medida del estado mental en que se hallaba. Siempre tenía sumo cuidado cuando su hermano estaba presente.

Aidan bajó la mano por su espalda y la enredó en su pelo sedoso, para estar más unido a ella.

—No te preocupes tanto, todo irá bien —dijo, quitando tensión al momento.

El coche se detuvo y Stefan abrió la puerta del lado de Aidan. Al instante, la luz sin filtros entró a raudales, un rayo de calor y luz, y Alexandria supo de inmediato que Stefan había recibido instrucciones de abrir la puerta del lado de Aidan en vez de la suya. Aidan, como siempre, la estaba protegiendo de sus propias estupideces. Pese a que el gran cuerpo de Aidan bloqueaba la mayor parte de la luz y creaba una sombra protectora, Alexandria tuvo que apretar los dientes al notar aquella sensación abrasadora. Con los ojos cerrados detrás de las gafas, dio un beso a Joshua en lo alto de la cabeza.

—Que tengas un buen día, Josh. Te veo esta noche. —Le asombró que pudiera sonar tan normal.

—¿Estarás cuando vuelva a casa? —preguntó con ansiedad. Todavía detestaba dejar de verla, aún temía perderla. Últimamente aquella sensación se colaba en sus sueños —pesadillas en realidad—, Alexandria se iba muy lejos y para siempre. La abrazó con fuerza y hundió el rostro en su hombro.

—¿Qué pasa, Josh? —Al instante, sus propios temores y el dolor físico quedaron arrinconados para poder consolar al crío.

—No va a pasarte nada malo, ¿verdad? —Había angustia en su voz, tensión en su pequeño cuerpo.

Alexandria quería responderle, tranquilizarle, pero se le atragantaron las palabras, que se negaban a salir. Sólo le salió un pequeño sonido, algo entre el terror y el dolor.

—Voy a estar con Alexandria en todo momento mientras estás en el cole, Joshua —le tranquilizó Aidan, y su tono de voz suave y amable era tan puro que resultaba imposible no creerle—. Nunca permitiré que nada ni nadie le haga daño. Tienes mi palabra. Y aunque esté descansando cuando vuelvas a casa, por la noche se levantará para estar contigo.

Joshua, en los brazos de su hermana, dio muestras de estar más relajado, y Aidan le dio una palmadita en la cabeza, invadido por un repentino cariño. Joshua se estaba colando en su corazón.

Pero tras las gafas oscuras, los ojos de Aidan no descansaban. Inspeccionaba su entorno, y la inquietud crecía en él. Había aprendido a tolerar la luz matinal pero, como carpatiano y como criatura de la oscuridad que era, salir de su guarida a estas horas tenía un precio, acabaría pasándole factura algún día por sorpresa, le costaría su gran fuerza.

—Estaré en casa a las dos y media —anunció Joshua como un hombrecito, y dio un último beso a Alexandria.

—El desayuno —le recordó Stefan mientras tendía al muchacho la mochila que Marie le había comprado unos días antes.

—Gracias, Stefan —gritó Joshua mientras se iba corriendo hacia otro niño del que ya se había hecho amigo—. ¡Jeff! ¡Eh! Espera...

Alexandria intentó mirar cómo corría, pero la luz casi la cegaba, como agujas perforando sus pupilas, provocando un lagrimeo continuo. No le quedó otra opción que cerrar los ojos con fuerza. Levantó las rodillas y se acurrucó contra el asiento trasero. Aidan se movió sin hacer ruido, nada más que un mero rumor sobre el suntuoso cuero, pero ella notó el calor y el alivio que le proporcionaba su sólida forma a su lado. De todos modos, no quería este alivio. No quería nada relacionado con él. Aidan había prometido a Joshua cuidarla y que ella no faltaría nunca, pero no podía aceptar llevar la vida de una criatura que necesitaba sangre de otras personas. Sin sol. Sin día. Sin disfrutar con Joshua en todo momento. Gimió en voz baja y se tapó el rostro con las manos.

Stefan cerró la puerta para bloquear la terrible luz, y entonces Aidan le rodeó los estrechos hombros.

—No va a ser siempre así, *cara*.

—Ni siquiera son las nueve de la mañana. El sol casi acaba de salir. —Los sollozos se atascaban en un terrible nudo en su garganta.

—Tu piel se acostumbrará poco a poco a la luz del día. —Alexandria notó el roce de su boca en lo alto de su cabeza.

Stefan arrancó el coche.

—Espera —ordenó Aidan, y Stefan obedeció al instante mientras se volvía en su asiento con expresión interrogante. Aidan permaneció callado mientras inspeccionaba los alrededores, con un gesto contrariado—. Tal vez tengamos que recurrir a los servicios de Vinnie del Marco y Rusty. Por favor, diles que vengan aquí de inmediato, y dales instrucciones para que no se separen de Joshua hasta que esté a salvo en el interior de los muros de nuestra casa. Que uno de sus socios se quede también con Marie mientras hace sus tareas y, por favor, asegúrate de que pospone todos su recados en la ciudad. —Aunque hablaba con calma, sin alterarse y sin inquietud, Alexandria se asustó.

—¿Qué sucede? —quiso saber. Stefan no hizo preguntas. Era obvio que era muy consciente del significado de las órdenes de Aidan—. Dímelo. Joshua es mi hermano. ¿Se expone a algún tipo de peligro?

Aidan la agarró por el brazo mientras el coche se ponía en marcha y se alejaba del colegio, impidiendo así que ella saltara del vehículo en marcha en un intento de regresar junto a Joshua. Alexandria forcejeó, pero él tenía una fuerza enorme.

—Nos ocupamos de ello.

—¡Dijiste que los vampiros no soportan el amanecer! ¿Quién más querría hacerle daño? No es más que un niño, Aidan. ¡Tráelo de vuelta a casa! —Empezaba a perder el control, su voz sonaba al borde de la histeria.

—Joshua necesita llevar una vida normal. Nada le perjudicará. Vinnie y Rusty son unos guardaespaldas de confianza, y le protegerán. Joshua no es como nosotros, Alexandria. Continúa en el mundo de los humanos. Tenemos que regresar a casa, a la cámara subterránea, hasta que se ponga el sol.

Ella detestaba su tono de voz, tan amable, tan convincente, persuadiéndola para hacer lo que quisiera. Tan razonable mientras ella perdía el control por completo. Él daba la impresión de no advertir la lucha, la histeria de Alexandria. Hacía que sus protestas sonaran infantiles y su comportamiento poco razonable. Respiró a fondo y se esforzó por dominarse.

—Déjalo, Aidan. Ya estoy bien.

—Creo que voy a abrazarte un poco más, *piccola*. Estoy en tu mente y sé que intentas engañarnos a los dos con tu falsa compostura. Relájate ahora, limítate a respirar conmigo, y verás que todo está controlado. Joshua estará a salvo con las medidas que hemos tomado.

—Parece que no lo entiendes bien —vocalizó con suma claridad—. Soy la hermana de Joshua, soy yo quien decide lo que es seguro o no para él. Le quiero conmigo.

—No puede estar contigo, Alexandria, es imposible. —Aidan lo dijo con paciencia. Encontró con el pulgar el pulso frenético en su garganta y la acarició con delicadeza—. Joshua se quedará en el colegio.

—Eso no es decisión tuya. Yo quiero que vaya a casa.

—¿Crees que discutir conmigo va a cambiar las cosas? Eres lo que eres, *cara mia*. No puede hacerse nada al respecto. —Cuando ella intentó apartarse de él, Aidan lo impidió con el brazo.

—Este montaje no va a funcionar, Aidan. Me niego a permitir que tú me impongas lo que puedo o no puedo hacer con Joshua. No es asunto tuyo. —Furiosa, hizo más fuerza para apartarse de él, pero empezaba a estar muy cansada.

Aidan acarició su cabeza apoyada sobre su pecho, sin dejar de rodearle la garganta, notando el ritmo de su pulso con la palma de la mano.

—No tienes posibilidades de vivir separada de mí, Alexandria, y lo sabes en el fondo de tu corazón. Tal vez es ése el motivo de que te opongas con tal desespero. Aún no estás lista para entregar tu libertad a mi cuidado.

—Te odio. —Él no entendía nada en absoluto. Desde muy joven, Alexandria se había visto obligada a asumir el control en situaciones diversas. Ahora estaba habituada a ello. Y le gustaba. Se le daba bien. Que otra persona le diera órdenes, que le dijera lo que podía o no podía hacer, era espantoso. Y temía que Joshua se estaba apartando de ella de forma lenta pero segura.

Se obligó a quedarse inmóvil, e hizo lo que Aidan le indicaba. Inspiró. Espiró. Notó un empujón familiar en su mente e intentó resistirse. Pero ni siquiera controlaba eso. Él estaba demasiado familiarizado con sus bloqueos, con sus defensas. Alexandria dejó la mente en blanco, imaginó una pizarra y borró todo lo que había en ella.

Cara, confía un poco más en mí. Sé qué es lo mejor para Joshua. Tendrá que aprender a enfrentarse a algunas cosas por su cuenta, igual que Marie, Stefan y sus hijos aprendieron. Los guardaespaldas garantizarán su seguridad.

Ella no respondió. ¿Cómo había acabado así su vida? ¿Cómo se habían vuelto las cosas tan demenciales, tan fuera de control? Tal vez Aidan la había hipnotizado, tan sencillo como eso, y todo lo que estaba sucediendo no era más que una mala pasada que le jugaba su mente. O quizá la verdad fuera aún peor. Si él fuese un vampiro, si los vampiros existieran y las leyendas e historias sobre ellos fueran ciertas, podría haberla convertido en su esclava. La obligaría a hacer cualquier cosa. Tenía que descubrir si Aidan decía la verdad o si ella estaba hechizada.

En ese instante temió que el motivo de que ella no se hubiera marchado fuera que, cada vez que sus ojos dorados la miraban con posesión y necesidad, se derretía por dentro y le deseaba, en realidad quería que alguien sintiera aquella intensidad por ella. Sexo. ¿Había permitido que la separara de Joshua por sexo? Dios, se detestaba a sí misma. Detestaba en qué se había convertido. Tenía que encontrar un médico. Un psiquiatra. No era posible que todo esto fuera real. Tendría que estar en una celda acolchada. Necesitaba ayuda desesperadamente.

El coche se detuvo dentro del garaje, pero aún no estaba lo suficientemente oscuro para sus ojos vulnerables. Stefan le abrió la puerta y le tendió una mano para ayudarla. La aceptó con docilidad, decidida a ocultar el desafío que en realidad pensaba plantear. Notaba la mirada dorada de Aidan, sus ojos que todo lo veían, que sondeaban su rostro por debajo de las gafas oscuras sin decir nada.

Se apresuró a entrar en la casa, y el alivio fue instantáneo al librarse de la luz del sol. El calor que abrasaba su piel se esfumó, y también las agujas que perforaban sus ojos. Se percató de que las pesadas cortinas estaban echadas, con lo cual el interior quedaba oscuro. Se mordió el labio inferior y se adentró en la casa, sin saber por dónde ir, qué pasillo seguir. Al final llegó al enorme vestíbulo de la entrada, aunque no podía salir. Agotada y desesperada, se derrumbó junto a la puerta, dobló las rodillas y se las agarró con gesto protector. Le aterrorizaba perder la razón.

En la cocina, Aidan vaciló. Quería seguirla y no obstante sentía una extraña incertidumbre, de pronto asustado de ella.

Marie y Stefan intercambiaron una mirada de angustia. Aidan nunca daba muestras de indecisión, de dudas. Alexandria le había hecho perder su serenidad, y ellos sabían, mejor que nadie, lo peligroso que podía ser sin su autodisciplina vigilante, sin su firme autocontrol.

—Aidan, tal vez si hablara yo con ella —probó Marie.

—Está tan asustada de mí, ni siquiera puede confiar en su propia mente, en sus sentidos. Sabe de corazón que somos un solo ser, que yo nunca le haría daño, que nunca le haré daño, pero aún así, su mente se niega a reconocerlo. Piensa que tal vez haya perdido el juicio.

—La mayoría de gente no podría aceptar lo que le pides, Aidan —le recordó Marie en tono suave—. Es joven e inocente, no es una mujer de mundo. Su vida ha sido muy limitada. Joshua es la razón de su vida y teme que acabe alejándose de ella. Necesita sentir que controla algo.

Los ojos dorados la perforaron.

—¿Qué estás diciendo?

—Eres muy dominante. Das órdenes a la gente y tomas todas las decisiones. Alexandria todavía hace un gran esfuerzo, le cuesta mucho aceptar lo que le ha sucedido. Tú sabes esto mejor que cualquiera de nosotros, y aun así le pides que haga exactamente lo que quieres en todo momento.

Aidan se pasó una mano por su melena leonada.

—Le he dado más libertad de acción de la que he dado a nadie en mi vida. No entiendes las exigencias de una pareja carpatiana. Casi no puedo pensar con claridad. Necesito alivio, Marie, por grosero que suene. La bestia en mi interior crece cada día más fuerte. No sé cuánto tiempo podré mantenerla a raya.

—Tú eres esa bestia —dijo Marie con severidad—. Alexandria es una niña. Una niña aterrorizada, y tiene motivos para estarlo. Dale el tiempo necesario para adaptarse.

—¿Y qué me dices de los otros que la buscan? Y hay otros. Al menos dos más. Ya has leído los periódicos. Un asesino en serie anda suelto, dicen. Pero son los vampiros. Noto su presencia. La buscan. Pueden percibir que es una de nosotros y que aún no está emparejada.

—No es así. Tú eres su pareja eterna. Tu sangre está en ella igual que la suya está en ti. No hay manera de que uno de ellos la convenza de que te deje. Al menos he aprendido eso en todos los años que hemos pasado juntos. Es tu naturaleza carpatiana que te ciega, Aidan, tu necesidad imperiosa de tener a tu pareja siempre bajo tu responsabilidad, protegerla y declararla tuya. Pese a las apariencias, esa parte de ti sigue sin civilizar. Pero Alexandria aún es humana en esencia. No nació carpatiana. No tiene idea de lo que esperan de ella, ni siquiera de lo que le está sucediendo. Aún no comprende.

Aidan suspiró y se frotó las sienes.

—Sufre sin necesidad. Sólo con que fundiera su mente del todo con la mía...

—De cualquier modo no confiaría en lo que ha aprendido —insistió Marie.

Aidan suspiró y se volvió a Stefan.

—Tenemos que retirarnos pronto a la alcoba. Pero sabes que noto la presencia de algo sucio vigilando la escuela de Joshua. Creo que los otros volverán a atacarnos pronto. Por favor, permanece atento a cualquier peligro que os aceche.

Stefan hizo un gesto de asentimiento.

—Ya he hecho las llamadas necesarias y he activado el sistema de seguridad. No te preocupes por nosotros. Ya hemos pasado antes por esto.

—Demasiadas veces —respondió Aidan con pesar—. Nunca entenderé por qué os quedasteis y escogisteis vivir esta vida tan lejos de vuestra tierra natal, esta vida tan peligrosa para vosotros y para vuestros hijos.

—Ya lo sabes —respondió Marie con tono suave.

Aidan se inclinó y le rozó la mejilla con un beso cariñoso.

—Supongo que sí lo sé —admitió—. Por favor, vete a mirar si Alexandria está lista para ir a la cámara subterránea. No quiero que piense que la estoy «dominando».

Marie hizo un gesto de asentimiento y Stefan siguió a su mujer por la casa, preocupado por la manera en que evolucionaban las cosas. Aidan era peligroso, poderoso, más animal que hombre cuando se le llevaba al límite. No permitiría que nadie ni nada le arrebatara a Alexandria Houton. Stefan lo veía con claridad en la postura protectora y posesiva de Aidan cuando se encontraba cerca de ella. Y la delgada capa de barniz civilizado de Aidan cada día se volvía más fina.

Marie y Stefan detuvieron de golpe su búsqueda de Alexandria cuando la descubrieron hecha un ovillo junto a la puerta de entrada. Parecía pequeña y perdida, una desamparada niñita que sufría lo indecible y ya no soportaba más. Tenía recogidas las rodillas contra la barbilla, la cara escondida y el pelo caído en torno a ella, lo cual no permitía ver su expresión. Temblaba y estaba muy pálida, el terrible letargo diurno de la raza carpatiana se apoderaba poco a poco de ella. Estaba claro que la aterrorizaba notar que su cuerpo se volvía de plomo, como si hubiera perdido el control para siempre.

—Alexandria —dijo Marie con angustia mientras se acercaba a la figura acurrucada—. ¿Te encuentras bien?

Su preocupación parecía sincera, pero Alexandria no se hacía ilusiones. Por encima de todo, era leal a Aidan Savage. Cualquier cosa que ella dijera se la comunicaría de inmediato a él. Alexandria no alzó la cabeza. En su interior crecía el terror de encontrarse del todo indefensa, atrapada en una trampa, en un laberinto tan enredado que nunca llegaría a la salida. Aidan era alguien demasiado poderoso a quien enfrentarse, y además, por algún motivo, él quería tenerla a su lado.

—¿Alexandria? —Marie tocó con ternura la cabeza inclinada—. Dime, ¿quieres que vaya a buscar a Aidan?

Alexandria cerró los ojos con fuerza. Aidan. Todo parecía volver siempre a Aidan.

—No, es que... es sólo que todo me resulta... abrumador. Necesito... tiempo para adaptarme. —Su voz sonaba angustiada, estaba a punto de desmoronarse, le daba miedo incluso hablar. Hizo un gran esfuerzo para detener el temblor interior que podía destrozarla con una de aquellas sacudidas. ¿Estaba loca? ¿Acabaría encerrada en un manicomio?

Tenía que encontrar la manera de apartar a Joshua de esta gente. Debería haber pedido ayuda a Thomas Ivan. Pero lo cierto era que no podía confiar en que Ivan lograra vencer alguna vez a Aidan. No sabía por qué, no entendía cómo, pero tenía una convicción absoluta en que el carpatiano la seguiría hasta el fin de la tierra. Se mordió el nudillo para no echarse a gritar. ¿Cómo podía confiar en luchar contra Aidan? ¿Podía sobrevivir siquiera sin la ayuda de Aidan? Si ingresara en un hospital y admitiera tener alucinaciones, ¿qué sería de Joshua?

Sin previo aviso, notaba que la necesidad de tocar a Aidan se apoderaba de ella y entraba en su mente. Por mucho que intentara apartar la idea, allí continuaba. Quería saber que estaba ahí, que se encontraba cerca, en algún lugar. ¡Locura! ¡Su mente ahora se volvía en su contra! Cuanto más se esforzaba, peor. Le necesitaba. Necesitaba que él la tranquilizara.

Marie soltó una exclamación en voz baja cuando vio gotas de sangre en la frente de Alexandria. Se volvió a Stefan, asustada por la chica. Necesitaban a Aidan de inmediato. Estaba claro: la lucha que tenía lugar en la mente de Alexandria le estaba provocando este tormento. A la propia Marie le saltaron las lágrimas y se arrodilló al lado de la joven para rodearla por los hombros con un abrazo reconfortante. Parecía tan pequeña, tan frágil, y su cuerpo temblaba tanto que Marie temió que fuera a desencajarse, a romperse en un millón de pedazos.

—Por favor, permíteme ayudarte, Alexandria —rogó en voz baja el ama de llaves.

—¿Qué puedes hacer? —preguntó Alexandria sin esperanzas—. ¿Alguien puede hacer algo? Nunca va a permitir que me vaya. —Alzó la vista y miró a la mujer con expresión doliente—. ¿O sí?

El silencio de Marie fue la respuesta. Notaba el estremecimiento de miedo de la muchacha.

—Aidan es un buen hombre, sólo quiere protegerte. Confía en él.

—¿Tú confías?

—Pondría mi vida en sus manos. La vida de mis hijos —dijo Marie con solemnidad y sinceridad.

—Pero, claro, él no quiere lo mismo de ti que de mí, ¿cierto? —preguntó Alexandria con amargura—. Él haría cualquier cosa por retenerme aquí, llegaría a engañarme sobre lo que es real y no.

Se puso de pie sin avisar y casi derriba a Marie. Luego intentó con esfuerzo abrir la puerta. Stefan le gritó para que no lo hiciera y Marie llamó a Aidan de un grito. Y Alexandria al final consiguió abrir la puerta de golpe y salir al sol implacable y asesino.

Al instante un millar de agujas perforaron sus ojos, le salieron ampollas en la piel y se formaron espirales de humo como si se estuviera quemando. No sabía si gritar por el dolor o porque Aidan otra vez había dicho la verdad. Esta reacción atroz no era resultado de una sugestión hipnótica.

Stefan se quitó la camisa y la echó por encima de la cabeza de Alexandria, luego levantó en sus brazos su cuerpo que se desmoronaba y lo metió a toda prisa en la casa, en lugar seguro. Marie sollozaba mientras se acercaba angustiada a ella, pero Aidan llegó primero y la arrebató de los brazos de Stefan para acunarla contra su pecho. Por un momento, hubo un silencio absoluto mientras él apoyaba la cabeza en la de Alexandria, con los ojos cerrados, el corazón desbocado y el alma marcada.

—No volverá a pasar. —Susurró las palabras en voz alta. *Jamás volveré a permitir,* cara, *esta clase de desafío.* Repitió la advertencia en la mente de Alexandria, como si fuera un juramento. Estaba asustado por ella. Furioso con ella. Furioso consigo mismo. Las emociones formaban un remolino de llamas en su interior, que ardía descontroladamente.

Alexandria notó la furia que había despertado en él, y también en ella. Los brazos de Aidan parecían barras de acero mientras la sostenía.

—Estoy en deuda contigo, Stefan —se limitó a decir Aidan, como siempre con voz calmada y apacible, en terrible contraste con la ira que había cobrado vida en su interior.

Se giró en redondo y desapareció con aquella velocidad sobrenatural que volvía borroso su movimiento al ojo humano. Alexandria oyó el golpe de la puerta del sótano mientras avanzaban por el estrecho pasillo de piedra que conducía a la alcoba, pero Aidan no profirió sonido alguno. Ninguno. Ni siquiera el sonido de la respiración.

Alexandria continuaba inmóvil. El dolor era tremendo, las ampollas grandes y feas. Aidan tuvo cuidado de no irritar las quemaduras y de no lastimarla. A ella ya no podía importarle, sabía que estaba a punto de suceder algo terrible. Aidan, siempre sereno y calmado, era una caldera de profunda emoción a punto de explotar.

Las paredes del túnel se sucedieron como una sombra de granito, luego Aidan la colocó en la cama y se apartó de ella. Alexandria se sentó con cuidado.

—Estás muy enfadado conmigo —dijo en tono suave.

En vez de contestar, él se afanó en machacar hierbas en un mortero de ágata. Alexandria olía la fragancia que se elevaba desde el mismo. Luego Aidan encendió velas y un aroma humeante se mezcló con la fragancia de las hierbas.

Alexandria tragó saliva con dificultad y alzó la barbilla con gesto desafiante.

—No te tengo miedo, Aidan. ¿Qué puedes hacerme? ¿Matarme? Creo que ya estoy muerta. O al menos vivo una clase de vida que no quiero. ¿Te llevarás a Joshua? ¿Le amenazarás? ¿Le harás daño? He estado dentro de tu mente y creo que no eres así —dijo con valentía.

Aidan volvió poco a poco la cabeza y sus ojos dorados reposaron en el rostro de Alex. Un escalofrío descendió por su columna. Esos ojos no tenían alma, eran fríos como el hielo.

—Desconoces lo primordial de mí, Alexandria. Y tampoco te has tomado la molestia de aprender. No te atrevas a desafiarme. Sólo eres una novata. Yo soy uno de los miembros antiguos de mi pueblo. No tienes noción del poder que ejerzo. Puedo hacer que la tierra se mueva bajo tus pies y que el rayo estalle por encima de tu cabeza. Puedo invocar la bruma y volverme invisible. —No había nada jactancioso en su tono, sólo era informativo, sólo terciopelo negro—. Puedo hacer cosas que ni podrías imaginar.

Alexandria notó el vínculo permanente que él había forjado entre ambos, y sentía su rabia, negra y terrible, bullendo justo debajo de la superficie.

—Lo que he hecho hoy, me lo he hecho a mí misma —susurró.

Él se le acercó, una silueta grande que se elevaba sobre ella y la dominaba, más invencible y poderosa de lo imaginable.

—Me has traicionado. Has traicionado a Joshua. Te dije lo que sucedería si te exponías al sol. Te creíste que podías comprobar si yo decía la verdad. Pero ya sabías que era verdad. Te has arriesgado a la destrucción, a dejar a Joshua con unos desconocidos, con un futuro incierto y sin protección.

—Tú le protegerás.

—Sin ti, mi existencia se acaba. Estamos unidos, en la vida y en la muerte. Si decides morir, estás decidiendo la muerte para los dos.

A Alexandria le temblaban las manos cuando se apartó el pelo de la cara.

—Eso no puede ser.

—Tú no quieres que sea así —le corrigió, y entonces tomó el brazo derecho de Alexandria—. Pero lo es. Yo no te miento, Alexandria, te he permitido que opongas cierta resistencia, pero sólo porque todo esto es nuevo para ti.

La mezcla que él empezó a aplicar sobre su brazo era refrescante y calmante.

—Estás diciendo que no tengo opción. Que nunca he tenido opción —aventuró ella.

—Tu cuerpo y el mío decidieron por nosotros. Tu alma es la otra mitad de la mía. Mi corazón es tu corazón. Nuestras mentes buscan la tranquilidad y la intimidad del uno junto al otro. No estamos completos cuando estamos solos. Somos dos mitades del mismo todo. Ésa es la verdad, Alexandria, te guste o no.

Ella tragó saliva con fuerza, quería apretarse la frente con las puntas de los dedos.

—No es cierto. No puede ser. —Negó en voz alta porque no quería que fuera cierto, porque no podía creer en él y su pesadilla de mundo.

—¿Por qué piensas que puedo tocarte las quemaduras como hago sin atormentarte? Estoy bloqueando el dolor. Sin mí, este tratamiento sería una tortura.

—No es verdad —repitió con un breve susurro.

—Estoy lo bastante enfadado por tu estupidez como para demostrarte mis palabras, *cara*. No discutas conmigo. Mi cuerpo reclama a gritos el tuyo. No con una simple necesidad humana, sino con la necesidad que siente el varón carpatiano por su pareja. Me consumo por ti, noche y día. Mi único alivio es dormir el sueño de mi pueblo, inconsciente. No me provoques, no me hagas demostrar lo que digo, porque no habrá marcha atrás.

Ella encorvó los hombros y apartó su rostro del de Aidan. Él notaba la ira intensa que hervía en su interior, mezclada con las exigencias imperiosas de su cuerpo y la necesidad de control del varón carpatiano. Se inclinó más hacia ella, ahora más temerario, sin escoger las palabras o los movimientos con tanto cuidado como tenía habitualmente.

—No puedes permitir que un varón humano te toque. Te produce rechazo, nada de placer, y lo sabes. He estado en tu mente, he visto tus pensamientos. Sólo sientes anhelo por mí.

Las imágenes que él le devolvía eran imágenes de Alexandria. Cosas excitantes y eróticas de las que no tenía conocimiento real. Cosas que encontraba humillante haber pensado. Como arrodillarse a sus pies, tocarle, lamer su cuerpo con su boca; el cuerpo de Aidan encima de ella, dominándola, tomando el suyo, con ardor y furor. Él sabía todo eso y se estaba burlando de ella utilizando sus fantasías privadas protagonizadas por los dos.

—De verdad, eres un animal brutal que no piensa en otra cosa que en sí mismo —susurró apretándose con las manos el rostro ardiente—. Y quiero que sepas que no me importas lo más mínimo, no siento nada por ti.

Aidan la agarró por la garganta, sujetándola con una mano, y con el pulgar la obligó a levantar la barbilla para que encontrara sus llameantes ojos dorados.

—Podría convertirte en mi esclava, Alexandria, enseñarte a complacerme de muchas más formas de las que has visualizado. —Pasó adrede el pulgar sobre su boca temblorosa.

Alexandria notó las lágrimas escociéndole en los ojos, pero al mismo tiempo su cuerpo estallaba en llamas de necesidad. Aidan tenía razón: dejaba de pensar, no tenía resistencia cuando él la tocaba. No era más que un cuerpo consumido por el deseo, por el ardor. No quedaba nada de quien había sido o de lo que defendía. Nunca antes un hombre había podido controlarla, pero Aidan Savage la había convertido en algo que ya no era Alexandria Houton. La mente de Aidan continuaba buscándola, pero al instante la rabia de él se desvaneció. Alexandria estaba entrando en estado de shock, todo había sucedido demasiado deprisa en los últimos días como para que su mente humana lo asimilara. Aidan maldijo sus exigencias corporales, que le habían obligado a decir y hacer cosas impensables en situaciones normales. La quería con cada célula de su ser, y justo ahora había antepuesto sus necesidades a las de ella. Ningún varón carpatiano haría algo así, ninguno que se preciara. En este momento comprendió lo cerca de volverse vampiro que en realidad estaba. Sentía desprecio por sí mismo, por su propio egoísmo y debilidad, con lo difícil que estaba siendo la transición para ella.

—*Cara*, lo siento. Por favor, no me tengas miedo, ni a mí ni a ninguno de nosotros —pronunció esas palabras con su voz más cautivadora, pero parecían llegar a oídos sordos.

Su mente ahora estaba cerrada. Alexandria la había bloqueado para protegerse, para librarse de nuevas experiencias difíciles. Volvió la cabeza y se desplomó sobre la cama formando un ovillo, en posición fetal. Aidan permaneció de pie observándola, furioso consigo mismo. No tenía claro qué hacer para reparar el daño causado por su estupidez. En el momento en que ella había abierto la puerta de par en par decidida a exponerse al sol asesino, le asustó tanto la posibilidad de perderla que el momento se quedó grabado en su alma para siempre,

Él había aprendido a aguantar la luz y las quemaduras porque se había preparado durante años. Ahora, tras siglos de estudio, casi tenía poderes ilimitados, y uno de ellos era la curación. De modo que cerró los ojos y se mandó fuera de su propio cuerpo para entrar en el de Alex, buscando las terribles quemaduras que marcaban en profundidad su piel para repararlas desde dentro hacia fuera. Era meticuloso y preciso, y cuando concluyó, volvió a moverse por el interior de ella para llegar hasta su mente.

Allí encontró confusión y terror. Un miedo profundo a no ser del todo humana y un deseo de demostrar que sí lo era. No encontró ninguna intención de quitarse la vida. Sólo deseaba demostrar que él mentía, que la engañaba y la obligaba a creer que no podía regresar a su propio mundo. Ella deseaba que fuera así.

Se estiró a su lado y cogió su agotado cuerpo entre sus brazos protectores. Tenía motivos para tener miedo de él. Le pedía cosas que ni siquiera concebía, la obligaba a sentir cosas para las que no estaba preparada. La intensidad de sus sensaciones sexuales por sí sola la estaba trastornando, tanto que quería escapar de él.

Apoyó la barbilla en su cabeza y acarició su cabello sedoso. Le preocupaban ciertas ideas alocadas de Alex acerca de ir a un médico humano para que la curara. Cualquier cosa menos quedarse con él. En cierto modo se sentía herido, pero sobre todo le divertía que ella pensara que podía derrotarle, que podía burlarle. Era tan decidida. La admiraba por eso.

—Sólo necesitas tiempo, *piccola*. Siento mucho la torpe manera en que he manejado la situación. Mi única excusa es el miedo por tu seguridad. —Sabía que ella podía oírle, pero no respondía. En realidad no esperaba que lo hiciera, pero la estrechó un poco más entre sus brazos. *Ahora duerme, Alexandria, súmete en el sueño curativo de nuestra gente. Duerme profundamente.* No se arriesgó a darle otra opción. Quería que durmiera, que se alejara de su propia mente, del terrible desgaste de sus pensamientos y temores.

Capítulo 13

Aidan se despertó con las protestas de su propio cuerpo. No por la obligación de alimentarse, la necesidad de sangre que siempre le acompañaba, sino por una erección no comparable a cualquier experiencia pasada. Gimió en voz alta. A su lado, Alexandria yacía sumida en un sueño profundo. Estaba pálida, con el pelo desparramado por encima de los dos como un lazo de unión. Necesitaba tenerla. Si permanecía un momento más a su lado no podría detenerse y tomaría posesión de su cuerpo.

Se apartó de un brinco como si se hubiera quemado, con la piel caliente, dolorida y abrasada. Juró en voz baja. ¿Cómo podía proporcionar alimento a Alexandria sin convertir el acto en algo erótico y salvaje? En su interior, la bestia, siempre brutal e indómita, rugía ansiosa exigiendo a Alexandria. Hambre. Necesidad. No tenía lógica, sólo ese pesado anhelo incesante, cada día más inexorable.

Se pasó una mano temblorosa por el pelo rebelde. La situación era explosiva en estos instantes. No había manera de ofrecerle sangre vital sin exigir que le entregara su cuerpo. No obstante, después de los últimos sucesos, sabía que ella necesitaba más tiempo. La bestia en su interior protestaba con violencia y él ya no podía controlarla. Marie había creído que sí, tenía fe en él. Pero no conocía las exigencias del varón carpatiano, la excitación que se intensificaba entre las parejas. No sabía lo cerca que había estado de volverse vampiro.

Gimió otra vez a viva voz y se apartó de la figura que yacía tan quieta en su cama. En su guarida. La bestia cada vez era más dominante, y la única manera de aplacarla era fundirse con su pareja perpetua, dejar que su compasión y su luz le guiaran para apartarse de la oscuridad que se propagaba como una mancha por su alma.

Se lavó antes de despertarla y escogió la ropa para vestirse, camisa de seda fina y pantalones negros, confiando en que esa elegancia anticuada acrecentara su atractivo. Se sujetó el largo pelo en la nuca y se dejó la camisa abierta por la garganta, más por lo que le costaba respirar que para estar sexy.

Mientras despertaba a Alexandria con su mente y la observaba tomando la primera inspiración, notó que su erección se endurecía de tal modo que se encontró de nuevo jurando en voz baja. Notaba las gotas de sudor descendiendo por su pecho y más abajo, entre sus piernas. Ella se estiró, todo su cuerpo se movió de un modo sensual debajo del edredón. Pensó que iba a estallar. Se humedeció los labios secos con la lengua, dejándolos refulgentes, incitantes. Cerró los ojos para no presenciar aquella visión, pero podía olerla y oír el susurro de las sábanas.

Alexandria se incorporó despacio, desorientada. Tenía imágenes vívidas de un sueño erótico, de manos sobre sus pechos, una boca pegada a la suya, dedos moviéndose sobre su piel, luego un cuerpo duro y agresivo cubriéndola, sujetándola contra el colchón. Le dolía el cuerpo de necesidad, anhelaba el contacto de Aidan. Se retorció y notó la cremosa invitación que lanzaba su propio organismo, llamando a Aidan, atrayéndole y tentándole. Abrió los ojos... y encontró la mirada dorada al otro lado de la habitación.

Peligro. Detectó el peligro ahí en sus rasgos tallados, en la intensidad de sus ojos. Pero permaneció perfectamente quieta, sin apartar la vista de la criatura predadora que la observaba. Le asustaba incluso respirar. Si se movía, si suspiraba, él caería sobre ella. Se daba cuenta, sabía que el sueño erótico era el sueño de Aidan, sabía que su control se había vuelto muy frágil y que le costaba mantener a raya sus instintos.

—Sal de aquí, *cara mia* —susurró él con voz ronca. La aspereza aterciopelada de su voz era como una lengua lamiendo la piel sensibilizada de Alexandria—. Sal de aquí mientras puedas. —Unas llamaradas rojas parecían iluminar el oro de sus ojos, y unas gotas de sudor salpicaban su frente. Su musculatura se marcaba con el esfuerzo de mantenerse estático.

Ella quiso ir junto a él y tranquilizarle... o enardecerle aún más, al cuerno las consecuencias. El cuerpo de Alexandria estaba en llamas, un fuego vivo, inquieto, casi descontrolado. Sólo su timidez impidió que no tentara aún más a Aidan. Su timidez y su miedo. Se dio media vuelta sobre la cama para bajar y huir, y salió corriendo como si la persiguieran siete demonios, pero huía de sí misma más que de Aidan.

Mientras, Aidan permaneció quieto como una estatua. Si se movía, temía romperse en mil pedazos a causa del dolor y la necesidad. Él no podría aguantar mucho más. Que Dios les ayudara si ella no se aproximaba pronto a él.

Alexandria aminoró la carrera una vez se encontró en la seguridad del túnel. Podía sentir a Aidan quieto en su mente, aún buscándola, llamándola. Podía saborear su beso, notar su contacto. Cerró los ojos y se apoyó contra la pared de roca buscando descanso. Sus piernas parecían de goma, se negaban a dar más pasos. Le quería a él. No con un anhelo dulce y tierno, sino con una necesidad salvaje, ingobernable, que exigía sexo tórrido, sin reparar en su virulencia.

Sacudió la cabeza en un intento de librarse de aquellos pensamientos, de las imágenes que la hostigaban. Se fue escaleras arriba, agradecida de no encontrarse con Joshua. La ducha no sirvió de mucho para aliviar su ansia, no consiguió lavar la sensación persistente de Aidan o el intenso sabor especiado de su beso. El agua caliente corría por su piel, entre la prominencia de sus pechos, sobre su estómago, entre los espesos rizos rubios... y sólo conseguía intensificar su sensibilidad. Tenía que combatir esta necesidad imperiosa de llamar a Aidan a su lado. Se moría por él, le necesitaba, su cuerpo era todo calor líquido y deseo palpitante. Tenía que llamarle para que viniera junto a ella y detuviese esta ansia. Necesitaba sentir el contacto de su boca contra su piel, sus manos sobre su cuerpo, le necesitaba dentro de ella. Una unión urgente y salvaje que se prolongara eternamente.

Y entonces recordó sus palabras. Él podía convertirla en su esclava. Podía obligarla a hacer cosas que nunca había imaginado siquiera. Bien, ahora las estaba imaginando. ¿De dónde venían esas ideas?

—Maldito seas, Aidan. Maldito por hacerme esto. —Alzó la vista al chorro de agua y desconectó su mente de él. Oyó el eco del grito desesperado, el rugido del animal herido, el gruñido del cazador que había dejado escapar la presa.

Sin Aidan en su mente, su ansia por él se debilitó. No remitió del todo, pero dio paso a un hambre real. Estaba pálida y necesitaba alimentarse, otra vez le necesitaba a él. Con un juramento impropio de una dama, se vistió con sus vaqueros y una pieza sin mangas de punto elástico y se dirigió al salón situado junto a su dormitorio. Esta habitación iba a convertirse en su estudio. Allí descubrió que Marie o Stefan, obviamente siguiendo órdenes de Aidan, ya habían adquirido material de trabajo para ella, de primera calidad, cosas que jamás había podido comprar. En circunstancias normales, no hubiera aceptado un presente tan generoso, pero la artista en su interior se emocionó ante la belleza de las herramientas.

Oyó a Joshua antes incluso de que se acercara a la habitación en su busca. Acababa de regresar del colegio y se reía con Stefan en el solarium, luego charló con Marie en la cocina mientras tomaba unas galletas. Alexandria se sintió feliz y triste al mismo tiempo. Joshua necesitaba compañía, y la pareja mayor daba muestras de un afecto sincero por él, pero le producía tristeza que su relación con su hermano estuviera cambiando, que él no confiara ya sólo en ella.

Para cuando él subió corriendo por las escaleras, llamándola bulliciosamente, Alex ya había recuperado la compostura. Joshua se echó a sus brazos y ella le levantó y le hizo dar vueltas en círculos hasta que gritó feliz del mareo.

—¡Mira todas estas cosas! —gritó ella con dicha mientras le enseñaba sus tesoros.

Joshua sacó pecho.

—Le ayudé a escogerlas. Aidan y yo nos fuimos de compras. Le enseñé las cosas que siempre miras y luego vuelves a dejar en su sitio. Pero se te nota que las quieres. Nos divertimos comprando para ti, dijo que iba a ser una gran sorpresa.

Ella agarró una caja de carboncillos y se la acercó, de repente le costaba respirar.

—¿Ah, sí, eso dijo? ¿Cuándo fuisteis de compras?

Joshua le sonrió.

—Hace pocos días. Cuando estabas tan mal. También eligió algunas ropas nuevas para ti. Mira en el armario de tu dormitorio. Tendrías que haber visto a la vendedora. Le miraba como si...

—Me lo puedo imaginar —interrumpió Alexandria con sequedad. Siguió hasta su dormitorio a un Joshua que no paraba de dar saltos.

—Ha pensado en todo. Decía que cuando una mujer tan guapa y buena como tú se pone enferma, un hombre debería hacer todo lo posible para hacer las cosas más agradables. —Joshua abrió de par en par las puertas dobles del armario que ella aún no había tocado, pues sólo necesitaba la cómoda para sus vaqueros y algunas prendas.

Alexandria nunca en su vida había tenido tanta ropa como para llenar un armario de este tamaño, no obstante estaba repleto de vestidos, abrigos, faldas, pantalones y blusas. Se mordió el labio inferior y tocó un vestido largo de noche de color negro. Era de un diseñador renombrado. Dejó caer su mano.

—¿Por qué ha hecho esto? —le susurró en voz alta a Joshua y repitió en su cabeza: *¿Por qué has hecho esto?*

No es más que dinero, cara. *No tengo otra manera de pagar por mis pecados.* Sonaba solo y perdido, en baja forma.

Alexandria, de pronto, notó lágrimas en sus ojos. Todo en ella quería correr junto a él y consolarle, pero las palabras de Aidan por la mañana continuaban reverberando en su cabeza, o sea que cerró la mente con firmeza a sus trucos. Convertirse en su esclava. Nunca sucedería eso.

—Ah, hermana, no llores como una niña —la reprendió Joshua—. Aidan lo hizo porque quería. Deberías ver todos los juguetes tan chulos que me ha comprado. Y ¿sabes? He preguntado a Marie y Stefan lo del perro... cuánto trabajo pensaban que les daría.

—Eres un demoniejo insistente, ¿verdad? —Cerró con firmeza las puertas del armario que guardaban las ropas nuevas, decidida a no ponérselas nunca.

—Aidan dice que el que la sigue la consigue —citó Joshua con alegría.

Alexandria respiró hondo.

—Bien que lo sabe. —Pensándolo mejor, sí que iba a ponerse

esos vestidos. Hasta el último de ellos. Se los pondría para trabajar con Thomas Ivan. Cuando saliera con Thomas Ivan. Cuando se enamorara loca y completamente de Thomas Ivan.

Por un momento notó que Aidan se agitaba dentro de su propia mente, el tipo de movimiento que un gran felino salvaje haría al acechar a su presa: una mera ondulación, y luego desapareció, como si nunca hubiera estado allí. ¿Lo había imaginado?

—¡Deja de pensar en él! —se recriminó con brusquedad, furiosa porque su mente no se apartaba de Aidan.

Joshua alzó la vista para mirar a su hermana con ojos abiertos.

—¿En quién? ¿En el perrito? ¿Por qué? ¿Ya has encontrado uno? ¿Es perro o perra?

—Con toda certeza por aquí hay un sabueso macho —contestó con gravedad. Luego se refrenó y pasó la mano por los rizos de Joshua—. Estoy de broma, Josh. Y, no, aún no he encontrado un perrito. Ni siquiera me he decidido todavía. Quiero que estemos seguros de estar contentos en esta casa antes de tomar una decisión tan permanente.

—Estoy contento aquí —dijo al instante Joshua con decisión.

Ella le dio un abrazo.

—Me alegra que estés contento, colega, pero yo aún no estoy segura de estarlo. Es mucho más difícil para los adultos que para los niños adaptarnos a vivir con otra gente.

—Pero Marie y Stefan son geniales, Alex, y Aidan es el mejor. Me ayuda a hacer los deberes, y hablamos todo el rato. Es muy guay. Y dice...

—No quiero oír ahora lo que dice, ¿de acuerdo? Tengo trabajo que hacer, cielo, ¿te acuerdas? Necesitamos dinero para comer.

—Pero Aidan tiene mucho dinero, y dice que no te hace falta trabajar si no quieres.

Ella exhaló poco a poco, para contener su mal genio. Estaba harta de oír lo que Aidan decía. Harta de que estuviera en su mente, ocupando cada momento del día.

—Me gusta trabajar, Josh. Ahora, busca algo que hacer calladito o lárgate.

El crío puso una mueca, pero se apresuró a coger el viejo estuche de bolis de colores de su hermana para ponerse a pintar en un bloc de dibujo. No tuvieron problemas en coger su rutina habitual. De vez en cuando, ella le pedía opinión sobre alguna idea, y a veces él le enseñaba lo que había dibujado. Alexandria pensaba que los dibujos eran muy buenos para un niño de seis años. Corregía una línea aquí y otra allá cuando él se lo pedía, pero en la mayoría de casos le animaba a hacerlo a su manera. Durante un rato, Alexandria se sintió como si ella y su trabajo volvieran a ser normales.

Pero Aidan estaba siempre presente. Notaba cómo su mente se volvía hacia él e iba en su busca. Afinaba su oído para oír el sonido de su hermosa voz. Se encontró con la vista perdida en el papel que tenía delante, y en dos ocasiones dibujó un retrato de Aidan. En ambas ocasiones lo rompió deprisa antes de que Joshua pudiera descubrir su obsesión y burlarse por ello.

Intentó no prestar atención a los latidos del corazón de Joshua, al flujo y reflujo de su sangre corriendo por sus venas. Fingió no advertir la manera en que se quedó fascinada con el pulso de Marie cuando el ama de llaves vino a llamar a Joshua para la cena. No hizo caso del sabor que recordaba en su boca, la sensación de Aidan en sus labios, la manera en que su cuerpo se retorcía contra él, con ansia. Gimió e intentó dejar otro dibujo que había hecho de él. La línea de la boca era sensual, incitante, y parecía burlarse de ella y atraerla. Pura tentación.

Puso un dedo sobre esa boca que había dibujado tan a la perfección.

—No permitiré que me hagas esto —susurró en voz muy baja. Le deseaba de tal forma. Necesitaba que él le diera alivio, que diera sentido a este mundo de locura y demencia. Necesitaba parar la espantosa hambre que la corroía y que no le permitía disfrutar con plenitud de la compañía de Joshua. Sobre todo necesitaba que Aidan fundiera su cuerpo con el de ella, necesitaba sentir que su boca y sus manos eliminaban el terrible ardor, ese vacío. Necesitaba que ambos corazones latieran al mismo ritmo, que su mente invadiera la suya, compartir cada fantasía alocada mientras su cuerpo viril tomaba posesión del suyo.

Alexandria pasó por todas las formalidades habituales aquella tarde, ayudó a Joshua con sus deberes y fingió disfrutar de un programa de televisión. Discutieron sobre el valor de un televisor de pantalla más grande. Stefan se puso del lado de Joshua, pues opinaba que era una necesidad para unos ojos viejos como los suyos. Marie coincidió con Alexandria en que era lo último en consumo ostentoso. Pero la sangre que se precipitaba por las venas de todos ellos parecía una sinfonía que ahogaba los sonidos del programa, hacía que Alexandria se preocupara por su compañía. Intentó disfrutar mientras llevaba a Joshua a la cama, le leía un cuento, mantenían su breve batalla de almohadas y luego le tapaba con cariño. Siempre le había encantado este momento de la noche. Joshua estaba siempre tan limpio y dulce. Pero en esta ocasión, el sonoro latir de su corazón interfería en su disfrute, y se sintió atrapada en medio de una pesadilla.

Alexandria se vistió con esmero para su cita con Thomas Ivan aquella noche. Notó el roce del cálido terciopelo mientras el vestido se adaptaba a su piel. Le temblaban las manos mientras se recogía el pelo. No había visto a Aidan ni un solo momento desde su huida de él aquella misma tarde. Le sentía, siempre ahí, cerca, pero él se había tomado en serio lo de mantenerse fuera de su vista. Sin embargo, en vez de sentirse agradecida, Alexandria estaba deprimida. Tal vez no le importara que fuera a salir con otro hombre. Tal vez a él eso no le preocupaba. ¿Y por qué iba a hacerlo? No quería que él se preocupara. Quería encontrar un ser humano por quien se sintiera atraída, con quien quisiera hacer el amor. No algo obsesivo y salvaje, sino algo delicado y cariñoso. Un ser humano, un hombre normal y corriente.

Se estudió las uñas. Siempre le había frustrado tenerlas cortas, sin embargo ahora eran largas y hermosas, con una buena manicura, casi como si se la hubiera hecho un profesional. Incluso su cabello parecía más abundante, más refinado, y las pestañas largas y espesas. La piel, sin embargo, estaba pálida, casi translúcida.

Ella suspiró al ver su imagen en el espejo. Parecía la misma, pero diferente. Más... más... No sabía con exactitud de qué se trataba. Sólo más. El vestido se le ajustaba como una segunda piel, resaltaba su pecho generoso y sus delgadas caderas. Podría haber estado diseñado ex profeso para ella. Se pasó una mano por el suave material que tan bien se le ceñía. Casi se le atraganta el corazón al alzar la vista y descubrir los ojos dorados de Aidan observándola en el espejo. Estaba de pie detrás de Alex, alto y poderoso, tan rubio y atractivo como siempre, perfecto complemento para ella. Representaban una imagen erótica en el espejo: Aidan, alto y con fuerte musculatura, con sus ojos brillantes y ansiosos; Alexandria, delgada, menuda y pálida.

—Estás hermosa, Alexandria —dijo en voz baja.

Su voz persuasiva susurraba sobre su piel con el mismo calor que el vestido de terciopelo. No sabía interpretar su expresión, sólo sentía el oro fundido de su mirada.

—No... no volveré tarde —tartamudeó como una díscola adolescente. Y a continuación habría dado cualquier cosa por borrar aquellas palabras. Aidan no sonrió, no cambió de expresión.

Ella sintió un estremecimiento que descendió por su columna. Al instante, su actitud desafiante parecía estúpida, como poner un cebo a un tigre. Aquella mirada impasible. ¿Iba a dejarle salir? Hacía unos instantes se había sentido deprimida en cierto sentido por el hecho de que él fuera a permitírselo. Ahora lo único que quería era ponerse a salvo, lejos de él.

Aidan sacudió la cabeza despacio.

—Por Dios, Alexandria. Insistes en pensar en mí como si fuera un monstruo. Ten cuidado, *piccola*, no vayas a crear uno al final. —Salió del cuarto tan en silencio como había entrado.

Ella tembló al oír la amenaza. Se tocó la boca. Él le había mirado los labios. Alexandria notaba el estremecimiento ahí, hubiera jurado que había sentido el roce de su boca. Cerró los ojos y saboreó aquella sensación, luego maldijo que él la controlara con tal facilidad. Era humana. ¡Humana! Y estaba decidida a continuar siéndolo.

Alzó la barbilla. Ni iba a dejarse influenciar por el atractivo sexual de Aidan, ni la intimidarían sus amenazas. Se calzó los zapatos y bajó por las escaleras con aire majestuoso.

Thomas había llegado con suma puntualidad y estaba esperándola en el salón, agradecido de que Aidan Savage hubiera decidido no imponerle su presencia. Se le cortó la respiración cuando entró Alexandria. Parecía más hermosa cada vez que la veía. Le llenaba de asombro, le obsesionaba, le dominaba sin que pudiera pensar en otra cosa que en ella. Y el resultado de tal fascinación era que su trabajo se estaba viendo afectado. Soñaba despierto con ella cuando se suponía que tenía que finalizar el argumento para su último videojuego. Incluso soñaba con ella de noche, excitantes sueños eróticos que sin duda intentaría hacer realidad.

—Thomas, qué buena idea lo de salir. —Le saludó con una voz que pareció penetrar directa hasta su corazón y despertar también una respuesta en su cuerpo, pero en un lugar más bajo.

Luego notó el peso de esos malditos ojos dorados sobre él. Implacables. Inclementes. Vieron su reacción, y por eso le maldijo. Aidan Savage. Estaba apoyado en el umbral de la puerta con engañosa holgazanería, descansando una cadera en la pared con los brazos cruzados sobre el pecho. No dijo nada. No hacía falta. Su mera presencia desató el terror en el alma de Thomas.

Cogió la capa de Alexandria y la rodeó con ella, aspirando su perfume.

—Tienes un aspecto extraordinario, Alexandria. Nadie diría que has estado enferma.

Entonces Aidan sí se movió, sus músculos se ondularon recordando a un letal depredador.

—Aun así, ha estado muy enferma, Ivan. Confío en que se encargará de que esté bien atendida y que regrese a casa temprano.

Thomas sonrió con sofisticación, irradiando encanto. Maldito fuera aquel hombre, no era un adolescente acompañándola al baile del colegio en su primera cita. Cogió la mano de Alexandria a sabiendas de que eso molestaría a su rubio perro guardián.

—No hay por qué preocuparse, Savage. Mi intención es ocuparme muy bien de ella. —La instó a moverse hacia la puerta, ansioso por alejarse de Aidan y de su monstruosa casa con vida propia.

Alexandria se fue con él de buen grado, por lo visto tan ansiosa por salir como él. Afuera, en el aire nocturno, se detuvo y respiró hondo.

—Puede ser un poco abrumador a veces, ¿no crees? —dijo ella sonriendo con una sonrisa que emulaba a las estrellas. Libertad. Bendita libertad. No importaba en este momento que la sonrisa de Thomas aún le recordara la mueca dentuda de un tiburón o que pudiera oír los latidos de su corazón tan fuertes como los de Joshua o, aún peor, que pudiera oler su erección. Estaba lejos de Aidan Savage y de su influencia, y eso era todo lo que ansiaba.

—¿Abrumador? ¿Así es cómo lo llamas? Es un déspota. Ese hombre actúa como si fueras su propiedad —estalló Thomas.

Ella se rió un poco.

—Te acostumbrarás a él. No puede evitarlo, está acostumbrado a dar órdenes. Pero me temo que tú también sabes de eso —añadió con malicia.

Thomas se encontró riéndose con ella, relajándose mientras iban hasta el coche que tenía esperando. Había alquilado adrede una limusina con chófer y así estar libre para lo que pudiera pasar más tarde en el asiento de atrás.

—Ya he empezado con los bocetos, Thomas, y me gusta cómo va —dijo sin que le preguntara—, pero no has especificado qué rasgos del personaje eran más importantes para ti. Deberías decidir con antelación cómo quieres que los individuos queden retratados en vez de dejarlo en mis manos.

—Prefiero tu aportación —respondió Thomas mientras él mismo le abría la puerta. Quería hacerlo, y eso le sorprendió. En la mayoría de ocasiones, los pequeños gestos de cortesía sólo los hacía para impresionar. Pero Alexandria Houton era sugestiva e inquietante—. ¿No te molesta la casa?

Ella arqueó una ceja.

—¿Que si me molesta? ¿La casa? Es hermosa. Todo en ella es hermoso. ¿Por qué me preguntas eso?

—A veces tengo la impresión de que me está observando, esperando el momento oportuno, odiándome.

—Thomas, has jugado demasiado con tus propios videojuegos. Tienes una imaginación demasiado viva. —Él notó su risa deslizándose sobre él, rozándole en lugares reservados normalmente para las situaciones íntimas.

Desplazó poco a poco la mano sobre el asiento. La deseaba más de lo que había deseado a cualquier mujer. Pero entonces miró por la ventana y vio el reflejo de los ojos. Relucientes, rojos, salvajes, llenos de odio y de una promesa de venganza, la promesa de la muerte. Impasibles ojos de gato. Los ojos de un demonio. De la muerte. Thomas se estremeció y se le escapó un gemido.

—¿Qué pasa? —Su voz sonaba relajante, como el sonido suave del agua al correr—. Dime, Thomas.

—¿No has visto algo extraño? —El miedo no le permitía hablar—. Por la ventana, ¿no has visto nada?

Ella se inclinó junto a él para mirar por el vidrio reflectante.

—¿Qué se supone que debo ver?

Los ojos habían desaparecido, como si no hubieran estado ahí. ¿Era Savage? ¿Su propia imaginación? Se aclaró la garganta y consiguió sonreír.

—Nada. Supongo que no puedo creer en mi buena suerte.

En los confines limitados del coche, era difícil para Alex pasar por alto el ansia creciente que sentía. Parecía corroer sus entrañas y se expandía como un cáncer. Su mente parecía amplificar el sonido de la sangre que se precipitaba por las venas de Thomas. Llamando, atrayéndola. Pero se le revolvió el estómago sólo de pensar en tocarle, y se esforzó por mantener una sonrisa pegada a la cara. Él parecía encontrar cualquier excusa para tocarla, rozarle la pierna, el brazo, la mano, el pelo. Ella lo detestaba. Le repugnaba, Thomas le ponía los pelos de punta. Se odiaba a sí misma por no ser capaz de devolver las amorosas miradas y contactos.

Alexandria le sonrió, dijo e hizo todo lo apropiado, pero por dentro su estómago se rebelaba. En algún lugar, en lo más profundo de su alma, un temor comenzaba a tomar forma, a expandirse. Thomas Ivan era un soltero codiciado, rico, encantador, famoso. Humano. Compartían su pasión por las historias fantásticas y él admiraba su trabajo gráfico. Tenían mucho en común, no obstante, hasta el contacto más leve la repelía. Empezó a llorar por dentro.

Cara mia, ¿me necesitas? La voz de Aidan atravesó el tiempo y la distancia para encontrarla, para rodearla con sus brazos cálidos y protectores.

Se mordió el labio. La tentación de llamarle era casi abrumadora, pero se resistió. Quería ser humana. Encontraría un ser humano al que amar. Tal vez no Thomas Ivan, pero alguien. *Me lo estoy pasando como nunca.*

Con tal de que Ivan no lo pase igual de bien...

Alexandria notó cómo se retiraba él de su mente, y se sintió como si le arrebatara el alma y la dejara muerta por dentro. Levantó la barbilla y dedicó a Thomas una sonrisa especialmente deslumbrante. Apoyó la mano en la de él cuando la ayudó a bajar del coche. Decidida a disfrutar de la velada, le cogió del brazo para entrar en el teatro.

Los hombres parecían apretarse contra ella, respirando de modo ruidoso. Los latidos de los corazones sonaban atronadores en sus oídos. La obertura de la orquesta se mezcló con la corriente de sangre que circulaba con calor por sus venas. Alexandria se concentró en la interpretación, consciente del nivel excepcional. No obstante, era más consciente del brazo de Thomas sobre el respaldo de su asiento y de su olor. Cuando le susurró al oído, con la boca próxima a su piel, le pareció repugnante. En dos ocasiones estuvo a punto de ir al servicio de señoras para darse un respiro.

Pero estaba decidida a pasar por esto. Iba a ser humana aunque aquello la matara. El público se arrancó en una entusiasta ovación mientras ella oía unas palabras en su mente: *o aunque mate a alguien más.*

¡Calla! le respondió, exasperada porque en medio de su desesperación sintiera ganas de reír por culpa de él. Pero Aidan había desaparecido una vez más. Sólo su contacto la calentaba, y lo tonto de su mensaje. Él estaba bromeando aposta, sabía que a Alex le asqueaba el hombre que tenía sentado a su lado.

A su lado, Thomas aplaudía. Las luces se encendieron y la gente parecía apiñarse alrededor de ellos. Él se encontraba en su elemento, con una hermosa mujer del brazo y muchos conocidos rodeándole. Hombres poderosos que apenas recordaba, de pronto se detenían para intercambiar comentarios sobre el espectáculo. Los contactos en quienes había buscado ayuda para ascender en la escala social ahora se presentaban y le transmitían codiciadas invitaciones para él y su pareja.

Estaba claro que Alexandria Houton era una gran baza para Thomas Ivan, y lo sería para su carrera. La exhibía con orgullo, se pavoneaba por llevarla del brazo. Y se percató de que no era la única persona cautivada por su voz, hipnotizada por su sonrisa. Parecía encandilar incluso a las mujeres, se percató con satisfacción, a las que obsequiaba con sonrisas sublimes, de enorme encanto.

Thomas la rodeó por los hombros con el brazo y la atrajo hacia sí, una demostración de posesión, mientras salían a la noche seguidos aún por muchos admiradores. A Alexandria se le revolvió el estómago por la proximidad. Luego Thomas dirigió una mirada a su derecha y se quedó paralizado. Había un lobo a menos de dos metros, en las sombras. Enorme, de pelaje claro, con colmillos relucientes y brillantes ojos rojos. Esos ojos le miraban a él, y el cuerpo musculoso del animal parecía preparado para saltar.

A Thomas, de hecho, se le paró el corazón, para luego volver a latir. Agarró a Alexandria por el brazo y empezó a empujarla otra vez hacia el teatro.

—Thomas, ¿qué haces? —quiso saber.

—¿No lo ves? —indicó con gran excitación. Era Savage, de algún modo, estaba seguro—. Es él, lo sé. Está aquí. —Al oír su tono de voz, algunas cabezas se volvieron a mirar.

—Thomas. —La voz de Alexandria era amable y apacible—. Dime qué sucede. Estás muy pálido. ¿Qué has visto?

Él se obligó a mirar más de cerca. Las sombras eran profundas y oscuras, sin fauna alguna. Había una gran maceta donde había estado el lobo. Se secó el sudor de la frente y se obligó a respirar.

—Estás temblando, Thomas. Vamos, vayamos al coche. —Preocupada, Alexandria miró con atención a su alrededor, inspeccionó la zona, y sólo vio seres humanos. *Mejor no vuelvas a atormentarle*, le advirtió a Aidan, pero no distinguía si el carpatiano la oía.

—Juro que veo cosas, Alex. La maceta de ahí parecía... —Se calló, no quería admitir que su imaginación estaba desmandada. ¿Qué le sucedía, maldición, para que su obsesión por Alexandria Houton y Aidan Savage, unida a su macabra imaginación, produjera alucinaciones demasiado reales?

—¿Se movía? —Ella miraba el arbusto de secoya con recelo.

—No —admitió—. Sólo tenía un aspecto... extraño.

—Bueno, lo he pasado muy bien esta noche. La obra ha sido una maravilla —comentó Alexandria en tono suave.

Qué mentirosa. Las palabras estaban cargadas de diversión masculina que se burlaba de ella.

Alzó la barbilla y cogió del brazo intencionadamente a Thomas mientras se dirigían a la limusina que se detenía junto al bordillo.

—¿Te ha gustado? —preguntó ella con dulzura, con voz empalagosa. Casi percibió el respingo de Aidan, el cual se retiró de inmediato.

Una vez en el coche, Thomas se fue acercando poco a poco a Alexandria. Apoyaba su muslo en el de ella y notaba el blando volumen de su pecho contra su brazo. Finalmente encontró la barbilla de Alexandria con su mano.

—Sé que no me conoces muy bien, Alex, pero me siento profundamente atraído por ti, y confío en que el sentimiento sea mutuo.

Tenía la boca a centímetros de ella, y por debajo del enjuague bucal y las pastillas de menta, Alexandria olía todo lo que él había cenado: la pasta con ajo, la ensalada con vinagre al estragón, el vino tinto, el café y la menta. Casi le provoca una arcada, así que intentó poner distancia entre ellos.

—Vamos a trabajar juntos, Thomas, no es buena idea. Al menos no tan pronto.

—Pero tengo que besarte. Tengo que hacerlo, Alex. —Se inclinaba sobre ella, con respiración jadeante.

Ella retrocedió y profirió un sonido, pero Thomas, en su ardor, lo entendió como su consentimiento. Mientras bajaba la cabeza, sus ojos captaron los destellos rojos. Soltó un chillido y se apartó hacia la portezuela con la mirada fija en la ventana posterior, a través de la cual dos ojos relucientes le observaban con innegable malicia. Para su horror, la ventana se combó hacia dentro, luego estalló en añicos que le bañaron de fragmentos de vidrio. El enorme lobo metió el hocico por el interior del coche, mostrando sus colmillos goteantes, dirigidos hacia su cabeza. Esos ojos rojos relucían de un modo misterioso sin pestañear, perforando a Thomas. Notaba el aliento caliente sobre él mientras aquellos colmillos blancos se acercaban todavía más. Thomas gritó y se agachó, tapándose el rostro con ambas manos.

—¿Thomas? —Alexandria le tocó un poco en el hombro—. ¿Has tomado drogas esta noche? —Ya sabía la respuesta, pues la olía en su riego sanguíneo—. Tal vez debiéramos llevarte al hospital. O a un médico particular.

Thomas, con miedo, poco a poco, bajó las manos. La ventana posterior estaba intacta. No había fragmentos de vidrio. Alexandria estaba sentada con calma en el asiento, con los ojos azules llenos de angustia.

—No me había pasado antes. Estoy alucinando. Sólo he tomado un poco de coca en el lavabo de caballeros. Tal vez estaba en mal estado, no sé. —Sonaba asustado.

—¿Qué has visto? —Inspeccionó de nuevo la zona, en un intento de encontrar pruebas de Aidan o de cualquier otro peligro, pero parecían estar solos. Tal vez fueran de verdad las drogas—. ¿Quieres que diga al chófer que te lleve al hospital?

—No, no, se me pasará. —Sudaba profusamente.

Ella olía su miedo.

—No hay nada ahí, Thomas, de verdad. A veces percibo cosas antes de que sucedan, y no tengo ninguna sensación extraña —le informó en un intentó de tranquilizarle.

—Lo siento —se disculpó con voz ronca—. ¿He estropeado la velada? —No dejaba de desplazar la mirada de un lado a otro, parecía que tuviera un tic nervioso en el lado izquierdo de su mentón. Aparentaba mucha más edad que al comienzo de la noche.

—No, por supuesto que no. Me lo he pasado fenomenal. Gracias por pensar en invitarme al teatro. Necesitaba salir, de verdad —le tranquilizó—. Pero, Thomas, no creo en lo de tomar drogas. Tengo un hermano pequeño, Joshua, en quien pensar. Comprendo que no es de mi incumbencia lo que decidas hacer con tu tiempo, pero yo no me siento cómoda ni con la cocaína ni con ninguna otra droga.

—No es que sea un yonqui ni nada por el estilo. Sólo tomo coca en algunas ocasiones, como pasatiempo.

—Pero conmigo, mejor que no. —Eso por sí solo era motivo suficiente para no estar con él. Tenía peor opinión de él ahora, sabiendo que tomaba narcóticos para mejorar la noche, como si fuera incapaz de disfrutar por sí mismo.

—De acuerdo —dijo enfurruñado—. No se repetirá.

El coche se detenía ya en la calzada circular de entrada a la casa de Aidan. Habían dejado las rejas de hierro forjado abiertas en previsión de su regreso. Por un momento, permaneció quieta, mirando las pesadas verjas que representaban una pérdida de libertad. No estaba preparada para regresar a la casa y admitir su derrota. No, no había la menor química entre Thomas Ivan y ella. ¿Y qué? Eso no significaba que no fuera a encontrar a otro hombre.

Bajó con rapidez del coche, evitando la mano de Thomas que quería aferrarse a ella.

—Gracias de nuevo, Thomas. Nos veremos pronto. Asegúrate de comunicarme tus ideas para los diseños. —Y antes de que él pudiera salir para acompañarla hasta la puerta, se fue corriendo ligera por los escalones de mármol hasta el amplio porche frontal. Se despidió con un único movimiento de mano y entró al instante.

Thomas soltó una maldición y se reclinó en el asiento. Antes de tener tiempo de cerrar la puerta, vio al lobo de fuerte musculatura acosándole desde el otro lado del césped.

—¡Vámonos, en marcha! —gritó al conductor mientras cerraba de golpe la portezuela.

El chófer salió coleando por la calzada de entrada y se alejó a toda velocidad de la casa, y Thomas soltó un suspiro de alivio. Lo único que quería era regresar a casa y emborracharse.

Alexandria avanzó por la mansión sin encender una sola luz, encontró el teléfono e hizo una llamada. Podía ver en la oscuridad a la perfección y no le costó nada subir las escaleras. Aidan pensaría que había vencido —había seguido sus movimientos durante toda la noche—, pero no habían terminado aún. Alex no estaba dispuesta a admitir una derrota.

En el dormitorio, se quitó el vestido de terciopelo y cogió del armario unos cómodos pantalones desgastados y una sencilla camisa azul claro. El cambio requirió sólo unos minutos, y a continuación se ató las deportivas y se fue escaleras abajo. El taxi que había llamado aún no había llegado, de modo que se sentó afuera en los escalones de mármol para esperar.

—¿Y a dónde vas ahora? —preguntó Aidan con voz sedosa, salido de la nada y erguido sobre ella, que se sintió pequeña y frágil.

—Voy a bailar. —Con la mirada le desafió a prohibírselo.

Él se puso tenso.

—¿No ha ido bien tu cita de ensueño?

En los ojos de Alexandria apareció un atisbo de diversión, pero frunció la boca con gesto severo.

—Como si no lo supieras. No intentes parecer tan inocente, no te queda bien.

Él le dedicó una amplia sonrisa, sin arrepentimiento, que le ganó su corazón. Sólo su visión le reanimaba el cuerpo.

—Lárgate, Aidan. No quiero mirarte.

—¿Te estoy tentando?

—¿Nunca te enseñó nadie a ser un caballero? Lárgate. Me estás molestando. —Alzó la barbilla al aire con gesto altanero.

Su perfil contra la luz de la luna dejó a Aidan sin aliento. Con el manto de oscuridad que les envolvía, parecían las únicas dos personas en el mundo. Se embebió de ella, de su aroma, esa fragancia especial que sólo Alex desprendía. Una pequeña sonrisa de seguridad curvó la boca sensual de Aidan y creó una sombra sexy sobre sus rasgos masculinos.

—Al menos tengo tu atención.

—Me voy a bailar —afirmó.

—Estás haciendo una declaración de independencia —replicó él—, pero, sea como sea, no te servirá de nada. Tu sitio está aquí, conmigo. Me perteneces. Ninguno de esos hombres de ahí fuera logrará que te sientas igual que conmigo.

Ella no se mordió la lengua.

—Ni es lo que quiero. Eres tan intenso, Aidan, tan salvaje e intenso que me vuelves loca. Sólo quiero sentirme... —Se interrumpió, no estaba segura de cómo se quería sentir.

—Normal. Humana —le facilitó las palabras.

—No hay nada malo en eso. Tú me aterrorizas. —Ya estaba, lo había admitido, lo había dicho en voz alta. Apartó la vista hacia la noche, incapaz de mirarle y no arder de pasión por él.

—Tus sentimientos por mí te aterrorizan —corrigió con amabilidad.

—No confío en ti. —¿Por qué tardaba tanto el taxi? Apretó los puños, no quería estar a solas con él de esta manera. Recordaba el contacto de su boca sobre la suya, su sabor.

—Confiarías en mí si te entregaras a mí sin reservas, si permitieras que tu mente se fundiera por completo con la mía. No podría ocultarte nada si quisieras examinarlo, mis recuerdos, mis deseos. —Su voz susurraba sobre su piel, la tentaba y la llamaba.

Ella le fulminó con la mirada.

—Como si no hubiera tenido que soportar tus deseos danzando en mi cabeza toda la noche. Muchas gracias, señor Savage. No tengo intención de convertirme en la esclava de nadie.

Él soltó un gemido y se cubrió el rostro con las manos. Luego su boca perfecta se curvó formando una sonrisa sugestiva.

—¿Vas a recriminarme eso toda la vida? Al fin y al cabo, si alguien es aquí un esclavo, ése soy yo. Haría cualquier cosa por ti, y creo que lo sabes.

Alexandria se mordió el labio con fuerza para no arrojarse a sus brazos.

—El taxi ya está aquí. Volveré más tarde. —Él era tan sexy, y ella le deseaba con desesperación.

Cuando pasó al lado de Aidan, él la tocó, y con la más leve de las caricias le pasó un dedo por el brazo. Ella lo notó en su núcleo más profundo, lo sintió en su alma. Y se llevó con ella la sensación de aquel contacto en el taxi.

. . . . .

Capítulo 14

El bar más moderno y excitante para personas en busca de pareja era una mezcla alocada de sofisticación y sordidez. Intentaba mantener una clientela con clase mediante los gorilas de la entrada que decidían quién podía entrar y a quién se rechazaba, pero estaba claro que se dejaban sobornar y abrían la puerta a cualquier chica guapa. La cola era larga, pero Alexandria no hizo caso y pasó por la puerta con paso seguro. Había advertido el nuevo efecto que tenía sobre la gente: su voz les dejaba embelesados, casi tanto como Aidan la dejaba a ella.

Sonrió al hombre que se plantó cortándole el paso. Él alzó la cabeza, tomó aliento de manera audible y no vaciló, la acompañó en persona hasta dentro. La música invadió sus oídos y vibró por todo su cuerpo. Notó de inmediato la aglomeración, la presión de los cuerpos contra ella. Sobre todo sentía los latidos bombeando, la sangre precipitándose por sus venas, casi abrumándola.

Un hombre alto vestido de cuero oscuro se apresuró a llamar su atención, la cogió por la muñeca y sonrió satisfecho por su descubrimiento. Tenía una barba desaliñada y olía a colonia, whisky y sudor. Lucía en el brazo izquierdo un tatuaje de una telaraña con una viuda negra en el centro. La araña tenía un reloj de arena rojo en el vientre y un destello de colmillos asomaba por su boca. El hombre le lanzó una mirada lasciva y la acercó a él.

—Te he estado buscando toda la noche.

Ella quería sentir algo más que las protestas de su estómago, pero era obvio que él no era su tipo. Le sonrió a los ojos.

—No vas a tener suerte —dio en voz baja y persuasiva.

La sonrisa se desvaneció en el rostro del tipo, ella notó la violencia latente, era alguien al que no le gustaba que le llevaran la contraria. El hombre apretó su muñeca con fuerza.

—Suéltame —dijo Alex con calma, pero no estaba nada tranquila en su interior. En cierto sentido, había contado con disfrutar de lo mejor de ambos mundos esta noche. Pensaba que, fuera cual fuera la criatura en la que se había convertido, la protegería de este tipo de cosas.

La sonrisa del hombre era, para ser francos, muy desagradable.

—Vamos adentro, encanto. —Mientras convertía en orden aquella sugerencia, sin soltar su muñeca, él notó algo en el brazo. Bajó la vista y, para su horror, vio la viuda negra tatuada ascendiendo por su antebrazo en dirección a sus bíceps. Veía los colmillos produciendo chasquidos de rabia, notaba las patas peludas sobre su piel. Se quedó paralizado, luego aulló en voz alta, soltó la muñeca de Alexandria y empezó a darse palmoteos en el brazo y a frotárselo de modo desenfrenado.

Alexandria no veía nada, pero aprovechó la oportunidad para escabullirse y desaparecer entre la multitud.

El hombre se quedó con la vista fija en el brazo, jadeando ruidosamente y respirando con gran agitación. Pero lo único que veía era el tatuaje. Nada se movía. Se pasó una mano por el pelo dejándoselo revuelto y despeinado.

—He bebido demasiado, tío —dijo sin hablar con nadie en concreto.

Alexandria se abrió paso entre la muchedumbre, moviendo la cabeza con el ritmo de la música. Notaba su sangre caliente, pero su piel estaba fría como el hielo. Su estómago parecía rebelarse cada vez que los cuerpos la rozaban. Un hombre robusto de pelo castaño y una sonrisa fácil le tocó en el hombro.

—¿Quieres bailar conmigo?

Se sentía solo, advirtió, y también percibió en él una profunda tristeza, casi desesperación por abrazar a otro ser humano. Sin pensar, aceptó la invitación con una sonrisa y permitió que la llevara a la pista de baile. Nada más rodearla con los brazos y atraerla hacia él, supo que había sido un error. Ella no era humana, no era lo que él necesitaba. Y la ilusión del hombre era tan desesperada como la de ella. El abatimiento de él era tan triste como el de ella. Ninguno de los dos hablaba. Ella sabía lo que pensaba, la terrible pena por la pérdida de su esposa unos seis meses atrás. Pero ella no era Julia, su esposa. Tampoco era uno de los cuerpos cálidos que le ayudaban por costumbre a pasar la noche. Y él no era Aidan, y nunca lo sería.

Ese último pensamiento invadió de terror su alma. ¿Por qué había pensado eso? Podría encontrar un hombre. Un hombre humano. No sería éste, pero tenía que haber alguien.

El hombre se movió.

—¿Quieres venir a casa conmigo?

—No me quieres a mí —dijo con voz amable, y se desplazó para poner unos centímetros de separación entre ellos. Él la abrazó con más fuerza, atrajo su cuerpo contra él.

—Tampoco es a mí a quien buscas, pero podemos ayudarnos el uno al otro —suplicó, pues quería que alguien espantara sus fantasmas durante unas horas preciosas.

El olor de la sangre la llamó. El estómago de Alexandria se revolvió, y notó la bilis que le subía a la garganta. Sacudió la cabeza con gesto categórico.

—Lo siento, no puedo hacerlo. —Cuando ella quiso dar un paso a un lado, la música cambió de repente y dio pasó a un ritmo frenético, incontenible, que pareció incitar al hombre a agarrarla. Mientras él la cogía con más fuerza por la espalda, la electricidad estática pareció formar un arco desde el suelo que entró por su brazo, pegándole una sacudida. El hombre maldijo y la soltó de inmediato. Sorprendida, Alexandria dio un paso atrás.

—¿Qué ha pasado?

—¡Me has dado un calambre! —acusó.

—¿Yo? —Se apartó un poco de él. ¿Lo habría hecho de forma inadvertida, sin saberlo? ¿O habría sido un accidente? No tenía ni idea, pero se sintió agradecida de aquella interrupción oportuna. Aprovechó para mezclarse con la multitud que daba vueltas y bailaba con desenfreno y se abrió paso por la sala, mientras la música retumbaba en su cabeza y en su cuerpo.

Alexandria encontró el bar. Varios hombres vestidos de traje se apartaron para hacerle paso. Sus saludos eran vacilantes, esperanzados. Parecían bastante agradables. Algunos eran apuestos, incluso algunos parecían simpáticos, en la medida de lo posible. Pero ella no sentía nada, era como si estuviera del todo vacía por dentro. Muerta.

De pronto se preguntó qué estaba haciendo, qué intentaba demostrarse. Dando media vuelta se apoyó en la barra, mirando pensativa el suelo. No tenía que darle más vueltas. Nunca había sido una persona promiscua, no iba con ella. No le atraía un hombre por su aspecto, ni siquiera los que la intrigaban mínimamente, aquellos que tenían cosas en común con ella, no la excitaban en el plano físico.

—Pareces triste —comentó uno de los hombres trajeados—. ¿Quieres que nos sentemos en un reservado y hablemos? Sólo hablar. —Extendió las manos con las palmas hacia arriba—. En serio, nada de tirarte los tejos, sólo hablar. Me llamo Brian.

—Alexandria —respondió ella, pero negó con la cabeza. Era demasiado guapo como para engañarla. Decía que quería hablar, pero ella podía leer con facilidad sus sentimientos más profundos—. Gracias, pero creo que me voy a casa.

A casa. ¿Dónde estaba su casa? No tenía un hogar. La pena parecía casi insoportable. Alzó la vista y su mirada se detuvo en el rincón más oscuro de la habitación. Unos ojos dorados devolvieron una mirada destellante. El corazón le dio un brinco. No podía apartar la mirada, cautivada por la intensidad de la mirada impasible.

Aidan salió despacio de entre las sombras. Se deslizó. Se estiró acechante como un gran felino salvaje. La dejó sin respiración. Alto. Sexy. Poderoso. Sólo tenía ojos para ella. Los mantenía pegados a ella. Debajo de la camisa de seda, los músculos se tensaban de un modo sugerente. Parecía elegante, emanaba poder, no tenía rival.

Alexandria se encontró temblando llena de expectación por reunirse con él. Tal cual. La mera visión de Aidan la había devuelto a la vida. Como el Mar Rojo, la multitud se apartó para dejarle pasar. Nadie le tocó ni le rozó ni le zarandeó. Incluso los hombres trajeados que se agrupaban en las proximidades de ella se hicieron a un lado para dejarle entrar en su dominio privado. Y allí estaba él de pie ante ella, tendiéndole una mano y atrapando su mirada con sus ojos dorados.

Alexandria no sabía si era coacción u obsesión pero no le importaba. Era incapaz de detenerse. Libraba una batalla inútil. Le necesitaba, y ahí estaba él. Puso su mano en la de Aidan, y cuando el carpatiano la rodeó con los dedos y la atrajo un poco, tuvo la impresión de estar entregándose.

—Baila conmigo, *cara mia*. Necesito sentirte pegada a mí. — Su voz, sus palabras, eran demasiado seductoras como para resistirse.

A Alexandria no le costó acomodarse entre sus brazos, encajaba a la perfección. Él era fuerte, cálido, y la electricidad chisporroteó al instante entre ambos. La cabeza de Alexandria encontró un hueco en su hombro. Su cuerpo encontró con facilidad el ritmo de su corazón. Había nacido para esto, era su otra mitad. Era una seducción negra y aterciopelada, pura magia.

Éste era su hogar. En sus brazos. Cerró los ojos y saboreó la sensación de tener el cuerpo de Aidan pegado al suyo. La música era etérea, increíble en un lugar de este tipo, y en ningún momento, en la pista abarrotada, los tocó otra persona. Él les movía perfectamente sincopados, el calor se elevaba entre ellos a cada paso. Las llamas parecían propagarse por la piel de Alexandria, pasar luego a la de él, y regresar de nuevo.

Aidan inclinó la cabeza para saborearla. Los labios suaves, cálidos, blandos y ardientes, le rozaron el cuello y se demoraron un instante sobre su pulso. Él notó cómo brincaba bajo el calor húmedo de su boca, y advirtió cómo se aceleraba con frenesí.

—Ven conmigo a casa, *piccola* —susurró con apremio, y le arañó la piel con los dientes de modo delicado, sugerente, deslizándose adelante y atrás sobre su pulso. La sangre de Alexandria le cantaba, le reclamaba a gritos—. No me atormentes más.

El cuerpo de Alexandria se balanceaba con el de Aidan, líquido y maleable. Nunca en su vida había necesitado tanto algo. No dijo nada. No podía. Pero él sabía la respuesta pese a su silencio. Podía leerla en sus enormes ojos.

Se fueron hacia la puerta. Alexandria apenas era consciente de donde se encontraba, no obstante Aidan la protegió de la aglomeración igual que había hecho antes, su cuerpo siempre se interponía entre ella y el gentío. Afuera, la noche pareció saludarles, darles la bienvenida: las estrellas eran más brillantes de lo habitual, el aire transportaba aromas fragantes desde el océano.

Aidan le rodeó la cintura con el brazo y la sujetó bajo la protección de su hombro. Ella inclinó la cabeza para mirarle.

—Debería haber adivinado que me seguirías para protegerme. ¿Qué le hiciste a ese pobre hombre vestido de cuero?

Se rió un poco.

—Le gustan las arañas, también le gusta hacer daño a las mujeres. Y a mí no me gusta que te toquen otros hombres.

—Ya me he dado cuenta.

Aidan la detuvo en la esquina de la calle, la atrajo hacia él y le levantó la barbilla. La mirada dorada parecía fascinada por su labio inferior. Alexandria por su parte encontraba dificultades para respirar. Él profirió un sonido —entre un gemido y un gruñido— y bajó la cabeza. Pegó su boca a la de Alexandria y la tierra se movió bajo sus pies. El cuerpo de ella se fundió con el de él, hasta que sólo fueron ellos dos, Aidan y Alexandria, como una parte de la noche.

La intensidad del ansia, de la necesidad, era tan fuerte, tan abrumadora, que Alexandria se sujetó a él para evitar caerse. Aidan la rodeó con los brazos y, de repente, estuvieron moviéndose por el tiempo y por el espacio. El viento le levantaba el pelo ondeante hacia atrás como un canto de sirena, meciéndolo en la clara noche como hebras de seda.

Él movía su boca sobre sus labios, la consumía y la devoraba con voracidad, más allá de los límites humanos. Exploraba con su lengua cada centímetro del interior aterciopelado de su boca, exigiendo una respuesta. Alexandria se oyó gemir con un sonido grave y suplicante.

Luego, se encontró con el suelo del balcón del tercer piso bajo sus pies. Él sólo hizo un ademán con la mano y la puerta de vidrio se abrió con suavidad. Y abierta se quedó, la brisa del mar era el grato contrapunto al calor de sus cuerpos. Él la siguió hasta la cama con cuatro columnas tapada por una colcha, y cubrió aquel cuerpo menudo con el suyo, pues no quería arriesgarse a que ella entrara en pánico y huyera. Ya no podía esperar más. No podía dejarla marchar esta vez. Acarició con sus manos la suave piel, siguió el contorno del pecho prominente y apartó el tejido de su camisa con brusquedad para que no se interpusiera en el escrutinio que llevaba a cabo su mirada dorada. Alexandria sentía el aire fresco y sensual sobre su piel caliente, sus pechos se inflamaron ansiosos bajo la mirada excitada de Aidan, que le cogió un pecho y sostuvo el peso blando en su palma con gesto posesivo.

—¿Notas la oscuridad que hay en mí, Alexandria? —susurró con voz ronca y ansiosa—. Va creciendo, se extiende. Siéntelo dentro de mí. —Encontró con la boca los ojos, la sien, la comisura de los labios, la garganta. Cada beso era ligero como una pluma pero dejaba una marca ardiente, su señal, para siempre, en su alma—. Entrégate a mí. Ahora. Para toda la eternidad. Siente la oscuridad dentro de mí y elimínala.

Era la voz de la seducción, una necesidad tan arrolladora, tan grande, que ella no pudo negarse. Sintió la necesidad oscura en él, su batalla por ser dulce con ella, ofrecerle algún tipo de elección. Sintió su deseo, descarnado y ávido, las ganas de despojarla de sus ropas y entregarse a los misterios del cuerpo de Alexandria. Su propio cuerpo respondía al apremio de su necesidad con un ardor cremoso.

Ella se movió debajo de Aidan y se arqueó para ofrecerle su pecho. Cerró los ojos y gimió en voz alta cuando él se lo llevó al calor de su boca. Le rodeó la cabeza con los brazos y le sostuvo contra ella, cada succión de su boca obtenía una respuesta de calor líquido en su cuerpo.

Aidan, atrapado en los confines de su ropa, notaba su cuerpo duro y pesado. Se quitó la camisa y luego tiró de los vaqueros de Alex. Quería cada centímetro de su suave piel sin ropa, contra él. Aidan se levantó un poco, lo justo para ver su cuerpo. Ella yacía desnuda, con la piel sonrojada de deseo. Extendió la mano sobre su estómago y luego cubrió con la palma el triángulo de espesos rizos rubios, donde descubrió el húmedo calor. Un relámpago descargó a través de él, de ella, y se precipitó por la sangre de ambos.

Meció la cabeza de Alexandria con la palma de la mano que tenía libre y la atrajo a su pecho. *Aliméntate, cara mia. Aliméntate un buen rato, a fondo. Eres mi otra mitad, la mitad que sustituye la luz. Ahora formas parte de mí para toda la eternidad.* Ahondó con su dedo en la entrada aterciopelada de su vagina y encontró calor y disposición, y necesidad. Notó las lágrimas escociéndole en los ojos.

Y sintió el aliento de Alexandria a la altura de su corazón.

—Nunca podré regresar, ¿no es así? —preguntó ella en voz muy baja, casi inaudible.

Él ahondó aún más con sus dedos, un incentivo deliberado.

Notaba cómo se aferraban a él los músculos de terciopelo. Y el cuerpo de Aidan exigía alivio a gritos.

—¿De verdad quieres regresar, *cara*, y dejarme solo en una eternidad de oscuridad? Si tuvieras la oportunidad, ¿de verdad me abandonarías? —Su voz ronca era una trampa. Atrajo aún más a Alexandria con su mano mientras sus dedos ahondaban, exploraban y avivaban aposta el fuego que se propagaba por su cuerpo.

La voluntad de Aidan estaba fundiendo por completo su mente con la de Alex. Entonces ella pudo sentirla, aquella oscuridad creciente que esperaba para apoderarse de Aidan. Una bestia agazapada, preparada, un frío asesino sin piedad. Había una neblina roja, un deseo violento, un fuego propagándose por su sangre a toda velocidad. Alexandria percibió su tormento, su miedo a que ella no le quisiera lo bastante como para quedarse con él, a sabiendas de que él la tomaría de todas formas, a sabiendas de que él nunca podría detenerse. Pero Aidan quería que ella le deseara y le necesitara igual que él.

Alexandria pasó la lengua por sus músculos con una suave caricia. Mordisqueó su piel con suavidad juguetona.

—¿Cómo podría dejarte alguna vez, Aidan? ¿De veras crees que podría? Pensaba que lo sabías todo. Hasta yo sé más. Casi desde el principio, sabía más. —Y así era. Les había ocultado el secreto a ambos.

Aidan exploró sus muslos con la mano, sombras y huecos secretos, arrancando sollozos entrecortados de la garganta de Alexandria. Ella buscó y encontró con sus manos los músculos marcados de su amplia espalda, y el tímido contacto enardeció aún más al carpatiano.

Aidan estaba haciéndole cosas con las manos, sólo con el tacto, y memorizando cada centímetro venerado de ella, atrayéndola hacia una tormenta de fuego y anhelo imposible de saciar. Ella le besó el pecho, acarició con su nariz el vello rubio, lamió un pezón. El cuerpo de Aidan se endureció hasta que creyó volverse loco.

La obligó a separar las piernas, para tener mejor acceso a su femenino calor. Se apretó contra ella casi con agresividad, la necesitaba de un modo desesperado. Alexandria notaba su dura erección, gruesa e insistente en la entrada. Le pareció demasiado grande, una invasión desmesurada. Cuando ella, indecisa, estaba a punto de retroceder, él le sujetó el trasero con la palma de la mano y la mantuvo pegada a él. *Confía en mí, Alexandria.* Le sopló las palabras en su mente. *Nunca te haré daño. Tu cuerpo necesita el mío. Siéntelo, siente lo que te pide. Somos un solo cuerpo, un corazón, un alma y una mente.*

Alexandria encontró aquel hermoso tono de voz imposible de resistir. Su boca se movía como si tuviera vida propia por encima del pecho de Aidan. Buscó y encontró el fuerte pulso. Lo acarició con su lengua, una suave pasada. Él se agarró a las caderas de Alexandria con más fuerza, casi hasta el punto del dolor. Ella hundió sus dientes a fondo y el cuerpo de Aidan se impulsó hacia delante para hundirse profundamente en Alexandria. Un relámpago encendió el cielo, crepitó, danzó y pasó por la puerta abierta con un trallazo blanco y azul que les abrasó y les acopló aún más. Ella soltó un grito de dolor y placer. El grito de él, ronco y triunfal, se fundió con el de ella.

Aidan empezó a moverse, casi incapaz de soportar la tirantez de su sexo aterciopelado. Le apretaba de un modo tan ardoroso y adictivo que él deseó perderse para siempre en ella. La fiera fricción le consumió del todo, hasta que se encontró cabalgando sobre una ola de placer tan enorme que perdió toda noción de tiempo y espacio. Y los colores danzaban ante sus ojos, vivos e intensos. Sus aromas a almizcle, fragantes, se fundieron y crearon el perfume de su relación. La boca de Alexandria sobre la suya, tan erótica y frenética, seguía su ritmo salvaje y exaltado. Se perdió en la pura sensación, se enterró más a fondo y con más fuerza pues quería adentrarse tanto en su interior que sus corazones quedaran entrelazados y fuera imposible separarlos.

Alexandria le agarró la espalda, temerosa de verse arrastrada para siempre. Cerró con la lengua la herida del pecho saboreando el sabor masculino y animal de Aidan, que la sostenía con fuerza por las caderas, la mantenía quieta para perpetrar su invasión. Era más de lo que ella podía soportar, su aspecto indómito con el pelo caído, el rostro en tensión por el placer. Ella movió las manos por su espalda hasta sus nalgas, memorizando cada centímetro.

A Aidan se le escapó un gemido gutural, profundo y ronco, un sonido arrancado de su mismísima alma. Alzó la cabeza, con sus extraños ojos de oro fundido, excitados, feroces por su anhelo. La besó en los ojos, las comisuras de los labios, la barbilla. Ella notó el aliento sobre su garganta, el roce acariciador de la lengua. Todo su cuerpo se contrajo como reacción, incrementando aún más el placer de Aidan, hasta que pensó que podría morirse.

Él arañó con sus dientes la hendidura entre su pechos, de tal manera que Alexandria se arqueó más y más, presionando contra su boca.

—Eres mía para siempre. Ahora ya lo sabes. —Él lo dijo como una declaración, una orden que ella no se atrevería a desobedecer.

Alexandria sonrió contra su hombro por sus exigentes maneras. No tenía idea de cómo eran las mujeres carpatianas, pero su macho estaba a punto de descubrirle un mundo aparte. Y a continuación, se encontró llorando de placer, su garganta se movía de forma convulsa cuando los dientes de Aidan perforaron su pecho, mientras la abrazaba posesivo y su cuerpo la tomaba con un anhelo feroz más allá de las fantasías más alocadas. Fue arrastrada por sucesivas oleadas de placer que la sacaron de su cuerpo y la introdujeron en él. Aidan se encontraba allí donde miraba, allí donde tocaba, dentro de su cuerpo, dentro de su mente, incluso su sangre era la de él, y como un solo ser explotaron hasta lo alto del cielo.

Enlazados uno al otro, permanecieron juntos echados, con sus corazones latiendo con un mismo ritmo intenso, muy diferente al que cada uno por separado creía posible. Aidan le acarició el pecho con la lengua provocando un estremecimiento que se propagó por la sangre de ambos. Le tomó el rostro entre las manos, le rozó la frente con la boca, con delicadeza, y bañó de besos livianos su rostro hasta llegar a la barbilla. Por primera vez en su larga existencia, al parecer interminable, se sentía de verdad vivo, de verdad en paz.

—Me has hecho un regalo inestimable, Alexandria, y nunca voy a olvidarlo. No tenías motivos para confiar en mí, y sin embargo lo has hecho —susurró en voz baja y humilde—. Gracias.

Ella le contemplaba con ojos maravillados, incapaz de regresar del todo a la tierra. Aidan estaba dentro de ella, Alexandria le rodeaba con su cuerpo. Parecía imposible que esos ojos dorados brillaran con tal intensidad, ardieran con tal necesidad, sólo por ella. Una sonrisa lenta curvó su boca e iluminó sus ojos de zafiro con la misma potencia. Se limitaron a mirarse uno al otro, a mirar el interior de sus almas.

Alexandria notaba su gruesa y dura erección que empezaba a moverse con una fricción increíble de calor pegajoso, tan dulce y tierna que creyó derretirse dentro de él. Aidan se movió despacio, saboreando cada largo impulso, devorando su rostro con los ojos. La iniciación de Alexandria había sido un frenesí salvaje. Ahora quería tomarse su tiempo, aumentar el placer poco a poco.

Enredó sus dedos en el cabello de Alexandria y saboreó con la boca la piel de satén hasta encontrar el pulso que latía en su garganta vulnerable.

—Eres tan hermosa, Alexandria, tan hermosa...

—Tú me vuelves hermosa —admitió ella.

—Aún me cuesta creer que te haya encontrado. —De pronto alzó la cabeza y se la quedó mirando, mientras continuaba con el lento y lánguido movimiento de caderas—. Vas a deshacerte de ese magnate de los videojuegos de terror.

Ella le besó en el hombro y luego se frotó el rostro contra el vello dorado de su pecho.

—No, no voy a hacerlo. Es mi jefe.

—Yo soy tu jefe.

—Ya te gustaría ser mi jefe. —Alexandria le tomó el pelo con ternura—. Trabajo para él.

—Tengo dinero suficiente para que vivamos los dos con holgura —protestó. Luego, una leve risa se coló en su voz—. ¿Sabes lo pervertido que tiene que ser ese hombre para idear esas cosas?

—¿Y qué me dices de ti? Tú juegas con sus vídeos. Peor todavía, vives situaciones más raras de las que él pueda imaginar. —Alzó la barbilla—. Aparte, quiero el trabajo. Me encanta dibujar. Es la ocasión de toda una vida, Aidan, algo que siempre he querido hacer.

Él se rió entonces, bajó la cabeza para besar su barbilla desafiante, para depositar una hilera de besos que descendió entre sus pechos.

—Tu vida se ha prolongado en unos considerables años, *cara mia*. Puedes encontrar otras fantasías que ilustrar, otro tipo de personajes, preferentemente las de una agradable anciana sin hijos ni secretarios masculinos.

Alexandria se rió con él, y sospechó para sus adentros que acabaría rindiéndose y haciendo lo que él deseaba, desterrando a Thomas Ivan de su vida. Pero, por el momento, el cuerpo de

Aidan le hacía cosas increíbles. Su balanceo lento y rítmico la dejaba sin aliento y avivaba las cenizas del fuego que no había dejado de arder en algún lugar, en la boca del estómago. Su cuerpo se movía con el de Aidan, seguía su guía sin inhibición. Adoraba el contacto de sus manos rodeando sus pechos, el roce de su barbilla, de su boca, sobre sus pezones. Él le arrebataba el corazón con su ternura.

—Ya te he arrebatado el corazón —bromeó en voz baja, recordándole que compartía sus pensamientos.

—No estoy segura de estar preparada para que estés enterado de cada cosa que pienso.

—O sientes. —Su voz descendió una octava, se convirtió en una seducción de terciopelo negro—. O con las que tienes fantasías.

Alexandria encontró las caderas de Aidan con sus manos.

—Tú eres el que tiene todas las fantasías, yo me limito a tomarlas prestadas para examinarlas.

Aidan impulsó su cuerpo hacia delante y se hundió más a fondo dentro de ella.

—¿Y qué te parecen? —Empezó a dar embestidas más profundas, más fuertes, a aumentar el ritmo hasta que las cenizas candentes pasaron a ser llamaradas gigantescas—. No hemos hecho más que empezar, *piccola*. Tengo toda la noche para adorarte como te mereces.

Cuando el inesperado fogonazo descargó en el cuerpo de Alexandria, ella se mordió el labio y dos pequeños pinchazos rojos aparecieron ahí. Los relucientes ojos dorados de Aidan se concentraron en su boca, reflejando la profunda emoción desatada. Sólo esa mirada era suficiente para arrojar vertiginosamente a Alexandria hacia la cúspide, estallando en explosiones demoledoras tanto para su cuerpo como para su mente. Su grito entrecortado fue acallado por Aidan cuando encontró su boca y atrapó el sonido para siempre. Él pasó la lengua por su labio con una caricia sinuosa que elevó el placer a niveles imposibles.

Cada músculo de Aidan estaba en tensión. Se mantuvo inmóvil durante una milésima de segundo, luego echó hacia atrás la cabeza y se impulsó hacia delante para enterrarse en ella. Su autocontrol quedó anulado con la reacción arrolladora que pareció prolongarse eternamente, por fin la liberación, el mundo dando vueltas. Y sin embargo no duró lo suficiente, quería estar así todo el tiempo, con Alexandria sujeta y a salvo en sus brazos.

Permanecieron echados juntos sin moverse, sin hablar, saboreando el momento, saboreándose el uno al otro. Aidan fue el primero en moverse, cambió de postura a su pesar. La estrechó un poco más en sus brazos, como si de pronto ella pudiera caer en la cuenta de que se había entregado a él e intentara escapar, escapar de lo que ella ahora era.

Alexandria acarició el brazo que la rodeaba con actitud posesiva.

—Aidan, me entero de tus pensamientos igual que tú de los míos. Y sigo siendo yo, no tengo intención de quedarme encerrada dentro de un armario en algún sitio.

Él se apoyó en un codo. La brisa se colaba en la habitación y traía con ella una bruma del mar. Aidan alzó una mano y las ventanas correderas se cerraron al instante. Tiró del edredón para taparse y también él se aproximó un poco más para calentarla con su calor corporal.

—No estaba pensando en un armario, *cara*. Creo que mi cama sería mucho más apropiada. —Había un matiz de humor masculino en su voz aterciopelada.

Alexandria se apartó el pelo de la cara y le miró a los ojos.

—Voy a trabajar, Aidan. Has creado una vida aquí para ti, y para Stefan y Marie. Pero Joshua también se merece una vida normal. No quiero que su vida cambie tanto como para que pierda de vista las cosas con las que está familiarizado. Tampoco yo quiero perderlo. Esto es tan aterrador... Me asustas. No quiero perder lo poco que quede de mí, sea lo que sea.

—Quiero que estés a salvo, Alexandria. Las mujeres de nuestra raza son nuestro tesoro más preciado. Sin ti no podemos continuar con nuestra existencia. Necesito saber que te encuentras a salvo a cada momento del día.

Alexandria se sentó y se cubrió los pechos con el edredón, consciente de pronto de su desnudez. Aidan pasó una pierna sobre su muslo con gesto despreocupado, manteniéndola ahí quieta.

—No hay un solo centímetro tuyo que no conozca, *cara*. No es el momento de sentirse tímida.

Ella notó el sonrojo que se extendía por todo su cuerpo hasta que su se relució ruborizó en medio de la noche. De la manera en que él había colocado la pierna, podía notar su virilidad presionada contra ella, su calor y su fuerza, la necesidad creciente que volvía a inflamarse. Sabía que le estaba tomando el pelo, pero nunca antes se había encontrado en una situación así, no estaba segura de cómo actuar o qué sentir.

—Usas esto... para controlarme.

Él le dedicó una sonrisa impenitente y se frotó contra ella con gesto sugestivo.

—¿Esto? ¿Qué es esto? ¿Estás insinuando que soy capaz de aprovechar nuestra relación sexual para salirme con la mía?

Ella volvió a reírse, no podía evitarlo.

—Aprovecharías cualquier cosa, señor Inocente, para salirte con la tuya, eso lo sabes bien.

Aidan tomó un pecho en su mano y extendió el pulgar sobre el sensibilizado pezón.

—¿Y funciona? —Su voz rozaba su piel como si fuera terciopelo.

—No es posible que quieras repetirlo, Aidan —protestó apartándose de él y de la tentación de su cuerpo.

Él la cogió por la cintura y la atrajo contra su miembro ya duro para entonces. Recorrió el contorno de las caderas de Alexandria y le acarició el trasero.

—Eres hermosa, Alexandria —le dijo en voz baja, mientras la hacía volverse boca abajo debajo de él.

—Aidan. —Soltó el nombre con una protesta entrecortada. Sus manos eran fuertes, rudas incluso, y la mantenían quieta. Notaba el aliento en su espalda y los dientes próximos a su hombro cuando intentó escabullirse. La posición la hacía sentirse vulnerable en extremo.

Aidan se apretó contra ella, la necesidad de tomar el control era tan fuerte como la necesidad de darle placer.

—Me deseas, *cara mia*, lo siento.

—Es demasiado pronto.

—Para tu cuerpo, no. —Mientras pronunciaba estas palabras, usó la mano para verificar la disposición de Alexandria, y la sacó bañada en calor líquido—. Oh Dios, ¿cómo puedo resistirme a ti?

—Volvía a necesitarla otra vez. Necesitaba sentir, estar vivo, saber que ella siempre formaría parte de él, de su vida. Saber que cuando abriera los ojos y respirara por primera vez cada tarde, ella estaría ahí para darle emociones cada vez más profundas y para mirarle con algo que no era miedo en los ojos.

Tal vez Alexandria se opusiera a su dominación, pero ella no podía resistirse a la necesidad que consumía a Aidan. La intensidad de aquellos sentimientos se apoderaba también de la mente de Alexandria y su cuerpo ardía de pasión igual que el de él. Ella se apretó contra su cuerpo, consintiendo, y enardeciendo todavía más a Aidan. Se reía en voz baja, juguetona, pero se le cortó la respiración cuando él lanzó aquella invasión íntima sobre ella. El cuerpo de Alexandria se comprimió contra él y le retuvo, se agarró a él, tensándose de vida y calor.

Un poderoso brazo la sujetaba con gesto posesivo por la cintura, todo el cuerpo de Aidan la protegía de repente.

—¿Estamos locos, nosotros dos? —murmuró él.

—Aquí, el único loco eres tú —respondió entre jadeos, moviéndose con él, empezando a perder el control de nuevo así de rápido—. Yo tengo trabajo que hacer, aun así me retienes aquí, pegada a ti, prisionera de tu pasión —dijo jadeante. Aidan aumentaba el fuego con movimientos seguros, fuertes, abalanzándose dentro de ella, sujetándola con sus manos—. No puedo creer que vaya a permitir que te salgas con la tuya. —Y le costaba creerlo, parecía imposible que estuviera de rodillas sobre una cama manchada con su propia inocencia y disfrutando al ser poseída por este hombre, deseando más, deseándole una y otra vez.

Cuando al final se desmoronaron, sujetándose el uno al otro, con los cuerpos revestidos de un fino lustre de transpiración, estaban extenuados, exhaustos, saciados.

—He oído tu canturreo en mi cabeza, la primera vez que hemos... —Se calló—. ¿Las palabras eran en tu lengua materna?

—Volví a consolidar nuestra unión —admitió—. La idea de perderte por mi propia estupidez era demasiado. Recité las palabras rituales mientras perdías la virginidad, para unirnos para toda la eternidad.

—No entiendo.

—Las palabras crean un vínculo inquebrantable para los varones carpatianos. Una vez pronunciadas, el vínculo es eterno.

Ella se dio media vuelta y le miró pestañeante.

—¿De qué estás hablando?

—Cuando un varón carpatiano encuentra a su pareja y está convencido de que es ella, puede unirla a él mediante las palabras rituales aunque aún no haya tomado posesión de su cuerpo. Es como la ceremonia del matrimonio humano pero mucho más profunda. Nuestras almas y corazones son una mitad del mismo todo, incompletos cuando están separados. La palabras rituales juntan las dos partes de forma oficial.

Ella entrecerró los ojos y empezó a hacer conjeturas.

—Pensaba que la unión respondía a la química, que era cosa de la sangre.

—Ése es su destino, cierto, el vínculo se inicia así. —Se apartó el largo pelo de la cara y se retiró a un lado de la cama, como si la conversación le inquietara.

—¿De modo que la mujer aún puede escapar si el hombre no pronuncia las palabras rituales?

Él se encogió de hombros, con mirada de pronto indescifrable.

—¿Cómo iba a ser tan estúpido como para no decirlas si sabe que el destino de ella está en sus manos? Sería ridículo.

—Pues sería un detalle preguntar a la mujer lo que piensa al respecto. Los hombres humanos al menos preguntan a la mujer si quiere pasar la vida junto a él. Tal vez a las mujeres carpatianas les gustara también tener una opción.

Él volvió a encogerse de hombros.

—Es la opción del destino, el sino, llámalo como prefieras. La ley del universo. La ley de Dios. Nos han hecho así. Las palabras no pueden revocarse. Ningún varón carpatiano va a permitir que su mujer vaya por ahí sin protección, sin declararla suya.

—¡Tu gente vive en la prehistoria! No puedes apropiarte de la vida de alguien sin su consentimiento, así sin más. No está bien —argumentó horrorizada.

—Un varón carpatiano no puede sobrevivir sin su pareja de vida.

—Bien, ¿y puede saberse cuántos años más quieres vivir? —preguntó airada.

La mirada de Aidan centelleó divertida por un breve instante, luego deslizó la palma de la mano por su pantorrilla hasta alcanzar el muslo.

—Diría que... un siglo más, o dos, siempre que tengamos noches como ésta.

Consiguió con la voz aquel curioso efecto sobre el corazón de Alexandria, aquella curiosa sensación de derretimiento que experimentaba tan a menudo cuando estaba con él. Quería enfadarse con Aidan, pero la verdad era que, si tuviera más noches como ésta, ella también firmaría por uno o dos siglos a su lado.

—Estoy leyendo tus pensamientos —le recordó con una voz que era una caricia intencionada.

—Es hora de parar. ¿No tienes otra cosa que hacer por un rato? Y no pienses que te has librado de este tema, no puedes ir por ahí tomando decisiones que afecten a mi vida sin consultarme antes. —Le miró con recelo—. ¿Qué más puedes hacer sin que yo tenga conocimiento?

—Lo que se te ocurra, *cara*, yo lo hago.

Se soltó con brusquedad y le dio una palmada en la mano que ya ascendía por el nido poblado de rizos.

—No es para enorgullecerse, Aidan. No es nada bueno.

—Yo pienso que es algo excelente. Necesitaré todos mis mejores trucos para mantenerte contenta. Espero con ilusión cada minuto, Alexandria.

—Te olvidas de mis molestos hábitos, y creo que empiezan a multiplicarse.

Él gruñó.

—¿De verdad vas a intentar reformarme?

—Alguien tiene que hacerlo. —Alexandria le cogió una mano—. Estoy acostumbrada a cierta libertad, Aidan. La necesito. Nunca podría ser feliz si tú me la niegas.

Él le tomó la barbilla y recorrió con la mirada dorada el rostro que le observaba con atención.

—Soy consciente de los compromisos que tendremos que asumir los dos, Alexandria. No espero que el esfuerzo recaiga sólo en ti. Sólo te pido que me concedas el margen de cometer algunos errores.

Ella hizo un gesto de asentimiento. A él le costaba tan poco robarle el corazón... Con una mirada o una pocas palabras, con esa voz suya, pura magia negra.

—¿Cómo puedo estar tan loca por ti y tan temerosa al mismo tiempo?

—Estás enamorada de mí —dijo con tranquilidad.

Ella pestañeó, conmocionada, como si nunca antes lo hubiera considerado.

—Eso es un poco fuerte, Aidan. Me arrastras con tal rapidez a tu mundo, contra mi voluntad.

—Me quieres —afirmó con calma.

Ella retrocedió un poco, tan sólo unos centímetros sobre la cama.

—No te conozco lo suficiente como para amarte.

—¿No? Has estado en mi mente, has compartido mis pensamientos, mis recuerdos. Lo sabes todo de mí, lo bueno y también lo malo. Y te entregas a mí. No lo habrías hecho de no haber estado enamorada de mí.

Alexandria tragó saliva con dificultad. No quería enfrentarse a esto ahora, era demasiado abrumador. Intentó tomárselo a la ligera.

—No es más que el poder del sexo, Aidan.

Él alzó las cejas.

—¿Eres también buen bailarín? —aventuró Alexandria intentando disimular.

—Yo también he estado en tu mente, *cara mia*. No puedes ocultarme la verdad. —Sonaba satisfecho, jactancioso.

Alexandria puso su expresión más altiva, se echó el edredón sobre los hombros y permaneció en silencio.

—¿De veras es tan difícil admitir que me amas? —su voz era una caricia que la envolvía con unos brazos seguros y cariñosos.

—¿Por qué es tan importante mantener esta discusión en este preciso momento? Estoy contigo, y es obvio que no me voy a ningún lado.

—Porque es importante para ti. Tienes esta idea de que sólo puedes sentir amor por tu hermano, y por nadie más.

—Nunca antes he sido capaz.

—Y piensas que sientes algo por mí porque te he hechizado de algún modo. Lo que tenemos juntos no es ningún hechizo. Tal vez te haya ligado a mí según las costumbres de mi pueblo, pero no podría haberlo hecho si tú no fueras mía previamente. Eres mi verdadera pareja eterna. Estabas dispuesta a dar tu vida por salvarme, incluso cuando no confiabas en mí.

Ella alzó la barbilla.

—Pensaba que iba a morir de todos modos, y no quería llevar una vida de vampiro. Recuerda, pensaba que eras un vampiro y que me habías convertido a mí también en eso.

—Entonces, ¿por qué ibas a salvar a un vampiro, especialmente a uno tan malo? —rebatió en tono afable.

Alexandria se tapó las orejas con las manos.

—Me estás liando, Aidan.

La cogió por las muñecas con delicadeza y le bajó las manos, mientras se inclinaba para darle un beso.

—Sabías, en lo más profundo de tu ser, que yo era el único. Por eso tu cuerpo responde al mío. No es un hechizo antiguo, ni siquiera gratitud por salvaros a ti y a Joshua. Tu cuerpo y tu alma me reconocieron antes que tu mente, antes de que tu corazón tuviera la ocasión. Tu mente está traumatizada por todo lo que ha sucedido. Y no fue de ayuda que yo reaccionara con temor por tu seguridad. ¿Cómo ibas a saber qué sentía tu corazón?

—Lo que siento por ti es tan... —No encontraba las palabras para describir las emociones que giraban con tal fuerza dentro de ella.

—Intenso, profundo, diferente a lo que esperabas. Y por ser tan diferente, no lo reconoces como lo que es. Ya no eres humana, con limitaciones humanas. Todos tus sentidos se han expandido, y tus emociones también: placer, dolor, anhelo... resultarán agobiantes hasta que te acostumbres. Al principio, tu nuevo sentido del oído era casi insoportable, ¿verdad que sí?

Alexandria asintió. Había sido así durante un breve periodo, ahora ya se había olvidado.

—En poco tiempo habrás aprendido a graduar tu extraordinario oído y a emplearlo sólo cuando haga falta. Con el tiempo serás capaz de emplear todas tus habilidades con la misma facilidad, igual que hago yo. La intensidad entre nosotros aumentará, igual que nuestra unión. Pero no es magia, Alexandria, es amor. —La voz de Aidan era tan dulce, tan tierna y tan confiada, que el corazón le dio un vuelco.

Capítulo 15

Las olas del océano se elevaban y avanzaban con rapidez hacia la costa, salpicando espuma y sal antes incluso de romper contra las rocas del acantilado y regresar como una cascada al turbulento mar. Alexandria dejaba que la arena se escurriera entre sus dedos mientras contemplaba la espectacular exhibición que daba la naturaleza. La hora tardía y los fuertes vientos garantizaban tener la playa para ella sola. Sentada sobre una duna de arena, descansando la barbilla en las rodillas, observaba las olas. El mar siempre le había encantado, pero después de su experiencia con el vampiro, pensaba que nunca sería capaz de enfrentarse de nuevo al océano.

Aidan se había encargado de cambiar eso. Había devuelto la belleza y la dicha a su mundo. Era capaz de permanecer aquí sentada a solas en la oscuridad, rodeada del viento aullante y el mar estruendoso, incluso con las nubes amenazadoras que se estaban formando sobre ella, y reconocer el esplendor de todo aquello. Aidan estaba trabajando, ocupado con uno de sus muchos negocios, y Alexandria se había escabullido de la casa para estar un rato sola. Aunque una parte de ella adoraba la estrecha relación que requería Aidan, estaba habituada a la libertad, a hacer cosas por su cuenta, y necesitaba sentarse sola en silencio, así de simple, para asumir todo lo que le había sucedido.

A Aidan no le hacía gracia aquello. Ella notaba la carga de disconformidad. Estaba con ella, en un rincón silencioso de su mente. Al menos no había intentado obligarla a cumplir su voluntad.

Debería haberlo hecho.

Alexandria sonrió al oír su queja. *Por suerte, no lo hiciste. Tienes que aprender que yo no te hago caso como Joshua.*

¿Es otro de tus molestos hábitos?

Ella se rió en voz alta, un sonido dichoso que el viento transportó por la playa. *Si no lo es, me voy a asegurar de cultivarlo.*

Vas a hacer exactamente lo que yo te diga. Su voz había descendido una octava, hasta que se convirtió en una caricia de terciopelo negro, seducción pura y descarada.

Ella notó al instante la respuesta acalorada de su cuerpo. *Vuelve al trabajo, adicto al sexo, y déjame un rato en paz.*

Sólo un ratito. Eso es todo lo que puedo aguantar sin tu cuerpo debajo del mío.

Estás enfermo, Aidan. Muy enfermo. Ella se reía, echando la cabeza hacia atrás, con el corazón lleno de dicha después de un viaje tan largo y oscuro.

A millas de distancia, el cielo se iluminó por un instante, un destello blanco iluminó las oscuras nubes, y luego oyó el retumbar distante del trueno. Una tormenta empujaba las olas desde el océano y avivaba el ánimo juguetón del mar. Se inclinó hacia atrás y sintió en la mejilla una gota de agua, de lluvia o salpicadura del mar, no sabría decirlo. No le importaba. Estaba recomponiendo su vida por fin, volvía a encontrar las fuerzas. Y ahora que aceptaba en qué se había convertido, encontraría una manera de hacer frente a la vida de nuevo.

En la oscuridad, una sombra se desplazó por encima de ella. Alexandria pestañeó, se incorporó y ladeó la cabeza para inspeccionar el cielo. No detectó movimiento alguno. Tal vez no había sido más que una nubarrón negro deslizándose más rápido que el resto de nubes. De todos modos, se inquietó. Estaba sola en las dunas, lo bastante cerca del agua como para detectar los depredadores con aletas que se movían por debajo de la superficie. Y de pronto pensar en eso, que debajo de las hermosas olas se deslizaran criaturas prehistóricas que siempre buscaban presas, la turbó.

Una lenta sonrisa se dibujó en su boca. Empezaba a dejarse asustar por cualquier cosa. ¿Quién iba a salir en una noche como ésta? El océano rugió, golpeó las rocas y elevó columnas de espuma hacia el cielo. Su inquietud aumentó con la furia de la tormenta.

Tal vez fuera mejor que escucharas a tu compañero de vida y disfrutaras de tu soledad en la casa o en el balcón en vez de ahí fuera con la tormenta.

Su tono burlón era irritante, y Alexandria cogió otro puñado de arena con gesto desafiante. De todos modos, pese a su determinación, Alexandria notaba una carga opresiva y pesada en el pecho, e inspeccionó nerviosa el cielo intentando mantener la suficiente calma como para no perder de vista su entorno y detectar la presencia de alguien. De pronto, sin motivo evidente, tuvo la certeza de que no se encontraba sola, y fuera lo que fuera lo que la acechaba, era algo maligno.

Sal de ahí, ordenó Aidan al instante, y su voz sonaba serena y firme. Gracias a la fuerza creciente del instinto de Alexandria, pudo percibir cómo se lanzaba él al cielo.

Permaneció quieta inspeccionando con la mirada la zona más inmediata. El viento le levantaba el pelo y lo azotaba contra su cara. Se apartó los largos mechones y vio a un hombre que se tambaleaba en lo alto del acantilado. El viento soplaba con violencia, pudo ver que él tenía problemas, el borde de la pared se desmoronaba bajo su peso. Alexandria dio un grito y empezó a correr, se estiró de forma instintiva como si de algún modo pudiera impedir su caída.

¿Cómo era posible que no le hubiera visto antes, que no hubiera notado su presencia? ¿Por qué había estado tan segura, egoístamente, de que era ella quien corría peligro? ¿Cuánto rato llevaba el hombre ahí en peligro?

¿Qué pasa, cara? La voz de Aidan sonaba calmada y apaciguadora, y ahora estaba más cerca, lo cual la tranquilizaba.

Se aferró a él como a una cuerda de salvamento. *Un hombre en los acantilados... se está cayendo.* Ojalá no hubiera perdido tiempo compadeciéndose de sí misma, de aquello en lo que se había convertido. Podría haberle salvado. Debería haber aprendido de Aidan, todo lo que él podía enseñarle. Podría haberse movido a su velocidad vertiginosa y alcanzar a aquel hombre antes de que se diera contra las rocas dentadas que había abajo.

Estoy en camino. ¡Apártate de él! Se lo exigía, pero ella no podía obedecer. Aunque tenía pocas esperanzas de salvar al desconocido, tenía que intentarlo. Corrió descalza sobre la arena mojada, con la mirada clavada en el precipicio. Por un momento, pensó que el mundo se oscurecía. Luego la descarga de un rayo siseó y danzó en el cielo, y una bola de fuego explotó a través de la noche, directamente en dirección al hombre.

Alexandria soltó un grito y se abalanzó hacia delante, la caída del hombre parecía suceder a cámara lenta, un descenso tortuoso de unos quince metros. El viento le devolvió el grito a la cara como una bofetada. Aún se encontraba a cierta distancia, tardaría demasiado, pero siguió corriendo de todos modos. Sin previo aviso, en plena carrera, se dio contra algo invisible. El impacto la derribó al suelo.

Con el corazón acelerado, se sentó, mientras se apartaba de la cara el pelo enredado y vapuleado por el viento. No veía el obstáculo, el impacto no le había hecho daño, pero cuando se estiró encontró algo sólido con la mano.

—¿*Cómo has podido, Aidan*? —Le dejó perpleja que él la refrenara de este modo, que le impidiera ir en ayuda del desconocido. Se puso en pie poco a poco, temblorosa.

La niebla avanzaba deprisa desde el mar y traía con ella el furioso viento. Al otro lado de la barrera invisible, surgió un hombre que empezó a materializarse. Al principio resplandecía traslúcido, pero luego se solidificó más hasta convertirse en un ser sombrío y oscuro. Era alto, como Aidan, con los mismos músculos marcados. Tenía el pelo tan negro como la noche, largo y recogido en la nuca con un cordoncillo de cuero. Su rostro era hermoso, su boca sensual y cruel al mismo tiempo, y el mentón fuerte. Pero lo que más llamó su atención fueron sus ojos. Eran claros, casi una luz, de un mercurio brillante imposible de pasar por alto.

Alexandria de repente tuvo miedo. Aidan emanaba poder, pero este hombre *era* poder. Nadie, nada, podía derrotar a esta criatura. Estaba segura de que no era humano. Se llevó despacio la mano a la garganta con gesto defensivo.

El desconocido hizo un ademán parsimonioso con la mano, y la barrera desapareció al instante. En ningún momento había visto el obstáculo, pero ahora sabía que había desaparecido, que no se interponía nada entre ellos, sólo el aire. Estaba aterrorizada, por ella y por Aidan.

—Eres la mujer de Aidan, su compañera de vida. ¿Dónde está él, que te permite vagar por aquí sin protección?

Su voz era del todo hipnótica, un sonido absorbente que nunca antes había oído. Tan puro. Tan sugerente. Nadie podía resistirse a su voz suave y musical. Si le dijera que se arrojara al mar turbulento, lo haría. Dobló los dedos con fuerza formando puños.

—¿Quién eres? —preguntó. En silencio, avisó, *Aidan, ten cuidado. Aquí hay otro. Sabe que estoy contigo, que soy tu pareja.* Intentó no dejar entrever en su voz el temblor que dominaba su cuerpo.

Mírale, piccola. No tengas miedo, estoy cerca. Veré lo que tú veas, de modo que mantén la mente abierta. Como siempre, Aidan sonaba sereno, sin perder el control.

La boca seductora del desconocido se curvó, pero no había afecto en las cortantes aberturas plateadas de sus ojos.

—Hablas con él. Bien. Estoy seguro de que ahora me puede ver. Pero es un necio por permitir que sus sentimientos por ti le hagan perder de vista sus obligaciones.

Alzó la barbilla.

—¿Quién eres? —repitió ella.

—Soy Gregori, el taciturno. Tal vez te haya hablado de mí.

Es el más instruido, el más poderoso de toda nuestra especie, confirmó Aidan. Estaba muy cerca. *Es el mejor sanador que ha conocido nuestro pueblo y mi profesor. También es un maestro destructor y guardaespaldas de nuestro príncipe.*

Me aterroriza.

Aterroriza a todo el mundo. Sólo Mihail, el príncipe de nuestro pueblo, le conoce bien.

—Entiendo que Aidan sólo dice cosas buenas de mí. —La miraba de frente y aquellos ojos brillantes veían hasta el interior de su alma, pero Alexandria tenía la sensación de que su atención estaba en otro sitio. Su voz era tan pura, tan perfecta, que quería que continuara hablando.

Una ráfaga de viento levantó un remolino de arena que giró y formó espirales que rodearon a Alexandria y la impulsaron hacia atrás. Cuando por fin recuperó el equilibrio y dejó de taparse los ojos, tenía a Aidan directamente delante.

—Impresionante de veras, Aidan —dijo el desconocido con un deje de satisfacción.

—No he visto a nadie de mi especie en muchos años —dijo Aidan en voz baja—. Es un placer que seas tú, Gregori.

—¿Usas ahora a tu mujer como señuelo? —El tono era afable, pero la reprimenda clara.

Alexandria se agitó, furiosa por que este hombre intentara hacer sentir culpable a Aidan de su independencia. Aidan encontró con sus dedos certeros la muñeca de Alexandria a su espalda, y la agarró con fuerza. *No*, le advirtió. Ella se sometió de inmediato, percibiendo el peligro creciente en el aire.

—Ése de ahí, ese traidor a nuestro pueblo —Gregori hizo un ademán en dirección al hombre que yacía quieto sobre las rocas en las que había caído—, pretendía arrebatártela.

—No podría haberlo hecho —respondió Aidan en tono suave. Gregori asintió.

—Creo que es verdad. De todos modos, ella asume un riesgo que no deberías consentir. —Una red de venas blancas iridiscentes encendió el cielo en una exhibición brillante, definida y poderosa. El arco del relámpago arrojó una sombra peculiar sobre el rostro oscuro y atractivo y sobre los centelleantes ojos plateados, dando un aspecto cruel y a la vez ansioso a Gregori.

Aidan apretó aún más los dedos alrededor de la muñeca de Alexandria. *No te muevas, no hables, pase lo que pase,* Advirtió Aidan en voz baja en su mente.

—Gracias por tu ayuda, Gregori —dijo en voz alta, en tono sincero y afable—. Ésta es mi compañera de vida, Alexandria. Acaba de unirse a nuestra raza y no conoce nuestras costumbres. Sería un honor para los dos que nos acompañaras hasta casa y nos contaras las novedades de nuestra patria.

¿Has perdido la cabeza?, protestó Alexandria en silencio, horrorizada. Sería como meter en casa un felino salvaje. Un tigre. Algo del todo mortífero.

Gregori inclinó la cabeza tras la presentación, pero la negativa a acompañarles era evidente en sus ojos plateados.

—No sería prudente que estuviera con vosotros en un lugar cerrado. Me sentiría como un tigre enjaulado, impredecible y poco de fiar. —Sus ojos claros parpadearon mirando a Alexandria, quien tuvo la clara impresión de que se reía de ella. Luego volvió la atención una vez más a Aidan—. Tengo que pedirte un favor.

Aidan sabía de lo qué quería hablarle Gregori, y sacudió la cabeza.

—No, Gregori. Eres mi amigo. No me pidas algo que no pueda hacer. —Alexandria sintió lástima por Aidan, por su inquietud. Su mente era una confusión de emociones, entre ellas el miedo.

Los ojos plateados centellearon y ardieron.

—Harás lo que tengas que hacer, Aidan, igual que yo durante miles de años. He venido aquí para esperar a mi pareja. Llegará dentro de unos meses para hacer una actuación, una actuación de magia. San Francisco es una parada en su programa. Mi intención es instalarme en una casa en lo alto de las montañas, lejos de la tuya. Necesito estar en la naturaleza, en las alturas, y tengo que estar solo. Estoy ya cerca del final, Aidan. La caza, la matanza, es lo único que me queda.

Hizo un ademán con la mano y las olas del océano brincaron como respuesta.

—No estoy seguro de que pueda esperar hasta que ella llegue. Me falta poco. El demonio casi me ha consumido. —No había cambios en la dulce pureza de su voz.

—Ve a buscarla. Manda a buscarla. Atráela a tu lado. —Aidan se frotó la frente con inquietud, y su obvia agitación alarmó a Alexandria más que cualquier otra cosa. Nada parecía afectar nunca a Aidan—. ¿Dónde está? ¿Quién es?

—Es la hija de Mihail y Raven. Pero Raven no la preparó para el encuentro con su pareja eterna. Ella sólo tenía dieciocho años y, cuando fui a su encuentro, la invadía tal temor, que fui incapaz de seguir adelante, no podía hacer el papel del monstruo que la declarara suya en contra de su voluntad. No insistí. Me juré que le concedería cinco años de libertad. Al fin y al cabo, unirse conmigo sería bastante similar a unirse con un tigre. No es el destino más cómodo.

—No puedes esperar más. —Alexandria nunca había oído a Aidan tan alterado. Le hizo una caricia en la muñeca con el pulgar para recordarle que no tendría que enfrentarse solo al futuro.

—Hice un juramento y lo cumpliré. Una vez se haya unido a mí para toda la eternidad, su vida no será fácil, de modo que huye de ella, y de mí. —La voz de Gregori eran tan hermosa, tan clara, no había rastro de amargura ni lamentación.

—¿Sabe lo que sufres por ella?

Los ojos plateados centellearon por la referencia al egoísmo de su pareja.

—No sabe nada. Eso fue una decisión mía, mi regalo a ella. Lo que te pido es que, llegado el caso, no me persigas tú solo. Necesitarás a Julian. Él pertenece a las tinieblas.

—Julian es como yo —Aidan protestó al instante.

—No, Aidan —le corrigió Gregori con su voz hipnotizadora—. Julian es como yo. Por eso busca las alturas, por eso está siempre solo. Es como yo. Te ayudará a derrotarme, cuando sea necesario.

—Ve con ella, Gregori —suplicó Aidan.

Gregori negó con la cabeza.

—No puedo. Prométeme que harás lo que te he pedido, no intentarás perseguirme sin Julian.

—Nunca sería tan necio como para perseguir al lobo más astuto sin ayuda. Sé fuerte, Gregori. —Había auténtico pesar en la voz de Aidan.

—Aguantaré todo lo que pueda —contestó Gregori—, pero en la espera hay mucho peligro. Seré incapaz de destruirme si tardo demasiado. Estaré perdido del todo. Tú entiendes, Aidan. La carga de esta decisión podría recaer sobre tus hombros, y por eso, te pido perdón. Siempre he pensado que sería Mihail, pero ella está aquí, en Estados Unidos. Y se encontrará aquí, en San Francisco, cuando por fin hayan pasado los cinco años de mi juramento.

Aidan asintió, pero Alexandria era capaz de sentir las lágrimas que le quemaban en el cerebro, en el corazón. Hizo un esfuerzo por consolarle, por enviarle su afecto, pero permaneció tan quieta como él le había pedido, sin entender del todo lo que Gregori estaba diciendo, aunque sabía que hablaba en serio.

—Me ocuparé de éste, destruiré toda prueba de su existencia. —Gregori hizo un gesto en dirección al cuerpo en el fondo del precipicio—. Pero, Aidan, no estaba solo, había otro. Me ha parecido mejor quedarme aquí y proteger a tu pareja en vez de perseguir al otro. Estoy muy cerca de la conversión en vampiro y no quería correr el riesgo de dos asesinatos en una misma noche. —La suave voz musical podría estar hablando del tiempo.

—Gregori te doy las gracias por la advertencia y por tu ayuda. No tienes que preocuparte por el traidor. Es mi trabajo, aunque admito que he estado ocupándome más de otras cosas que de la caza en los últimos tiempos.

—Es comprensible — reconoció Gregori con una sonrisa afable—, una compañera eterna es lo primero de todo.

—¿Por qué temes que la tuya no tenga una vida fácil? —preguntó Aidan.

—Llevo demasiado tiempo cazando como para cambiar ahora. Estoy acostumbrado a mi propio estilo en todas las cosas. He esperado demasiado, he luchado demasiado duro y he sufrido mucho como para concederle la libertad que ella desearía. Nunca tendrá su propia vida, sólo la que yo le ofrezca.

Aidan sonrió entonces, y Alexandria notó que se relajaba.

—Si haces lo que crees y la antepones a tu propio bienestar, no tendrás otra opción que concederle libertad.

—No soy como Mihail o Jacques o, por lo visto, como tú. Mi intención es que su protección esté por encima de todo. —La voz de Gregori tenía cierto desdén.

Aidan le sonrió, y su risa se asomó a sus ojos dorados.

—Sólo me queda confiar en tener ocasión de verte, Gregori, bajo el hechizo de tu propia mujer. Tienes que prometerme que la traerás algún día aquí para que la conozcamos.

—No si acabo como tú o Mihail. No voy a permitir que mi peligrosa reputación quede destruida de esa manera. —Un atisbo de humor pareció insinuarse y luego desapareció a toda prisa, como llevado por el viento.

—Me ocuparé del vampiro —dijo Aidan—. Deberías evitar hacer frente a la muerte de cerca.

—Le maté a distancia. Te resultará... perturbador —avisó Gregori.

—Eres aún más poderoso de lo que recordaba.

—He adquirido muchos conocimientos a lo largo de los años —admitió Gregori. Descansó su pálida mirada pensativa en el rostro de Aidan—. También encontrarás bastante cambiado a tu hermano. Aprende rápido, sí, y no le da miedo adentrarse demasiado en las sombras. Intenté explicarle el precio de esto, pero no quiso escucharme.

Aidan sacudió la cabeza.

—Julian siempre dice que las normas se hicieron para saltárselas. Siempre ha ido a la suya. Pero te respeta, eso sí. Tú has sido la única influencia real en su vida, tal vez la única a la que ha hecho caso alguna vez.

Gregori negó con la cabeza.

—Ya no escucha a nadie. Le atrae el viento, las montañas, los lugares remotos. Dejé de confiar en hacerle cambiar de opinión. Por dentro vive en sombras, y nada le satisfará jamás.

—Eso que llamas sombras es la cualidad que hizo que tú nos descubrieras el mundo, te hizo explorar las técnicas de sanación que luego me has transmitido a mí y a otros. Te permitió realizar los milagros que has conseguido para nuestro pueblo. Y lo mismo puede decirse de Julian —respondió Aidan en tono amable.

Los ojos plateados se aclararon hasta convertirse en acero. Frío. Desangelado. Vacío.

—Nos ha llevado a los dos a cosas que nunca deberían aprenderse. Con los conocimientos viene el poder, Aidan. Pero sin normas, sin emociones, sin la noción del bien y el mal, es demasiado fácil abusar del poder.

—Todos los carpatianos son conscientes de eso, Gregori —replicó Aidan—. Tú, más que los demás, conoces la noción del bien y el mal. Y Julian también. ¿Por qué has aguantado, te has resistido al mal, mientras otros se convierten en vampiros? Has defendido la justicia, has luchado por nuestro pueblo. Tienes un código de honor y siempre lo has respetado, igual que estás haciendo ahora. Dices que no tienes sentimientos, pero ¿qué hay de la compasión que te inspiró tu pareja eterna al verla tan asustada? No puedes transmutar. Cada momento es una eternidad para ti, lo sé, pero eso pronto cambiará.

Los fríos ojos de Gregori parecieron atravesar a Aidan, pero el joven carpatiano no se apocó. Mantuvo la mirada de Gregori hasta que Alexandria creyó ver, lo habría jurado, una chispa de fuego, una llamarada, saltando entre ambos. La boca severa de Gregori se suavizó un poco.

—Has aprendido bien, Aidan. Eres un sanador tanto del cuerpo como de la mente.

Aidan inclinó la cabeza agradeciendo su cumplido. El viento aullaba, las olas rompían, y Gregori se lanzó a las nubes oscuras y turbulentas. Una forma negra se extendió por el cielo, una sombra que manchaba como un mal augurio el firmamento, que luego se desplazó hacia el norte y se desvaneció como si nunca hubiera estado ahí, llevándose también la tormenta.

Aidan se hundió en la arena con la cabeza baja, le temblaban los hombros como si intentara controlar la gran emoción que le embargaba. Alexandria le rodeó la cabeza con los brazos, oyó los sollozos que le desgarraban el pecho y la garganta, pese a no proferir sonido alguno. Tan sólo una única lágrima, teñida de rojo, señaló su gran pesar.

—Lo siento, *cara*, pero es un gran hombre, nuestro pueblo no puede permitirse perder a alguien así. He sentido sus tinieblas, el demonio esperando para devorarle. Tener que cumplir la promesa que le he hecho, tener que darle persecución... —Sacudió la cabeza—. No hace justicia a alguien que ha dedicado su vida a nuestro pueblo, a nuestro príncipe.

Alexandria se quedó sin aliento. Pensaba que Aidan era invencible, capaz incluso de cazar vampiros y triunfar sobre el poder del mal. Pero Gregori era otro cantar. Ni siquiera con dos cazadores como Aidan parecía posible derrotarle.

—¿No puedes contactar con esa mujer, la que puede salvarle?

Aidan negó con la cabeza, lleno de pesar.

—Él insistiría en cumplir su juramento, y su presencia sólo serviría para empeorar las cosas.

Ella le tocó el cabello con dedos cariñosos, llenos de ternura.

—Igual que yo empeoraba las cosas para ti. —Con gesto pensativo, frotó su barbilla contra el pelo de Aidan—. Entiendo que la chica estuviera asustada. Tú me asustaste. Aún me asustas. Pero Gregori, es terrorífico, yo no querría nunca estar unida a un ser así. Y ella es una cría.

—¿Por qué sigues teniéndome miedo? —Aidan alzó la cabeza y le tocó el rostro con los dedos, con veneración y una ternura que a ella la conmovió.

—Tu poder. Tu intensidad. Tal vez cuando me enseñes algunas cosas, no me ponga tan nerviosa, pero ahora me parece demasiado poder para una sola persona.

—Tu mente guarda el mismo poder que yo. Sólo tienes que pensar en lo que quieres. Si deseas volar, sólo tienes que visualizarlo en tu mente y tu cuerpo se vuelve ligero, y flotas.

La rodeó por la cintura, mientras se elevaban poco a poco en el aire.

—Fúndete conmigo. Podrás verlo por ti misma. No tienes por qué tenerme miedo. —Volvió a posarles con delicadeza sobre el suelo.

—Explícame lo de la «declaración» de la que él hablaba. ¿A qué se refería? ¿Y quién es Mihail?

—Mihail es el mayor de nuestra especie, nuestro príncipe. Ha sido nuestro guía durante siglos. Gregori sólo es un cuarto de siglo más joven que él, o sea que, según nuestros cómputos, son prácticamente de la misma edad. Nuestra gente ha estado perseguida durante años, se ha visto obligada a ocultarse, muchos fueron masacrados. Han quedado tan pocas mujeres que los hombres no encuentran parejas que iluminen su oscuridad, y cada vez son más los que se vuelven vampiros. Aunque aún nadie ha descubierto el por qué, los pocos niños que nos nacen son varones y la mayoría no sobrevive el primer año de vida. Las mujeres que dan a luz y pierden a sus hijos se desaniman y se niegan a intentarlo otra vez. De manera que los hombres sin pareja están perdidos, sin esperanzas. O bien se exponen al amanecer y perecen o sucumben al demonio interior. Se convierten en vampiros, auténticos depredadores.

—Qué terrible. —Lo decía en serio, la pena llenaba su mente y su corazón.

—Mihail y Gregori han intentado encontrar la manera de evitar lo inevitable, la extinción de nuestra raza. Descubrieron que un grupo pequeño de mujeres humanas poseedoras de cualidades parasicológicas eran capaces de unirse químicamente a nuestros varones.

—Como yo.

Él asintió.

—No sentías ninguna atracción física por los hombres humanos. Por algún motivo que desconocemos, no pertenecías a nuestra raza, pero estabas hecha específicamente para mí. Tu corazón y tu alma son mi otra mitad. Mihail y Gregori creen que esas mujeres médiums que descienden de los humanos son capaces de procrear niñas, y que esas niñas también serán capaces, o al menos tendrán más probabilidades, de tener descendencia femenina. Ése es el motivo de que seas tan preciada.

—¿Qué es la «declaración»?

Aidan exhaló despacio.

—Alexandria... —Había vacilación en su voz.

Ella se apartó un poco con la barbilla alzada.

—Imagino que aún no me has contado muchas cosas. ¿Se espera de mí que tenga hijos? ¿Una niña? ¿Qué probabilidades tiene de vivir un hijo mío?

Aidan estiró los brazos para rodear su rostro con sus grandes manos.

—No te quiero para que des hijos a mi raza, *piccola*, te quiero para mí. No sé qué probabilidades de sobrevivir tendría un hijo nuestro. Al igual que tú, lo único que puedo hacer es rezar. Tendremos que enfrentarnos a ello cuando llegue el momento.

—Supongamos que tenemos una niña y sobrevive el primer año de vida y se hace mayor, ¿qué sucede entonces? —Sus ojos de zafiro estaban fijos en los dorados de Aidan.

—Todas las niñas son reclamadas por un pretendiente cuando cumplen dieciocho años. Los varones vienen de todas partes para conocer a la muchacha. Si la química funciona, el varón la declara suya.

—Es primitivo. Como un mercado de ganado. No tienen opción de llevar su propia vida de ninguna de las maneras. —Alexandria estaba conmocionada.

—A las mujeres carpatianas se las educa para que sepan que el destino de sus parejas perpetuas está en sus manos. Es su derecho inalienable, igual que dar a luz niños.

—No es de extrañar que huyera esa pobre muchacha. ¿Te imaginas enfrentarte a una vida con ese hombre a tan tierna edad? ¿Cuánto años tiene él? A ella le parecerá un anciano. Es un hombre, por el amor de Dios, no es ningún muchacho. Es un tipo duro y cruel probablemente, y es evidente que sabe más de este mundo que cualquier otro ser vivo.

—¿Cuántos años crees que tengo yo, Alexandria? —preguntó Aidan en voz baja—. He vivido más de ochocientos años hasta ahora. Estás unida de forma irrevocable a mí. ¿Es un destino tan terrible?

Se hizo un silencio por un momento. Luego ella le sonrió.

—Pregúntamelo dentro de cien años, entonces te contestaré.

Los ojos de Aidan ardieron como oro líquido, fundido y sensual.

—Regresa a casa, *cara mia*. Acabaré el trabajo aquí y vuelvo a tu lado.

—He venido en coche —respondió ella—. Como mi Volkswagen no arrancaba, he cogido esa cosa de aspecto deportivo que nadie usa jamás. Stefan dijo que no había problema.

—Lo sé, y no has oído queja alguna, ¿verdad? No se me escapa nada de lo que haces ni ningún sitio al que vas. Somos un solo ser, *piccola*. —Le revolvió el pelo como si fuera un niño porque su cuerpo empezaba a exigir cosas, y los restos de un vampiro se encontraban a apenas unos metros—. Conduce hasta casa y nos reunimos allí.

Mientras él la acompañaba al coche, Alexandria se acomodó bajo el hombro de Aidan, buscando cobijo en su cuerpo. Se avergonzaba de sí misma por disfrutar de aquella sensación. Estaba decidida a defender su independencia con todas sus fuerzas, sobre todo a la luz de lo que él le había contado sobre lo que podía ser el destino de su hija. Tenía que ser bastante fuerte para plantar cara a Aidan si quería que su hija fuera capaz de elegir su propio camino. Tenía la sensación de que los varones carpatianos nunca se habían dado cuenta de que existía algo como el movimiento de liberación de las mujeres del siglo veinte.

Aidan observó las luces traseras del pequeño coche mientras desaparecían por la curva que llevaba a la carretera principal. Se pasó la mano por su densa mata de pelo y se volvió para hacer frente al desparrame que había quedado sobre las rocas. Varias semanas antes, cinco vampiros habían llegado a la zona. Habían cruzado los Estados Unidos matando todo lo que se les ponía por delante, convencidos de que ningún cazador les seguiría tan lejos de su patria. Aun así, entre su gente era sabido que Aidan Savage residía en San Francisco. ¿Por qué habían decidido venir aquí y asumir aquel riesgo? ¿Era porque venía la mujer de Gregori? Pero eso había sucedido meses atrás. ¿Entonces qué? ¿Qué había atraído a los vampiros a uno de los lugares de Estados Unidos donde residía un verdadero cazador?

Cruzó la playa por la arena, dando largas y rápidas zancadas. ¿Habían percibido la presencia de Alexandria antes que él? ¿Les traía alguna otra cosa a San Francisco? Sabía que varios renegados habían elegido Nueva Orleans para trasladarse a vivir por la reputación disipada de la ciudad como la capital del asesinato en Estados Unidos. Los Ángeles, también, les atraía porque su frecuente violencia podía ocultar su trabajo. De todos modos, él cazaba también ahí, cuando reconocía sus actividades.

Cuando llegó junto al cuerpo del vampiro lo encontró ennegrecido y chamuscado, con el pelo humeante. Desprendía el hedor inconfundible del mal. Si éste había estado acechando a Alexandria, sin duda tenían la casa vigilada. Alzó la vista al cielo nocturno y lanzó un desafío. Las nubes avanzaron oscuras y amenazantes anunciando represalias. *Venid a por mí. Habéis escogido mi ciudad, mi hogar, mi familia. Os estoy esperando.* El viento llevó sus palabras por toda la ciudad, y en algún lugar alejado, como el retumbo distante de un trueno, un bramido de rabia le respondió, y los ladridos frenéticos de los perros se sumaron al barullo.

Los dientes blancos de Aidan relucieron como los de un depredador mientras hacía volar su risa silenciosa hasta donde se encontraba su adversario. Una vez lanzado el desafío, se inclinó sobre lo que quedaba de este vampiro. Aunque había pasado mucho tiempo con Gregori, nunca antes había visto algo parecido. El pecho del vampiro había explotado, pero su sangre sucia no había manado porque la herida estaba cauterizada por la explosión. El corazón se había convertido en cenizas negras e inútiles. Sacudió la cabeza. Gregori era la expresión más mortal de la naturaleza.

Aidan se alejó de aquella abominación con una sensación de tristeza, de encontrarse ante algo indefectible. Había conocido a esta criatura caída, había crecido con él. Este hombre era casi doscientos años más joven que él, no obstante había desertado. ¿Por qué? ¿Por qué algunos de ellos aguantaban y otros se rendían tan deprisa? ¿Era cuestión de fuerza de carácter de los que resistían? ¿Una pérdida de fe en el futuro de los que se rendían? Mihail y Gregori realizaban un inmenso esfuerzo para ofrecer esperanza a su raza, aun así este hombre era la prueba de que no lo conseguían. Ya eran demasiados los que se convertían. La cantidad aumentaba con cada siglo que pasaba. No era de extrañar que Gregori estuviera cansado de cazar, de luchar contra el demonio que siempre se encontraba dentro de él. ¿Cómo cazaba uno a sus antiguos amigos, siglo tras siglo, sin desalentarse tanto como aquellos a quienes perseguía?

Aidan sintió necesidad de volver a casa. Anhelaba el abrazo de Alexandria. Necesitaba cariño y compasión, el cuerpo de ella ardiendo junto a él, diciéndole que estaba vivo y que no se había convertido en muerto. Pero se había vuelto en alguien mortífero para muchos de su especie, para los que desertaban, los que había perseguido, eso sí lo sabía.

Aidan, ven a casa a mi lado. No eres mortífero. Eres dulce y bondadoso. Mira cómo eres con Joshua. Con Marie y con Stefan. Gregori te ha puesto melancólico.

Ya son tantos los que han desaparecido de los míos, se lamentó.

Más motivos para luchar, para continuar adelante. Hay esperanza. Nos hemos encontrado el uno al otro, ¿no es cierto? Otros lo lograrán también. Le envió una imagen de sí misma, del jersey tirado sobre el suelo del baño de la tercera planta, la habitación del señor de la casa humeante por la espuma del jacuzzi.

Él empezó a reírse en voz baja y recuperó el ánimo tan deprisa como había decaído. Alexandria le estaba esperando, sexy y dulce. La luz para su oscuridad, un faro que le guiaba hasta casa.

Soy más que eso. Su voz sonaba provocativa. Una prenda de encaje voló hasta el suelo del cuarto de baño y llenó su mente. Sus pechos desnudos, voluminosos y tentadores. Ella sonriente con la invitación de una sirena. *Me estás haciendo esperar.*

Enséñame qué más eres. Con aquella imagen retenida en su mente, se apartó del cadáver chamuscado y empezó a reconstruir la fuerte tormenta.

Alexandria llevó la mano a la cremallera de sus vaqueros. Con lentitud infinita, sacó cada botón de su ojal. A Aidan se le cortó la respiración mientras ella colgaba sus pulgares de la cinturilla e iba bajando el tejido vaquero con gran lentitud sobre sus caderas.

Ven a casa y verás. Había necesidad en su voz, cierto temblor que le hirvió la sangre. Alzó la vista al cielo y ordenó que las nubes se oscurecieran y formaran torbellinos. Las olas, tan alborozadas como su sangre estruendosa, brincaron y golpearon la orilla, empapando el acantilado de espuma y salpicaduras. Un trueno retumbó amenazador, y las venas de los relámpagos centellearon entre las nubes.

Ven a mi lado, Aidan. Era una tentación. Era la luz mientras él creaba la oscuridad.

Los relámpagos enfocaron el suelo con su destello, iluminaron la arena con una lluvia de chispas y lenguas rojas de llamas que lamían el terreno a su paso. Notaba cómo se movía ella en su mente y la boca sobre su piel, notaba la sensación que suprimía el dolor de la muerte, la muerte de un viejo amigo. Perder a tantos de sus compatriotas casi le volvía loco.

Aidan alzó una mano y empezó a recoger las chispas para formar una bola de fuego. Levantó el rostro a la furia del viento. No concebía tener que dar caza algún día a Gregori. Aunque pudiera derrotar a Gregori, no podía hacer esto. No obstante, ¿cuántas veces se había visto obligado Gregori a cazar a un amigo? ¿A un pariente? ¿A un compañero de juegos de la infancia? ¿Cuántas manchas de este tipo podía soportar el alma? Pero algún día no habría redención posible.

Estoy contigo, Aidan. La voz de Alexandria era una ráfaga de aire fresco y limpio, sin señales del mal al que se enfrentaba. *Tu alma no es negra, yo la puedo ver, la puedo sentir y tocar con la mía. Lo que haces, lo haces por necesidad, no por deseo. Tu amigo lucha por salvarse. Si su alma fuera negra, no se habría quedado a protegerme, se habría ido tras el segundo vampiro por el placer de cazar y de aniquilar. Se ha quedado, Aidan. Y se ha ido para estar a solas donde la violencia no le alcance, donde tenga una posibilidad de esperar a que su promesa esté cumplida. Ese juramento por sí solo os dice algo a los dos. No es un vampiro egoísta, ni siquiera va a convertirse pronto en uno. Él piensa en ella. Acaba tu tarea, por horrible que sea, y regresa conmigo. Piensa en mí.*

A menudo tendré que regresar a tu lado con sangre en las manos.

Hubo un breve silencio. Luego él sintió el roce de su mano y le asombró que ella le hubiera alcanzado sin que él le hubiera enseñado eso con anterioridad. Mantuvo la punta de los dedos en su mentón y descendió por su cuello, transmitiéndole muchísima ternura. *He estado en manos de un vampiro, Aidan. Olvidas que conozco la fealdad del mal. No está en ti como pareces pensar. Tú cazas porque es tu deber, no por necesidad de matar. Tal vez en algún momento fueron hombres buenos los que se convirtieron en vampiros, pero los hombres a quienes tú habías conocido, hacía tiempo que habían abandonado esta tierra. Tal vez Gregori y tú les habéis dado paz.*

Aidan dejó que sus palabras lavaran el dolor de su mente, el terrible miedo y horror que la propia presencia de Alexandria en su vida le había provocado. Sacudió la cabeza ante la ironía de todo aquello. No había sentido emociones durante tantos siglos y ahora que Alexandria había entrado en su vida, conocía la carga terrible, la pena del cazador.

Arrojó la bola de fuego veloz hacia el vampiro muerto, concentrado de nuevo en su tarea. La bola entró en el pecho destrozado y, ante sus ojos, el traidor se ennegreció, se fue mermando y se convirtió una vez más en cenizas. Con la mirada en esas cenizas, levantó viento con una mano. La racha no venía del mar sino de tierra y esparció las cenizas sobre las olas que las llevarían a alta mar, a algún lugar adecuado de descanso. Aidan susurró un cántico ancestral para limpiarse igual que su amigo caído. Cuadró sus hombros y se mantuvo erguido, luego se volvió en dirección a casa.

Oyó el sonido del agua, el murmullo de placer de Alexandria que se metía en la bañera construida a un nivel más bajo. Podía oler su aroma que le llamaba. Sonriente, se lanzó al aire, y notó la brisa que rozaba y limpiaba su cuerpo.

Capítulo 16

Alexandria estaba sentada en una enorme bañera de mármol con el pelo recogido en un moño alto, rodeada de burbujas que rozaban su piel como un millar de diminutos dedos. Aidan hizo una pausa en el umbral con el rostro demacrado, ojos ensombrecidos y una triste expresión angustiada que ella quiso suprimir para siempre.

Al percibir su profundo y perturbador pesar, Alexandria le había enviado imágenes eróticas, pues quería ayudarle, quería consolarle a toda costa. Desde cierta distancia, había sido fácil dar rienda suelta a su imaginación, al saber que no tenía que confrontarle. Sintió vergüenza al pensar en su regreso, cuando tendría que hacer frente a las repercusiones de las vívidas imágenes voluptuosas que había creado.

No obstante, ahora, al ver sus hermosos ojos apesadumbrados y angustiados, con tal dolor en sus profundidades, dejó a un lado todo vestigio de timidez. Haría cualquier cosa por eliminar aquel dolor.

Aidan estaba tan agotado que sentía que tal vez no pudiera volver a moverse. Sólo era capaz de permanecer de pie en el umbral y quedarse mirando a Alexandria, sin poder creer en su buena suerte, creer que ella de veras estaba con él, para siempre en su vida. ¿Por qué él? ¿Por qué era él quien contemplaba esos enormes ojos de zafiro desbordantes de dicha al verle? ¿Por qué no Gregori, quien tanto se había entregado a su pueblo, quien había sufrido tanto y perdido tanto en el proceso? ¿Por qué no Julian, su hermano del alma, su hermano gemelo, tan taciturno y crispado por la soledad? ¿Por qué los dioses habían decidido favorecerle a él?

—Porque estamos hecho el uno para el otro —dijo ella en voz baja al leer sus pensamientos—. Gregori tiene su compañera de vida, Aidan, y ha preferido darle tiempo para crecer. Él aguantará, tiene esperanza y eso le dará fuerzas. En cuanto a tu hermano, le conozco por tus pensamientos y tus recuerdos. Tiene tu fuerza y soportará lo que haga falta.

Aidan se pasó una mano inestable por su pelo revuelto por el viento. Apoyó su cuerpo en la jamba de la puerta y se limitó a observarla con su impasible mirada dorada. Era tan hermosa, tan valiente. ¿Había hecho alguna cosa en su vida para merecerla, la felicidad que ella le había reportado, su dicha?

Alexandria sacudió la cabeza y una lenta sonrisa curvó su boca y ahondó el hoyuelo que tanto le intrigaba a él.

—Por supuesto que no me mereces. Soy tan buena, valiente y tan perfecta. —Le tomaba el pelo con su sonrisa, francamente sensual, y mientras cambiaba de postura bajo la espuma efervescente, su pechos plenos salieron a la superficie, provocando una repentina mirada excitada.

—Y tan hermosa. No olvides hermosa —dijo él mientras se erguía de súbito y se marcaba su musculatura.

Alexandria notó un vuelco en su corazón expectante.

—Tal vez. Con toda certeza tú haces que me sienta hermosa. —Alzó la barbilla, mirándole con sus ojos de zafiro, sensuales y especulativos. La mirada aceleró el pulso de Aidan.

Se llevó la mano a los botones de la camisa y se los soltó despacio uno a uno, aguantando la mirada de Alexandria. Ella no apartó la vista ni se mostró asustada. En vez de ello, sonrió con una sonrisa lenta y sexy que le incitaba con todo descaro.

—Tienes algo en mente, *piccola* —murmuró él en voz baja, con el cuerpo tenso por la expectación.

Ella se encogió de hombros, fue un movimiento perezoso que creó ondas en la superficie burbujeante del agua.

—He decidido que ahora podía ser un buen momento para poner en práctica alguna de esas fantasías tuyas.

La camisa se fue volando al suelo de forma inadvertida. Ella sólo tenía ojos para él y un zumbido urgente en la sangre, un fuego que la dominaba por momentos.

—¿Tengo fantasías? —preguntó en voz baja. Su cuerpo tenso y endurecido deseaba y necesitaba. Casi no podía hablar, casi no podía moverse.

La risa de Alexandria se deslizó acariciadora sobre su piel.

—Diría que bastante interesantes. Pero no te excites demasiado. Vamos a empezar con algo fácil.

Aidan alzó las cejas mientras se agachaba para quitarse los zapatos y los calcetines. Cada uno de sus movimientos era pausado y perezoso, pero tenía la mirada fundida por la excitación mientras la devoraba con los ojos. Alexandria se quedó sin aliento. Él se estaba inclinando, eso era todo, con un movimiento despreocupado y cotidiano, pero había algo tan sensual en su rostro, y su cuerpo se movía con fluidez pero controlado. Ella se mordió el labio y bajó las pestañas para ocultar su repentina oleada de deseo.

—Deseo que me desees, Alexandria —le reprendió en voz baja—. Necesito saber que me quieres, o sea que no te escondas.

Involuntariamente, su boca ya se curvaba en respuesta, y sus hoyuelos se marcaban aún más.

—Es que eres tan guapo, Aidan.

—Las mujeres son guapas, no los hombres.

—Pues tú lo eres —le corrigió—. Mírate con mis ojos. —Era un desafío juguetón.

Le resultó difícil resistirse. Y había algo sexy en verse a sí mismo cómo ella le veía. El deseo, la necesidad, el ansia. Se llevó las manos a los pantalones para deslizárselos sobre las caderas con una lentitud intencionada que hizo que la expectación saliera disparada por todo el cuerpo de Alexandria.

—¿Ves? —Ella se puso de rodillas en la bañera y la espuma burbujeó alrededor de su caja torácica, con sus pechos desnudos relucientes con las gotas de agua. Tenía la mirada puesta en la delgada cadera de Aidan y su prominente y dura virilidad mientras él se sumergía en el nivel inferior de la bañera y las burbujas rodeaban sus piernas como diminutas lenguas lamiendo su piel.

Alexandria soltó una lenta exhalación. Tenía unos fuertes muslos, columnas musculosas cubiertas de vello dorado. Deslizó las manos por sus pantorrillas, animándole a acercarse. Advirtió el temblor que dominaba el cuerpo de Aidan y le dedicó una sonrisa seductora.

Movió los dedos con lentitud sobre los músculos esculpidos y acercó su aliento cálido y tentador a la fuerte erección.

Aidan cerró los ojos sumido en un éxtasis cuando ella dio una caricia lenta y lánguida con la lengua a la punta de terciopelo. Los músculos del estómago de Aidan se pusieron tensos mientras ella cerraba la boca, ardiente, húmeda y ajustada en torno a su miembro. Arrancó un gemido de algún lugar en lo más profundo de su ser. Él le cogió el pelo con los puños y la atrajo aún más a él, con el cuerpo a punto de explotar de placer mientras Alexandria buscaba sus nalgas con sus manos y le instaba a adentrarse más en ella. Mientras su boca le rodeaba con fuerza, con sus blandos pechos apretados contra sus muslos, las burbujas estimulando sus pantorrillas y la sedosa melena entre sus puños, todo pensamiento fue expulsado de su mente y se llenó tan sólo de Alexandria, de puras sensaciones.

Ella friccionaba con los dedos sus nalgas, apretando los fuertes músculos, incitando a Aidan a continuar. Él empujó hacia delante, con un movimiento lento y prolongado, apretando los dientes para retener el placer que casi le consumía. La boca de Alexandria se movía sobre él, una y otra vez. Aidan recogió la melena aún con más fuerza entre sus manos, tanto que temió hacerle daño, pero no podía controlar su respuesta involuntaria. Buscó la mente de Alexandria, y encontró excitación, necesidad, participación total en el placer de Aidan. Ella era consciente de lo que le estaba haciendo y se deleitaba en ello, en su poder. Todo pensamiento juicioso se había esfumado, toda inquietud y precaución. Sólo existía el cuerpo de Aidan, su boca, y la sensación de que la piel de satén y las burbujas estallaban alrededor de ambos. Fuegos de artificio. Movimientos sísmicos. Rayos blancos. Aidan se encontró embistiendo contra ella con la cabeza echada hacia atrás. La dicha y el arrebato no eran sólo físicos sino una parte de su alma.

El ansia de Aidan fue en aumento hasta que las exigencias de su raza le dominaron, insistiendo en anteponer el placer de ella al de él. Con un gruñido posesivo, placentero, la sumergió de nuevo en el agua, recorriendo su piel desnuda con una mirada que parecía lava. A Alexandria sólo le dio tiempo a soltar un grito antes de que la boca de Aidan estuviera sobre su garganta y sus pechos, y sus manos sobre todo su cuerpo. Se sentía tan pequeña, tan delicada bajo las palmas de Aidan, con la piel cálida y resbaladiza a causa del agua. Luego Aidan descubrió con los dedos lo cremosa que estaba ella de pura necesidad. Él ahondó un poco más mirándola a los ojos, y el cuerpo de Alexandria respondió con una nueva oleada de deseo líquido. Continuó hacia dentro, con la boca pegada a ella, rozando con los dientes sus pechos y su estómago. Aidan notaba cómo se contraían sus músculos aterciopelados y calientes alrededor de sus dedos. Le besó la cadera, el pequeño saliente que tanto le enloquecía, y luego la levantó del agua.

Despacio, despacio, repetía su mente, pero el cuerpo tenía otras intenciones. Estaba en llamas, le quemaba la piel. Reemplazó los dedos por la boca pues quería llevarla hasta el mismo grado de enfebrecimiento que experimentaba él. Ella gimió, y el sonido desató su locura. Sabía a miel, sabrosa, no podía dejarla. Continuó con su ataque, ardiendo de necesidad y amor, de deseo violento e insaciable.

Bajo el asalto de su boca, ella dio un respingo y soltó un grito. El agua salpicó los lados de la bañera. El cuerpo de Alexandria se contrajo y se relajó, con una oleada tras otra de sensaciones impulsadas por todo su cuerpo. Se agarró a él buscando un anclaje mientras daba vueltas fuera de control, en una ascensión terrible y maravillosa que perduró eternamente.

Aidan alzó la cabeza por fin, con ojos hambrientos y boca sensual. Ella se pegó al cuerpo de él, envolviendo su cintura con sus piernas.

—Me vuelves loco, Alexandria. Me haces perder la cabeza de deseo por ti. —La voz sonaba ronca. Estaba pegado a ella con su dura y gruesa erección tan agresiva que el cuerpo de Alexandria se abrió poco a poco, permitiéndole la entrada. La sensación fue exquisita, un ardor lento, el caliente terciopelo rodeando su miembro, ciñéndose a él, la fricción casi insoportable. Le agarró la pequeña cintura con las manos, sujetándola firmemente mientras se enterraba despacio y en profundidad en su caliente y húmeda cavidad—. Mírame, Alexandria. Tienes que saber que eres mi pareja perpetua y que siempre estarás a mi cuidado —le recordó con cariño, manteniendo su mirada azul, forzando la intimidad definitiva, deseando todo en ella, cada centímetro de su ser, deseando fundirse por completo, cuerpo con cuerpo, mente con mente, alma con alma.

Entonces empezó a moverse, con lentas embestidas de sus caderas, enterrándose a fondo con cada impulso. Ella se mordió el labio y los diminutos pinchazos de sangre pusieron largos los colmillos de Aidan. La instó con las manos a aproximarse aún más, de tal modo que ella arqueó el cuerpo, con la cabeza hacia atrás y la garganta vulnerable y expuesta, los pechos igualmente incitantes. Secó con la lengua el agua de los rosados y duros pezones y la desplazó hacia arriba, siguiendo el contorno de las hinchadas curvas hasta que su boca descansó sobre el pulso del cuello.

Aidan notó el cuerpo que se contraía expectante y la arañó delicadamente con sus dientes, hacia delante y atrás, hasta que ella gimió y le cogió la cabeza con ambas manos. La satisfacción relumbró en sus ojos dorados. Le acarició el pulso con la lengua mientras su cuerpo se movía dentro de ella, e impulsó sus caderas con más y más fuerza.

—¡Aidan! —Su suave grito era una súplica.

—Aún no, *cara*, aún no. —Se levantó con su enorme fuerza, con ella en brazos, y el agua cayó a raudales sobre la bañera. Ella le rodeaba el cuerpo con las piernas y el cuello con los brazos, y él embistió aún con más fuerza, una y otra vez, deseando tener cada centímetro dentro de Alexandria.

Ella le clavó las uñas en los hombros, provocando un dolor exquisito. Aidan la apoyó en la pared para sujetarse mejor y continuó con salvaje movimiento de caderas, incesante y frenético. La arañaba y la mordisqueaba con los dientes. Luego ella soltó un grito al sentir el penetrante dolor, tan dulce y sensual, cuando los colmillos se clavaron en profundidad, reclamando la sangre de Alexandria con tal voracidad como lo hacía su cuerpo.

Ella le había hecho perder la cabeza, y su naturaleza depredadora tomó el mando, el macho indómito de su especie, dominante y enardecido, tomaba posesión de su pareja. Su boca continuaba sobre su garganta, tomaba su esencia mientras el cuerpo de ella tomaba la esencia de Aidan, tirando de él, ciñéndose a él, contraída exigente, hasta que Aidan tuvo que gritar con la intensidad del placer. Por el pecho prominente de Alexandria caían gotas de color rubí formando un reguero, y él siguió aquel rastro con su lengua.

Alexandria se sintió propulsada por la noche sin dejar de dar vueltas. La ferocidad de Aidan haciendo el amor debería haberla aterrorizado, pero su propia intensidad estaba a la altura, agarraba con sus puños su pelo rubio, le rodeaba con fuerza y chillaba contra el hombro de Aidan que amortiguaba los gritos.

El rugido de él, ronco de pasión, ascendió al cielo transportado por el viento. Y mientras la abrazaba, respirando con dificultad, apoyándoles a los dos en la pared, llegó desde lo lejos una respuesta en la noche. De rabia. De cólera. El viento aullaba enfurecido de repente. El sonido fue como un zarpazo, lleno de odio.

Asustada, Alexandria miró hacia la ventana.

—¿Has oído eso?

Aidan la bajó al suelo, muy a su pesar; lo hizo despacio, sin soltar su cintura.

—Sí, lo he oído —admitió con gesto grave.

Fuera, las nubes empezaban a oscurecerse amenazantes y malignas. Un granizo del tamaño de puños golpeaba el tejado y las ventanas. Aidan volvió por instinto a Alexandria y se quedó delante de ella con actitud protectora, no fuera que el hielo rompiera el cristal y la lastimara.

—¿Es Gregori? —preguntó con un susurro al recordar el asombroso poder que emanaba aquel hombre, que se filtraba por todos sus poros.

Aidan negó con la cabeza.

—Si Gregori nos quisiera muertos, Alexandria, haría tiempo que hubiéramos dejado este mundo. No, es el último del grupo de vampiros que llegaron juntos a la ciudad, desconozco por qué motivo. Con el increíble oído de nuestra raza, supongo que no le ha gustado lo bien que lo estábamos pasando.

—Sonaba peligroso —dijo—. Como un oso herido.

Aidan volvió hacia arriba el rostro de Alex, los ojos dorados recorrieron su cara con gesto posesivo, y con ternura.

—Es peligroso, *piccola*. Por eso tengo que darle caza y ocuparme de que no cause más desgracias en este mundo.

Miró aquel rostro vuelto hacia él, sus labios hinchados y las mejillas sonrojadas por el acto sexual, y no pudo resistir bajar la cabeza y tomar su boca con un dulce beso.

—Gracias, *cara*, por librarme de mis demonios personales.

Ella volvió a hundirse en la bañera, los chorros ahora silenciosos, y alzó a Aidan sus enormes ojos.

—¿Podría él... matarte?

—Supongo que sí, si me descuido. —Se sentó en la parte opuesta de la bañera y el nivel del agua se elevó con su peso—. Pero no voy a descuidarme, *piccola*, ni siquiera un momento. Mañana por la noche iré tras él. Me está esperando.

—¿Cómo lo sabes?

Se encogió de hombros con despreocupación. Podrían estar hablando del tiempo.

—Nunca habría enviado un desafío si no tuviera una trampa ideada. He adquirido cierta... reputación entre los no muertos.

Alexandria encogió las rodillas y apoyó la barbilla en ellas.

—Ojalá se largara y encontrara otra ciudad en la que sembrar el terror.

Él sacudió la cabeza con sus ojos dorados llenos de cariño.

—No, seguro que no quieres eso. Aparte, nunca le permitiría asesinar cerca de aquí con tal iniquidad. A menudo mi trabajo implica viajar, ¿sabes?

—Él es el asesino en serie del que han hablado los diarios recientemente, ¿verdad que sí? —dedujo con sagacidad.

—Uno de ellos. Los otros ya están muertos.

Alexandria se retorció los dedos llena de angustia.

Aidan la cogió del brazo para tranquilizarla.

—No te preocupes, Alexandria. Te protegeré de él.

—No es eso. Sé que me protegerás. La cuestión es que, ahora que te conozco, que he conocido a Gregori y que sé lo que hace que alguien se vuelva vampiro, ¿no hay alguna manera de... de curarle?

Él sacudió la cabeza con gesto triste.

—Sé que sientes lástima por ellos y por los que nos vemos en la obligación de destruirles, pero en la mayoría de casos es una opción consciente por su parte. Y una vez han cometido un asesinato mientras toman sangre de otra persona, no hay marcha atrás.

Ella fijó su mirada en los ojos de Aidan.

—Gregori lo ha hecho.

Su mirada dorada de pronto se mostró fría y reflexiva.

—Eso es imposible.

—Sé que lo ha hecho. Lo lamenta con suma amargura, le corroe por dentro, pero ha matado a alguien mediante ese método. Lo sé, Aidan, de verdad. A veces veo cosas en la gente que otros no perciben.

—¿Se ha convertido? —Su voz sonaba calmada, carente de entonación, y permaneció muy quieto mientras esperaba la respuesta.

Ella negó con la cabeza.

—Él piensa que es malo, pero hay una tremenda compasión en él. Pero es peligroso, Aidan. Muy peligroso.

—Los vampiros son expertos en ocultar la verdad. Son mentirosos consumados. Alexandria, ¿estás segura de que Gregori no ha transmutado?

Ella asintió.

—Me inspiró miedo. Y él se tiene miedo a sí mismo. Como dijo, es igual que un tigre, impredecible y peligroso. Pero no es malo.

Afuera, las nubes ennegrecían el cielo gris del amanecer. Aidan sonrió con petulancia e hizo un ademán con la mano, y al instante las nubes empezaron a dispersarse.

—El vampiro que queda quiere intimidarme con una demostración de poder, y yo se lo permito para que se confíe y tenga una falsa sensación de seguridad. Pero se nos echa encima el amanecer, y él debe buscar cobijo en la tierra.

Alexandria se relajó un poco. No le gustaba la idea de que el vampiro pudiera estar fuera de su ventana, escuchando su conversación.

Aidan sacudió la cabeza.

—Si estuviera tan cerca, *piccola*, yo lo sabría.

Ella se rió.

—Sigo olvidando que puedes leer mis pensamientos. A veces es desconcertante.

—A veces puede resultar interesante. —Sus ojos extraños y brillantes relucieron mientras la miraban, y un rubor se extendió por todo el cuerpo de ella.

—Tu mente también es interesante —admitió Alexandria esbozando una sonrisa—. Tiene todo tipo de ideas interesantes.

—No hemos hecho más que empezar —dijo con suavidad. Se inclinó hacia delante para coger un pecho de ella en su mano y a continuación extendió el pulgar sobre el duro pezón—. Me encanta tocarte, poder tocarte cada vez que quiera. —Le rozó la garganta con la punta del dedo, sobre la marca que le había dejado aposta.

Ella notó su contacto en todo el cuerpo.

—Tendrías que estar declarado fuera de la ley, Aidan. ¿Sabes?, todos mis bosquejos recientes para los personajes de Thomas Ivan se parecen a ti. No lo puedo evitar. ¿Crees que Thomas lo advertirá?

Aidan le miró con ojos relucientes.

—Thomas Ivan es idiota.

—Sus conceptos son innovadores y a la vez populares, y da la casualidad de que es mi jefe —dijo con firmeza—. Estás celoso, así de sencillo.

—Es uno de mis hábitos más molestos, sin duda. No tengo intención de compartirte con nadie, Alexandria. —La soltó de súbito—. No quiero que te toque otro hombre.

—Trabajar juntos no significa que nos acostemos —comentó ella con paciencia, pues sabía en el fondo que estaría dispuesta a romper incluso la relación laboral con Ivan si de verdad provocaba una inquietud tan profunda en Aidan.

—¿Y crees que va a aceptar eso?

—No tendrá otra opción. Le diré que vamos a casarnos. Tendrá que aceptarlo.

—Iré mañana por la mañana a organizar la boda, tengo algunos amigos que pueden acelerar el proceso, resolveremos lo de la licencia y asunto resuelto.

Ella se reclinó hacia atrás y sus ojos azules de pronto arrojaron fuego.

—¿Y asunto resuelto? ¿Asunto resuelto? —repitió las palabras, incapaz de creer que las hubiera dicho. En aquel preciso momento, ella no se casaría con él ni aunque fuera el último hombre en la tierra—. No te he pedido ningún favor ni compromiso alguno, Aidan. Ni tampoco tienes que proteger mi honor.

Él la observaba con atención, quieto de pronto.

—Tenemos el compromiso definitivo entre nosotros, Alexandria. Somos pareja para toda la eternidad, seguiremos juntos hasta que decidamos juntos salir al sol. Pero el idiota de tu jefe, tan imaginativo, no respetaría esa unión, ni siquiera la consideraría. Sin embargo sí que entenderá la ceremonia humana del matrimonio.

—Tampoco comprendo este asunto de la pareja eterna. Aun así, como Thomas, entiendo el sacramento del matrimonio. No es que me hayas preguntado. No es que respetes la institución en la que yo creo por educación. Encuentro tu actitud de lo más insultante, Aidan. —Ella intentaba disimular que estaba dolida, pero su rostro expresivo, el brillo centelleante de sus ojos, la habría delatado sin necesidad de que él fuera capaz de leer el pensamiento.

Aidan sacudió la cabeza con tristeza.

—Lo compartimos todo, Alexandria, incluidos nuestros pensamientos. Te he ofendido sin darme cuenta, y desde luego que no lo he hecho aposta.

Ella se levantó y el agua se escurrió sobre su piel.

—Es posible que compartamos los pensamientos, pero por lo visto no nos entendemos. —Cogió una tela y se envolvió con ella como si fuera un sarong, guardándose muy bien de encontrar su mirada.

—Pues yo creo que tal vez sí nos entendamos. Te habría gustado que te pidiera que te casaras conmigo a la manera humana. —Se estiró y todos sus músculos se agitaron de un modo perezoso. La agarró por el tobillo con los dedos con fuerza suficiente para impedir su escapada.

El acto de extraña intimidad encendió llamaradas que se propagaron a través del flujo sanguíneo de Alexandria. A ella le molestaba que su cuerpo se convirtiera en fuego líquido sólo con su contacto, sólo con una mirada. Podía notar la electricidad que saltaba entre ellos, y de nuevo el ansia en la mirada de Aidan.

Ella sacudió la cabeza.

—No, Aidan. Es importante. No puedes hacerme daño siempre que quieras y luego hacerme el amor hasta que no pueda pensar con claridad.

Al instante cambió la expresión de Aidan. Se levantó de un modo tan abrupto, que ella retrocedió, intimidada por su elevado tamaño.

—No hagas eso, *cara mia*. —Su voz era una caricia, una súplica—. Nunca me tengas miedo. Jamás te haría daño a sabiendas. Estás unida a mí para todos los tiempos, de un modo irrevocable. Es un vínculo mucho más profundo y fuerte que una ceremonia matrimonial. Tengo que admitir que debería haber considerado que la ceremonia matrimonial sería importante para ti, pero supuse que, como ahora eres carpatiana, comprenderías que ya estamos «casados», unidos para siempre. El ritual se llevó a cabo en el momento en que compartimos nuestra sangre, nuestros corazones, nuestro cuerpo y alma. Las palabras por sí solas eran irrevocables. Es la «ceremonia matrimonial» de nuestra gente.

Rodeó con sus brazos el cuerpo de Alexandria, que se resistía.

—Perdóname el atrevimiento, *cara*, y que sepas que quiero casarme contigo según la ceremonia humana porque es importante para ti.

Su fascinante voz la inundó como agua, lavó su resentimiento como si nunca hubiera estado ahí. Alexandria descansó contra él, se acurrucó buscando consuelo.

—Esta vida me asusta tanto, Aidan. Quiero que sean normales cuantas más cosas posibles o casi las mismas que antes. Cosas familiares y sencillas, tan sólo. Así podría llevarlo mejor.

—¿Sabes, *piccola*? —bromeó mientras con los dedos le rozaba la mejilla con ternura—, los hombres carpatianos nunca hacen propuestas matrimoniales a sus parejas, simplemente las declaran suyas. ¿Debería pedírtelo formalmente?

Ella se frotó el rostro contra el pecho de Aidan.

—Significaría mucho para mí —admitió.

—De modo que, mejor hacerlo bien, supongo —dijo en tono suave mientras le tomaba la mano y se apoyaba en una rodilla—. Alexandria, mi único amor, ¿quieres casarte conmigo mañana por la mañana?

—Sí, Aidan —contestó con recato. Luego estropeó el efecto al echarse a reír—. Pero tenemos que hacernos análisis de sangre. No podrán casarnos tan rápido.

Él se levantó.

—Olvidas el poder de la persuasión mental. Mañana por la mañana nos vamos a casar. Y ahora vístete, *cara*. Me estás tentando otra vez. —Movió sus manos sobre su delgado cuerpo para acariciarle el trasero.

La sonrisa de Alexandria era un poco irónica.

—Vas a darme todo tipo de problemas con tus modales machistas, ¿verdad que sí?

Se rió como respuesta:

—Pues yo estaba pensando que ibas a darme todo tipo de problemas con tus ideas independientes.

Ella alzó la barbilla.

—¿Has oído alguna vez la palabra pacto? ¿Conoces su significado, verdad?

Él puso cara pensativa y se tomó un tiempo para responder.

—Por lo que yo entiendo, pacto significa que tú haces lo que yo digo en cuanto doy la orden. ¿Correcto?

Alexandria empujó la sólida pared de su pecho con sus manos.

—Ilusiones, señor Savage. Eso no sucederá nunca.

Él le bajó los brazos y le frotó la parte superior de la cabeza con la nariz.

—Ya lo veremos, amor mío, ya lo veremos.

Riéndose, Alexandria se apartó y empezó a vestirse. El amanecer iluminaba el cielo y, con él, llegaba el terrible letargo que ya empezaba a resultarle familiar. Quería ver a Joshua y tener unas mañanas normales con su hermano. Vestirle, darle el desayuno, pasar un rato con él antes de que se fuera al cole.

Aidan dejó que escapara de él, dejó que mantuviera su ilusión de normalidad todo el tiempo posible. Le gustaba verla feliz, y tenía un mal presagio sobre el descarado desafío del vampiro. La criatura andaba detrás de algo. Era el último que quedaba del grupo que había llegado a la ciudad, que mantenía a la población aterrorizada y a la policía en vilo. El vampiro no era estúpido; habría estudiado a Aidan, su puntos fuertes y débiles antes de lanzar tal amenaza. ¿Qué buscaba?

Se deslizó en silencio por la casa e inspeccionó cada entrada, cada ventana y el camino que llevaba a la casa. Todas las protecciones estaban en su sitio. La casa era impenetrable, incluso mientras él dormía bajo tierra en su cámara secreta. No, el vampiro no podía atacar esta casa. Entonces, ¿dónde?

Siguió el sonido de una azada y encontró a Stefan en el enorme jardín. Cada vez que estaba enfadado o cansado, Stefan solía ocuparse de sus plantas.

Cuando Aidan llegó a su lado, el hombre se apoyó en la azada y miró a su jefe fijamente.

—O sea que tú también lo notas. Me ha costado dormir la noche anterior. —Hablaba en su lengua nativa, otra señal característica de su estado mental.

—El vampiro aulló anoche. Una llamada de venganza inconfundible. He desbaratado sus planes, fueran los que fueran, y ahora el no muerto que queda tiene intención de destruirme. Cómo lo intentará, no tengo ni idea.

—Será a través de uno de nosotros —dijo Stefan con tristeza—. Somos tu talón de Aquiles, Aidan. Siempre lo hemos sido. Te puede someter utilizando a Marie, al muchacho o a mí. Lo sabes bien.

Aidan frunció el ceño.

—O Alexandria. Temo su reacción a lo que pueda suceder.

—Es muy fuerte, Aidan, muy valiente. Todo irá bien con ella. Debes tener fe en tu pareja escogida.

Aidan asintió.

—Sé lo que hay en su corazón y en su mente, pero quiero su felicidad por encima de todo lo demás. —Esbozó una sonrisa sin humor—. Recuerdo una vez hace muchos años en que fui en ayuda de Mihail. Había encontrado a su compañera de vida, una mujer humana. Tenía una voluntad muy fuerte y recuerdo que pensé que él debería controlarla mejor, hacer que cumpliera su voluntad en todo momento para mantenerla a salvo. No podemos permitirnos perder ni una sola de nuestras mujeres, lo sabes. Ella era tan extraña para mí, tan diferente a las mujeres de nuestra raza. No mostraba el menor temor, ni siquiera a mí, un varón carpatiano al que no conocía. Juré que si encontraba una pareja, no haría como Mihail, no cedería a sus deseos. No obstante, ahora no puedo soportar ver sufrimiento en los ojos de Alexandria. Me pongo enfermo cuando ella está dolida o enfadada conmigo.

Una sonrisa apareció en el rostro de Stefan.

—Estás enamorado, viejo amigo, y eso es la perdición de cualquier buen hombre.

—Incluso Gregori, el taciturno, ha permitido seguir libre a su compañera de vida porque ella le temía. ¿Cómo encuentra uno el equilibrio entre tener feliz a la mujer y protegerla? —caviló Aidan en voz alta.

Stefan se encogió de hombros.

—Ahora te encuentras en el mundo moderno, Aidan. Las mujeres controlan sus propias vidas. Toman sus propias decisiones y por lo general nos vuelven locos a todos. Bienvenido al siglo veintiuno.

Aidan sacudió la cabeza.

—Ella piensa que va a trabajar con ese loco, Thomas Ivan. Pero yo sé perfectamente lo que quiere de ella.

—Si quiere trabajar, Aidan, ¿tienes alguna otra opción aparte de permitírselo?

Sus ojos dorados centellearon.

—Tengo una opción, Stefan. No obstante, tal vez el camino más fácil sea tener una pequeña charla mental con el señor Ivan. Estoy seguro de poder hacerle ver las cosas a mi manera.

Stefan se rió.

—Ojalá tuviera ese talento en concreto, Aidan. Sería práctico para mis tratos en algunos de mis negocios.

—No dejes ir al cole hoy a Joshua. El vampiro, con toda probabilidad, intentará atacarnos a través de él.

—Estoy de acuerdo —dijo Stefan—. El muchacho es el más vulnerable.

—Vuelve a recurrir a Vinnie y a Rusty. Tenles por aquí durante los próximos días —aconsejó Aidan. Lanzó una mirada al cielo a través de sus gafas oscuras—. Los problemas empezarán hoy.

Stefan asintió conforme.

—Vigilaré con atención. Esta vez no habrá ningún incendio que destruya todo lo que hemos construido. —Bajó la vista al suelo, aún avergonzado por la catástrofe del pasado, pese a que no había sido culpa suya en absoluto.

Aidan le dio una palmada en el hombro.

—Sin ti, Stefan, nadie hubiera sobrevivido aquel día, tal vez ni siquiera yo. —Él estaba enterrado a salvo bajo tierra, pero la pérdida de su «familia» habría tenido efectos devastadores. Como consecuencia de aquel desastre, tantos años atrás, cuando un vampiro utilizó a un ser humano para dejarles atrapados en un infierno de llamas, con Aidan indefenso bajo tierra, había redoblado sus estudios y sus salvaguardas y fortaleciendo su poder y sus habilidades. Nunca volvería a quedar atrapado, incapaz de ayudar a los que estaban a su cuidado.

Le llegó la risa de Joshua, y ese sonido suave y despreocupado provocó algo en su corazón. El niño le conmovía como nadie había hecho. Se parecía tanto a Alexandria, tan lleno de la dicha de vivir, y tenía los mismos preciosos ojos azules.

—Nadie hará daño al niño, no mientras yo esté vivo —dijo Stefan con firmeza.

Aidan se alejó, pues no quería que Stefan, que tan bien le conocía, se percatara del terror que le infundieron esas palabras. Pese a todos sus poderes, Aidan era vulnerable con la luz del sol, y un vampiro podía utilizar títeres humanos, subalternos, para sacar provecho de la debilidad que traía el día. Pese a que era capaz de seguir protegiendo a su gente durante las horas del día, una hazaña que pocos de su especie habían alcanzado, Aidan aún dejaba a Stefan sin su ayuda física, y Stefan ya no era un jovencito. Aidan tenía tan pocas intenciones de perder a su amigo como éste de perder a Joshua.

Joshua salió riéndose alborotado de la cocina, con los rizos agitándose.

—¡Ayúdame, Aidan, me persigue! —chilló mientras se lanzaba hacia ellos.

Stefan se plantó con firmeza delante de sus preciados tulipanes, mientras Aidan se deslizaba para escudar las rosas. Cogió la figura voladora de Joshua con una mano y la subió hasta sus hombros.

—¿Quién te persigue, joven Joshua? —preguntó fingiendo no saber.

—¡No protejas a ese pillo! —Alexandria venía corriendo tras su hermano, con el pelo recogido en una cola de caballo danzante y los ojos de zafiro llenos de malicia—. No vas a creer lo que este pequeño monstruo escondía debajo de la cama.

Joshua se agachó detrás del cuello de Aidan.

—¡Corre, Aidan! Me va a torturar haciéndome cosquillas, lo sé. —Aidan le complació y se fue trotando con el muchacho hacia el refugio del garaje, pues sabía que Alexandria les seguiría sin pensar en que ya era de día.

—¡Ja! —dijo Alexandria, inconsciente de que se había expuesto al peligro del primer sol de la mañana—. Ya te gustaría que te torturara con cosquillas, lo que voy a hacerte es mucho peor que eso —amenazó—. Bájale, Aidan, y deja que le dé un tirón de orejas.

Joshua se agarró a la espesa melena de Aidan.

—¡No! Te digo que tenemos que estar juntos en esto, Aidan.

—No sé. —Aidan fingió pensar en ello mientras guiñaba un ojo a Stefan sin dejar de torcerse y fintar para proteger a Joshua de los intentos de Alex de alcanzar a saltos al muchacho—. Me parece que está bastante enfadada. No quiero que me persiga de ese modo. —Él se movió un poco como si de verdad fuera a entregar al niño a su hermana.

Alexandria fingió lanzarse a pillarle, riéndose con picardía. En el último segundo, Aidan se volvió para interponer su cuerpo entre ella y Joshua. Joshua se agarraba aún con más fuerza, chillando con fingida alarma.

—¡Se lo voy a decir! —gritó Joshua—. ¡Si no me salvas, Aidan, a ti también te descubrirán! —Su mirada estaba llena de picardía.

Alexandria se paró en seco y fulminó con la mirada a Aidan.

—¿Formas parte de este motín?

Él intentó poner cara inocente.

—No tengo ni idea de qué intenta acusarme el chico para salvar el pellejo. —Sus ojos dorados reían y traicionaban sus palabras—. Recuerda, Alexandria, que un hombre de verdad no soltará prenda para salvar la piel.

—¡Ja! —resopló Joshua—. Díselo tú, Stefan. Todo fue idea de Aidan, y tú también ayudaste, ¿verdad?

Alexandria miró al hombre mayor con expresión acusadora.

—¿Tú también? ¿También eres indiferente a mis órdenes con el mismo descaro que ellos? —Se puso en jarras—. Era una orden.

Los tres hombres bajaron la cabeza al unísono, tal como muchachos traviesos.

—Lo siento, *cara*. —Aidan asumió la culpa directamente sobre sus anchos hombros—. No pude resistirme al animalito.

—¿Animalito? ¿Llamas a eso en diminutivo? ¡Parece un oso!

Stefan sacó pecho.

—No, Alexandria, no ha sido Aidan. Fui yo quien vio esa cosita, y al pequeño Joshua se le puso una cara que tuve que comprarlo.

—¿Cosita? ¿Estamos hablando del mismo animal? Ese perro no es pequeño, es enorme. ¿Alguno de vosotros, incautos, le ha mirado las pezuñas a esa cosa? ¡Son más grandes que mi cabeza!

Joshua estalló en risas.

—Hala, Alex, no exageres. Es monísimo. Dejarás que me lo quede, ¿verdad? Tienes que dejarme. Stefan dice que será un buen perro guardián algún día. Dice que cuidará de mí y será mi amigo si le trato bien.

—Y entretanto, va a comer como un caballo a diario. —Alexandria se pasó la mano por el pelo mientras su sonrisa se desvanecía—. No sé, Josh. Casi no me llega el dinero para nuestra comida, qué decir de esa cosa, sea lo que sea.

Aidan bajó al crío hasta el suelo y rodeó a Alexandria por la cintura con el brazo.

—¿Ya lo has olvidado, *cara*? Has prometido casarte conmigo. Creo que puedo asumir el coste de la comida del perro.

—¿Lo dices en serio, Aidan? —gritó Joshua dando brincos—. ¿Lo dices en serio, Aidan? ¿Vas a casarte con Alex? ¿Y puedo quedarme con mi perro?

—¿Me vendes por un perro? —quiso saber Alexandria mientras cogía a Joshua por el cuello simulando una agresión.

—No es sólo un perro, Alex, sino esta casa tan chula y Stefan y Marie, también. Además, no tendrás que trabajar para ese tiparraco.

—¿Tiparraco? —Alexandria se volvió poco a poco y miró a Aidan con sus brillantes ojos azules—. Y bien, ¿cómo es que un inocente niñito sale con una palabra tan descriptiva como ésa?

Aidan le sonrió con una mueca tan dulce e inocente que debería haberla hecho reír, pero en vez de eso propulsó una espiral de calor por todo su cuerpo. Alzó la barbilla.

—Eres letal —le acusó.

Él le cogió el rostro con sus grandes manos y bajó la cabeza poco a poco, con intención clara.

—Eso esperaba —murmuró antes de tomar su boca con sus labios, arrastrándola a su propio mundo privado. Pero Alexandria tuvo que recordar en seguida que no estaban solos.

—Mecachis —susurró Joshua en voz alta—. ¿Puedes creer eso, Stefan?

—Nunca había visto nada así —admitió el hombre.

Capítulo 17

El sol relucía inusualmente grande en el cielo, con un extraño color rojo. Hacía poco viento, había pocas nubes y hasta el mar estaba sereno, su superficie parecía un espejo. Bajo la tierra, empezó a latir un corazón. El suelo se movió, se agitó y luego vomitó como un géiser desde la cámara secreta situada debajo de la casa de Aidan.

El carpatiano yacía inmóvil, con su gran cuerpo vacío de fuerza. A su lado, tan quieta y silenciosa como una muerta, estaba tumbada Alexandria. Los ojos de Aidan se abrieron de golpe y en sus profundidades ardía la cólera por aquella interferencia en su sueño. En el exterior de su casa, en algún lugar próximo, algo maligno acechaba bajo la intensa luz del sol de la tranquila tarde.

Respiró a fondo y cerró los ojos, con los brazos cruzados sobre el pecho. Se envió fuera de su cuerpo, por el aire, para explorar. Requería una concentración intensa moverse sin cuerpo, carente de forma por completo. Se desplazó hacia arriba a través de la cámara y atravesó la pesada trampilla. Cruzar materias sólidas desorientaba, un peculiar zarandeo de átomos y moléculas, y Aidan notó la sacudida mental. Había experimentado con este proceso y a menudo encontraba dificultades en la separación completa de cuerpo y mente. Cuando adoptaba otras formas, su cuerpo era diferente, pero seguía con él. Sólo con su mente y su alma, sus sentidos se alteraban. Los sonidos sufrían una extraña distorsión, como si no tuviera oídos, y de hecho no podía tocar nada, si lo intentaba atravesaba las cosas, lo cual provocaba una leve sensación de náusea. Como no tenía estómago, la náusea era aún más peculiar.

De todos modos, era imperativo mantenerse muy centrado; era esencial no permitir que las sensaciones no deseadas interfirieran. Viajó por el túnel de roca abierto en la profundidad de la tierra. Siempre le parecía tan estrecho, sus hombros casi rozaban los lados, pero sin su cuerpo, el lugar era enorme. Otra distorsión sensorial.

Cruzó la puerta que daba al sótano. El mal opresivo y siniestro que le había despertado en las profundidades de la tierra ya llenaba el aire de hedor.

Aidan procedió a cruzar por la puerta del sótano hasta la cocina de su casa, las vibraciones y tonos deformados parecían rebotar por su ser antes de lograr identificarlos, como sucedió con la risa de Joshua, la voz musical de Marie o el profundo tono de barítono de Stefan. Saber que los tres continuaban a salvo le produjo una considerable sensación de alivio. Lo que había en el aire, fuera lo que fuera, lo que acechaba a sus seres queridos, no había penetrado las defensas instaladas en su casa.

El sol entraba abrasador por las enormes ventanas, y Aidan se desvió de forma instintiva para apartarse de los rayos. No tenía ojos, no tenía una piel que pudiera quemarse, pero notaba de cualquier modo el tormento desgarrador. Aunque todos sus instintos de supervivencia pedían a gritos que regresara a la fresca y segura tierra, lejos del sol achicharrante, el hedor del mal le propulsó hacia delante.

A lo largo de los siglos, había vivido a menudo en la proximidad de seres humanos, más que la mayoría de sus congéneres, pero de todos modos no dejaba de asombrarle que tuvieran tan pocos sistemas de alarma, o si los tenían, que los ignoraran por completo. El aire estaba cargado de aquel hedor, la perturbación era tan enorme que había penetrado en su cámara bajo la abundante tierra, llegando alterar su profundo sueño. Aun así, Marie cantaba en la sala de estar mientras quitaba el polvo a la colección de jade, y Stefan tarareaba mientras hacía pequeños ajustes a un motor en el enorme garaje, una de sus muchas aficiones. Aidan quiso llamarle, advertirle, pero en su estado sin forma, que tanta energía consumía, no se atrevió a intentarlo. Se desplazó por el garaje y regresó a la casa, para centrarse en Joshua, quien se hallaba en la cocina.

El niño era el objetivo obvio de la locura que querían provocar en Alexandria y Aidan. Aidan se dirigió veloz hacia él, y el intenso sol socavó su energía. Su mente se rebeló y se estremeció con los fuertes rayos, pero se obligó a atravesar la luz para alcanzar al muchacho.

Joshua jugaba con el cachorro, sus ojos danzaban, sus rizos dorados se agitaban, la viva imagen de la dicha infantil. No tenía ni idea de que se encontraba ante un espantoso peligro.

Mientras Aidan observaba, el perro se fue hasta la puerta gimiendo un poco, y Joshua miró a su alrededor, buscando a Stefan o a Marie, quienes le habían dejado muy claro que no saliera afuera. Sujetando al perro por la correa, abrió la puerta y salió corriendo al jardín.

El calor del sol perforó el alma de Aidan. Se sintió como si estuviera en una brocheta, asándose, quemándose. Siguió al muchacho de todos modos, dejando a un lado el dolor.

—Vamos, *Baron* —insistió Joshua—. Date prisa. —El niño miró otra vez a su alrededor para asegurarse de que no había nadie—. *Baron* es un nombre tonto, pero Stefan quería de verdad que te llamaras así. Dice que te hará noble, sea lo que sea eso. Le preguntaré a Alexandria, ella lo sabe todo. Yo quería llamarte Alex, eso la habría hecho reír.

—¡Joshua! —Vinnie del Marco hizo aparición, con su corpachón intimidador, los brazos doblados y el rostro severo—. ¿No has recibido órdenes? Por menos de esto a los soldados les forman consejo de guerra.

El aire ahora estaba cargadísimo de hedor, pero Aidan vio que Vinnie se sentía seguro en el jardín mientras bromeaba con el muchacho, rodeados por el alto muro y con el sistema de seguridad activado. No percibía el peligro que acechaba tan de cerca. Vinnie se inclinó para rascar al perro detrás de las orejas.

Una ráfaga de viento, de sonido y movimiento, desplazó a Aidan y le echó a un lado mientras una masa borrosa saltaba la valla. Una bestia peluda de poderosa musculatura golpeó de lleno a Vinnie en el pecho y sus enormes garras abiertas fueron a por su garganta.

—¡Corre, chaval! ¡Entra en casa! —gritó Vinnie justo antes de que el animal desgarrara su carne y sus tendones. La sangre salpicó el aire, roció a Joshua y al cachorro que se quedaron paralizados.

El crío sólo dijo una palabra, susurrada en voz baja como una oración en medio de aquella violencia.

—Alexandria.

Un segundo animal superó volando el muro y se lanzó contra Vinnie, apretando su pierna con sus colmillos rezumantes. Con un giro atroz de la inmensa cabeza, quebró el hueso de forma audible, y los gritos de Vinnie llenaron el aire. Rusty apareció a la carga por el recodo con un arma en la mano, pero Joshua se encontraba en su línea de fuego. Un tercer animal saltó sobre el muro de un brinco y cayó sobre su espalda, agarrándole con sus dientes por el hombro.

Aidan podía oír a Stefan corriendo, pero sabía que el vampiro había tendido muy bien la trampa. Las bestias eran peones propiciatorios. Stefan les dispararía para salvar a los dos hombres de los animales enloquecidos, pero para entonces el títere humano que se movía sobre la tapia había cogido al niño aterrorizado y volvía a llevárselo al otro lado del muro. En el aire aún reverberaban los disparos cuando Stefan gritó a su esposa:

—¡Llama a una ambulancia, Marie, y vuelve aquí corriendo! ¡Necesito ayuda! —Stefan estaba de rodillas al lado de Vinnie e intentaba contener las peores heridas por las que se escapaba hasta el suelo la vida de aquel hombre.

—¡Joshua! ¿Dónde está Joshua? —chilló Marie cuando se unió a él.

—No está —informó Stefan con gesto grave—. Se lo han llevado.

Los sollozos de Marie se desvanecieron mientras Aidan seguía al humano con el niño. Joshua fue arrojado dentro del maletero de un coche, y el títere se fue hasta el asiento del conductor caminando con los movimientos bruscos característicos de un trance inducido por un vampiro. Aidan se coló por la ventanilla abierta y se mantuvo a la espera, pero el títere no podía detectar su presencia. El vampiro no podía realizar él mismo el ataque mientras yacía bajo tierra, durante las horas de sol, pero había inculcado órdenes en las mentes de sus secuaces antes de refugiarse en la seguridad de su guarida.

El coche fue dando bruscos virajes por la carretera serpenteante, su conductor babeaba y miraba con expresión ausente al frente, con la mirada de un poseso.

Aidan se apartó de aquella abominación y entró en el maletero. Joshua estaba tendido lleno de estupor, con el lado izquierdo de la cara hinchado y un ojo empezando a ponérsele morado. Le corrían lágrimas por todo el rostro, hasta la barbilla, pero sollozaba en silencio.

Aidan se concentró e invocó toda su fuerza para comunicarse en silencio con el chico. *Joshua, estoy aquí, contigo. Voy a hacer que te duermas. Vas a permanecer dormido hasta que venga a por ti. Cuando te diga «Alexandria necesita ver tus ojos azules» sabrás que es seguro despertarte. Sólo entonces despertarás.* La fusión mental era agotadora, pues tenía poquísima energía a esta terrible hora del día. También era necesario preparar sortilegios, los más intrincados y peligrosos que Gregori le había enseñado. Si el vampiro lograba de algún modo levantarse antes de que Aidan regresara junto al muchacho, necesitaría tiempo para deshacer los hechizos, y Joshua se encontraría a salvo de todo daño y de nuevos traumas mientras durmiera.

Aidan creó sus sortilegios mientras el coche continuaba hacia el norte, en dirección a las montañas. Hacia el nuevo hogar de Gregori, fue lo primero que pensó.

No podía ser Gregori. Aidan no podía creerlo. El vampiro no tenía ni idea de que Gregori se encontrara en las proximidades, así de sencillo. No era Gregori. Gregori era tan poderoso que no necesitaría de trucos engañosos, de animales ni de títeres anulados para cumplir sus propósitos, ni siquiera le haría falta el niño. Gregori no necesitaba ayuda. No se trataba de Gregori. Aidan se aferró a esa certeza mientras entrelazaba los sortilegios. Antiguos, inapelables, peligrosos para cualquiera que intentara hacer daño al chico.

Cuando acabó, descansó agotado. Había hecho todo lo posible. Una vez conociera el destino final de Joshua, tendría que regresar a casa. El viaje que le esperaba bajo la intensa luz del sol le asustaba, no había otro dolor como ése, nada más horrible para alguien de su especie.

El títere detuvo el coche en la entrada de un antiguo y destartalado pabellón de caza con vigas podridas, cubierto de enredadera y maleza. Aidan supo al instante que el vampiro estaba cerca, lo más probable es que se encontrara bajo las maderas deterioradas del suelo. Pudo ver ratas que salían corriendo, las centinelas de los no muertos. La marioneta andante, el subalterno del vampiro, carente de mente y voluntad propias abrió el maletero y fue a meter el brazo para levantar al crío por la camisa.

Al instante, el sortilegio protector prendió el brazo del títere con llamas que ascendieron hasta su hombro y envolvieron su cabeza. La cosa, que en realidad ya no estaba viva, programada para hacer una única cosa, siguió intentando agarrar al chico pese a que su carne se quemaba.

Aidan se sintió agradecido de que Joshua siguiera dormido. El hedor putrefacto era increíble, incluso para alguien que no tuviera nariz. La carcasa ennegrecida cayó al suelo y algunos pedazos de carne calcinada se desprendieron. El títere soltó una vibración grave, aguda, su muerte fue lenta y difícil, una caricatura macabra que aún intentaba llevar al muchacho hasta el vampiro. Aidan detestaba el tormento provocado por las retorcidas maquinaciones del vampiro. Pero, claro, a los no muertos les gustaba que sus secuaces sufrieran todo lo posible.

Cuando la cosa por fin se quedó quieta y el último aliento salió de sus pulmones, Aidan inspeccionó los restos para asegurarse de que estaba de verdad muerto, para no dejar brasas candentes que pudieran prender la vegetación. Satisfecho por haber hecho todo lo posible, Aidan tuvo que marcharse para realizar aquel viaje de regreso a su casa, bajo la terrible luz diurna.

Totalmente extenuado, el viaje le llevó buena parte del mediodía, su temor era llegar a casa sin energías, ni siquiera las mínimas para levantarse una vez se pusiera el sol y regresar a la guarida del vampiro. Cada vez estaba más débil, su ser cada vez más insubstancial, una pluma que se desplazaba con los elementos. Sólo el pensamiento de Alexandria le mantuvo, y luego un grato manto de densa bruma blanca alivió el tránsito final hasta su casa.

Una vez allí, con el último vestigio de energía, encontró el camino hasta el lugar de descanso al lado de Alexandria. La sacudida que sintió al reunirse de nuevo con su cuerpo le dislocó hasta los huesos, y sus músculos se contrajeron y se comprimieron formando masas duras e hinchadas. Vulnerable, sin fuerza, vaciado por completo de su gran poder, yació como un difunto y dejó que la fresca tierra le cubriera. Se le escapó un suave siseo, el último aliento de sus pulmones.

En el piso de arriba, encima de Aidan y Alexandria, Stefan no podía hacer otra cosa que intentar consolar a su esposa mientras permanecían abrazados esperando la puesta de sol, esperando el momento en que se levantara Aidan. Parecía que el sol quisiera quedarse todo el tiempo en el cielo pero, de forma inesperada, se levantó una densa y lenta niebla justo antes de las seis. Stefan notó que parte de aquella terrible tensión abandonaba su cuerpo, aunque la culpabilidad continuaba allí mientras esperaba.

En las profundidades de la tierra, Aidan se levantó con un hambre voraz, con las células y nervios famélicos, consumidos por el esfuerzo anterior. Aun así, su primer pensamiento fue Gregori. Sólo podía haber una respuesta. El carpatiano había intervenido, era tan poderoso que incluso sentía las turbulencias en la tierra mientras se encontraba bajo ésta. Había enviado una niebla en ayuda de Aidan al saber que se encontraba demasiado agotado como para crearla él mismo. Y la niebla continuaba ahí, antes de que se pusiera el sol, dándole cierta ventaja para lo que debía hacer.

Aidan había estudiado durante siglos y creía, igual que Gregori, que el conocimiento era poder, sin embargo no era capaz de hacer las mismas cosas que Gregori. No habría detectado un ser incorpóreo mientras dormía bajo tierra, y Aidan estaba seguro de que Gregori no sólo lo había hecho sino que además había enviado la bruma para ayudarle. Aidan sonrió aliviado. El vampiro no era Gregori.

Echó un vistazo a Alexandria, a su rostro, y le pasó el dedo con ternura por el pelo antes de hacerles flotar hacia arriba hasta la cámara subterránea. Alexandria siempre se iba a dormir en su cama, y se despertaba también ahí, pero mientras un vampiro rondara la ciudad, Aidan siempre les llevaba bajo el suelo curativo, donde fuera imposible detectarles.

Despierta, piccola. *Despierta y mira a tu pareja.* Susurró las palabras con suavidad, pues temía el dolor inminente, notó el nudo formándose en su garganta.

Cuando tomó el primer aliento, un suave suspiro, el oxígeno fue directo a su corazón. Sus ojos azules se abrieron, fijos en su mirada dorada. Al instante su calor envolvió a Aidan, se filtró a través de los fríos poros de su cuerpo. Alexandria le dirigió una sonrisa dulce y cariñosa que perforó su corazón como una flecha.

—¿Qué sucede? —preguntó. Con ternura y delicadeza, alzó una mano y siguió el contorno de la boca con su dedo—. ¿Qué has estado haciendo? Estás gris, Aidan. Necesitas alimentarte. —Su voz era una tierna invitación.

—Alexandria. —Él pronunció su nombre, nada más.

Ella le sorprendió, como siempre. Sus ojos se oscurecieron hasta adoptar un azul intenso, y su voz se convirtió en un mero hilo de sonido, mientras su cuerpo permanecía muy quieto.

—¿Está vivo? —Había un deje de condena, pero no de ira, por no haber mantenido a salvo al niño.

Aidan bajó la vista, incapaz de mirarla a los ojos. Hizo tan sólo un gesto de asentimiento.

Alexandria respiró hondo y le acarició la barbilla con la palma.

—Mírame, Aidan.

—No puedo, Alexandria. Te miraré a la cara cuando haya traído a Joshua sano y salvo a nuestro hogar, a tus brazos.

—He dicho que me mires. —Llevó los dedos a su barbilla para levantársela.

Él no podía negarle nada. Le estaba desgarrando por dentro con su aceptación, su comprensión, su dulzura. Los ojos dorados de Aidan ardían cuando alzó la vista. Luego la sintió, fundiéndose al instante con él, por completo, tan deprisa que no tuvo ocasión de ocultar nada: las bestias atacando a los vigilantes de su hermano, la angustia de Stefan y Marie, el terror de Joshua, sus propios esfuerzos y el dolor del sol, la calcinación del títere humano. Todo quedó expuesto ante ella sin omitir ningún detalle desagradable. Al oír el suave susurro de su nombre en los labios de Joshua, profirió un único sonido.

Su dolor era tan profundo, que Aidan notó cómo se levantaba su demonio interior y recorría veloz su cuerpo, tomando el control. Un lento siseo asesino se escapó de lo más hondo de su garganta. Los ojos dorados relucieron con intención letal.

—¿Cómo se ha atrevido a intentar esto? —Su voz era tan mortífera como su expresión—. ¿Cómo se ha atrevido a utilizar al chico como desafío para sacarme a la luz?

—Chist, Aidan —Le puso un dedo en la boca—. No tienes que culparte a ti mismo. Ven a mi lado. Toma lo necesario para hacer esto, para traer de regreso a Joshua. —Empezó a apartar despacio la camisa de seda que él llevaba, y, rodeándole el cuello con su delgado brazo, atrajo su cabeza hasta su pecho.

—Iré de caza. Tú también tienes necesidad. —Apretó los dientes para refrenar el hambre que le consumía.

Ella apretó sus senos contra la piel de Aidan y le envolvió con su aroma, una invitación incitante y tierna, una tentación imposible de resistir.

—Estás gris, Aidan, muy débil. Tengo el derecho y la responsabilidad de ayudarte, ¿no es así? Soy tu pareja. —Le friccionaba el cuello con la punta de los dedos y movía la boca sobre su pelo, sobre su sien—. Hazme este regalo, Aidan. Por favor, déjame ayudarte.

Él soltó un juramento elocuente, pero el demonio en él exigía sangre, exigía fuerza, y su cuerpo estaba excitado, con una dolorosa erección. Maldijo su propia debilidad e inclinó la cabeza dorada sobre su piel. Tan suave, tan perfecta. Su sangre le llamaba con su calor, con la promesa de un sabor al que no podía negarse. El cuerpo de Aidan se contrajo cuando pasó la lengua por el pulso de Alexandria.

Ella era el calor y la luz y la promesa del paraíso. Le pasó las manos sobre las caderas, sobre su delgada cintura y su estrecha caja torácica. Los pechos llenaron sus palmas con su blanda ternura.

—*Cara mia* —susurró contra su preciosa piel—, te quiero.

La tocó con la lengua, la acarició provocando un escalofrío en todo el cuerpo de Alexandria. Ella le abrazó con más fuerza. *Por favor, Aidan, hazlo ahora*, susurró en su mente, con los labios pegados a su piel. *Necesito devolverte la fuerza. Necesito eliminar tu dolor.* Y así lo hizo. Alexandria estaba enterada de todos sus movimientos bajo el terrible sol, lo que había sufrido por ella y por Joshua. Nunca había necesitado tanto hacer algo como darle su alimento y mostrarle su abrumador amor y apoyo.

Alexandria gritó y arrojó la cabeza hacia atrás, y su cuerpo se arqueó mientras le perforaba el pecho con los dientes. Las lágrimas le saltaron a los ojos mientras acunaba a Aidan pegado a ella. La dulzura de él era insoportable, la abrazaba con amor y ternura, como si fuera el tesoro más preciado del mundo. Ella notaba cómo se le iban las fuerzas mientras aumentaban las de él. Lo percibió primero en la mente de Aidan, luego en el latir de su corazón, en la ondulación de poder en sus músculos y tendones. Era una sensación increíble proporcionar tal fuerza y determinación a Aidan. Todo el cuerpo de Alexandria se contrajo y protestó cuando él lamió la herida con la lengua, con una caricia áspera, e interrumpió la unión entre ellos.

Él la atrajo entonces al círculo de sus brazos.

—Es suficiente, *cara*. —Le acarició el pelo—. Tengo que irme. Cuento contigo para tranquilizar a Stefan y Marie. Stefan siempre se culpa cuando no consigue detener las amenazas que envía contra nosotros un vampiro.

—Tengo que ir contigo. —Le agarró el brazo—. Es a mí a quien quiere el vampiro. ¿Cómo le encuentro? Dime qué tengo que hacer, Aidan. Haré lo que sea para que Joshua regrese, cualquier cosa. —En sus ojos había lágrimas, pero alzaba la barbilla con coraje. La pesadilla había regresado de nuevo. El pequeño Joshua en manos de un vampiro desalmado.

—Yo lo traeré de vuelta —la tranquilizó Aidan con voz serena.

—No, no quiero arriesgarme con ninguno de vosotros. Me quiere a mí. Iré yo e intentaré intercambiarme por Joshua —dijo con desesperación—. No es tu culpa, como tampoco es la de Stefan. No es tu responsabilidad. Iré con él.

Aidan la observó entonces, con rostro imperturbable.

—No permitiré que corras ese riesgo. Esta batalla es cosa mía —juró.

—¿Cómo puedes decir eso? Joshua es lo único que tengo. Se trata de mi hermano, es mi única familia. Estoy en mi derecho de defenderle.

Él le apartó el pelo con gesto tierno.

—Joshua también es mi hermano, mi familia. Tú eres mi pareja. No hay discusión, *cara mia*, sobre quién va a ocuparse de este problema. Te quedarás aquí en esta casa y harás lo que yo te digo. No discutiré contigo sobre esto.

Su voz de terciopelo negro y su ternura podía conmover su corazón, pero no permitiría que la sedujera esta vez. Alexandria alzó la barbilla.

—No, Aidan, voy contigo. Si sólo puedes salvar a uno de nosotros, ése será Joshua.

Aidan acarició sus ojos con su mirada pese a negárselo con un gesto de la cabeza.

—Me darás tu palabra de que harás lo que digo o te mandaré a dormir hasta que regrese. Y si tienes que dormir el sueño de los inmortales, serás incapaz de ayudarme cuando lo necesite. Tengo que marcharme. Estoy perdiendo un tiempo valioso, un tiempo que Gregori ha ganado para mí con gran coste de su propia fuerza. Estoy seguro. —Le rozó la boca con sus labios—. ¿Qué prefieres? ¿Duermes mientras estoy fuera? ¿O te quedas aquí despierta para ayudarme en el momento necesario?

Alexandria se apartó de él, pero le mostró su conformidad.

—No es que me dejes mucha elección, Aidan —dijo en voz baja—. Vete, entonces. Pero mejor que no te pase nada o verás lo que puede hacer una mujer humana cuando se enfada de verdad.

—Una antigua mujer humana —corrigió.

Y ya había desaparecido. Tan fácil. En un momento era sólido y real, y al siguiente era un arcoiris de luz golpeando el estrecho túnel de roca y ascendiendo en dirección al cielo envuelto en bruma.

Alexandria se quedó sentada mucho rato, con las manos dobladas sobre su regazo. Aidan iba a estar bien. Tenía que ser así. Traería a Joshua a casa junto a ella. Lo creía porque tenía que creerlo. Cuando intentó ponerse en pie, se encontró temblorosa, le flaqueaban las piernas. Precisó determinación para encontrar sus vaqueros y ponérselos. Era difícil creer que justo la noche anterior Aidan hacía el amor con ella, y ahora él se había ido a luchar con un monstruo.

Se abrió camino poco a poco a lo largo del túnel, agarrándose a la pared, y la mano le temblaba cuando abrió la entrada que daba a la cocina. Oyó el leve sollozo de Marie y el murmuro grave de la voz de Stefan que intentaba consolarla.

La pareja estaba en el sofá del salón. Marie apoyaba la cabeza en el hombro de Stefan, que a su vez la rodeaba con el brazo. Los dos parecían más viejos ahora. Alexandria se arrodilló delante de ellos y puso una mano sobre las suyas enlazadas.

—Aidan traerá a Joshua de vuelta. Sabe dónde está y ha conseguido crear unos sortilegios protectores para él. Los dos pensamos que hay otro cazador en la zona que vendrá en ayuda de Aidan en caso necesario. —Utilizó un tono grave, su voz sonaba convincente—. Creo en Aidan, y vosotros tenéis que hacerlo también. No vamos a perder a ninguno de los dos esta noche.

Ella notaba el poder que se precipitaba por ella, el poder de aquello en lo que se había convertido. Pese al hecho de encontrarse débil y pálida y pese a que necesitaba alimentarse, aún ejercía ese poder. Su mente era fuerte, y contaba con ventajas con las que nunca había soñado. Podían emplearse en una buena causa, como ahora, para aliviar el sufrimiento de la leal pareja de mayor edad. Stefan y Marie habían acabado tomando gran cariño a Joshua, los dos se sentían en cierto sentido responsables de su abducción.

El gran corpachón de Stefan se estremeció.

—Lo siento, Alexandria, te hemos defraudado. El ataque fue tan inesperado, pero yo debería haber estado con Joshua, debería haberle mantenido a mi lado.

—Pensaba que mientras se encontrara dentro de la casa, estaba a salvo —gimió Marie en voz baja mientras se levantaba el delantal para taparse el rostro.

Alexandria bajó el delantal y les rodeó a los dos con sus delgados brazos. Podía oír la sangre bombeando por sus venas, el flujo y reflujo de la vida. El aroma del alimento la llamó, pero sabía que ahora podía controlarse, confiaba en sí misma.

—No hay que culpar a nadie por esto, Marie. Ni a ti ni a Stefan. Superaremos juntos esto, como una familia. Vosotros dos, Aidan, Joshua y yo. No hay culpables.

Stefan levantó la mano para tocarle el pelo.

—¿Hablas en serio? ¿De verdad lo sientes?

Ella asintió.

—Joshua depende de todos nosotros. Fue un error que intentara sujetarle a mí. Ahora que está en peligro, todos nos culpamos. Aidan lo hace, porque piensa que me ha fallado. Yo me culpo, porque en cierto modo dejé que sucediera. Tú te culpas, porque Joshua es un niño y no hizo lo que le mandaste. Pero ya está hecho, así de claro. Y Aidan traerá a nuestro niño de vuelta a casa —lo dijo con absoluta convicción.

Los ojos gastados de Stefan le mantuvieron la mirada.

—Y si... ¿si algo sale mal?

Notó el golpe en la boca del estómago, pero no reaccionó de forma visible. Alexandria no apartó la mirada.

—Entonces todos nos ocuparemos del asunto, ¿no creéis?

No te fallaré, cara.

La voz de Aidan en su mente, su confianza, le devolvió un poco de consuelo. *No pienses en mí ahora, Aidan. Ten cuidado. Yo estaré aquí, fundida contigo, por si necesitas recurrir a mi fuerza.* Y ella se refería a inspeccionar los cielos por él, para descubrir cualquier trampa que le hubiera tendido el vampiro. Aidan no estaría solo en esto. Si algo salía mal, la responsabilidad no recaería sólo sobre sus hombros como había sucedido durante siglos. Ella estaba decidida a compartirlo con él.

—Estás muy débil, Alexandria —dijo Stefan en voz baja—. Si tienes que ayudar a Aidan, debes tomar algo para... —se calló.

Por primera vez, Alexandria sonrió.

—Está bien, Stefan. No voy a ser tan tonta como para salir otra vez por la puerta y exponerme al sol.

—Me ofrecería voluntario de buena gana si me necesitaras —se brindó Stefan.

Alexandria ya estaba negando con la cabeza cuando una furia negra formó un remolino en su mente. La resistencia de Aidan a aquella idea tenía más que ver con los celos que con su juramento de no emplear jamás a quienes le servían, se percató ella. Retiró la idea para examinarla en otro momento.

—Jamás podría, Stefan, pero te lo agradezco.

—Aidan guarda reservas de emergencia. Ya te dio en una ocasión. No es tan buena, pero servirá.

Negó con la cabeza.

—Todavía no. Si hay mucha necesidad, la tomaré. Por ahora, infórmame que ha pasado con los demás vigilantes. Aidan está preocupado por su bienestar. —Lo había captado en su cabeza, su angustia por Vinnie y Rusty.

—Vinny ha sufrido una grave herida y ha perdido mucha sangre. Tiene más de cien puntos sólo en el cuello. Rusty tuvo un poco más de suerte, pero los dos van a estar fuera de circulación durante bastante tiempo —respondió Stefan—. Me he ocupado de que les atiendan los mejores doctores, incluido un cirujano plástico para Vinnie. Aseguré a los dos hombres que pagaríamos las facturas médicas y que les compensaríamos con generosidad por el tiempo perdido.

Alexandria dio a Marie un suave apretón en la mano.

—Gracias a los dos, nos facilitáis mucho las cosas. —Se puso en pie despacio y se fue poco a poco hasta el asiento abatible, donde se acomodó formando un ovillo, levantando las rodillas para apoyar la barbilla sobre ellas. Cerró los ojos y dejó que la habitación se aislara para poder fundirse por completo con Aidan. Era ahí donde quería estar. Era su sitio.

Aidan estaba bien protegido por la niebla que Gregori había creado. El sanador taciturno tenía un dominio impresionante de la naturaleza. El pesado manto de bruma bloqueaba los rayos del sol y permitía a Aidan viajar con más comodidad y sacar cierta ventaja al vampiro que aún permanecería bajo tierra hasta la puesta de sol. Sobre todo, se le había quitado un terrible peso del corazón.

Alexandria estaba con él, le aceptaba por completo. Ella veía con claridad la bestia que rugía pidiendo libertad, que se esforzaba por mantener el control, y ella no retrocedía embargada por el horror. No le culpaba por el desafío desesperado del vampiro o por la manera en que Joshua había sido abducido. Temía por Joshua y por él, pero no se venía abajo. Había hecho lo que le pedía, e intentaba tranquilizar y consolar a Stefan y Marie. Alexandria se estaba convirtiendo en su compañera, su verdadera pareja.

Mientras atravesaba la bruma a gran velocidad, se percató de que él también la amaba de forma incondicional. Nunca había conocido una emoción tan apasionada. Ella se había colado en él tan profundamente, que estaba del todo perdido. Sí, estaba perdidamente enamorado, por completo, de un modo desesperado. En sus fantasías más alocadas, nunca había imaginado que le gustaría tanto. Lanzó una rápida oración, para que todo saliera como había planeado, para que las protecciones que había instalado en torno al chico aguantaran hasta que él destruyera al vampiro.

Aidan se movía muy deprisa, intentaba ganar al sol que ya se ponía. La bruma le había proporcionado la oportunidad de luchar, una ventaja, y él estaba decidido a aprovecharla. Se lanzó por el cielo, corriendo entre las nubes, espantando a una bandada de pájaros y apartándola de la luz iridescente con un brusco giro. Los árboles se ensombrecían de gris más abajo, indicando que apenas quedaban minutos para la puesta de sol. El antiguo pabellón de caza hizo aparición, en la profundidad de las sombras de los altos pinos.

$$\text{Capítulo } 18$$

Aidan supo en qué preciso instante el vampiro se levantó. Tierra y roca y madera enmohecida salieron arrojadas hacia arriba formando un géiser entre la bruma espesa y concentrada. Las ratas chillaron y salieron corriendo para salir de las maderas podridas. Las cucarachas surgieron en riadas del deteriorado suelo, una alfombra en movimiento que plagó los tablones rotos. El edificio dilapidado se tambaleó y la encarnación del mal surgió de súbito al aire, chillando con todo su odio y desafío, riéndose de un modo horrible mientras se lanzaba a toda velocidad hacia el coche, hacia el premio que le esperaba.

Un arcoiris resplandeciente en medio de la blanca bruma tomó poco a poco la forma del cuerpo alto y poderoso de Aidan que avanzaba a zancadas a través de la neblina.

El vampiro estaba inclinado sobre el maletero del coche, preparado para coger al niño que dormía, pero se detuvo de golpe, cauto de repente, separando los delgados labios para gruñir, mostrando los largos colmillos amarillentos. Su cabeza fluctuó hacia delante y atrás sobre un cuello flaco y arrugado, como el de un reptil. Los ojos fríos examinaron con recelo el maletero siguiendo el rastro de pedazos calcinados de carne. Se le escapó de la boca un siseo lento de aliento apestoso, y sus ojos enrojecidos oscilaron para concentrarse en la aproximación de Aidan.

El vampiro retrocedió del maletero y del niño que dormía.

—¿Piensas que vas a atraparme con un truco tan barato, cazador? —gruñó en tono acusador. Su voz hermosa en el pasado venía acompañada de un sonido seco, resultado de la descomposición que ocasionaba su alma putrefacta.

Aidan se detuvo a escasa distancia.

—Los dos sabemos que no me hacen falta trucos, difunto —dijo sin levantar la voz, en un tono tan puro que lastimó físicamente los oídos del vampiro—. Eres tú quien emplea ese estilo, utilizando a niños pequeños como peones. Has caído muy bajo, Diego. En otro tiempo fuiste un gran hombre. —La voz había descendido una octava y, pese al modo en que odiaba su pureza, el vampiro aguzó el oído para escuchar sus notas susurrantes.

—No me llames hombre —refunfuñó el vampiro—. No me insultes llamándome pelele. Mihail te ha lavado el cerebro. Durante siglos nos ha mentido, nos ha tenido como borregos. Ha llevado a nuestra gente bajo tierra, en un intento de quitarnos el poder que nos corresponde de modo legítimo. Abre los ojos, cazador. Mira lo que haces, en realidad matas a los de tu especie.

—Tú no perteneces a mi especie, Diego. Has elegido degradar y asesinar a los que son menos fuertes que tú. Mujeres. Niños. Seres humanos inocentes. Yo no soy como tú.

El vampiro tomó aliento con un sonido audible que transmitía su odio.

—Para ti es fácil decirlo, con la fragancia de tu mujer impregnando todos tus poros.

—Soy dos siglos mayor que tú. Incluso antes de que llegara mi mujer y me trajera la luz, no me transmuté como tú para tener una vida más fácil —dijo Aidan con calma—. No asumes la responsabilidad de tus actos. No es Mihail ni tu falta de pareja lo que te ha hecho caer tan bajo, ha sido elección tuya convertirte en lo que te has convertido.

Diego separó los delgados labios y mostró las encías marcadas, manchadas de rojo. La piel blanca de su rostro se estiraba sobre sus huesos, lo que le daba una apariencia de esqueleto. Alzó una mano huesuda culminada por unas uñas afiladísimas y señaló el maletero abierto.

—Piensas que eres demasiado poderoso como para sufrir una derrota, pero tengo mis propios poderes.

Aidan guardaba su temor por Joshua bien oculto en una parte profunda y secreta de su alma. Mantenía el rostro impasible, incluso sereno. Notó el jadeo de Alexandria en su mente cuando unas serpientes empezaron a amontonarse sobre el coche. Aidan no se movió ni habló, ni siquiera tranquilizó a su pareja. Se sintió orgulloso del silencio que guardaba ella, de que siguiera quieta y mantuviera la confianza.

Si lo de las serpientes era una ilusión creada por el vampiro, era perfecta.

De hecho, Aidan incluso detectaba vida en los reptiles que culebreaban. Parecían del todo reales, aunque Aidan no sabía cómo podía haber reunido tantas con tal rapidez. Intentó llamar a las serpientes, apartarlas, pero eran criaturas del vampiro, esclavizadas por completo. La primera víbora se abrió camino hasta el interior del maletero. Casi de inmediato se fueron las otras detrás. Tras el sonido apagado de su entrada en el maletero se oyó al instante un ardiente chisporroteo, y el olor a carne asada llenó el aire mientras un reptil tras otro encontraban la muerte. Al final el vampiro alzó una mano, y las serpientes se deslizaron de vuelta al suelo y se enroscaron en los tobillos de su señor.

—¿Qué te parece si prescindimos de estos juegos infantiles? —dijo Aidan—. Ven conmigo, Diego, y acuérdate del hombre que fuiste hace tiempo. —Su voz era tan persuasiva, tan fascinante, tan hipnótica, que el vampiro casi da un paso hacia delante.

Luego Diego gruñó con un sonido áspero y desagradable en comparación con la voz de Aidan.

—Voy a matarte y luego al chico. Y después me llevaré a tu mujer. —Su sonrisa era grotesca—. Sufrirá mucho y mucho tiempo por tus pecados.

Aidan se encogió de hombros con gesto despreocupado.

—Si consigues lo imposible y me derrotas, mi pareja decidirá seguirme, y no tendrás ocasión de ponerle las manos encima. El niño estará a salvo porque hay otro cazador en esta zona, superior a mí. No puedes vencerme. Y nadie puede vencerle a él. —Lo dijo con suficiencia, con total confianza.

El vampiro volvió a gritar, con una furia histérica que amenazaba con consumirles a los dos.

—¡Gregori! ¿Cómo se atreve a venir a esta tierra? ¿Qué le da derecho? Es un ejemplo perfecto de la hipocresía de Mihail. —Luego la voz se volvió apaciguadora, astuta—: Gregori no es como tú. Tú eres un buen hombre. Tus acciones están regidas por un código moral. Por equivocada que sea tu actividad de cazador, haces lo que haces porque piensas que así debe ser. —El vampiro miró a su alrededor y bajó la voz—. Gregori es un asesino a sangre fría. No tiene remordimientos. He oído historias, rumores, que juran que son ciertos. El curandero ha matado de forma ilegal. Finge ser el mejor miembro de nuestro pueblo, pero es el peor. Tú y yo sabemos que Mihail desautoriza esta abominación.

Para un oído no entrenado, esa voz insidiosa hubiera sido persuasiva y cautivadora. Pero Aidan veía la piel gris encogida sobre su cráneo, la sangre seca debajo de las uñas largas y amarillentas. Las encías encogidas y los colmillos exagerados. Sobre todo era muy consciente del pequeño y vulnerable niño en el maletero del coche, puesto allí como instrumento de la venganza del vampiro.

—Intentas hacer tiempo, difunto. ¿Por qué? ¿Qué plan tienes para fingir ser mi amigo? —Mientras hablaba Aidan, las víboras producían aquel siseo atroz y avanzaban en masa hacia él, deslizando sus cuerpos culebreantes.

Al acercarse a sus pies, cambiaron de forma y se convirtieron en mujeres que reptaban hacia él, con movimientos obscenos, silbando y enseñándole sus largas lenguas bífidas. Aidan aprovechó la bruma para cubrir sus movimientos y reapareció detrás del vampiro. Cundo Diego se volvió a un lado y a otro, Aidan atacó, le dio un rápido golpe asesino, con la idea de poner fin al conflicto de la forma más rápida. Pero en el último momento, el vampiro se apartó de un brinco, y sus criaturas, medio serpientes, medio féminas, gruñeron y escupieron veneno contra Aidan, avanzando hacia él sobre sus vientres y a cuatro patas.

No prestes atención a las ilusiones que él crea. No apartes jamás los ojos del vampiro. Espera que dejes de prestarle atención. La voz de Alexandria sonó suave y dulce en su mente, apartó las telarañas que el ilusionista tejía para confundirle.

Tiene habilidad, cara, reconoció.

Pero no suficiente, respondió ella con fe completa en él.

Las mujeres del suelo empezaron a gemir con un lamento grave, lastimero y acongojado. Aidan sonrió al vampiro con una mueca perezosa y confiada.

—¿Intentas que Gregori se sume a nuestra pequeña batalla? Eres mucho más necio de lo que pensaba. Ni siquiera yo, que no tengo nada que temer, querría interrumpir la soledad de Gregori. Con este barullo, acabará por venir, con toda certeza. —Sus ojos dorados perforaron al vampiro y encontraron su mirada apagada, muerta. No apartó la vista, reteniendo al otro hombre en sus profundidades de oro fundido—. Trabajé con Gregori, a su lado, durante años. ¿Sabías eso Diego? Lo que hace, lo hace con eficiencia, con frialdad. No hay nadie como él. Tal vez, en tu momento final, desees medir tus escasas destrezas contra su grandeza.

La cabeza con forma de bala del vampiro volvía a fluctuar, su cráneo se inclinaba hacia delante y atrás con movimientos rítmicos. Siseó una orden, y las obscenas criaturas inventadas por él gimieron y se escabulleron. Les hizo un ademán mientras canturreaba, y las mujeres quejumbrosas volvieron poco a poco a su forma de reptiles. Culebras vulgares e inofensivas.

El vampiro empezó a ejecutar una danza lenta, meticulosa y siniestra. Rodeó a Aidan, aplastando los caparazones de las cucarachas bajo sus zapatos. No dejaba de mover despacio la cabeza hacia delante y atrás, con sus colmillos relucientes goteando saliva. Aidan encaraba estoicamente al vampiro, se negaba a observar sus pies danzantes que aplastaban ruidosamente los insectos y evitaba mirar también a un reptil que se le acercaba por la izquierda.

Esa culebra es inofensiva, Aidan. La advertencia de Alexandria era calmada. *Es otra de sus ilusiones. No hay ninguna culebra. Puedo percibir el lance del vampiro.*

Aidan mantuvo su posición con calma, sin apartar en ningún momento la mirada dorada de la figura oscilante del vampiro. Ni siquiera dedicó una ojeada a la culebra que se deslizaba hacia él ni permitió que se le notara que era consciente del peligro que suponía. Las acciones del vampiro era hipnóticas, una extraña serie de pasos y movimientos ideados para entorpecer los sentidos y atrapar su mente.

Mientras la serpiente se enroscaba preparándose para atacar a tan sólo unos centímetros del cazador, el vampiro se detuvo y perforó a Aidan con sus ojos con la intención de hipnotizarle. Luego, con velocidad increíble, se lanzó hacia delante en un ataque total. La serpiente se arrojó también hacia Aidan, intentando hundir sus colmillos en la pierna del carpatiano. Pero Aidan ya no estaba en el mismo sitio. Había brincado incluso más rápido para lanzar su contraataque contra el vampiro. Cogió con las manos la cabeza en forma de bala y tiró de ella. Se oyó un crujido atroz, y el vampiro aulló mientras rasgaba con sus afiladas garras el pecho de Aidan.

Clavó en profundidad su zarpa, dejando tres surcos rojos. Aidan desapareció para apartarse del ilusionista y reapareció al lado del maletero del coche. Se arriesgó a dirigir una rápida mirada al niño que dormía. La visión del muchacho cubierto con carcasas calcinadas de serpiente era angustiosa. Quiso sacudir las criaturas repulsivas, malignas, lo más lejos posible de Joshua.

Aidan, no apartes tu atención del vampiro, advirtió Alexandria. *Sigue siendo peligroso. Se prepara para matar. ¿Estás bien? Noto tu dolor.*

No siento nada. La respuesta de Aidan fue abrupta y parca, toda su intención volvía a estar en el vampiro.

Diego tenía la cabeza inclinada a un lado y su mueca era una parodia retorcida de una sonrisa halagadora dirigida a su cazador. En sus ojos titilaban rojas llamaradas. Respiraba con dificultad, pero a Aidan no le engañaba. El vampiro era más peligroso que nunca. Aidan veía el peligro en la bruma roja de sus ojos y en las uñas con las que se hacía sangre en sus propias palmas.

—Déjame dormir en paz, Aidan. Has acabado conmigo —dijo el vampiro en voz baja y persuasiva—. Coge al niño y márchate. Déjame mi dignidad al menos. Me expondré al amanecer y moriré como deben hacer los miembros de nuestra especie.

Aidan continuaba quieto, con su cuerpo en apariencia relajado, casi indolente con los hombros caídos, los brazos a los lados, las rodillas un poco dobladas. La imagen de la serenidad. Los ojos dorados ni siquiera pestañeaban. Observaba los movimientos del vampiro como un depredador, lo que era en realidad.

Aquello desquició al vampiro, que explotó en una expresión de frustración, obscena, blasfemante, gutural.

—Entonces ven y cógeme —desafió.

Aidan se quedó mirándolo, inmóvil. No permitiría que la lástima por la insensata criatura se colara en su corazón ni en su mente. Aquello les llevaría al desastre. El no muerto no sentía remordimientos por sus acciones. Diego chuparía a Joshua hasta dejarle seco, le torturaría para llegar hasta Aidan, hasta Alexandria, y luego arrojaría a un lado al niño como otros tantos despojos. No tenía sentido negociar con el vampiro, razonar. El cazador se limitó a esperar con paciencia.

No tuvo que esperar mucho. Su contrincante no tenía tanta paciencia. Saltó sobre Aidan cambiando de forma al hacerlo, con la cabeza ladeada de un modo grotesco sobre su flaco cuello, alargándose hasta formar un hocico compacto con largos colmillos afilados y prominentes. En medio del aire, un macairodo rugió mientras saltaba.

Aidan esperó hasta el último momento posible. Evitar los largos colmillos y el peso en masa del animal fue bastante fácil, pero era imposible acercarse a él sin que esas garras mortíferas le desgarraran e intentaran destriparle. Cerró la mente a todo dolor y se desconectó de Alexandria para que no hubiera posibilidades de que compartieran el dolor. Luego rodeó con el brazo el cuello roto de la bestia, y se montó a horcajadas sobre el animal, donde no pudiera alcanzarle con las sanguinarias garras. Pese a su enorme fuerza, era difícil controlar a la bestia aullante que se retorcía e intentaba herirle.

Despacio, con gran cuidado, Aidan fue capaz de apretar lo suficiente el cuello del tigre como para que no le llegara el aire. El animal se volvió loco, se revolvió dando sacudidas en un intento de librarse de Aidan. Gritaba y dentellaba con ferocidad, con un alarido agudo, de otro mundo. Aidan perseveró con tenacidad. Bajó la mano para buscarle el pulso.

Cuando Aidan casi alcanza su objetivo, el vampiro se retorció lo suficiente como para clavar su garra cargada de veneno a fondo en su cuello, no acertó por los pelos en la yugular. Saltó un chorro de sangre, lo notó corriendo por su piel. La bestia era tan fuerte y ágil que por un momento Aidan no estuvo seguro de poder vencerla. Luego algo se movió en su mente. Una certeza serena le llenó de confianza y fuerza. Aunque había intentado bloquear a Alexandria, mantenerla apartada de esta brutalidad, en ningún momento ella le había abandonado. Estaba ahí, alimentando su fuerza. La mano de Aidan encontró por fin lo que buscaba. Hundió todo su puño a fondo en el tigre enloquecido y atravesó el músculo y los blandos órganos vulnerables.

El vampiro rugió y gritó arañando a Aidan con sus últimas fuerzas moribundas, decidido a llevarse al cazador con él. Mientras Aidan extraía el corazón pulsante, el macairodo se contorsionó y cambió de forma hasta que el debilitado vampiro de piel gris quedó tendido a su lado, quieto y callado.

Aidan empujó la materia putrefacta bien lejos y se apresuró a poner distancia entre él y la abominación que en otro tiempo había sido un decente varón carpatiano. Se permitió tomar aliento, a fondo, para limpiarse, y se apoyó contra el tronco de un árbol. El viento susurraba, cogía fuerza para llevarse lejos el olor putrefacto del vampiro. La noche era cerrada, oscura, misteriosa y hermosa.

¿Hace falta que vayamos? ¿Necesitas sangre, Aidan?

Oyó la cautela de Alexandria, a la altura de la suya. Era una tarea difícil mantener contacto mental teniendo en cuenta que acababa de aprender a hacerlo, sobre todo de un modo tan violento. Y ella se encontraba débil a causa de la falta de alimento. Había permitido que él recuperara las energías, y ella le había cedido su fuerza menguada sin vacilación. Incluso ahora se preocupaba por él más que por sí misma.

Quédate ahí, piccola, *pronto llegaré a casa y traeré conmigo a Joshua. Dile a Marie y Stefan que todo está bien.* Se esforzó para mantener la voz firme para que ella no se asustara.

Su suave risa animó su corazón. *Estoy en tu mente, amor mío. No puedes ocultarme las heridas.*

Hubo una mínima agitación en el aire, sólo un revuelo, sin más avisos. Un gran predador se posó en una rama encima de la cabeza de Aidan y plegó las alas poco a poco. Aidan debería haber sabido que otro miembro de su especie se encontraba cerca, no obstante no lo había advertido. Mientras descendía de un salto de la rama, la forma del ave cambió, y fue Gregori quien aterrizó ligero sobre el suelo.

Pasó deslizándose junto a Aidan para supervisar la visión grotesca que había quedado allí tirada.

—Era bueno, ¿cierto? —preguntó en tono suave. Su voz era preciosa, un sonido calmante que le renovó la fuerza. Gregori, pese a su oscuridad, aportaba pureza y luz, le arropaba como un aura de poder—. Diego estudió con el más maligno de los vampiros, empezaron a maquinar juntos en nuestra tierra natal, pensaban que derrotarían a Mihail con sus numeritos. Como no funcionó, buscaron la ayuda de carniceros humanos. Ahora se han pasado a los viajes y a sus triquiñuelas. Emplean muchos métodos diferentes para intentar derrotarnos. Lo has hecho muy bien hoy, Aidan.

—Con tu ayuda. —Aidan se irguió y se apretó con una mano la herida sangrante del cuello.

Gregori se deslizó por encima de las cucarachas y las serpientes ennegrecidas y evitó tocar con los pies aquella escabechina al aproximarse al maletero del coche.

Aidan prefirió hacer una advertencia al sanador, sólo por si acaso:

—Utilicé tus salvaguardas para mantener al niño a salvo de todo peligro. —No podía creer que Gregori se convirtiera alguna vez en vampiro, pero de todos modos Aidan se mantuvo alerta.

Gregori hizo un gesto de asentimiento.

—Y añadiste un toque personal. Has madurado durante estos años, Aidan. Ven, acércate. —Volvió entonces la cabeza, con sus extraños ojos claros, de un plateado magnético, y su voz grave y persuasiva.

Aidan se adelantó pese al grito grave de alarma de Alexandria. Ella no creía que el otro carpatiano fuera malévolo, pero el sanador sí pensaba que su alma estaba ya perdida. Eso le volvía impredecible. *¡No te acerques a él! Es tan peligroso, Aidan, y percibe tu debilidad. Es su voz. ¿No te das cuenta de que la voz te atrae a él?*

Es un gran hombre, cara. *Confía en mi criterio*, la tranquilizó su pareja.

Gregori tocó con la máxima suavidad a Aidan, pero el cazador notó cómo se propagaba el calor por todo su cuerpo. El sanador cerró los ojos y se transportó fuera de su propio cuerpo para entrar en el de Aidan. Al instante el antiguo idioma de su pueblo reverberó en el aire, a través de su cuerpo, en un ritual tan antiguo como el tiempo. Aidan notó el dolor que se movía por su cuerpo, empujado por el mejor de todos los sanadores. El cántico se prolongó durante un rato, pero Alexandria continuó compartiendo la mente con Aidan, negándose con firmeza a renunciar al lugar que le correspondía. Sabía que Gregori podía percibir su presencia, era consciente de que se percataba de su desconfianza, pero a ella le preocupaba más la seguridad de Aidan que los sentimientos de Gregori.

Gregori regresó lentamente a su cuerpo, y el esfuerzo del proceso de curación era evidente en las líneas marcadas de su rostro. Pero se rasgó la muñeca con los dientes, con toda naturalidad, y se la ofreció a Aidan.

Aidan vaciló, pues sabía que Gregori le estaba ofreciendo algo más que alimento. A partir de ese instante, estaría unido a Gregori, podría hacerle seguimiento cuando quisiera, en caso necesario. La gruesa muñeca por la que corrían preciosas gotas de rubí quedó aún más cerca de su boca. Con un suspiro, Aidan cedió a lo inevitable. Necesitaba nutriente, y Alexandria esperaba en casa, también necesitada.

—Es hermosa, esta tierra, a su manera, ¿no crees? —Gregori no esperaba a que Aidan contestara, tampoco dio muestras de que la pérdida de sangre le afectara de modo alguno—. No es agreste ni virgen como nuestras montañas, pero promete mucho. —No hizo el más mínimo gesto cuando los dientes de Aidan se clavaron aún más en su piel.

Una fuerza como no recordaba penetró en el cuerpo de Aidan. Gregori era un anciano y su sangre era mucho más poderosa que la de hombres de menor edad. El nutriente reavivó a Aidan al instante, eliminó el dolor y el cansancio, y le aportó una vitalidad que no había experimentado previamente. Cerró la herida con cuidado, meticulosamente, con gran respeto.

—Estoy en deuda contigo, Gregori, por la ayuda que me has brindado hoy —dijo con formalidad.

—No necesitabas mi ayuda. Sólo he facilitado las cosas. Tus protecciones para el niño te habrían proporcionado tiempo suficiente incluso sin la ventaja de la bruma. Y tenías fuerza suficiente para sobrevivir a la luz del sol en tu estado incorpóreo, incluso sin mí. No me debes nada, Aidan. He tenido la fortuna de contar con unos pocos hombres a los que poder llamar amigos en esta vida. Tú eres uno de ellos. —Gregori sonaba como si ya estuviera muy lejos.

—Ven a mi casa, Gregori —insistió Aidan—. Quédate un rato allí, tal vez alivie tu estado.

Gregori negó con la cabeza.

—No puedo. Sabes que no puedo. Necesito espacios vírgenes, alturas, donde pueda sentirme libre. Es mi manera de ser. He encontrado un lugar a muchas millas de aquí. Construiré allí mi hogar para esperar a mi pareja. Recuerda lo que me prometiste.

Aidan hizo un gesto de asentimiento. Notaba cómo se movía Alexandria en su mente, ofreciéndole consuelo e intimidad.

—Cuida del niño, Aidan, y de tu mujer. Pese a la distancia, noto su angustia, está preocupada por ti y por el niño. Y necesita alimento. Percibo su hambre con violencia. No pierdas el tiempo preocupándote por mí. Durante siglos he cuidado de mí yo solito. —Su forma sólida ya era temblorosa, relumbrante, y se disolvía formando gotas de bruma. Su voz surgió de nuevo, incorpórea, de una hoquedad extraña, aún así preciosa—. Ha sido toda una demostración la de hoy, y a plena luz del día. Pocos consiguen lo que has hecho tú. Has aprendido mucho.

Aidan observó cómo desaparecía, cómo la bruma se desplazaba hasta el bosque que les rodeaba y al final se evaporaba también. El reconocimiento de sus logros por parte de Gregori le hizo sentirse orgulloso. Se sentía como un niño que recibe elogios de un padre reverenciado. Y viniendo del magnífico Gregori, quien prefería vivir solo y tenía pocos amigos, el honor era aún mayor.

Con mucho cuidado, con infinita paciencia, Aidan deshizo las protecciones que envolvían a Joshua, luego levantó al niño con cuidado del maletero. Unas serpientes ennegrecidas cayeron al suelo, esparcidas alrededor de los pies de Aidan. Tenía mucho trabajo pendiente, pero ya no podía soportar la idea de tener al muchacho en el espantoso maletero con las criaturas creadas por el vampiro.

Aidan llevó a Joshua hasta un montículo cubierto de hierba situado bajo un pino y le dejó en el suelo, peinándole hacia atrás los rubios rizos con gran ternura. *Está bien, Alexandria, profundamente dormido como le ordené. Le despertaré cuando regrese a casa. Entonces nos ocuparemos de lo que haya visto.*

Date prisa, no te preocupes por nada más. Quiero verle, cogerle en brazos. Y Marie casi no me ha creído cuando le he dicho que Joshua está fuera de peligro. Sonaba ansiosa, pero también se detectaba fatiga en su voz, lo cual era indicio de que le quedaban pocas fuerzas.

Preocupado, Aidan dejó al niño durmiendo tranquilamente mientras regresaba al repugnante campo de batalla para acabar con la tarea desagradable de destruir al vampiro para siempre. Había que reducir a cenizas el cuerpo y el corazón extraído, junto con toda la sangre manchada.

Mirando al cielo, preparó la electricidad que entrelazó con relámpagos en forma de venas e hizo crecer la fricción hasta que saltó chisporroteante. Dirigió un rayo contra el cuerpo del vampiro y con las chispas resultantes creó una bola de fuego que se puso a girar. El cuerpo del vampiro se retorció de un modo repugnante y el hedor llenó el aire nocturno. A unos metros de distancia, el corazón parecía moverse, con una pulsación sutil, mortífera, que dio que pensar a Aidan.

Inquieto por aquel fenómeno desconocido, Aidan dirigió la llamarada contra el corazón y lo incineró con rapidez, reduciéndolo a un puñado de cenizas. El cuerpo se contorsionó de un modo grotesco, incorporándose casi, y un gemido prolongado, lastimero, se alzó con el viento. El sonido era horrendo, y mientras se desvanecía en la noche, las notas cambiaron hasta convertirse en una risa fea y burlona.

De inmediato, Aidan se giró en redondo e inspeccionó con sus ojos dorados inquietos la tierra, los árboles y el cielo en busca de una trampa oculta. Se mantuvo quieto, escuchando con atención cualquier sonido que delatara algo. En su mente, Alexandria contenía el aliento. Y luego lo oyó. Un suave rumor insidioso. Furtivo. Sigiloso. El roce de escamas deslizándose a través de agujas de pino.

¡Joshua! El arranque revelador de Alexandria, lleno de horror, se produjo casi al mismo tiempo que el de él.

Se movió con velocidad sobrenatural, más rápido que en siglos de existencia, y atravesó la distancia hasta el montículo donde había dejado al niño. Encontró con la mano una serpiente, la agarró y la apartó de su objetivo. La cosa siseó y se enroscó a su brazo, apretando con desesperación sus músculos, hundiendo los colmillos en la parte carnosa de su pulgar. Le mordió una y otra vez, inyectando el veneno en su cuerpo, intentando cumplir con su instinto las órdenes de llevar a cabo la venganza del vampiro. Aidan apartó el reptil y lo arrojó a las llamas que consumían el cuerpo del no muerto. Unas llamas tóxicas se elevaron en el aire, gases verdes que formaron remolinos y luego desaparecieron entre el humo negro.

Aidan se fue al lado de Joshua y cogió al chico en sus brazos. Hizo una lenta y cuidadosa inspección de cada centímetro de su piel para asegurarse de que el niño no había sufrido daño alguno. Esperaba algún tipo de reacción del veneno de la serpiente. En cuestión de minutos sus pulmones empezaron a respirar con dificultad y sintió náuseas, pero no fue todo lo malo que hubiera esperado, considerando que el veneno estaba inducido por el odio del vampiro. Le llevó un momento percatarse de que la sangre de Gregori era la que neutralizaba los efectos del veneno. Sintió la lucha que tenía lugar en su cuerpo, pero la sangre de Gregori era mucho más fuerte que cualquier cosa que pudiera producir un vampiro. En cosa de minutos, Aidan se encontraba bien, con su corazón y sus pulmones tan fuertes como siempre, abandonando el veneno por los poros.

Cogió al niño en sus brazos y se lanzó al aire, extendió las alas mientras avanzaba por el cielo en dirección a su casa, junto a su pareja que le esperaba. Apenas había aterrizado en el balcón del tercer piso cuando Alexandria ya estaba intentando coger al niño en sus brazos, riéndose y llorando al mismo tiempo.

—¡Lo has conseguido, Aidan! ¡No puedo creer que lo hayas hecho! —Estaba pálida como una difunta, los brazos le temblaban de debilidad.

Aidan oyó su respiración trabajosa, el esfuerzo del corazón, luchando por funcionar con la baja provisión de sangre. Pese a su deseo de abrazarla y hacerse cargo de sus necesidades, dejó a Joshua en sus brazos expectantes.

—Mira esta carita. —Estaba llorando, las lágrimas caían sobre las magulladuras de Joshua y sobre su ojo hinchado—. Oh, Aidan, mírale.

—Yo le veo fantástico —dijo en tono cariñoso mientras la rodeaba por la cintura. Aidan aguantó la mayor parte del peso del chico—. Vamos a meterle en la cama para despertarle. —Oía a Marie y a Stefan ascendiendo por las escaleras para ir a su encuentro. Notaba el hambre de Alexandria con violencia. Todo lo carpatiano que había en él, todas sus facetas masculinas y protectoras, reaccionaban exigiendo que atendiera a su pareja. Joshua estaba a salvo. Era hora de que se ocupara de reponerle las fuerzas a ella.

—Oh, Marie, mira su carita —lloriqueó Alexandria cuando se acercó la mujer mayor—. Esa horrible criatura le ha pegado.

Marie sollozaba sin disimulo mientras cogía al niño de los brazos de Alexandria. Stefan también quiso sostener al chico.

—Está bien, sólo duerme —les tranquilizó Aidan. Su preocupación ahora era Alexandria—. Vamos a meterle en la cama y le despertaremos. Le diremos que ha sido un intento de secuestro para sacar dinero. Aceptará esa explicación y comprenderá que es necesario llevar guardaespaldas todo el tiempo.

Stefan llevó a Joshua a la pequeña habitación que quedaba junto a la del matrimonio. Marie le puso su pijama y sacó una tela fría para lavarle el ojo morado. Alexandria estaba sentada sobre el extremo de la cama, con la mano de Joshua en la suya. Aidan se arrodilló a su lado, rodeándole con un brazo la cintura.

—Joshua, ahora vas a despertarte. Alexandria quiere ver tus ojos azules. —Susurró las palabras en voz baja, con voz persuasiva, colándose en la mente del muchacho y llamándole para que regresara a su mundo.

Joshua se puso muy violento, peleó con fuerza para soltarse. Fue Aidan quien le dominó, protegiendo a Alexandria con su propio cuerpo pese a los esfuerzos de ella de coger al chico.

—Escúchame, Joshua. Estás en casa, con nosotros. Estás a salvo. Los secuestradores te han soltado. Quiero que te calmes para que no hagas daño a Marie o a tu hermana. —Su voz, como siempre, era serena y hermosa, tan persuasiva que el muchacho cesó en sus peleas y les miró con cautela. Cuando vio a Alexandria, estalló en lágrimas.

Ella apartó el gran cuerpo de Aidan y se hizo un sitio, agarró a Joshua y lo estrechó en sus brazos protectores:

—Ahora ya estás a salvo, colega. Nadie va a hacerte daño.

—Había perros, unos perros enormes. Había sangre por todas partes. Se comían a Vinnie, lo vi.

—Vinnie ha sido muy valiente y ha intentado salvarte de los secuestradores —le tranquilizó Alexandria acariciando los rizos rubios de su frente—. Está en el hospital pero está vivo y va a ponerse bueno, igual que Rusty. Te llevaremos a verles dentro de unos días. Deberíamos haberte hablado de la posibilidad de que alguien intentara alejarte de nosotros. —Le tocó el ojo con delicadeza con la punta del dedo—. Siento no habértelo contado, ya eres mayor para saber esas cosas.

—¿Por eso te daba miedo vivir aquí?

—En parte. Aidan es un hombre muy rico. Y como él te quiere, nos quiere a los dos, siempre correremos ese riesgo. A veces tendremos que ir con guardaespaldas. ¿Entiendes lo que intento decirte, Joshua? Es culpa mía, por no haberte hecho entender el peligro en que nos encontrábamos.

—No llores, Alex. —De repente Joshua puso voz de mayor—. Aidan vino y me rescató, ¿no?

Ella hizo un gesto de asentimiento.

—Y tanto que sí. Nadie va a apartarte nunca de nosotros. Jamás.

—La próxima vez, cuando Marie y Stefan me digan que no salga de casa, pase lo que pase, voy a obedecer —sentenció Joshua. Se quedó observando a Alexandria con mirada de angustia—. ¿Qué te pasa? Estás tan blanca.

—Ha sido un susto terrible para todos nosotros, Joshua —dijo Aidan—. Marie y Stefan se ocuparán de ti mientras llevo a Alexandria a la cama. Necesita descanso. Y no te preocupes por *Baron*. Stefan le ha atendido por ti. Tu perrito puede quedarse aquí mientras yo llevo a Alexandria a acostarse.

Alex sacudió la cabeza.

—No voy a dejarle ni un minuto. Seguiré con él hasta que se quede dormido.

—No, no vas a hacer eso, *cara mia* —replicó Aidan con firmeza. Se levantó e hizo un movimiento gracioso y fluido que a ella le erizó toda la piel. La cogió con facilidad, la levantó y la acunó contra su pecho—. Necesita descansar, Joshua. Más tarde vendrá otra vez a verte.

—Me parece bien, Aidan —dijo Joshua, de hombre a hombre—. Ella sí necesita acostarse, más que yo.

Aidan le sonrió y sacó a Alex de la habitación, sin importarle que ella intentara escurrirse.

—Joshua se encuentra bien, ¿vale? —murmuró contra su cuello—. Y tú necesitas meterte en la cama. En mi cama. —Alexandria sintió su aliento tan cálido y juguetón, una invitación casi imposible de resistir.

—Creo que eres insaciable —le acusó, pero le rodeó el cuello con los brazos, y entonces su cuerpo se relajó contra el de Aidan.

—En lo referente a ti, creo que es cierto —admitió él. Se movió deprisa por la casa, por dentro del túnel, con el cuerpo en tensión a causa de la expectación.

Alexandria deslizó las manos por dentro de la camisa de Aidan para acariciarle el pecho. Movió la boca sobre su cuello y encontró la marcas en su pecho, y su lengua le acarició, rindiendo un tributo cariñoso al valor que había demostrado.

Una vez en la cámara, Aidan la dejó sobre la cama. Sosteniendo la mirada de Alexandria, empezó a desabrocharse la camisa. Ella se sacó el jersey por la cabeza y lo tiró a un lado.

Él estiró los brazos y rodeó a Alexandria por las costillas para atraerla hacia sí, casi doblándola hacia atrás de tal modo que él fuera capaz de aprovechar con la boca la invitación que ofrecía el cuerpo de su pareja. Olía bien, fresca, su piel tersa como el satén. Al instante el cuerpo de Aidan exigió liberación, con una urgencia que empezaba a resultarle familiar. Ella llevó las manos a los pantalones de Aidan y soltó cada botón, la cremallera, y empujó el tejido sobre sus caderas.

Aidan gimió cuando ella cogió su miembro entre las manos y lo acarició. Él fue más brusco al apartarle la ropa para poder sentir su cálida piel contra él.

—Me vuelves loco, *piccola*, loco del todo —susurró, y la levantó en brazos—. Rodéame la cintura con las piernas.

Con la cabeza inclinada, Alexandria desplazaba la boca sobre el pecho de Aidan, lamiendo con la lengua su pulso.

—Dame alimento —le respondió susurrante, en un tono tan sensual que a Aidan casi le flaquean las piernas.

Aidan la sostuvo por las caderas y la mantuvo quieta para penetrar en su cavidad de terciopelo. Soltó un grito cuando los músculos de Alexandria le permitieron la entrada, cuando ella se apretó en torno a él, ardiente, tirante y suave como el terciopelo.

—Toma lo que quieras de mí, lo que te corresponde —murmuró él enterrándose a fondo, unificándoles con fuego y pasión—. Hazlo, Alexandria. Quiero que lo hagas.

Todo el cuerpo de Aidan resplandeció de luz, de pura sensación, cuando los dientes de Alexandria perforaron su piel. Se abalanzó contra ella, con fuerza y apremio, estirándose y forzándose con el deseo de volar muy alto. El pelo de Alexandria les caía por encima, rozaba la piel sensibilizada de Aidan como miles de hebras de seda. Ella deslizaba suavemente sus manos sobre su espalda siguiendo el contorno de cada músculo, y con la boca no dejaba de excitarle más y más.

Aidan aminoró la marcha, pero sus caderas continuaron embistiendo con fuerza, con las manos firmes en Alexandria, uniéndola a él. Le pertenecía, la pareja a la que había esperado tanto tiempo, soportando siglos de vacío. Ella era su mundo. La luz. Los colores que creía perdidos para siempre. Era el éxtasis cuya existencia desconocía. Y ella estaba con él para toda la eternidad.

www.titania.org

Visite nuestro sitio web y descubra cómo ganar
premios leyendo fabulosas historias.

Además, sin salir de su casa, podrá conocer
las últimas novedades de
Susan King, Jo Beverley o Mary Jo Putney,
entre otras excelentes escritoras.

Escoja, sin compromiso y con tranquilidad,
la historia que más le seduzca
leyendo el primer capítulo de cualquier libro
de Titania.

Vote por su libro preferido y envíe su opinión
para informar a otros lectores.

Y mucho más...